文脉中国 小说库
wēnmàizhōngguo xiaoshuoku

民工纪年

刘一纯 著

中国文联出版社

图书在版编目（CIP）数据

民工纪年 / 刘一纯著 . -- 北京：中国文联出版社，
2017.8（2023.3 重印）
ISBN 978-7-5190-2946-3

Ⅰ.①民… Ⅱ.①刘… Ⅲ.①长篇小说—中国—当代
Ⅳ.①I247.5

中国版本图书馆 CIP 数据核字（2017）第 182640 号

著　　者　刘一纯
责任编辑　郭　锋
责任校对　李佳莹
装帧设计　中联华文

出版发行　中国文联出版社有限公司
地　　址　北京市朝阳区农展馆南里 10 号　　　　邮编　100125
电　　话　010-85923025（发行部）　　　85923091（总编室）
经　　销　全国新华书店等
印　　刷　三河市华东印刷有限公司

开　　本　710 毫米×1000 毫米　　1/16
印　　张　21.25
字　　数　358 千字
版　　次　2023 年 3 月第 1 版第 2 次印刷
定　　价　89.00 元

目 录

CONTENTS

第 1 章

　　来到一栋平房门前，陈大良把扛在肩上的旧帆布提袋放下，这才感觉整条手臂和脖子酸得厉害，心脏急剧地跳着，重重地舒了口气，抹了一把额头上的汗珠，再把脖子左偏偏右偏偏。从长途汽车站下车后，带着冲动和激情，陈大良心急火燎地赶了过来。这一路足有五华里，他片刻没有歇息。陈大良待要举手敲门，犹豫一下掏出钥匙插入锁眼，轻轻转动开了门，弯腰拎起脚下的提袋抬腿而入，随手把门掩上。

　　这是一套一室一厅带厨房和卫生间的简易廉租房。陈大良喊了声小眉，又喊了声老婆，不见回应，知道齐小眉尚未回来，心头有些失落。以往这会儿齐小眉早已下班，待在家里织毛线什么的。陈大良将提袋往客厅一摞，快步进了卫生间。这一路走来尿都是憋着的，膀胱胀得生疼。卫生间很小，光线暗淡，遇上天气不好，大白天还要开灯，是洗澡兼方便那种。耳听小便落在便池发出哗哗的悦耳声，陈大良说不出多爽心。撒完后感到整个人清爽许多，掏出香烟抽出一根叼在嘴上，啪地打燃打火机，把烟凑过去燃上，深吸一口，从两个鼻孔喷出两条烟柱，烟雾滚滚撞向墙壁，但给墙壁挡了回来。

　　还是昨天晚上上的车，这一天一夜的颠簸让陈大良有些累，就想去卧室躺会儿。弄不准齐小眉要啥时候才回来，陈大良也不去拨齐小眉的电话。自打定下来龙城的日子，他就决定给她一个惊喜。卧房门半敞开着，站在客厅可见那张靠墙摆放的床，床上的被子也没叠，凌乱地掀开一头，陈大良感到胸腔一团湿润的东西在晃悠。推开卧房门，床下一双陌生的男士拖鞋一下把他给愣怔住了，敏感地联想到那层，眼睛四下里搜寻。靠床头的椅子上摞着一条男人内裤和一双灰色袜子，床另一头摆着双黑色男人皮鞋，上面蒙了层厚厚的灰尘，地上丢了几个烟头，横七竖八躺着。陈大良嘴唇抽搐，猛吸两口烟，吐出来的烟雾把眼睛给熏了一下，泪水便流了出来，却也不去擦脸上的泪水。当目光落在靠墙倚放的衣柜，略一犹豫，过去打开柜门，里面挂了几件男人衣服。离开龙城也就五个月的时间，陈大良做梦都没想到这种鸠占鹊巢的事会发生在他身上，感到有个东西撕扯着他的心，生疼生疼，忙蹲下身去，嘴唇抽搐，猛吸香烟，直到烟屁股灼疼了嘴巴才清醒过来，愤怒地一吐叼在嘴上的烟屁股，烟屁股飞到对面墙上弹回来跌落地上，滚了几个筋斗在他脚下不动了。陈大良双手抱住脑袋，把头深深埋在裤裆里。

现今情况，显然不便待在这里，待会儿齐小眉同她相好的回来，要是碰着，彼此都尴尬，说不定还会打将起来。陈大良站起身，抓起提袋往外走。走出几步，这才记起忘了关门，转身回望，门敞开着。陈大良待要过去把门关上，脑子却想："这样不是很好么！一会儿齐小眉回来，见门打开着，猜测我今天来过这里，当明白我已知道她另有了相好的。反正屋里又没有值钱的东西。"如此一想，陈大良回身继续往前走，只是心头胀着，不是滋味。

现在唯一能去的地方是老赵那里。临来龙城，陈大良给老赵挂了个电话，问这段时间有没有活儿干，老赵说他那儿一年两载的活儿，都用不着挪地方，让陈大良只管去他那里。陈大良放下陈旧的帆布提袋，摸出手机调出老赵的电话，待要拨过去时，莫名其妙地想到现今与齐小眉同居的那个男人，就想在附近找家旅社住下，他动了看看那男人到底啥模样的念头。可马上又想，看到了又能怎样，只要齐小眉愿意，和哪个男人上床都是她的事，他压根儿就管不着。这般一想，人就蔫了。

陈大良拨了老赵电话，电话响了好几声老赵才接。陈大良说："老赵，我陈大良，到龙城了，刚下车。"

老赵说："我来接你，只是你得等二十来分钟，这边还有点事儿等着我忙完。"

老赵能来接他最好不过，也就省了问路挤公交车的麻烦，陈大良忙说："要得要得，我等你，老赵。"

时候已是黄昏，远方近处有灯光亮起。自己得抓紧时间赶回汽车站，可不能让老赵先他到汽车站等他，陈大良把手机往兜里一塞，抓起提袋往肩上一撂，偏着头大踏步往回走。不知是哪根弦的作用，脑子猛可就想，要是迎面遇着齐小眉和她相好，他怎样应答呢。如此一想，拿眼往前头望去，一对中年男女一前一后从对面走过来，男子身材高大走在前头，女的落在后面，陈大良就没法看清女人是不是齐小眉，步子便慢了下来，要自己给个判断，却是不能。

好在这一男一女稍后上了右边一条小道去了。

未到长途汽车站，老赵打来电话，说到了，在车站大门口，让他赶快过去。估计自己所处距长途汽车站还有两三里，走过去少说要十几分钟的时间，陈大良说了自己的位置，让老赵过来接他一下。老赵问他咋跑到那地方去了，陈大良含糊说看个朋友。

"该不会是齐小眉吧？"老赵爽朗一笑，"得了，你等着，我这就过来。"

陈大良把扛在肩上的提袋放下，一屁股坐在上面，摸出香烟燃上一根。和齐小眉的关系，老赵是知道的。在他们圈子里，这种关系是再平常不过的一件事。常年在外，妻子丈夫不在身边，正常男女都会有那种渴望。用一句黄段子说："男人女人不流氓，心理肯定不正常。"夜色正浓，面前的马路上时有汽车亮着刺眼的灯光呼啸而过，卷起一阵尘土。陈大良早已习惯这种尘土的气味，一任尘土在身边飞扬，只管抽着香烟，脑子在齐小眉身上。都这时候了，齐小眉应该到家了吧，见了敞开的门，在没有丢失东西的情况下会不会联想到他，那个男人会不会因此追问她。

一辆摩托嘎吱一声在他面前停住，也不熄火，陈大良眯缝着眼看去，正是老赵。半年前这座城市开始禁摩，大白天摩托不敢上路，可一到晚上，交警下班了，摩托车照样横冲直撞飞驶在街头巷尾，成了他们这些人的得力交通工具。陈大良喊了声老赵，便往衣兜摸香烟，站起身递给老赵一根，欲待打燃打火机递上去，老赵接过香烟夹在耳朵上，说："上来吧，有话车上说。"

陈大良抬腿跨了上去，把提袋横在胸前两腿上。老赵熟练地挂挡，摩托车往前疾驶。老赵说出的话被风送了过来："去你老婆那了？"

在他们圈子内，大家习惯把对方的相好叫老公老婆，双方也是这么叫。陈大良也不隐瞒，勉强道："是呀！"

老赵甚是敏锐，扭过头来："那你们咋啦？"

陈大良不想跟老赵说这里面的事，含糊说："她不在家。"

老赵说："你来龙城没告诉她？"

陈大良说："没有。"

老赵说："你应该告诉她一声才是。"马上又说："你打她电话呀。"

陈大良说："不打。"

一辆洒水车播放着《梦回桃花坪》给路面洒水，正迎面缓缓驶来，老赵的摩托忙往路边避。洒水车过去，两人一边的裤子还是给淋湿了。时候刚过寒露，龙城这边的天气跟夏天没啥区别，两人也不以为意，摩托车继续往前驶。

摩托车在路边一家小店门口停住，老赵一边拔车钥匙一边说："工地上没吃的了，咱俩这里喝两杯再回去。"

陈大良回应着抬腿下车，拎着提袋随老赵进了店。小店不大，一左一右临墙摆了四张小方桌，连桌布都没铺，有五个人围了一张桌子在喝酒海侃。老赵找张桌子坐下，车钥匙往桌上一丢，招呼陈大良坐。陈大良拖出一条凳子，把提袋放在桌下，在老赵对面坐下。一位胖胖的中年妇女过来倒茶，问要点儿什么。老赵也不看菜单，仰头咕噜咕噜把杯里的凉茶喝了，问有没有苦瓜，对方说有，便说来个苦瓜炒鸡蛋。如此要了五个菜，再让对方来两小瓶二锅头。

老赵如此点菜，来自一次经历。有次老赵和几个朋友在一家酒店吃饭，老赵照菜单点了个鱼香茄子。在老赵想来，肯定是鱼炒茄子了，哪知端上来的也就是平常吃的茄子。老赵叫来老板，说："你这鱼香茄子咋没鱼呢？"老板说："鱼香茄子本来就没鱼嘛。"老赵很是不满，说："没鱼干吗叫鱼香茄子？"老板瞪着他，说："一看你就是乡巴佬，没见过世面。照你这么说，你要是点个虎皮青椒，老子还得去哪儿给你弄张虎皮不成？点个老婆饼，老子还要给你发个老婆？你点个夫妻肺片，我还得给你杀一对男女不成？"历经这次，老赵进馆子吃饭再也不瞧菜单了。

老赵吸了口香烟，望着陈大良："你老婆的病现在咋样了？"

今年三月，随老赵在龙城友谊大酒店工地一块儿安装模板的陈大良突然接到妻子打来的电话，说母亲昨天病得厉害，人倒在床上都起不来，今早上送到县人民医院，医生检查后怀疑患了癌症，建议他们去省城检查确诊。陈大良当天就请了假，老赵用摩托车把他载到长途汽车站。翌晨回到家中，满头白发的母亲尚未醒来。妻子告诉他，昨晚上母亲疼痛了大半夜，才入睡。妻子让他拿主意，陈大良让妻子把存折拿出来，当天就同一位堂兄带着母亲来到省城，一检查已是肝癌晚期。医生告诉他，以病人的病况和年纪，治疗没有任何意义。知道母亲在日无多，为人子的陈大良能做的是留下来陪伴母亲度过最后的余日。两个月后，母亲驾鹤西去。就在陈大良准备动身来龙城之际，妻子又中风入住医院。父母双亡，陈大良只好留下来陪妻子治病。待到妻子病愈，又是两个多月。

想着这几个月，家庭祸不单行，陈大良叹了口气，说："她的病好了。"

老赵以指弹掉烟灰，说："好了就好。这两起事情，花去不少吧？"陈大良吸了口香烟，摇头喷出一团烟雾，说："这下又成了杨白劳。"老赵说："钱是人挣的，花了就花了，只要你老婆的病好了就好。"陈大良道："也只能这么想。"

酒菜上来，老赵抓起一瓶二锅头拧开往陈大良面前一放，陈大良欲待客气，老赵将指中烟头往地上一摔，说："就这样，咱平摊了，一人一瓶。"率先举起酒瓶，"你这一趟回去怕是有五个月吧？今天咱兄弟又聚在了一块儿，干吧。"

"是呀，差不多五个月。"陈大良忙抓了酒瓶跟着举起，感叹着与老赵碰了杯，仰头喝一口，一股辛辣味穿喉而过，他使劲地砸了砸嘴巴。

"看你这样子，这几个月怕是不曾享受过。"老赵笑着提起筷子，招呼陈大良吃菜，自个儿夹了块猪肝往口里送。

"那还用说，哪天不是像个陀螺，要喘息一下都难。"陈大良仰头喝口酒道。

"要不把你老婆接来，在工地附近找个事做。"

"我妈去了，现在情况肯定不行，她来了两个儿子咋办？"

老赵便看着陈大良，说："也是，往后有机会再说吧。"

两人喝酒说话，不知怎么就扯到了齐小眉，老赵拿眼望着陈大良："大良，你跟齐小眉的关系到底咋了？看你样子不对劲啊。"

陈大良没有马上作答，接连喝了两口酒，燃上根香烟，袅袅烟雾中道了今天所见。老赵摇晃着脑袋，说："明摆着齐小眉另有老公了。"喝口酒，"差不多半年时间，人家正是狼虎年纪，总得有个男人躺在身边，你要人家给你守活寡，没道理呀！"

这五个月的时间虽忙，但陈大良每隔十天半月便会给齐小眉去个电话，有时候齐小眉也会打他电话扯上几句，陈大良未曾觉察到有什么异样。诚然老赵的话不无道理，陈大良总觉得有种被耍的感觉，心头不是个滋味，对老赵的话不去作答，只管埋头喝酒吃菜。老赵抬起一只手压在他的肩膀上，另一只手举起酒瓶，说："不就一个鸟女人吗，随她去好了。"看着陈大良一通朗笑，"咱男人吧，上为嘴巴下为鸡巴。你这年纪，这身坯子，还不是二十郎当岁的愣杆子，不管外面咋天气，那是天天撑着雨伞起床。待会老哥我给你介绍一个，人家也就三十岁，比齐小眉那娘们强多了。来，喝酒，把它干了。"

饭后陈大良要掏钱埋单，给老赵硬拦住了，说算是给他接风。陈大良不便同老赵去争，打定主意哪天再回请老赵。

老赵他们的工地在芙蓉中路，是为一栋二十八层的房子安装模版，包工头阳老板叫阳子固，和老赵是老表，这些年阳老板承包的工程基本上都是雇老赵负责工地管理，算是个工头。赶到工地，借着城市夜晚朦胧的灯光看出，楼盘已耸起五层。老赵领着陈大良往楼上走。来到二楼，沿左右墙壁铺开两排长长的地铺，工友们在地铺上围了几堆，正打牌，牌摔在席子上啪啪响，谁也没转过头来，大多数人陈大良都认识，见人家一门心思埋头牌里，就不过去惊动对方。爬上三楼，沿进门的左右墙壁排列着两排帐篷地铺，估计有十几间。几个男女在说笑。老赵的妻子钟姐坐在灯下织毛衣，陈大良过去喊了声嫂子，钟姐回应着站起身来，客气地搬过一条塑料凳子让陈大良坐，问吃过饭没有。认识的不认识的，陈大良都要客气几句，同时给男人们散上香烟。

老赵拎起陈大良的提袋往一张床上一撂，对陈大良说："我们走吧。"

钟姐说："都啥时候了，你们还要去哪儿？"

老赵说："有事，一会儿就回来。"

陈大良随了老赵下楼，见老赵上了摩托，示意自己也上去，便问："去哪儿？"

老赵道："不是说了给你介绍个老婆么？"

对刚才喝酒时老赵说的话，陈大良当他随便说说，并没有往心里去。老赵认真了，倒让陈大良有些不好意思起来，说："这……这……哪天吧。"

老赵启动摩托车，笑道："还哪天干嘛，你知道我是事情一来就忘，那时候老弟还当我有意吊你胃口，闷在肚子里又不好在我面前讲出来，趁今晚上高兴把这个好事忙完，也省得挂在我脑子里，上来吧。"

陈大良迟疑一下上了车，老赵松开离合器，摩托车驶离工地。陈大良也不问去哪儿，两耳风声呜呜，任老赵往前驶。城市的夜晚一派灯红酒绿，歌舞升平。同以往一样，陈大良总觉得这一切跟自己无关，自己是这个城市外的人。车到一家足之道洗脚城停住，陈大良抬腿下了车。门口停泊着不少小车，也就他们这辆是摩托车，搁在中间很是刺眼。

老赵熟练地把摩托车支起便往里走，说："大良，老哥这里跟你说了，我只负责介绍，成与不成看你们有没有缘分。"

这辈子陈大良还没来过这种地方，人就起了紧张，对老赵的话不好说什么，只是讪讪一笑，随了老赵往里走。老赵边走边掏出手机拨打电话，止住脚步看着陈大良："怎么回事，关机？"

估计老赵这个电话与今晚上他们所要见的女人有关，陈大良却也不拿话去问。就听老赵说："我也就三个月前跟朋友来过这里，一通攀扯才知道她与我舅爷是一个村子的，到现在一直没跟她联系，不知道她还在不在这里做事。得了，人都来了，进去问问吧。"

再往里走，到了班台，一位穿着职业装的女服务员正在给客人结账。老赵走过去："今晚上郭玉妹上班吗？"

"在啊。"女服务员头也不抬地答道。

老赵返回来，对陈大良说："里面走吧。"

有服务员迎上他们，把他们领进一间包厢。包厢有三张沙发，服务员给他们开了电视。老赵往最里面那张沙发一倒，冲服务员说："把郭玉妹叫来，另一个随意。"

服务员才离去，又有服务员送上茶和点心。想着郭玉妹马上就到，陈大良竟有些紧张，拿眼去看老赵，老赵从茶几上的果盘里拿了个柑橘，陈大良掏出香烟递给老赵一支，自己再叼上一根，摁燃打火机递给老赵。老赵摇摇头，看出他紧张，笑道："大良你这是咋啦，像个二十郎才当岁的？得了，人家哪里知道我们跑到这里来是特意为了瞅她，当我们来洗脚的。"手指中间沙发："坐吧，放开点儿。"

陈大良学着老赵的样子往沙发上一倒，吸口香烟吐出一缕细长的烟雾，眼睛投向墙上的电视，电视正在播放一个抗日剧，屏幕上没打片名。老赵把柑橘皮扔进身边的垃圾桶，将柑橘一分为二，拿起一半往口里塞，边吃边说："我这里说呀大良，待会人家来了你要主动点儿，给人家一个好印象，下次才好约人家……我也不知道咋说，当初咋把齐小眉搞到手的现在咋……对了，把她的电话号码记上。"

老赵掏出手机，翻到通话记录找到郭玉妹的电话念了起来，陈大良把它储存到手机里。

这时门开了，一位穿工作服的少妇拎着只泡脚桶进来，陈大良见老赵没有动静，知道不是郭玉妹，暗自看去，少妇虽然不属漂亮那类，却也顺眼。

少妇笑吟吟地说："我给哪位服务？"

老赵说："给我洗。"

少妇拎着桶从陈大良面前走过，陈大良的目光待要跟过去，门开了，又一位穿着制服的少妇提着只桶进来。这人肯定是郭玉妹了！陈大良的心脏便怦怦跳了起来，不敢去看郭玉妹。听少妇喊了句赵哥，陈大良暗道真是了。

老赵笑道："玉妹妹子来啦！大哥我可是特意赶来看你的。来，给妹子介绍一下，这位是老乡陈大良，今天来的龙城，跟我一块儿做事。大良，这是我跟你说的玉妹妹子。"

郭玉妹笑吟吟地喊了声陈哥，陈大良忙坐起来点头，算是回应。老赵说："刚才打你电话，关机。还以为妹子离开这里了。"

郭玉妹说："我们这里有规定，上班期间不准接听电话。"

老赵说："看不出你们这儿的规矩还蛮多，万一摊上急事还真不方便。"

郭玉妹道："端人碗服人管，能有啥办法？"

郭玉妹手中泡脚桶往陈大良脚前一放，坐在一个矮凳上，陈大良把脚从鞋子里抽出来，想学老赵的样子往郭玉妹面前一伸，想起这脚臭烘烘的，在郭玉妹面前就没法伸出去了。郭玉妹看出来了，冲他微微一笑，说："听说家里今年大旱，两个多月都没下一滴雨，有的村子连饮水都要挑老远。"双手熟练地脱掉陈大良脚上的袜子，把他裤脚卷至膝盖，将脚放进泡脚桶里。

桶里的水温正好，脚浸在里面甚是舒服，陈大良说："是呀，玉米和水稻旱死大半，一年的辛苦算是白费了，电视上都说十年未遇。明年吃饭都是问题。"

老赵说："龙城这边隔三岔五地下雨，耽误了我们好多工，真他妈的怪事。不过，小老乡你在这里做事却不用看老天爷脸色，旱涝保收。"

郭玉妹说："我家三亩地公公耕着，孩子他爸电话里说旱死了一半，明年肯定得买粮过日子。现在的米价二百七八十块一担，贵得要死。"

陈大良说："天再旱米再贵，饭还是要吃的。"

郭玉妹点头叹了一声："也是。"

老赵吸口香烟，烟屁股往地上一摔，说："弄得农民高价买粮吃，历朝历代也只有这个社会。"

郭玉妹说："辛辛苦苦跑来城里挣点儿钱，却要拿回去买米，有时候我真不知道咋想。"

闲扯间，陈大良暗自拿眼去看郭玉妹，郭玉妹脸盘子的秀气把他给震了一下，随之觉得背上有些发热，禁不住松了下衣领，好在郭玉妹没有留意到他这一动作，要不郭玉妹问他热不热，那时少不得又要乱方寸。见郭玉妹专心致志地给他洗脚，也时不时抬头同老赵说上两句，陈大良便仔细打量起郭玉妹来，让他惊讶的是郭玉妹皮肤白净。如果不是老赵早早告诉他，换在别的场合，陈大良只当郭玉妹是哪个官太太或大老板的夫人。这么漂亮的女人给自己洗脚，陈大良几乎要怀疑这一刻是不是真的。老赵把如此漂亮的一个女人介绍给自己，这岂不是让自己这只癞蛤蟆吃天鹅肉。陈大良感觉自己从悬崖顶上一下跌了下来，没了信心，躺在那里不再看郭玉妹，对两人的谈话也懒得去听。

兜里的手机响了，陈大良掏出手机一看，是齐小眉打来的，心脏猛跳了一下。这个电话肯定与今天到她屋里的事有关，陈大良想着是接呢还是不接，见郭玉妹正看着自己微笑，陈大良想都未想就摁了拒接键，欲待说句什么，老赵笑道："家里打来的？玉妹妹子你看，大良好福气，才到龙城，家里的电话就来了。"

郭玉妹止住动作，抬头又是微微一笑，说："咋不接电话呢？"

陈大良忙道："这里完了再回电话过去。"

郭玉妹点点头，埋头干活儿。

陈大良想着一会儿怎样回复齐小眉这个电话，也担心齐小眉再次拨来电话，那时候在郭玉妹面前接也不好不接也不好，"家里来的电话"这话是再不能说了。陈大良欲把手机关了，想着手机一关，势将引发郭玉妹注意，只好作罢，把手机放回兜里。

开始给上身按摩，郭玉妹手指过处让陈大良倍觉舒爽，终于明白那么多当官的和有钱人家何以喜欢出入这类场所。今晚上之前，在陈大良的印象里，洗脚城跟街头小巷的发廊店一回事，还不是藏污纳垢的地方，这时才晓得洗脚是一门需要费力的技术活儿。就听郭玉妹问道："还行吧？"

陈大良哼哼着道："要得要得。"暗自扭过头去，郭玉妹额上泛起了汗珠，因费力的原因，脸色憋得微微发红，别有一番动人的感觉，在陈大良的胸口接连晃悠了两下。他想应该说句什么才是，便说："一天下来很累吧？"

郭玉妹喘了口气，手却未停，在陈大良身上捏拍着，说："还行。"

陈大良便也得以看出，这是一个轻易不在人前诉苦的女人，说："来这儿多长时间了？"

"两年多。"

"出来多久了？"

"一出来就在这儿。"

"看样子你这工作比我们轻松不了多少。"

老赵笑道:"这工作本来就是男人干的,大良你未看到,在这里工作的男同志比女同志还多。"

郭玉妹笑了笑,说:"未必工作都还要分个男女?"

陈大良忙说:"咱乡下里的活儿都把男女分得清清楚楚,城市里这些脏活儿哪件不是给咱男人干的?"

郭玉妹复又一笑,说:"咱们进城是为了挣钱,不是来图享受,啥活儿是男人干的啥活儿是女人干的还真没必要分得那么清,不论干啥活儿,身子吃得消就行,挣到钱回去便是。"

老赵朗声说:"玉妹妹子说得是,咱进城是为了挣钱养家,挣到钱回去才是硬道理。我说大良,不是玉妹妹子今天说起,这些道理我们这些老爷们都未曾想过。"

陈大良附和:"是呀,咱还真没想过,就晓得来城里埋头干活儿。"

郭玉妹笑说:"这不就对了吗,挣到了钱,自己高兴家里也高兴。"

陈大良感到了眼前女人的随和,拿眼去觑,道:"这儿的工资还行吧?"

郭玉妹说:"你们一天下来差不多是四五百块,跟你们是没法比。"

陈大良说:"我们靠老天爷吃饭,一旦下雨就只能整天睡大觉,有时十天半月都没忙上一天,一年下来只怕还没你挣得多。你这里好呀,不用看老天爷脸色,跟政府公务员没啥区别。"

郭玉妹说:"哪能呢,我一个月也就挣个三千多块,还要租房子吃饭。"

老赵道:"我们跟妹子差不了多少,也就吃的住的不用自己掏钱。像咱们这种卖力气的,我看都差不多。"

陈大良说:"真说起来,还是玉妹比咱挣得多,人家是女的,咱可是大老爷们。"

郭玉妹笑说:"没想到你的思想还很封建。要我说呢,都是挣钱,干吗还要分个男女。"竖起身舒了口气,"行了,喝口茶吧!"

陈大良坐将起来。老赵已洗完,在那里吃柑橘看电视,那名洗脚女早已离去。郭玉妹拿来一双新袜子,问是在这里穿上呢还是拿回去。陈大良伸手接过袜子,说自己来,把袜子穿上。郭玉妹笑着以手掠了下额上的头发,说:"赵哥陈哥,你俩在这歇会儿,我得忙去,就不陪你们了。"

"不是才忙完么,歇会儿。"陈大良道。

老赵道："玉妹妹子忙去，忙去，哪天有时间我们再来看你。"

郭玉妹弯腰提起洗脚桶，拉开门，回身冲两人一笑而出。

老赵瞅着陈大良，笑问："人看到了，咋样？"

在老赵面前，陈大良不好直言说郭玉妹太漂亮，自己没信心的话，含混说："这让我咋说呢！"

老赵笑说："有啥不好说的，老弟当是二十郎当岁的时候相亲，明明喜欢却忸怩说不出口？得了，人咋模样你看到了，自己看着办，成了记得请我这个大媒人的客。"手中仅剩的一瓣柑橘往口里一塞，站起来，双手往身上擦了擦，"走吧。"

两人便往外走。来到大厅，陈大良快步来到班台，似乎换了位服务员。听服务员说一百五十块，陈大良感觉身子给生生锯了一下，想这地方真他妈不是人来的，泡下脚再在身上捏捏拍拍就是一百多块，现在啥感觉没有，还不如哪天约上郭玉妹，他们三个找家小饭店喝一顿来得实惠。老赵早坐在摩托车上等他，待到陈大良坐上来，启动摩托车离开洗脚城。

车经过一家夜总会，听有人大呼赵大哥，老赵停住摩托，扭过头去，说："阿波呀，回去吗？回去就上来。"

一个背着吉他和音响的青年追上来，陈大良认出是工友刘阿波，一个忙活儿再累也不忘哼哼的人。记不清去年啥时候，刘阿波利用晚上时间在繁华街段或桥下卖唱，下雨有时候也出去唱。有一次陈大良问他，一晚上能挣多少，刘阿波说也就两包烟钱，有时候一毛都捞不到。有人说挣不到钱还去唱啥，他说谁叫自己喜欢呢。刘阿波喊了句陈哥，陈大良身子往前挪挪，刘阿波抬腿坐了上去，双手环住陈大良。老赵说了句坐稳，摩托车继续往前驶。

回到工地，刘阿波挥挥手往二楼去了。陈大良随老赵来到三楼，大家早已上床睡去，鼾声此起彼伏。老赵领着他来到水龙头下冲了澡回来，掀开一间帐篷，喊了声老全，床上那人声音黏黏地应了一声，眯着眼睛望着老赵。老赵说："大良来了，今晚上跟你挤一下，明天他再自己摊铺。"

老全赤着上身，身子被太阳晒得黑亮，只穿了件短裤衩，他把身子往里挪了挪，让出半边来。老赵回转身来，道："大良，跟老全凑一晚。"

陈大良点头道："要得。"他把脑壳凑过去喊了声老全，掏出香烟，抽出一根递过去，老全接过，揉了揉眼睛，说："啥时候来龙城的？"

老赵的手放下帐篷，陈大良伸手接住，说："就今天。"

老全说："今天咋没见到你？"

陈大良笑说："到这儿的时候都晚上九点了。刚才有事跟老赵到外面转了一趟。"掏出打火机打燃递过去，老全一骨碌爬将起来，手中香烟凑过来点燃。

"怕是回去好几个月了吧？"老全吸口香烟，口里喷出一根烟柱。

"是呀，差不多半年。"陈大良手中的帐篷布往上一掀搭在顶上，脑壳一偏避开冲过来的烟柱。

"咋会这么久？"老全眯着眼问。

"家里事儿多。"陈大良不想跟对方说得太深，含糊道。

"咱乡下的事儿，一年到头没个完。我几次想回去一趟，就怕到家后给家里的琐事儿拖住动不了身。"

"你不在家，事情该咋他们一样会整好，咱乡下的活儿往后拖上几天也误不了事。"

"我就是这么想的，要不哪有心思在外头忙活儿。"老全吸口香烟，手中烟屁股往地上一摔，说："时候不早了，明天还得忙，来，上床吧。"仰头往里躺下。

看老赵早已不见，料是上床睡去了，陈大良便动手脱衣服。工地上不太安全，时有贼蹿进来偷钢筋啥的，顺手牵羊把衣裤扯了去，陈大良把钱从兜里掏出来，藏在席子下面，再把衣裤一折两层叠在床头当枕头。他把掀到顶上的篷布扯下，外面的灯光就不至于影响入睡。

老全很快入睡，发出低沉的鼾声。许是今天经历的事情太多的缘故，陈大良竟没法入睡，脑子在郭玉妹身上拐来拐去，这么漂亮的一个女人，咋会看上自己。洗脚城这种地方历来龌龊，是有钱人家消遣的地方，郭玉妹来龙城这么多年，说不定早成了哪个有钱人的"老婆"，或同哪个混得要风得风要雨得雨的老乡躺到了一张床上。老赵也真是，咋就不把他俩掂量掂量，当他陈某人是老板似的，急急忙忙把自己拽了去。这般一想，人更没法入睡，为了让自己不去想这事，脑子便转到今天齐小眉的事上，这才惊觉忘了回齐小眉的电话。这时分自然不便给齐小眉电话。真要拨过去，那个男人看到会怎样，明天还回不回她电话，陈大良正自想着，头顶这边传来窸窸窣窣的声音，接着是让他怦然心跳的呻吟。声音很低，听得出对方在极力抑制着。陈大良知道头顶这边在干啥，人就有些心旌摇荡了，身下那把雨伞（老赵语）便撑了起来，屏声息气不敢一动，怕搅了人家的好事。女人的呻吟声越来越大，似乎变得放肆了，夹杂着男人粗重的喘息声，鼓捣得他不太好受，渴望身边有个女人，让自己能够龙腾虎跃一番。记得先前随老赵来这里时，连同钟姐似乎有好几个男女，有两个女人还不认识，也不晓得是哪对男女。不知哪儿出了窍，猛可想到了郭玉妹，郭玉妹那张秀气白净的脸盘子在面前晃悠起来。当他试着把郭玉妹身上的衣服一件件脱掉后，竟生出一种说不清楚的激动和快感。这种妙不可言的感觉从未有过。怕是二十来分钟的时间，头顶这边女人喘着气说："不要了，你快点……"稍后响起一声低沉粗重的"啊"声，这场鏖战才告结束。白天头顶着太阳忙活儿，晚上还有如此力气折腾，陈大良暗自叹服这位老兄的本事，就想明天还真要认识认识。

屋子里的鼾声此起彼落，老全低沉的鼾声不知道啥时候没了。

第 2 章

　　翌晨，尚在酣眠的陈大良给老赵等人的笑声吵醒。昨夜，头顶这边一场鏖战后的男女很快跌入梦境，陈大良却没有睡意，想到明天还要干活儿，闭着眼睛强迫自己入眠。当老全的鼾声再度奏起，无法入睡的陈大良试着将郭玉妹的衣服一件件脱去，几次下来也没法再找到那种妙不可言的激动和快感，明白是缺了头顶这边的激越情境。也不知捱到啥时候才一头睡了去。

　　就听老赵笑道："我说大马，深更半夜爬起来呼哧呼哧的少说也有半个小时吧？我才睡下就给你惊醒了，你的功夫忒是厉害啊。看来你得换老婆，找个三四十岁的女人才行。"

　　有人笑问："为啥要找个三四十岁的女人？"

　　马上有人笑说："这还不明白，三十如狼四十如虎嘛，只有这个年龄的女人才对付得了大马，才能让大马满足，不至于半路上拒绝不要不要。"

　　陈大良这才知道昨晚上睡在头顶这边的是大马，一个脾气特好，闷头做事，整天说不上三句话的人。大马叫马吉南，长得粗壮高大，肤似黑炭，唇比砖厚，三天打不出一个闷屁，大家亲昵地称其为大马。因家庭条件的问题，二十五岁的大马才跟一位丧偶的拐子少妇结了婚。这位少妇足足大他九岁。这些年大马一直随老赵走南闯北，妻子在家带孩子。让陈大良他们甚是费解，前年在柳州安装模板时，不知大马用啥手段，忽然就带了一个二十几岁的少妇回到工地。通过钟姐的了解，知道她来自南宁，大家都叫她小芷。有人有意同大马闲扯，想从他口里套出用啥办法把小芷弄到手的，就是没法得逞。之后不管他们辗转到哪儿，小芷都跟随在大马身边，在工地附近的饭店找份洗碗的工作。大伙很是羡慕大马的艳福。

　　看来昨晚上大马在这头行事并非只有他听到。陈大良下床穿戴，大马立在那儿只是憨笑，一任大家说笑打趣。陈大良四下张望，不见一个女人，料小芷上班去了，钟姐几个女人则早早起床忙乎大伙的早餐去了。

有人冲陈大良笑道："大良昨晚上给弄得欲火焚烧吧？只怕恨不得拉个小姐狠狠干干。还有老全。"

老赵笑说："大良才从家里来，这半年天天在涝灾里过日子，倒是老全，旱了快一年，那把雨伞昨晚上肯定燎得难受。"

马上有人笑说："老赵你咋就说老全旱了快一年？"

有人笑嘻嘻地说："老全要是难受，晚上去天桥下好好消受消受。"

见有人洗脸回来，知道很快就用餐，陈大良从提袋里翻出毛巾牙刷，来到昨晚洗澡的地方。有人正在洗漱，从背后一眼看去是唐大叔，他们中年龄最大的工友。陈大良喊了声唐叔。唐大叔立在水龙头前擦脸，毛巾早没了原来的颜色，点头说大良来啦，挪开身子立于一侧，示意陈大良上来。陈大良手中毛巾往肩上一搭，挤好牙膏，杯子在水龙头下接满水，仰头含一口即喷出，开始刷牙。

"我先走一步，大良。"唐大叔拎着毛巾往回返。

陈大良满口泡沫，嗯嗯点头。

早餐后大家上楼做工。凌晨时分刮了阵北风，早上起来天气阴沉，似乎还有一丝冷意，跟昨天完全是两重天。毕竟过了秋分。这种天气城里人并不喜欢，甚至讨厌，但对陈大良他们来说却是难得，没了烈日下暴晒之苦。陈大良和大马几个负责竖柱子模板，大家一边说笑一边忙活儿，没人再拿昨晚上的事打笑大马。忙碌的时候，郭玉妹那张秀气的脸盘子时不时从陈大良额前闪过。对昨晚上齐小眉打来那个电话，这时候觉得，要是他当时问齐小眉有啥事的话，齐小眉都只有支吾的份儿，他要是进一步把话说白了，难堪的是齐小眉。冷静下来的齐小眉也许感觉到了这点儿，才没有再拨打他的电话。

老赵在那边喊，要他过去帮忙把那块大模板竖起来。陈大良跑过去，与唐大叔和老兵四个合力把模板竖起。才要回去，老兵笑嘻嘻地说："老光，我可提醒了你，下次回去一定要把孩子带到医院去做个亲子鉴定，看是你的呢还是村主任的，是村主任的就不能便宜了他。现在的村干部没一个好东西，上面拨给老百姓的钱全被他们截留私用，成了有钱的主，抓着这个机会好好勒他一笔。老光你别心慈手软，不勒白不勒。"

听得陈大良很是不解，看眼老光，又看眼老兵，他们三个则笑着埋头忙活儿。陈大良燃上根香烟听他们说笑，几句话下来明白老兵的话从何而起。

　　老赵几个一边干活儿一边东扯葫芦西扯瓢地瞎喷，何勇说他们村的村主任利用权力猎艳，竟打留守妇女的主意，弄得不少家庭失和、破裂。有次村主任喝醉，嚷嚷说村里一半娃是他儿子。老光父母双亡，就妻子带着儿子独门独户过日子，老兵因此拿话与他打趣。

　　老光笑道："就算是他的他也不敢来认，我儿子更不会喊他叫爹，只认我这个父亲，我百年后他还得给我送终，不会去跪他。"

　　老兵笑说："自己的老婆给别人用，老光你没想法？"

　　老光笑说："我没看见没逮住，等于没有。"

　　回到大马他们这边，有人问啥事儿让老光他们这么快活。待到陈大良道了话题，谭玉臣很是情绪，恨声说："现在的村主任书记，没有一个好东西，坏透了。不说村里一半是他们的娃儿，总和村里几个有些姿色的妇女有一腿。俺村原来的书记隆太佳，鼎鼎的一个色鬼，俺村少说也有二十多个女人跟他有扯不清楚的关系，有愿意的有不愿意的，反正他看上谁家媳妇谁家媳妇就跑不了，有几个还给他生了崽，他老婆因此给气癫了。也是报应，他生了个癫子崽，整天疯疯癫癫跟在妇女背后摸人家的屁股。隆太佳花钱给癫儿子娶了个媳妇，不曾想半年不到儿子摔在河里给淹死了。这些年隆太佳霸占着儿媳妇不准她改嫁，前年他儿媳妇还生了个崽，俺们都笑他又做爷爷又做爸。他把这个儿子、孙子取名会吟，偏偏至今都不会说话，原来是个哑巴。这野杂毛隆太佳生了两个崽，一个癫子崽死了，现在就剩下个哑巴崽，往后还不知道老天爷咋惩罚他。"

　　老明笑说："老谭，看你这么恨隆太佳，该不会是隆太佳半夜爬你家墙上了你媳妇的床？"

　　谭玉臣也不恼，笑呵呵地道："他爬俺家墙俺一斧头劈了他。"

　　陈大良打笑说："他这么容易劈还轮到你？真把人劈了你这一辈子就在牢里待着了。照咱说呢，这女人吧，你要用时有你用，没用时随她怎么去，睁一只眼闭一只眼，省些心。"

　　谭玉臣手指陈大良笑说："大良你对老婆真大方，村主任书记肯定是你老姨。"

　　大马只管一旁呵呵地笑，手上的功夫却是不曾落下。

　　趁中午休息，陈大良去附近市场买来床垫被子。二楼全是清一色的爷们，不像三楼男女混居，容易弄出尴尬的事。历经昨晚上大马的事，陈大良把铺盖扔到了二楼，与刘阿波为邻。大家围了几堆在床铺上或打牌，或海侃。刘阿波背靠墙壁，抱着吉他看一本音乐书籍，对陈大良的到来很高兴，放下书帮衬陈大良铺好床铺。

在陈大良准备跟刘阿波闲扯时，刘阿波的手机响了，听得出是一个女人的声音，刘阿波去了外头接听。陈大良随手拿过书本翻了翻，上面是些唱法技巧的处理和经典名曲，入眼，陈大良感觉犹如天书。

刘阿波返回，身子往铺上一倒。陈大良递给他一根香烟，笑说："女朋友打来的？"

刘阿波接过香烟点燃，说："哪里，我老婆打来的，说这阵儿子病了，花了五百多，昨天我妈病了也花去一百多块，要我汇钱回去。陈哥你看看，辛辛苦苦挣来的钱就这样没了。"说完重重叹了一声。

陈大良不去跟他说这几个月自己都成了杨白劳，颇多感触道："钱花了就花了，病好了就好。"

刘阿波说："也只能这样想。"

两人各怀心事地抽烟。

见刘阿波的烟抽得厉害，浓郁的烟雾把他的脸都遮蔽了，陈大良抬手在他背脊上拍拍说："这就是咱们这一辈子要过的日子。别想得太多，想得太多了反而烦人。"目光落在刘阿波身边的吉他上，"阿波你还有这个呢。"

刘阿波不明所以，瞅眼吉他，手指一弹，指中烟屁股飞出老远，再拿眼望着陈大良，模样儿分明问陈大良的话咋意思。陈大良笑说："去年不是冷不丁冒出了啥旭日阳刚吗？他们跟咱一样出身民工，还上了春晚。阿波努力吧，说不定有天也会像旭日阳刚一样上春晚。"

刘阿波摇头苦笑，说："陈哥你这是骂我呀，我还不知道自己是咋回事，我可从来没想过旭日阳刚跟我有啥关系。"

陈大良道："打工这些年，咱也就看出一条，这世上有些人和事情还真拿不准。那旭日阳刚当初只怕也是你这心思，春晚是他们这一辈子能想的？不是还有个朱啥的农民，穿着件破军大衣，成了啥星光大道的年度总冠军？"

刘阿波笑了笑，说："朱之文，大家管他叫大衣哥。"

陈大良连忙点头，说："对对对，朱之文。阿波你看，当初哪个女人能料到他会有今天，能料到早抢着嫁他了，还轮得到他老婆？现在来看，他老婆八字生得好，撞上了朱之文。"

摁在身边的手机响了，刘阿波拿在手里瞧了瞧，一摁接听键举到耳朵边。陈大良燃上根香烟，挪挪屁股，背靠墙壁抽着香烟，这样便与刘阿波拉开了一段距离，不至于让对方感觉在听他接电话。

"哪位？"

"刘大哥吗？您好！我是文婷婷，想来看看您。"

"文婷婷？"

"是呀，前天晚上您在芙蓉广场唱歌时，我说了哪天有时间向您请教。"

"不好意思啊，我一会就得上班忙活儿。"

"那下班后再跟您联络。"

"到时候再说吧。"

"好，就这样，刘大哥。"

在刘阿波接电话时，女孩的声音让陈大良联想起齐小眉来。看样子，齐小眉是不会拨打他的电话了。陈大良掏出手机打开，往来电话第一个是齐小眉，接后是郭玉妹。在储存电话的时候，陈大良习惯拨打后马上摁断，这样万一在储存中摁错程序也不至于把电话号码弄失。因为和齐小眉的事，老赵介绍他认识了郭玉妹。这两个女人的名字排在一块儿，似乎还真有某种关联。见刘阿波电话打完了看着自己，陈大良的目光从手机上移开，取下叼在嘴上的烟屁股往外一掷，微笑地看着刘阿波。

刘阿波摇摇头："一个女孩子，早两天唱歌时认识的，说要来看我。"

陈大良笑道："都有粉丝了，好事啊！"

刘阿波苦笑，说："人家说来向我请教，我懂啥，到人家面前班门弄斧，那还不是现世？"

陈大良笑说："音乐这东西可难说得清楚，当初朱之文和旭日阳刚未必比你现在懂得多。有人咋说的，真正的高手在民间。照我说呢，阿波你就是高手。"

刘阿波复又摇头："陈哥你别夸我了，我还不知道自己是咋回事？我呢只是喜欢唱歌，旭日阳刚、朱之文跟我没关系，也未曾想过。"

陈大良抬手在刘阿波肩上拍了拍，看眼手机上的时间。一会儿就要上班了，他得把昨晚上换下来的衣服洗掉才是。笑笑，说："我还是那句话，这世上有些人和事情还真拿不准。"待要借着搭在刘阿波肩上的手撑起身来，发现外头下起了雨，噢了一声："下雨了。"

有人马上说："好好的咋忽然就成了打牌天呢！下午怕是干不成活儿了。"

每每下雨，陈大良他们就管叫打牌天。有人说："打牌天不是正好么。得了，都捱了多久，你还打不打字？不打字我扔牌走人。"

那人便没好气了，说："你催死啊，打字不要想的？你扔牌就扔牌，我还怕你扔牌，老子跟你一样输了，巴不得你把牌扔了。"

马上有人说："你俩咋斗我们不管，别赖我们的账就是。"

雨愈下愈大，遮天的云层低低地压着这座城市，下午显然不用忙活儿了，衣服也就不用急着这一刻去洗，陈大良坐在那里没了动作。刘阿波伸手拿过吉他，以指调试了下弦，来到外头的阳台边弹边唱：

还记得许多年前的春天

那时的我还没剪去长发

没有信用卡没有她

没有 24 小时热水的家

可当初的我是那么快乐

虽然只有一把破木吉他

在街上，在桥下，在田野中

唱着那无人问津的歌谣

如果有一天，我老无所依

请把我留在，在那时光里

……

待到刘阿波唱完，陈大良对着他的后背竖起拇指，大声说："唱得很好的啊，阿波！我看旭日阳刚唱得也就你这样子。"

老赵过来，一屁股倒在陈大良铺上，脑勺枕在双手上，说："铺在这儿，咋不到三楼去？"

陈大良掏出香烟递过去，老赵抽出一根叼在嘴上，陈大良跟着叼了一根，说："跟阿波待在一块儿好呀，免费听歌还有啥说的。老赵，这天气是不能上去忙活儿了。"啪地打燃打火机递过去。

老赵一只手把上半身微微撑起，点燃香烟猛抽一口吐出一团烟雾，凑近陈大良低声道："下午不用忙活儿，你可以约约郭玉妹呀。"

陈大良略微犹疑，说："大白天的，她不用上班？"

老赵笑笑，说："她们不像咱白天忙活儿，她们三班倒。昨晚上她不是上班吗？今儿白天多半休息，干吗不利用这个机会约约她。人你看了，长得很不错的，脾气也好，比那齐小眉不知强多少。"

陈大良笑了笑，说："人家这么漂亮，恐怕早就名花有主了，我再去搅和算咋回事？哪天传出去都是笑话。"

老赵吸口香烟，说："不会吧，上次我拿话试过她，她说跟她表妹住在一块儿。"

陈大良拿烟的手伸出铺外，以指弹了弹烟灰，他本想说"都半年多了，谁晓得有没有男人，齐小眉才多久就弄出一个老公"，想到老赵一片好心，这话听来让人多少有点儿不快，当下笑说："这么大的雨去找她？老赵当我是二十郎当岁的时候，见了妹子就心急火燎地想着上床，咱都快奔四十的人了。得了，哪天吧。"

老赵笑着哼了一声，说："这半年你一直在家里涝着，再过两天看看，够你那把雨伞受的，那时候你这话还说得这么轻松算你本事。"

陈大良笑道："那时再找上门去也不迟嘛！"

老赵往地上啐了一口，说："你当人家是鸡，随时恭候你上门去肏是不是？呸，人家可是良家妇女。若非跟你这么多年的交情，我才不会管你鸟事，又不是我缺女人。"

那边有人喊老赵，让他过去打牌。老赵手掌撑着床铺站起身来，顺势在陈大良身上拍了一巴掌，说："这事儿大良你自己看着办，说多了你还当我是拉皮条的，我是拉皮条的？得了，我打牌去了，你好好想想吧，小弟弟需要了匆匆跑去敲人家的门上床肯定没门儿。"

陈大良挪了挪屁股，背靠着墙燃上根香烟，雨越来越大，天气愈发阴暗。也就几分钟的时间，龙城已是一片沧海。看刘阿波时，孤独地坐在那里边弹边唱。许是雨声的缘故，陈大良听不清他的歌词，只感觉歌声有几分苍凉。陈大良喊了他两句，见他没反应便不再喊，一任他唱下去。

有人拉亮电灯，给人的感觉仿佛到了晚上。风雨中有细雨飘了进来。老光叼着香烟过来，手里拿了一副字牌洗来洗去，说："大良，三缺一，走。"

这会儿陈大良不想打牌，说："叫老兵吧。"

老光说："人家老兵早跟谭玉臣他们打开了。走吧，大家在等你呢。"

陈大良说："叫阿波去吧。"

老光一啐叼在嘴上的香烟，瞅着陈大良道："大良你咋回事，又不是不打牌的，咋像个婊子似的充起正经来了……"

陈大良知道，以老光的脾气，往后啥难听的话都会从他那张拉屎的口里吐出来，背脊一抵墙壁站了起来，说："得了得了，走吧。咱这里说了，只打一块的剥皮。"

剥皮是陈大良老家字牌的一种打法，打牌者通常四人。胡数最多的赢三个胡数少的，第二名赢下面两个胡数少的，第三名再赢最后那个。如此一层一层，如同剥皮。胡数最少的输得最惨。老光扭过头来，笑说："看他们咋说。我这人你又不是不知道，只要有牌打，大的打小的也打。

陈大良随了老光往楼上走去。钟姐和两位姐妹东家长西家短闲拉着呱儿，大马歪在床上抽香烟。另两个是老全和阿彪。四人盘腿而坐，老全说只打五毛，但老光和阿彪一反对就独木不支了。

陈大良和老全坐对。第一盘老全自摸和了个头盘，陈大良一边数省（牌），要他好好打，坐稳，坐到二百画。不曾想第二盘给阿彪和了。本来老光与阿彪和同一张牌，可因为牌是老全抓的，老全的下家是阿彪，自然是阿彪这个下家和牌。老光气哼哼地道："还二百画，你是和头盘结尾账，输死你。"

老全眼睛一翻，白了老光一眼，说："我输死，你赢死啊！"

接下来阿彪连和三盘。阿彪口里叼着香烟，一副踌躇满志，似乎认定此局必赢。看阿彪差不多是七十画，陈大良有些急了，碰字吃字打字都是小心翼翼，思之再三，如此自然放缓了速度，阿彪笑他打牌像个女人，只能进不能出。陈大良任阿彪说去，不去理会。待到自摸大贰和了，一算竟有三十四胡，陈大良舒了口气，看胡数竟比阿彪稍多些，人安心不少。

有如神助似的，往后陈大良连连和牌，有次还抓到个天和，老全高兴得就差手舞足蹈，弄得老光和阿彪连道出鬼，两对眼睛铜铃般瞪着老全："人家和牌，你喝汤，高兴个屁。"

老全也不恼，笑嘻嘻地说："我这人容易满足，盘盘有汤喝就行了。"

老光扭过头往地上啐了一口："还盘盘？呸！这盘陈大良还能和牌算他本事。"

老全笑说："那也得看你本事。"

看自己分数过了一百画，此局稳赢无疑，估计有一百多块钱的进账，陈大良落下心来。老全一旁道："大良再接再厉，争取坐到二百画。"

老光拿眼又是一瞪，说："二百画？你去死还差不多。"

老全笑道："我坐在这儿稳当当得钱，死啥？看你急的，输死就麻烦了，那时我和大良都没个要钱的地方。"

两人说话间，阿彪抓出张小九，老光想也没想就碰了，愤然甩出张大玖，说："你才输死。"

陈大良碰了大玖，打出张小九，阿彪抓出张大陆，给陈大良和了。阿彪验看陈大良的牌后，对老光很是不满地说："就一胡你也碰，你不打这个大玖陈大良哪来的胡子？大陆后面是大柒，不就我和了？你有钱输我可没你钱多，跟老全争死呀！"

老光的脸憋得通红，不服气地说："谁知道他手上有对大玖？我也想和牌，想靠小九跑，小九跑我也和。"

阿彪剜了老光一眼，说："跑了吗？又不就你一个人打，要啥牌有啥牌。"

老光心有不甘地道："谁知道小九在陈大良手里，你以为我是神仙，是神仙你们还敢坐在这里跟我打牌？"

陈大良心里喜滋滋的，任两人互怨互骂，把手中的牌整理好，打出一个小八。老全掏出香烟，抽出根递给陈大良，打燃打火机帮对方点上，然后自己燃上一根，见老光和阿彪还在整理手里的牌，说："小八要不要呀？人家都打了这么久，也不见你们说一声。不要就抓牌。"

老光瞪了老全一眼，抓出一个大拾，没等他醒悟过来要还是不要，阿彪甩出一对大拾碰了。老光把大拾丢给对方，说："就晓得碰对家的牌。"眼睛睥睨着老全，"你一个数省（牌）的，我们要不要关你屁事，有你说话的资格？"

老全说："咋不关我的事？你们这样拖宕，一天打得了几坎？"

老光两个鼻孔哼了一声，说："你当自己是快手？还不是跟我们一样拖宕。真是马不知脸长，不晓得自己是啥东西。"

老全笑呵呵地道："我当然不是东西，是人。"

这时又给陈大良自摸和了，阿彪冲对家吼道："我说老光，你跟他争个鸟啊，不晓得把心思放在牌上？你看你才多少画，嘴上没占着便宜还要输钱，犯得着吗？"

老光嘟噜说："没人跟你争，咋不见你和牌？"

阿彪说："得了，你去争吧，咱俩看谁输得多。"

陈大良坐到一百八十多画的时候，给老光和了个十胡。一算账，这一坎陈大良赢了差不多四百块钱，老全也赢了百把块。老光输得最惨，四百整。老光磨蹭了半天只给三百，陈大良不满了，说："第一坎就欠账，哪有这样的道理？"

老光说："啥时候打到后面欠过你的，下坎给不是一样么？"

陈大良说："既然是一样，干吗要下坎给？"

老光就变得难堪了，说："你打还是不打？不打的话这一百块就没了。"

阿彪急着扳本，冲陈大良说："欠一百就欠一百，下坎给就下坎给，又不是不给你。"

钟姐过来，笑吟吟说："大良发财了，一坎赢这么多，请客买瓜子大家吃。"

只要有人赢了钱，钟姐就凑上来让人家请客，大家对此早已习惯。陈大良当即抽出二十元递给钟姐，钟姐接过，笑着说了句大良继续发财。她把二十块钱递给一位姐妹，要对方去下面的小卖铺买瓜子。对方也不管这当口正下雨，接过钱撑把雨伞屁颠屁颠去了。

老全赢的差不多也就是阿彪输的，他把钱塞入衣兜，抽着香烟笑道："我只打五毛的，你们硬要打一块。打五毛的话，哪儿赢得了这么多。"

阿彪一边洗牌一边说："你那钱是吃五保吃的，你还有五保吃算你本事。"

老全笑说："我和大良坐对，再坐到一百八十画。"

老光扭头往床外吐了口痰，说："你咋竟放屁？"

开牌定位，这回陈大良和老光坐对，阿彪的对家是老全。老光把手伸过去，说："来，大良，借你的手气一块儿发财。"

陈大良伸手同他握了，说："行，一块儿发财。"

瓜子买来了，钟姐往他们四人面前各放一把，再往大马铺上撒了一把，一时间瓜子壳乱飞。不知谁嗑的瓜子壳飞到老光脸上，老光以手往脸上一抹，打出个大玖，噢了一声骂道："哪个没长眼睛的，吃了要死？害得老子扯错了牌。"大陆是旧字，老光原本是要打大陆的，往脸上一抹却甩出了大玖。

阿彪碰了大玖，陈大良抓了个小五，阿彪见陈大良吃字，手中牌往铺上一摞，和了。

陈大良道："咱说老光，别一张嘴巴不得闲，把心思放在牌上好不好？你不打大玖，阿彪和个鬼。输的可是钱呀！"

老光手中牌愤愤地往铺上一摔，抬头见大马站在陈大良背后嗑瓜子，狠狠地剜了他一眼。这会儿阿彪心情不错，两手一拢开始洗牌，笑说："大马是不是想来打两坎？"

大马说："我不会。"

阿彪说："我教你。"

大马摇头。

老光似乎也醒悟，这样下去会输得很惨，嘴上叼了根香烟，眼睛一瞬不眨地盯着阿彪洗牌，好像里面藏有很多玄秘，他谁都不望，谁的话都不搭理。阿彪洗了两次牌，手中牌往中间一放，老全拦腰抓起一叠牌在手中数了起来。

老光这盘打得很谨慎，吃字碰字打字都是想了又想，看了又看，一句话也不说。他不说话，场面便安静了。有两次阿彪嫌他太慢，催他他也不理会。当自摸和了时，长长地出了口气。待到阿彪和老全验看后，埋头洗牌，抓牌。

好运似乎开始眷顾老光，他连胡七盘计一百三十多画。中间臭了一盘，罚十画给陈大良。陈大良心下甚是高兴，脸上却不敢表露出来，怕刺激了老光。偏偏老全蹦出一句盘盘臭都行，这回老光却没去理会。一算账老光赢了三百多块，扣除上坎所欠，入兜两百多，陈大良入兜一百七十块。老全上次入兜的全吐出来还输一百六十块。阿彪连输两坎，神情语气明显挂着不快。

不知什么时候，一阵狂风夹着湿气和刘阿波苍凉的歌声吹来，陈大良打了个冷战，拿起撂在面前铺上的手机一看，已是下午六点。抬头四下张望，钟姐她们早已不在，这会应该在忙乎大伙儿的晚餐。大马躺在他的床上吸着香烟。一会儿就要吃晚饭。陈大良趁下家老光吃字思虑打哪张牌的间隙，往外望了望，大雨不知疲惫地下着，落在地上如杵击鼓，雨中的灯光遥远而模糊。

晚饭前雨意外地停了。陈大良撂下碗筷，摸摸口袋说没烟了，便出了工地。阿彪和老光输了，撂牌时说吃了饭继续。打了半天牌，脑壳昏沉沉的，陈大良不想再跟他们打下去。他兜里就剩四百多块钱，好在今天手气好赢了八百多块，真要是输了，买烟的钱都得找老赵借。

暴雨后的龙城空气清新，但明显起了寒意。陈大良燃上根香烟，信步走着。手机响了，看时是老光打来的。不用猜也知道是喊他打牌，陈大良后悔没把手机关了，想着接呢还是不接。以老光那德性，说好继续的，你却一去不返，那是啥话都骂得出来。如此一想，陈大良打定主意不接，一任手机叫个不停。

有人在背后喊他，立身看时是老明和老兵，还有谭玉臣、老赵。四人大踏步追了上来，陈大良掏出香烟一一散上，拿话问他们去哪儿。谭玉臣一只手搭在陈大良肩膀上拍了拍，笑道："大良今天发财呀！"

陈大良明白谭玉臣口中发财所指，忙说："什么发财，也就赢了两百块。"

老兵说："他们都说你赢了一千多块。"

陈大良说："你听他们瞎说。老兵你还不晓得他们，一转口一百成了五百，两百就是一千。"

老赵说："大良一个人准备去哪儿？"

陈大良说："咱就附近走走。"

谭玉臣说："大良一块儿走。"

老赵说："今晚上谭玉臣请客。"

陈大良噢了一声扭过头去看着谭玉臣，说："玉臣今天发财了？"

老明说："他赢了一千六百多，就我跟老兵输了，老赵保本。"

陈大良说："厉害，厉害，搞啥活动呢？"

老明笑嘻嘻地说："大家跟着谭老板走就是。"

行走在雨后夜晚的人们看上去特有精神，五个人说说笑笑往前走。路过一家店铺，有人给他们每人塞了张广告。陈大良见上面用特大号字标着"蓬莱根浴会所"，下面是大号彩色字："把根留住，百事可为。女技师的专业养生手法，让男人三十无坚不摧，五十生龙活虎，七十宝刀不老。"陈大良扭头去看店铺，霓虹灯把招牌衬托得特有魔力。

陈大良道："啥会所，还不是跟窑子店一码事。大家感觉到没有，如今的窑子店太多，大街小巷随处可见。"

谭玉臣笑笑，说："还不是男人爱肏，女人爱钞。"

老兵笑说："这城里人他妈的忒是有钱，会享受，早两年兴女人养卵，现在男人养小弟弟，咱乡下的男人七十都金枪不倒，哪里用得着养。"

陈大良笑说："这说明城里的男人尽是绣花枕头，中看不中用。"

老赵将手中广告一扔，说："他妈的养鸟根，还不是城里人忽悠人的事。啥女技师，还不是卖淫女。我敢说这里面干的跟发廊里干的是一回事。"

老明笑道："他们也就忽悠城里人，咱乡下人不会上这种当。"

老赵笑说："我们不是不会上当，压根儿就不用养啥鸟根。你们有谁的小弟弟不行，站出来。没有，是吧？"

老兵怪笑说："我们乡下人的小弟弟无坚不摧，缺的是女人和钱，他奶奶的城里人有钱有女人，偏偏小弟弟不行，要么想举不能，要么举而不坚，坚而不挺，想快活都难。他妈的这世界真不公平。"

老赵笑着手指老兵："我猜你那把雨伞现在一定是又坚又挺。"

老兵的脸上仍旧挂着怪笑，说："有些日子没碰女人了，他妈的还真想拉个女人痛快一回。"

老赵笑了说："前面就是芙蓉路天桥，让玉臣今晚上请你吧。"

老兵说："啥请我，要请大家一块儿请。谭玉臣你啥态度，给句话。"

见大家的目光投向他，谭玉臣那只搭在陈大良肩膀上的手收了回来，笑说："那今晚上俺就请大家去芙蓉天桥下玩吧。"

老兵说："你这里把钱给大家，每人五十块。"

谭玉臣便掏出钱包，逐个开始发钱。给老赵时，他笑呵呵地说："老赵，俺这里当着大伙的面说了，有天钟姐晓得了跟俺没关系，你可别把俺扯出来，那时候俺是不承认的。"

老赵笑道："你咋像个娘们似的。"

大家说说笑笑继续往前走。见前面两道长长的天桥交叉成十字，陈大良料是老赵口中的芙蓉路天桥。待到走近，见不少站街女或站或坐，见了男人就迎上去，有的男女紧搂在一块儿。早在老赵提起芙蓉路天桥，陈大良便联想到这一层。他对面前的场景并不陌生，去年他们工地附近有条大河，长长的河堤上长着十多年树龄的杨柳，绿草如茵，有工友们晚上偷偷跑了去，更有结伴去的。当时陈大良和齐小眉的关系正值如胶似漆，陈大良自然不会去。有回白天路过，陈大良特意留意了，避孕套和卫生纸随处可见。陈大良晓得这种地方的对象完全是针对他们这一阶层的人，价格便宜。谭玉臣等早已分散开去，看样子是这里的常客。陈大良到底是第一次来这里，脚步一慢落在谭玉臣他们后面。他站在花圃旁，想看看老明他们的行动再说。不经意发现花卉上撒了些乱七八糟的污物，借着路灯细看，原来是避孕套。再看面前的脚下也是。眼睛四下搜寻，老赵和老明已被女人拽得不知去向，倒是老兵搂着一个女人坐在长条石凳上，谭玉臣和一个女人靠着桥墩在说笑，一双手不时往女人身上摸。

陈大良正想移步过去，一个站街女扭着腰肢过来，一只手托着下巴打量着他。女人化了淡妆，模样儿还过得去，嗲声说："大哥在这儿站了多久啦！第一次来是吧？不要紧，头回生二回熟，走吧走吧，我们过去玩，按摩十元，摸上身加十元，摸全身加十元，打炮四十元，限十分钟，超过十分钟另计。"说着伸出一只手来拽陈大良的手。

陈大良本能地后退一步，站街女的手落空。女人向陈大良抛了个媚眼："大哥你这是咋啦？我可没漫天要你的价，这儿都是这么个价，不信你随便找个人问问。站在这里看人家干有啥意思呢！别耽误时间了，走吧，我保证大哥满意，下次还会找我。"

那边老兵和女人身子合一倒在石凳上，女人的双手朝天空乱抓，啊啊之声清晰可闻；谭玉臣和女人转移到桥墩的角落里，因为光线黯黑的缘故，看得不是很清楚。面对此等情境，一股热流自丹田蹿起，陈大良起了冲动，正待随女人走，前头忽然传来悚然惊叫，有人四处乱窜。正自惊疑，有人大叫警察来了，面前女人撒开腿往他们来的方向跑。事起突然，陈大良也管不了谭玉臣他们，转身便跑，三步两步把女人甩在背后。见没有人追上来，心神稍定，放缓了脚步。这会儿陈大良清醒许多，不再害怕，凭他对公安行事的了解，只要未当场逮住就没事，再说他本来就什么都没干。

原本是随老赵他们来找乐子，哪知发生了这等事，陈大良连溜达的心思都没了，直接往回返。他燃上根香烟，几次扭过头去，想看看老赵他们是不是追上来。工地在望，也不见有人回来，看来老兵等多半已落入公安手中。陈大良掏出手机欲要拨打他们的电话，马上又没了动作。老兵他们真落入公安手中，这会儿肯定在接受讯问。公安机关对嫖娼卖淫大都采取罚款处理，谭玉臣三个也就损失点儿钱，老赵只怕会很麻烦。凭钟姐的性子，还不跟老赵闹个天翻地覆，那时候有他头疼的。

第3章

　　陈大良悄然回到自己铺上，大家扎堆在牌里，没有谁留意到他回来了。老光和阿彪不在，料在楼上与人打牌。不见刘阿波，听歌声在四楼。陈大良吸着香烟，把自己歪在铺上，想周围这些工友绝对想不到今晚上自己历经的惊险，老赵等四个凶多吉少。假使自己这里把刚才的事一说，保准大家纷纷扔下手中的牌围上来问个不休。陈大良清楚地知道，这事是断断不能从他口里说出来。先不说别的，钟姐要是因此跟老赵寻死觅活，他罪孽深重。有天他们从别的渠道获知则是另一回事。

　　看手机上的时间，回到工地快一个小时了，也不见四个人中谁打来电话，陈大良就愈发不安。道理很简单，只要不落入警方手里，再怎样也该回来了。老赵的床铺在上面，谭玉臣三个可在这里。陈大良想上去看看，人都爬起来了又没了动作，若被老光看见了，还不熊他个半死。

　　刘阿波回来，吉他往墙上一挂，招呼道："今晚上的手气咋样？"

　　陈大良明白，刘阿波当他今晚上在家打牌，含混说："输赢也就几十块钱，没往心里去，估计保本吧。"

　　刘阿波身子仰天往铺上一倒，说："能够保本就不错。"

　　陈大良说："哪个打牌的不想赢钱？没有谁愿意当输家。"

　　刘阿波说："问题是要赢得到。"

　　"那也是。今晚上咋没出去唱歌？"

　　"下了半天雨，路不好走。"

　　"城里不比我们乡下，下雨等于洒水车洗马路的效果。"

　　"不至于像你形容的吧？"

　　手机忽然响了，看时是老赵的电话，陈大良心脏猛地一跳，差点儿堵住了嗓子，待要摁键接听，铃声一下没了，大感迷惑。阿波见状，问咋啦。陈大良说老赵打来的电话。阿波手指门口："那不是么？"

顺着刘阿波手指望去，老赵果真立在门口向他招手，示意他过去。陈大良攥了手机快步过去。见老赵往楼下走，陈大良也不拿话去问，尾随其后。到了马路，老赵扭头望了下四周，说："他们三个呢？"

"不晓得。"

"他们打你电话没有？"

"没有。我也不敢打他们电话。"

"大良，你看他们是不是出事了？"

陈大良想想道："说不准——你也不是才回来么？"又说，"老赵，我担心的是你。你真落到他们手上，钟姐这一关有你受的。你没事我也就安心了。"

老赵伸手在陈大良肩上拍拍："谢谢老弟！"稍后又问，"今晚上的事，我老婆有没有问起你？"

陈大良说："我就怕钟姐找我问你，三楼都没敢去。现在谁都不晓得。"

老赵摇晃着脑壳，说："先前说好吃夜宵的，哪知却变成去芙蓉路天桥。早知道是去芙蓉路天桥，我肯定不会去。"

陈大良说："老赵你又没事，担心啥？就算他们落到公安手里，也就罚两个钱，他们老婆都不晓得。"

老赵说："大家上老下小，养家糊口的，挣两个钱不容易，他们没事才好。"

陈大良说："谁又肯把自己辛辛苦苦挣来的血汗钱给他们？老赵你还不知道公安那帮人是咋回事，落在他们手里就得留下买路钱。"

一辆的士在他们身旁停住，车门敞开，吐出谭玉臣。陈大良面对着老赵，一眼发现谭玉臣，惊喜地喊了声玉臣，老赵闻声转过身去。谭玉臣本来准备往工地大楼走的，听得有人喊他，扭过头来，见是他们两人，一拐一拐地走过去，脸上一副龇牙咧嘴，苦大仇深。

陈大良上前扶住谭玉臣，关切而疑惑地问："你这是咋了？"

谭玉臣连咳两声，吐了口痰，骂道："听说警察来了，吓得俺弃了那娘们就跑，慌里慌张地跌倒在一个坑里。还好，里面没有多少水，不然非淹死不可。他妈的倒霉，今晚上碰到王八蛋扫黄。"

老赵说："找医生看了没有？看看附近有没有诊所。"

谭玉臣摇头哼了一声，说："都这时候了，还去医院？明天吧，反正死不了。只是这两天没法上班。噢，他们两个呢，回来了没？"

陈大良道："没有，我和老赵一直在这里等着。"

谭玉臣说："估计给公安逮住了。听说今晚上抓了不少。你们是在这儿等呢还是上去？俺得上去了。"

老赵趋前一步，问要不要送。见谭玉臣摆着手说不用，低声说："今晚上的事别与人去说。"

谭玉臣把嘴一撇道："还说，让别人笑话俺嫖娼跌到坑里险些淹死？"

谭玉臣一拐一拐地上去了。陈大良望着谭玉臣背影，暗忖以谭玉臣这模样，待会大家见了少不得围上来问个不休，够他烦心的。凭谭玉臣的心情和脾气，说不定今晚上的事会从他口里泄露出来。陈大良也不拿话说给老赵听，只要不是从他口里泄露出来的，老赵有麻烦也跟他无关。

"老兵和老明真落到公安手里，捞人也是明天的事。谭玉臣刚才不是说了，今晚上抓的人不少。派出所也就那几个人，讯问都得排队，不知啥时候才轮到他们。"陈大良试探地说："老待在这里也不是个事，要不咱先上去。"

老赵摸出香烟点上一支，接连抽了两口，说："也好，咱上去睡觉，有事明天再说。"

两人迈步往回返。背后有人压低嗓子老赵大良地喊，陈大良耳尖，听出是老明的声音，率先转过身去，老明躲在对面黑暗处向他招手。老赵也看到了，与陈大良对视一眼好奇地走过去。

"有公安来过吗？"老明说话时，一双眼睛警惕地四下张望。

陈大良和老赵便起了紧张，条件反射地四下扫视，说："没有啊！"

老赵马上又追问一句："老明，发生啥事了？"

老明说："我给他们弄到派出所，趁他们没注意，逃了出来。"

难怪到了工地都不敢进去，像个特务似的躲在暗处。陈大良不假思索地说："逃出来就好。看到老兵了吗？"

老明说："老兵在派出所，玉臣呢？"

老赵两指一松，烟蒂落地，说："玉臣刚刚回来。得了，上去吧。"

老明立在那儿不动，说："老赵大良，你们哪个身上有钱，借我两百块。今晚上我还是住旅社。"

陈大良明白老明的意思，担心警察晚上找上工地拿他。老明的担心，让陈大良同样起了担忧，人就变得紧张，拿眼去看老赵，老赵掏出钱包，抽出两张百元钞票递给老明。老明把钱往衣兜一塞，说："我走了，有事打电话。"挥手快步而去。

看老赵转身往回走，显然没想到那一层，陈大良便说："老赵，你说警察会不会找上我们？"

老赵一愣，止住脚步望着陈大良。看老赵尚未明白，陈大良说："老明不敢上去，还不是担心老兵在派出所供出他来。老兵会不会把咱给扯出来？"

老赵："这……应该不会吧，扯出我们对他屁好处都没有。"片刻又说："老明跟我们不同，他是给抓到派出所逃出来的……我在芙蓉天桥下啥事没干……他派出所总得讲点儿道理，不能凡是去了芙蓉天桥就当嫖客抓了罚款吧？说不过去呀……现在可不是以前了，凭哪个一句话就抓人。"

老赵的话不无道理，今晚上的事又不止他一个人，还有谭玉臣，自己可真是啥也没干。陈大良就不吱声了，随着老赵往回走。见老赵不时拿眼看他，猜对方心里有些打鼓。又想谭玉臣要是听了他们刚才的话，多半也不会安宁，今晚上能不能留宿工地都是个疑问。

有人躺到床上，看样子少了两堆打牌的。谭玉臣靠墙坐在床铺上，两位工友歪坐在他面前小声谈论什么。灯光下陈大良发现，谭玉臣左边脸颊给跌伤了。见谭玉臣不跟他打招呼，猜有意做给别人看，陈大良只当没看见，径直走向自己的床铺。刘阿波侧卧床上，面朝墙壁，看不出他是不是睡了，陈大良也不去招呼。自己这里招呼一声，刘阿波若是入睡了势将给惊醒过来，他的罪过就大了。

到水龙头下冲澡回来，晾毛巾时有人在他背后重重一拍，陈大良给吓了一跳，回头看去是老光，强笑道："老光你这个鬼，人都被你吓死了……"

老光说："大良你他妈的咋不讲信用，说好吃了饭继续的，你却脚底抹油溜了，打你电话也不接，阿彪都骂你祖宗八代呢……"

"老赵找我，让我跟他办点事儿。"

"啥鬼事儿？你那心思我还不懂，赢了就跑。不过，你走了也好，老子把今天输了的钱全赢回来了。"

"这不就成了么。咱告诉你一个经验，输得太多换换人，手气就会转。"陈大良信口道。

"鬼经验。"老光笑着在陈大良身上擂了一拳，说："咋不见阿彪赢？"

"不是说情场得意赌场失意吗，估计阿彪近来在女人身上得意。"陈大良笑说。

"这个得问阿彪才知道。都十二点了，我得去洗澡睡觉，哪天你请我客。"老光笑嘻嘻而去。

陈大良笑着答好，拿起压在叠好的被子上的枕头一放，把被子摊开，顺势去瞧对面的谭玉臣，正在动手脱衣准备睡觉。看他龇牙咧嘴强撑着没有叫出声来，可见他这一跤跌得不轻，怕是今天所赢的钱全拿来付医药费都不够。陈大良身子仰天一倒，闭了眼睛，拉过被子盖上，头顶传来刘阿波均匀的呼吸声，知道他已睡去。还有人在打牌，顶上的灯光刺得眼睛不太舒适，陈大良侧身面朝墙壁，感觉舒服多了。

老赵一脸丧气，从三楼下来，背后紧随着怒气冲冲的钟姐。老赵一把拽住陈大良，说："大良，也不知谁造的谣，我这婆娘硬是说我今晚上跟你们去芙蓉路天桥嫖娼，你跟她说说，我嫖了娼吗？"陈大良忙说："哪来的这种事，钟姐你听谁说的？"钟姐挺身上前："你告诉我的。"陈大良说："我啥时候说老赵嫖娼了？"钟姐手指头戳着他的鼻子，骂道："你说了还不承认，像个男人吗……"老赵便跌了脸色："陈大良，枉我这些年拿你当朋友，这种爷们之间的事竟跟女人去讲，你是想要我和我婆娘离婚是吧……"工友们纷纷指责他的不是。陈大良急得叫屈，百口莫辩。这时老兵在外面大良大良地喊，说有人找他。陈大良要出去，给钟姐死拽着动不了，老赵一旁逼他讲清楚，为啥要做这种下三烂的事。老兵领着两名警察出现在面前，手指陈大良："他就是。"两名警察一左一右上前扭住陈大良，拿出锃亮的手铐把他铐住。陈大良懵懂问："你们咋抓我？"一名警察说："你在芙蓉路天桥下嫖娼逃跑，我们将根据《治安条例》惩罚你。"陈大良大呼冤枉："我没嫖娼，我就随他们到天桥下。"扭头冲老兵道："你怎能诬陷我？我可没得罪你。"老兵面无表情地说："嫖了就嫖了。"另一名警察说："我们人民警察绝不会冤枉一个好人，也不会放过一个坏人。没有证人证据，我们不会抓你。"一招手，一名妇女扭着腰走上来，说："就是他。"陈大良认出是天桥下同他搭话的妇女，说："我跟你可没什么呀。"妇女说："你给了我四十元，在石板凳上搞了我。"陈大良道："你这不是鬼话么，我话都没跟你说一句，咋搞了你？"妇女说："我可没说鬼话，你好好想想。"陈大良想了想，似乎还真把她脱了裤子压在石板凳上。一名警察往他背后一推："走吧，跟我们去派出所。"钟姐往地下唾了口唾沫，骂道："你不是说你没嫖吗，就老赵他们四个嫖了？嫖了还不承认，真不是个东西。"陈大良很是羞愧，低头下楼。在马路上遇到郭玉妹，郭玉妹问他犯了啥事，陈大良止住脚步，无言对答。尾随后面的老赵过来，说："对他这号人来说还有啥事？嫖娼。"郭玉妹顿时跌了脸色，说："你咋能干这种事呢？你说你这样做对得起我……""走吧走吧。"一名警察抬手往他肩上一推，用力过猛，陈大良身子往前一扑，重重跌了一跤。陈大良大叫一声，原来做了个噩梦。

陈大良醒来，背上黏黏糊糊的，出了大汗。屋子里打牌的人早没了，大家都已上床入睡，除了此起彼伏的鼾声，显得异常寂静。这种寂静让陈大良害怕，好像刚才所梦随时将会发生。虽说自己没有嫖娼，可真落到他们手里，没事都是事。看谭玉臣躺在那里正在好睡，陈大良很想过去叫醒他，告知刚才所梦，叫上老赵马上离开这里，可这时候的还能去哪儿？陈大良摸出枕头底下的手机看了看，凌晨四点。派出所讯问完老兵后，这当口完全有可能摸到这里来。如此一想，陈大良爬将起来，来到谭玉臣床头摇醒他，谭玉臣揉着眼睛问啥事。陈大良低声说："你说派出所会不会讯问老兵后找上我们？"陈大良到底没有说噩梦的事，要是谭玉臣听了还不骂他神经。

谭玉臣一下清醒了，止住揉眼的手，紧张地盯着陈大良道："谁打电话给你了？"

陈大良说："我担心老兵把我们供了出来。老明给抓了去，在派出所逃了出来，他说亲眼看到老兵给抓在派出所。"

"老明回来了？什么时候的事？"

"你回来没多久他就回来了，找老赵借两百块钱走了。他担心警察找上这里，今晚宿在外面。"

谭玉臣的样子更显紧张，一骨碌坐起，孰料弄痛了那只受伤的脚，哎哟哟地叫了一声，结巴地说："这么久咋没听你说起……"

谭玉臣这一紧张、一结巴，声音很大，陈大良给吓了一跳，扭头张望，幸好没有惊醒别人。谭玉臣意识到自己的声音大了点儿，赶紧打住后面的话。对谭玉臣的为什么，急切间陈大良没法说得清楚，只说："我都给今晚上的事弄懵了，哪能想得这么多。玉臣，你看我们现在咋办？"

"老赵呢，他是啥意思？"谭玉臣问。

"他在上面。"陈大良道，"老赵说，老兵供出我们对他没有任何好处。"

"是呀，大家一块儿这么多年，扯出俺们对他有什么好？派出所没当场拿住俺，打死俺都不认账。他派出所未必真把俺生生给吃了。"谭玉臣道。

陈大良一时竟不知道说啥。

谭玉臣说："咱俩这里说了，真被他们弄到派出所，死也不能认账。"

陈大良略略点点头。他本来想提出，今晚上到外头避一避的，见谭玉臣也是老赵的看法，压根儿就没有这方面的意思，便不再废话，想着自己咋办。

"很快就天亮了，不会有事的，休息吧。"谭玉臣捂着嘴巴打了个呵欠，仰天躺下后又是一个长长的呵欠。

陈大良过去把灯熄了，回到床上躺下。倒在床上，脑子想着是去外面找个地方避避呢，还是在这里躺两个钟头算了。摸出手机，快五点了，再过两个钟头便天亮。未必这么倒霉，就这两个钟头派出所的人还会来拿他们，真被抓了去，照谭玉臣说的死不认账。主意打定，陈大良闭了眼睛要自己睡去，却是不能，少不得在刚才这个梦里拐来拐去。郭玉妹出现在梦里，她的话让陈大良觉得好生奇怪，他们什么关系都不是，就算自己真嫖娼也没啥对不起她的。直想得脑子发晕，不知什么时候一头睡了去。

再次醒来，眼睛涩涩的，穿戴衣服时感觉头重脚轻。洗了把冷水脸，感觉一下舒服多了。看谭玉臣和老赵没事似的，陈大良暗忖昨晚上想得太多，以致弄得自己不曾睡好，要撑过今天的活儿只怕会精疲力竭。

谭玉臣与老赵招呼一声，一拐一拐去了医院。在大家准备干活儿的时候，老明来了。老明来到陈大良身边，递给他一根香烟，悄声问："昨晚上没事吧？"

"还好，没事。"

"谭玉臣呢，咋不见他？"

"早上去医院了。"

"咋啦？"

"还不是昨晚在天桥下慌不择路摔了一跤。"

"老兵那里有电话来吗？"

"没有。要不你去问问老赵，看他是不是接到了老兵的电话。"

开始忙活儿。老明没去找老赵，与陈大良几个一块儿埋头扎钢筋。没多久陈大良便开始犯困，只好不停地抽烟。老明感觉出来了，说："怎么，昨晚上没睡好？"

在刮胡子时，陈大良看到自己那双布了血丝的眼珠，当下也不隐瞒，说："出了那么大的一件事，咋睡得安稳，你不是也因为害怕宿到旅社去了吗？"却也不说昨晚上那个梦搅得自己胆战心惊，不曾睡好。

老明摇头，说："我跟你们的情况毕竟有点儿不同，给他们弄到了派出所，你们三个有啥睡不安稳的？"

陈大良打了个呵欠，说："他们两个睡没睡安稳我不晓得，反正我是一夜未睡好。"叹了一声，"没有昨天谭玉臣赢钱，哪来昨晚上的事。谭玉臣赢的钱，估计治伤都不够。"

老明苦笑说："早知道有昨晚上的事发生，宝马接我都不去。没有昨晚上的事，我哪会花两百块钱上旅社睡，睡哪里不是睡，大良你说是不是？"

这时老赵在那边招手喊他，让他过去。陈大良撂下手中的活儿走了过去。见老赵手里攥着手机，猜刚刚接听完电话。老赵说："老兵打来电话，让我给他借五千块钱送到派出所去，你身上有多少借一下，他回来后还你。"

陈大良掏出昨天赢的八百块钱，从中抽出两百放回衣兜，把那六百递过去，说："我才从家里来，钱用得差不多了。就这些，我得留两百买烟抽，借六百吧。"

老赵接过，说："我身上也就一千块钱，差一大截，还得找谁借些。"

陈大良说："这么多人，三五千块钱不是问题。找大马吧，他又不打牌，也就一天抽包香烟，身上应该有钱。"

老赵点头称是，眼睛四下搜寻马吉南。见马吉南跟老全他们几个在一块儿安装柱子模板，口里大马大马地喊，同时向他招手。看大马向这边走来，陈大良返回继续扎钢筋。老明过来，蹲在他身边忙碌，说："是不是老兵的事，他怎样了？"

"罚款五千。这下你可以安心了。"

"大良你这是什么话？好像是我的事。"

"难道不是吗？你都说了，我们的情况跟你不同。老兵真把你扯出来，凭你逃跑的事，甬说罪加一等重罚你，五千块钱只多不少。待会老兵回来，你得好好感谢人家，找个地方替他压惊，我和老赵作陪。"

老明笑道："听你这么说，我还真得谢谢老兵才是。"

陈大良笑着说："上回馆子也就吃个三四百块钱吧，你算算老兵为你省了多少钱？"

老明哈哈一笑，说："有你这样的算法？"

老赵过来，两人止住说笑。老赵掏出一沓钱，说："老明，派出所你熟，这交钱捞人的事只好交给你了。"手中的钱递了过来。

老明脸色大变，赶紧后退一步，盯着老赵说："老赵你啥意思，让我去，要是给人认出我来咋办？"

老赵笑着一拍脑勺，说："我没想到这一层，只想着你去过派出所，对那地方熟，找起来容易。这样吧，你和大良一块儿去，到派出所后由大良交钱捞人。"见两人有些犹豫，老赵说："不能让别人去，让别人去昨晚上的事就传出去了。"把钱往陈大良手上一塞。

两人离开工地，也不打的，上了辆公交车往派出所奔。这时候早过了上班高峰，车上稀稀拉拉坐了五六个人。屁股一搭着椅子，陈大良便瞌睡了去，一任车子摇摇晃晃也不醒来。有时候车子一个急刹或急拐弯，脑袋重重地磕在玻璃上或老明的肩膀上，无事一般。老明的目光望向窗外的车辆人流。他在发呆。发呆是一种思维短路，眼睛望着什么其实是视而不见，脑子里好像在想什么，其实只是一片空白。当广播告诉他下一站站名时，老明一下清醒过来，摇醒陈大良，陈大良衔着口水，睁开眼睛问是不是到了。

下了车，往前走上几十米，老明止住脚步，掏出香烟，抽出一支递给陈大良，指指对面："我在这里等你，大良你去吧，有事电话联系。"

横过马路就是派出所，没有大门，院内停了几辆警车，出出进进的人很多，有男有女。陈大良还是第一次来这种地方，心里有些紧张，站在院子里一时不知道找谁。想想，掏出手机拨了老兵电话。手机一响老兵便接了，先他大良大良地喊，声音很是激动。

"我现在派出所，老赵让我来的，我找谁呢，老兵？"陈大良说。

"你站在那里别动，我让他们来找你。"老兵说完关了机。

许是置身特殊场合，陈大良忍不住想起昨晚上天桥下惊险的一幕，若非自己第一次去天桥，对这种场所甚是陌生，只怕同老兵他们一样，一上来就跟那些女人搞上了。幸好自己反应得快、跑得快，否则昨晚上同老兵一样被关在黑屋子里，罚款五千元。五千元差不多是一个月的工资。

"谁是陈大良，谁是陈大良？"一名警察站在门口大声喊。

陈大良忙跑了过去，未及说话，警察已返回屋里，屁股往椅子上一坐，说："钱呢？"

陈大良赶紧从衣兜里掏出钱来递上，警察接过，蘸着口水埋头数钱。陈大良立在一旁，暗自去瞧警察，数钱的动作很快，一点儿不逊银行柜台内的职员。警察数了两遍，确认无误后利索地往兜里一塞站起身来，顺手拿起摞在办公桌上的一串钥匙。见状，本想问他要收据的陈大良当对方要去哪里给他开凭证，忙出了办公室。

警察随手把门拉上，让陈大良稍等，往另一座楼去了。按陈大良的意思，钱给了对方，在对方未出具凭证，老兵未放出来之前要跟紧对方，现在对方明说了不让他跟着，也就不好尾随，若惹得警察不快，人都甭想捞了。陈大良只好立在院里，单等警察再度出现。闲着无事往大门对面望去，人流车辆来来往往，不见老明。这时一辆警车驶入，车门敞开，跳下两名警察，随后出来一个身穿制服的男子，让陈大良吃惊的是这人戴了手铐。两名警察押着男子往里走。不知哪根弦的作用，脑壳忽然就想，要是刚才收他钱的人是个骗子，或拒不承认接了他的钱，老兵不得出来，这个责任岂不要他来兜着。拿眼搜寻那名警察，早已不见踪影，人就暗自急了起来，心脏怦怦猛跳，眼睛死盯着对面那栋楼，巴望对方出现。

手机响了，是老赵打来的，陈大良忙摁了接听键。老赵问人捞出来了没有。陈大良心头犯难，不知道是把自己的担心说给他听呢还是不说，支吾说正在办。老赵听出他的语气不对头，追问是不是发生了啥事。这时老兵走过来，陈大良惊喜地告诉老赵，说老兵出来了。

才关押一夜的老兵胡子拉碴，头发凌乱，看上去苍老了不少。陈大良迎过去打量着老兵："怎样，没事吧？"

老兵不去答他有事没事，伸手找陈大良要烟，陈大良忙掏出半包香烟塞给他，两人往外走。老兵燃上根香烟，大口大口地吸着。陈大良小心试探着问："在里面没吃亏吧？"

老兵话随烟雾喷出："到了里面还能不吃亏？他妈的，哪是人干的事。"

听语气老兵在里面是吃了亏，老兵不具体说，陈大良也不追问，这事儿对老兵可不是件啥光彩的事。老明不知从哪里冒了出来，喊了句老兵。老兵说："还是你厉害，到派出所都逃了出去。逃的时候咋不叫上我？害得老子在里面人吃了亏不说，还破财，这一个月算是白干了。"

陈大良忽然想起了啥，问老兵："昨晚上派出所抓了多少人？"老兵说："五六十个人吧。"

陈大良自言自语地说："每个人罚款五千，五六十个人不就是二三十万吗？半个晚上就是二三十万，平摊到他们每个人头上少说也有一万块钱入兜，这钱来得太容易了。这破世道真黑天了。"

老明大感莫名，说："大良你把话说明白点儿。"

陈大良说："每个罚款五千，五六十个人就是二三十万，就算他们昨晚上出动了二三十人，每人也分得一万块。"

老明笑说："二三十万全分了？"摇摇头，"总得上缴一些吧。"

陈大良说："上缴个屁——收了钱条子都没给一张，还不是给他们全分了？"稍后又说："昨晚上被抓的，大都是我们这类人，多一事不如少一事，只要交了钱，人出来了，谁还管他要条子。派出所的人怕是吃准了这点才如此胆大妄为。"心想这样的话，派出所每隔一段时间便会去芙蓉路天桥下这类场所扫黄，往后自己可不能去这些地方，要是给派出所抓住，人吃亏不打紧，还得蚀上一笔钱财，那可不值了。

老明点头："是呀，大良不说，咱还真没想到这上面来。什么扫黄，扫钱！"

老兵恨声骂道："那些钱胀死这些王八蛋，生的崽没屁股眼。"

一辆公交车像个不堪重负的老者摇摇晃晃驶来，喘着粗气停住后，前后车门同时砰地敞开，三人随着乘客涌了上去。

第 4 章

当上家阿彪甩出张大贰，陈大良说声等等，想想又做出不碰的动作，老赵一颗悬着的心落下，笑着扯出大壹大叁吃了，然后打出张小三，现在他就等着稳和大肆大柒的牌。对家陈大良刚才抓了张大肆，没吃也没人碰，自己手上有三张大伍，没一张大肆，底牌肯定有大肆，估计就是上面两张。下家老光数省（牌）后闲着无事歪着脑壳看老赵和陈大良打牌，在陈大良犹豫着碰还是不碰时，老光心下大急，巴望陈大良碰了大贰，那样老赵便没法打十胡牌，就和不了牌，当陈大良表示不碰，老光摇晃着脑袋，狠狠瞪了对家阿彪一眼，说："哪是人打的，丢牌吧，老赵和了。"

小三对陈大良没用，只能抓牌，是张大柒，想着吃还是不吃。老赵见状，手中牌一放，笑说："和了。结账。"

加上这一坎赢的一百五十块，算下来今晚上老赵赢了四百三十块。老赵掏出手机看了看上面的时间，十一点二十五，边收手机边说："不早了，明天还得忙活儿，就到这里吧。"

老光说："再来一坎——最后一坎。"

老赵的一只手搭在陈大良肩膀上，一撑站起，说："老光，我晓得你想扳本，想扳本不急在今晚上，明晚上再来。"

刘阿波背着吉他回来，同大家招呼道："没打了？"

老赵一笑，说："今晚上收获怎样？"

刘阿波把吉他往墙上一挂，说："也就一包烟钱。"

阿彪今晚上小有斩获，心情不错，笑道："是一包白沙牌香烟，还是一包熊猫牌香烟？"

刘阿波冲阿彪笑了笑，说："还熊猫牌香烟？有这样的好事我早卖唱养家糊口去了。"

老赵玩笑道：“阿波，命运这东西可说不准，说不定有天你真会卖唱养家糊口。”

老赵回到三楼，大家早已躺到床上。老赵径直走到自己床前，脱了衣服，掀开帐篷门待要上去，见钟姐睁开眼睛仰天躺着，吓了一跳，正想问女人咋了，钟姐猛可坐起，圆睁着眼道：“你还晓得回来？到外头困婊子婆去。”

老赵反倒给吓了一跳，说：“你发啥癫？我在下面跟人良他们打牌……”

钟姐打断他的话：“赢了钱是不是？赢了钱干吗不去天桥下找婊子快活？”

老赵知道那晚上的事情传到女人耳朵里了，拉长着脸，一点儿也不示弱：“你嚷啥嚷的，谁去天桥下找婊子了？真是发癫。”

“我冤枉了你是不是？”钟姐也不示弱，“你们五个，摔伤的摔伤，抓到派出所的抓到派出所，当我不知道……他们婆娘不在身边，要找乐子可以去发廊，我又没死，女人身上有的我哪地方缺了……你到哪儿睡我管不着，反正我这里没你睡的……”

女人的声音很大，大家肯定给惊醒了，但没有谁爬起来劝阻。自己不能同女人在这里争吵，否则大家都甭想睡觉，老赵骂了句癫子，使劲地一甩手里攥着的帐篷门布，抓了脱下的衣服往楼下走去。

二楼已经没人打牌，有人躺在床上抽烟说话，多数人已经酣睡，鼾声可闻。见陈大良床铺空着，屋里不见其人，老赵走了过去往床上一坐，燃上根香烟抽了起来。老赵并不恼恨那个多舌的人，也不担心妻子会咋，只是觉得有些不是个味。

陈大良小便回来，见老赵去而复返坐在自己床上，不免纳闷，再看他脸色有点不对劲儿，待要拿话去问，老赵喷出一根烟柱，说：“今晚上跟你挤挤。”

陈大良点头说好，脱了衣服坐上来，低声问：“咋啦老赵？”

“那天晚上的事给她晓得了。”

“哪个说给她的，真是吃饱了撑的。”

“谁晓得？”

“这不是让你和嫂子闹事，看你们把戏么？真是缺德。老赵，你想想看这人会是谁？”

“管他是谁，没意思。”

“钟姐那里不会有事吧？要不我找个机会劝劝她？”话才说完，陈大良便有些后悔，在钟姐眼里，自己与老赵是一丘之貉，哪会听他的规劝，说不定还会斥责自己带坏她老公。

"劝什么劝，随她去，过两天就没事了。睡觉。"

老赵猛吸一口香烟，一摔指上的烟屁股，烟屁股在地上打了好几个滚。他胡乱把脱下的衣服一叠，放在背后，身子一倒，脑壳正好枕在叠好的衣服上。

陈大良跟着躺下，手机忽然响了。他的手机摺在枕头下面。摸出来一看，是郭玉妹打来的。

刚才小便，掏出那柄尘根时陈大良竟有了那种欲念，莫名想起郭玉妹来。憋足了许久的尿直射老远，响声哗哗，陈大良心下幽默开来，老赵好把它比作雨伞，这哪是雨伞，是下雨的雨具吧。猜这当口郭玉妹应该下班了，腾出一只手掏出手机，找到郭玉妹的电话拨了过去，电话通了却没人接。陈大良当她还在上班，没有再拨。

这时陈大良只感到心脏猛地一跳，爬将起来攥了手机来到外面，夜风一吹，浑身打了个哆嗦，这才惊觉自己忘了穿衣服，却也不返回去。他摁了手机，先郭玉妹喊了声老乡。

"是老乡呀，这时候还没睡……"

当初自己并没有把电话号码给她，这时分第一次打她电话就听出他的声音，陈大良顿时感觉到一种温暖在体内弥漫开来，说："你不是也还没睡吗，是不是才下班呀？"

郭玉妹说："下班才到家。刚才去了厕所，手机没带在身上，所以没接你电话。都这时候了，咋还没睡？"

陈大良说："跟他们打牌打到刚才。想着你这会儿应该下班了，所以试着拨打你电话。还好吧？"

郭玉妹说："啥好不好的，对我们来说，日子就这样过。手气好吗？"

陈大良说："我们打牌纯粹是消磨时间，不过这两天的手气还行。这样吧，哪天我请你的客。"

郭玉妹忙说："老乡你甭客气……"

陈大良道："要不是一来龙城就忙得不可开交，我早就想请请你。咱们是老乡，能在这儿碰着是缘分。有句话咋说的？老乡见老乡，两眼泪汪汪。要不你这里定个时间吧。"

郭玉妹赶紧说："不用不用，真不用，老乡……"

陈大良儿乎可以想象郭玉妹在那边的着急心态，心里反倒落了下来——这并不是一个随便接受别人邀请的女人，当下说："这事儿以后再说吧。"

郭玉妹舒了口气："要得要得，以后再说，以后再说。你们明天还要忙活儿，都这时候了，休息吧。"

陈大良说："好，休息，以后联系，以后联系。"

挂了电话，陈大良这才感觉通身都是凉的。往回走时，双脚都有些木。一阵夜风吹来，忙双手抱胸加快脚步。也就十几分钟的时间，大家都已睡去。掀开被子上床，马上感到被窝里的温暖，身上的冰凉把老赵弄醒了，老赵辗转身子，声音黏黏糊糊说老弟你干啥呀，还没睡。陈大良回答说撒尿，手机往枕头下一塞，脑壳落了上去，侧身而卧。

翌日早上老赵醒来，正在穿衣服的刘阿波笑道："老赵你啥时候睡到这里来了？"

马上有人笑道："这还用问，肯定是昨晚打牌回去晚了，钟姐不肯跟他干了。"

刘阿波笑说："就算钟姐不肯干，也不至于不准上床吧。"

有人嘻嘻笑说："估计是老赵干劲不足，钟姐不满意给一巴掌拍了下来。老赵不容易，白天要操心，时不时还得跟咱们打几坎牌，晚上老婆那里也得满意，难啦！"

"老赵是太涝了，咱们是太旱了。我一直当旱着的滋味难受，现在看来涝着的滋味也不好受。"有人笑哈哈地道。

老赵并不恼，坐起来伸了伸懒腰，发现屋外下着小雨，噢了一声，说："下雨了，啥时候成了打牌天？"

陈大良拿起撂在枕头旁边的裤子抖直，一只脚抬起伸向裤管，单腿站稳后另一只脚伸进裤管，然后系裤腰带，抬头往外望了望，说："昨晚我睡觉的时候都十二点了，那时候好像没下雨，应该是凌晨几点钟的事吧。看样子今天没法干活儿。"

老赵点头："这段时间雨也下得太勤快了点儿，吃了早餐再说吧。"

刘阿波说："老天爷的事，谁也拿他没奈何。"

陈大良冲刘阿波笑道："阿波，要不今天我陪你去卖唱，一旁替你打打下手收收钱啥的，赚了给我二三十块。"

刘阿波一笑，伸手捞了挂在墙壁上的毛巾搭在肩上，说："为二三十块钱跟我颠一天，还不如打你的牌，手气好一坎就能赢四五百，还有比这来得更快的？"

陈大良笑说："打牌竟讲手气，手气不好一盘输六七百也有可能，不像你只赚不亏。"

"这几天你手气好呀，哪次打牌不赢钱？手气好就得抓住。"刘阿波像穿拖鞋一样，双脚往皮鞋里一套，拎着靠墙摆放的塑料桶洗脸去了。

早餐很简单，就是买来面条，烧一锅开水把面条放进去，待到面条沸上来了再捞到打好罩子的碗里。钟姐几个女人一边忙活儿，一边与蹲在旁边吃面条的男人闲扯。因为昨晚上的缘故，陈大良过去端面条时少不得暗自留意钟姐的表情，从钟姐埋头忙碌的脸上没法看出啥。陈大良本想喊她一声，看她是什么反应，想想还是没喊，犯不着让钟姐在这里拿脸色给他。在老赵过去端面条时，钟姐止住手头的工作，布了血丝的眼睛狠狠剜了男人一眼，老赵只当没看见，拿了面条走到一边埋头吃了起来。陈大良端着碗走过去，途中发现钟姐那双带恨的眼睛不时瞪着老赵，便止住了脚步。

早餐后雨仍旧下个不停，有人已围着打开了牌。刘阿波靠墙坐在铺上抽香烟，陈大良过来，脱鞋上了自己床铺，盘腿坐下，笑说："咋还不走？"

刘阿波说："待会儿吧，现在赶着去上班的人太多，犯不着凑这个热闹。"

老全、老光和谭玉臣过来，往陈大良铺上各据一方坐定。老光掏出牌熟练地洗了两遍，手中牌往中间一放，拿眼投向陈大良，陈大良扭头四下张望，说："让老明来吧，老赵呢？我今天有事打不成……"

老光笑道："别老明老赵了，这两天你老是赢，我们今天要放你的血。来吧，发牌照庄。"

陈大良说："今天不打，不打……真有事呢！"

谭玉臣早已动手发牌。陈大良点子最大坐庄，老光坐他对面数省（牌）。谭玉臣和老明让陈大良抓牌，陈大良看眼这三个人，说："你们这是咋回事？"

谭玉臣微显不耐烦，皱着眉头道："你又不是不打牌的，别婊子婆立贞节牌坊了，抓牌。"

陈大良说："真有事！没事有牌打还能不打……我这里跟你们说妥，是输是赢我只打四坎，四坎后我走人。"

老光说："抓牌吧，别像个娘儿们了，到时候你要走只管走你的，你不打谁还真拦得住你？"

陈大良只好伸手抓牌。刘阿波叼着香烟来到陈大良背后看牌。待到抓完牌，陈大良手上一胡牌都没有，不是半边就是顺子，还有好几张吊字，也就两对牌，大陆和小三，真要和牌，只能指望到这上面了。刘阿波见他抓了一副烂牌，知其和牌无望，脖子都伸到老明那边去了。以陈大良经验，这盘牌是和不了的，随手打出一张吊字小九。上家老明马上碰了，打出一张小三。陈大良想着碰呢还是不碰。按他的想法，这里碰了小三，就算后面大陆扫牌也不过七胡牌，还是打不出底数十胡。他这里一犹豫，下家谭玉臣催问要不要，不要抓牌，别耽误时间。陈大良赌气不要，伸手抓出张小三，人悔得要死，瞪视着谭玉臣："你催死呀！"只好扯出手中两张小三扫牌。

刘阿波一旁连连跺脚，说："手里一胡牌都没有，怎么不碰字呢？碰了小三，跑起不就有六胡牌了？这盘没牌和了。"

谭玉臣却笑开了颜："我催一下咋了，又没有要你别碰，还好意思怪我？以为你脑壳上真顶着个蛇脑壳，天天赢钱？打字吧。"

在陈大良他们家乡有个神秘的传说，说是如果打牌想赢钱，只需见到大蛇吃小蛇，在小蛇头即将被大蛇完全吞吃时，挥刀把大蛇蛇头砍了，正好两个蛇头叠在一块儿。再把两个蛇头包好放在哪家做道场的灵牌后面，这样死者家人所烧纸钱尽被蛇头受用，蛇头将充满灵气。待到蛇头干瘪，装入一个袋子。打牌时只要把装了蛇头的袋子带在身上，必赢无疑。于是牌桌上一旦谁赢钱，有人就会说他脑壳上顶着个蛇脑壳。

陈大良手中牌一收，往桌上一摞，双手抱胸，把脸扭向墙壁，模样儿分明是：你催吧，我偏不打，看你能把我咋了。

谭玉臣也不恼，只管笑眯眯的。老明笑道："不就没碰吗，没碰就没碰，大不了这盘不和牌，大良打字。"

陈大良慢腾腾地摸出根香烟叼在嘴上，伸手拿过对家老光面前的打火机啪地打燃，吸一口喷出一团烟雾，然后把打火机放回原地，就势拿了牌在手，打出一张小二，老明笑着说开招，扯出一坎小二。陈大良便后悔开始不该打小九，要是打小二，见老明开招，他肯定会碰了小三，然后等小三跑，手气好扫大陆，还有和牌的希望。现在情况，即使扫大陆也不能和牌。陈大良举牌，自责地拍了下脑壳。

两轮牌抓下来，没料到还真扫大陆，这下陈大良就后悔万分了。不是缺胡子的话，自摸和了。旁边刘阿波击手跺脚，连道咋不碰小三呢。谭玉臣似乎理解陈大良的心情，笑呵呵的，没再催他。老光欲爬将起来过去看陈大良的牌，老明拿话止住他，说你这对家看了我们两个的牌，还过去教他打字，咱打牌得守点儿规矩。老光就没法动了，眼巴巴地看着对家。

陈大良摇头自语："这牌还打个啥，打也打不起胡子……"

谭玉臣嘿嘿地笑说："谁叫你扫牌呢，扫了牌就得打字，这是规矩。"

陈大良扫眼各人面前的牌，无奈地打出张大伍，老明以手示意对家别去动牌，他要考虑碰还是不碰。谭玉臣便有些不耐烦了，说："这有什么好想的，碰得起就碰，碰不起就别碰。"

老明甩出两张大伍碰了，朝陈大良掷出张大陆，陈大良见开招，大喜，想都未想就打出张小五。谭玉臣一边抓牌一边摇头。待到陈大良抓牌，翻出张大柒，和了。原来他吊大柒大拾。

刘阿波一旁道："这也和了牌！陈哥你真是手气好啊！看来只要手气好，你不想和牌人家都会逼着你和。"

谭玉臣手中牌一摔，伸手抓了垛子上的牌朝天摊开，冲老明吼道："阿波都说了他没胡子，你还碰大伍，你不给他开招，大柒下面是小七，不就我摸了？我说老明，第一盘你就打这种鬼牌，真有你的。"

老明也不示弱，说："还不是给你害的。我本来不想碰，你说啥碰得起就碰，碰不起就别碰，这不是要我碰吗？"

陈大良的心情迅速由阴转晴，笑哈哈地招呼老光记胡子，边洗牌边说："我就弄你们不懂，明明知道我近来吉星高照，手气点得火燃，还要拽着我打牌，想着赢我的钱。我说玉臣，你也去找个蛇脑壳顶在头上吧……"

谭玉臣打断他的话，说："才一盘你就当自己赢了，知道最后赢了才是真赢了吗？你是和头盘结尾账，后面有你输的。"

陈大良笑道："凭我这几天的规律，只要和得头盘，那天就稳赢无疑，一赢到底。"

老明很是不快，说："别胡诌你的鬼规律了，快点儿洗牌行不行？"

陈大良笑嘻嘻地说："我不是在忙吗？你们这是咋了，我才和一盘你们就这心态，往后下去这牌还能打……"

刘阿波笑着回到自己床铺，看了看屋外，雨老样子下着。他掏出手机看了下时间，从装衣物的行囊中拿出一把折叠雨伞，取了挂在墙壁上的吉他，拎了音响悄然下楼。站台距工地还有段路，刘阿波撑开雨伞往前走。他一边走一边想着卖唱的地点。站台上站了一对年青情侣和一位面对马路抽香烟的中年男子，中年男子对他的到来置若罔闻，倒是女孩转过头来，好奇地在他身上巡睃。这种眼光刘阿波早已熟悉，那是因为吉他与本人看起来不般配。刘阿波收了雨伞，使劲地甩了一下伞上的雨水。一辆公交车顶风冒雨缓缓而至，刘阿波跳了上去。车内人不多，空着很多座位，他就近找了个位子一屁股坐上去，小心地把音响放在脚下，习惯地将吉他抱在胸前。

前头就是芙蓉广场，雨中的广场有人撑着雨伞快步行走。刘阿波下车撑开雨伞往回走，来到芙蓉广场桥下，桥下行人匆匆。靠墙坐着三个残疾乞丐，各自面前放了个大碗，碗里有数张金额不等的纸币和几个硬币。内中有个乞丐每天坐在这里乞讨，彼此认识，冲刘阿波咧嘴一笑，算是招呼。黑脸白齿，颇为滑稽。刘阿波点点头回应。

把折叠雨伞打开，反过伞面朝天放在脚前，摸出一张拾圆和一张伍圆的钞票撂在伞里，调好音响，习惯地试了下弦子，清清嗓子后唱了起来。他唱的是《三百六十五里路》：

　　睡意蒙眬的星辰

　　阻挡不了我行程

　　多年漂泊日夜餐风露宿

　　为了理想我宁愿忍受寂寞

　　饮尽那份孤独

　　抖落异地的尘土

　　踏上遥远的路途

　　满怀痴情追求我的梦想

　　三百六十五日年年地度过

　　过一日行一程

　　三百六十五里路呦

　　越过春夏秋冬

　　三百六十五里路呦

　　岂能让它虚度

　　……

在刘阿波用情演唱时，有行人放缓脚步，也有行人驻步聆听。刘阿波唱完，有人掏钱投入伞内，刘阿波鞠躬道谢，接着唱《执着》。当刘阿波唱完《执着》待要继续唱下去时，一位戴着眼镜的中年男子说："兄弟，能不能再唱一遍《三百六十五里路》？"

早在唱《三百六十五里路》的时候，刘阿波就留意到中年男子站在那里闭了眼睛聆听，当下爽快说："行呀。"刘阿波再次唱了起来。

中年男子燃上根香烟，叼在嘴上吞云吐雾开了，袅袅烟雾使他的样子看上去格外凝重，似乎跌入在歌声的意境里。这时候有个穿着亮丽的女孩远远地立在那里观看，然后走到旁边报亭买了瓶矿泉水朝刘阿波这边走过来，站在听众中间听歌。刘阿波唱完了，女孩热烈地鼓掌，中年男子仍旧立在那里一动不动，分明在歌声的意境里没有跳出来。刘阿波冲女孩点点头，女孩笑着拧开矿泉水递上。

"又见到你了。喝一口吧，喝一口润润喉咙。"女孩笑盈盈地说。

刘阿波接过道了声谢谢，举起矿泉水仰头咕噜咕噜喝了起来。他的嗓子还真有些干。

这时候中年男子才清醒过来，从手中的都彭包掏出一张百元大钞放入伞内，刘阿波道了声谢。中年男子递给刘阿波一根香烟，自己再叼了一根，打燃打火机递过来，刘阿波忙趋前一步躬身点燃香烟。中年男子深吸一口香烟，吐出一团浓重的烟雾，说："这首歌里有我太多的感情和经历，刚才听你的歌，让我感触良多，你的歌唱得很好，你的声音很特别。"噢了一声，"冒昧问一句，兄弟的职业是——"

刘阿波说："我是一个农民工，在附近工地安装模板。今天下雨没法做事，所以便跑到这里来唱唱歌。"

中年男子扶了下鼻梁上的眼镜，说："听得出，《三百六十五里路》这首歌承载着你太多的人生负重。还有，你身上的沧桑与这首歌很吻合。对一个男人来说，不经历风雨，没做过难人，就不是男人。"

许是中年男子这句话的缘由，女孩那双妙目就上上下下打量起刘阿波来。刘阿波淡然道："您说的这些我还真没想过，我来龙城打工只是为了生存，为了养家，这是没办法的事。如果有条件，我也愿意让自己和家人的日子过好点儿。"

中年男子点头称是，从包里拿出张名片递给刘阿波，说："我就不影响你唱歌了，有时间联系吧。"伸手同刘阿波握握后离去。

刘阿波忙道慢走，目送中年男子，直至背影消失。他瞄眼手上名片，这才知道中年男子是一家文化传媒公司老总。刘阿波随手把名片放入衣兜，对女孩道："这种天气，文婷婷你咋在这？"

文婷婷微笑着转身手指对面的王府井商场，说："逛商场。听到这里有人唱歌，想着会不会是大哥，过来一看还真是你。好了，大哥继续唱歌吧，我呢就不打扰你唱歌了。"

与中年男子的一番对话，几个驻足的听众早已离去。刘阿波待要弯腰放下手里的矿泉水，文婷婷上前接过去。刘阿波以手弹了下弦子，然后唱了起来。他唱的是《真心英雄》。文婷婷一手攥着雨伞，一手拿着那瓶矿泉水，立在旁边聆听。刘阿波接连唱了五首。他唱得特别卖劲，也很投入。偶有行人驻足聆听，有的走时往伞里投钱，更多的是听听后就走了，连句话都没有。

雨不知疲惫地下着，很快到了中午。在刘阿波感觉肚子有点儿饿时，文婷婷说她请客。刘阿波说他请。两人收拾好钱，撑着伞一前一后进了附近一家小饭馆，文婷婷找服务员要了间小包厢。服务员引着他们走进二楼一间临街包厢，倒好茶后请他们点菜。刘阿波让文婷婷点，文婷婷问他喜欢吃啥，刘阿波只说随便，文婷婷见他有些局促，看出他很少上馆子，不再拿话问他这菜怎样怎样。点好菜，问他喝不喝酒。刘阿波问服务员有没有那种二两瓶装的二锅头，听服务员说有，就叫了一瓶。服务员离去时，文婷婷让服务员来包蓝嘴软盒装芙蓉王香烟，刘阿波一听人都急了，连忙摆手，说不用不用，并说自己身上有烟。文婷婷朝服务员递了个眼色，服务员会意地退出，随手把门拉上。

文婷婷优雅地端起杯子举了举，示意刘阿波喝茶，与他随意闲扯，刘阿波才慢慢不再局促。

"听过黑鸭子合唱组和苏醒唱的《三百六十五里路》吗？"文婷婷问。

"电视里听过两次。"刘阿波道。

"跟他们比，你觉得自己唱得怎样？想好了回答我。"文婷婷说。

刘阿波止住喝茶的动作望着文婷婷，惊异对方会有此一问。看文婷婷等着他回答，刘阿波苦笑摇头："人家是明星，我咋能跟他们比。"

文婷婷放下茶杯，定定地看着刘阿波，说："你并不比他们唱得差，有些地方比他们唱得还好。你之所以这样说，是缺乏自信，对方明星的身份在你心里作祟。"

服务员送上酒菜。文婷婷要的是苹果醋，她举杯道："刘大哥，很高兴今天跟你坐在一块儿，我这里敬你一杯。"

刘阿波赶紧双手擎杯与文婷婷碰了。

喝酒吃菜，文婷婷接着刚才的话题，说："刘大哥知道大衣哥朱之文的故事吗？未成名前朱之文也就一个忙于田地，靠打工补贴家用的农民，他参赛时连演出服都买不起，穿着那件破旧的军大衣。他参赛时唱的那首《滚滚长江东逝水》，比起原唱者杨洪基来，你觉得谁唱得好？还有，曾经跟你一样民工出身的旭日阳刚的故事听说过没有？我这里想呀，当年朱之文肯定跟你现在的心境一样，认为自己唱得比杨洪基差远了。杨洪基是他的偶像，心中的神，看贴在墙上杨洪基的像，帽子没戴正都会跌下来，绝对没想到有天唱《滚滚长江东逝水》会倾倒无数观众，观众认为他唱得不比杨洪基差。朱之文和旭日阳刚的事说明一个真理，真正的高手在民间。"

刘阿波便也想起陈大良说过类似的话，仰头喝了口酒，笑道："看样子，文小姐当我是民间的高手了，说不定就是旭日阳刚第二。"许是酒精的作用，刘阿波的话变得诙谐起来。

文婷婷看定他："难道你未想过做旭日阳刚第二？"

刘阿波摇头："这种事是我敢想的？不瞒你说，咱想着的是什么时候攒够钱把家里那栋房子翻一翻。我唱歌，纯粹是打小喜欢，现在利用打工的空隙出来唱唱，也是因为喜欢，并没有指望它挣多少钱。"

文婷婷提起筷子给他夹菜，刘阿波忙说不用不用，表示要自己来。见刘阿波复又变得局促，文婷婷不再给他夹菜，柔声说："喜欢什么就吃，别客气呀，我出去一下。"盈盈起身，来到楼下埋了单。

返回包厢，文婷婷举杯同刘阿波碰了，莞尔一笑，说："我们还是接着说你吧。你的声音很特别，打从我第一次听你的歌就感觉到了，也许你自己不曾感觉到吧。今天在桥下唱歌的时候，那位中年男子不也说了么？唱歌吧，最重要的是嗓子，它比什么唱技啥的都重要。唱技是可以学的，声音却是先天的，爸妈给的，是金钱没法买到的。所以说，有副好嗓子等于成功了一半。"

刘阿波说："我并不认为我的声音有啥特别。就是你现在说起，我还未觉察到自己的声音有啥特别。"

文婷婷凝思片刻，说："因为你从来未曾想过要在这上面出人头地，也从来未曾得到过肯定，你只是喜欢唱歌，把它当做一种娱乐，跟有些人喜欢打麻将没啥区别。就是现在我跟你说起，你都怀疑。我说的这些，是也不是？"

酒已告罄，刘阿波的样子看去有些醉意了。他看着文婷婷，说："文小姐，看来你对音乐蛮在行的，你该不会是位艺术工作者吧？"

文婷婷微歪着脑袋望着刘阿波："是不是觉得我很像一位艺术工作者呀？"待到刘阿波点头，文婷婷说："我跟你一样，只是爱好音乐，仅此而已。我开服装店。怎样，没想到吧？"

"你不说还真看不出来。"刘阿波把玩着手中的酒杯，说，"对我们这些音乐爱好者来说，不要想得太多，也不要在意别人怎么看，音乐就像这酒，心情好、有时间的时候自我陶醉一番就行了。我这里说呀，文小姐你把你的服装店经营好，我呢就盼着老天爷多开笑脸，安装模板多挣两块钱。"

"刘大哥能有这个心态，那是最好不过。"文婷婷想说什么，看着刘阿波最终又没说了。

饭后又喝了杯茶，文婷婷问他下午还去不去桥下唱歌，刘阿波说脑壳有点儿涨，这状态怕是不行。文婷婷便提出给他找个地方休息，刘阿波说回工地睡觉。两人就出了包厢下楼。见刘阿波要去柜台埋单，文婷婷说单她埋过了。

刘阿波讪讪地说："说好我请你的，咋能让你破费呢！"

文婷婷嫣然一笑，说："随便吧。刘大哥在这里稍等，我开车过来送你。"

雨还在下，街上行人寥寥，车辆呼啸在雨中，污水溅起老远，吓得行人慌忙闪避，窘态毕露。文婷婷撑开伞，从容地行走在雨中。

第5章

趁数省（牌）的机会，陈大良来到外面拨打郭玉妹的电话。听筒里传来歌声，人就舒了口气。上次洗脚时郭玉妹说了，公司规定上班时间必须关机，不准接听电话。昨天她很晚才回来，那么今天就不用早早地上班。这也是陈大良决定拨这个电话的原因。

郭玉妹接了，先他喊了声老乡。见郭玉妹记住了自己的电话，陈大良心头漫过一种说不出的舒畅，说："没上班啊？"

郭玉妹说："快了，一会儿就要走。"

"昨天不是才上完夜班么，咋又要上白天班呢，我都想今天中午请你的客呢！"陈大良脱口道。

"老乡你别客气。我们今天是半月一次的换班——从今天开始，这半个月我上白天班。"

"上白天班好呀，也就不用熬夜，上夜班最是辛苦的了。"

"谈不上好不好，这么多年早习惯了。"

听老全在屋里喊他，知道这盘牌已经打完，自己不能在这里跟郭玉妹扯下去，陈大良说等她上完班再联系。郭玉妹甚是敏感，问他是不是有事，有事只管忙去。

返回屋里，一问给他下家老光和了，陈大良笑着对家老全道："我还当你和了，喊我回来数省（牌）呢。"

老全没好气地说："你这个电话打得好呀！不是你这个电话，早和了。啥女人让你牌都不要打了，赢了钱还怕没女人跟你快活？"

老全今天手气欠佳，以他的脾气，跟其斗嘴无异于自讨没趣，陈大良笑着在自己的位子坐下，瞄眼胡数。他粗略算了一下，以他现在的胡数，这一坎得再和三盘牌才不会输。陈大良不去理会老全的气话，一门心思打牌。孰料这时候老光的手气特好，连和三盘，直把老全的眼睛气得通红，腮帮子鼓起老高。好在最后一盘给老全和了，脸色才好看些。这一局陈大良输得颇惨，差不多把前头赢的全吐了出来。

老全少不得拿话来戳他："打牌想着干女人，还有不输的……"老光笑道："人家大良情场得意啦，输几个钱算个屁。"

按陈大良先前说的，四坎后不管输赢他将走人，既然现在没法约郭玉妹，又没有人提起此事，陈大良心里对这一局输得有些不服气，决定继续打下去。翻牌定好位置，这一局陈大良和谭玉臣坐对。谭玉臣开他玩笑："老陈呀，咱俩好好合作赢他们的钱，你呢可别途中又跑出去跟妹子闲扯。赢钱重要啊，赢了钱什么样的妹子都有，兜里没钱，哪个妹子都不会跟你干。现在的妹子现实得很，认钱不认人。"

往后两坎，陈大良赢了三百多块。看看快到吃中饭时间，陈大良说不打了，老全说再打一坎，完了正好吃饭，老光也附和着要再打一坎。谭玉臣赢得不多，无所谓地抽着香烟。陈大良打定主意见好就收，任老全好说歹说就是不动面前的牌，说："我早跟你们说了的，只打四坎，这都是第几坎了，吃了饭不能打呀？"

饭后陈大良去了四楼，掏出手机拨了家里的电话。妻子接了，问今天龙城是不是下雨。以往陈大良大都是晚上打电话回去，偶尔也白天打回去，都是下雨没事做时。陈大良说来龙城这段时间下雨的天气比较多，估计明天都不会停。妻子说家里这边也下雨。又说早两天她弟弟打来电话，让她问问姐夫这边有没有事做。陈大良说这阵三天两头下雨，来了也是闲着，等天气好点儿再问问老赵，看能不能进来。问了儿子这几天的情况，再在一些事情上吩咐妻子几句，挂了电话。

雨似乎小了些，陈大良靠着一根柱子坐下，无聊地把玩着手机。他浏览着通讯录上的名单，当看到齐小眉时，心里五味杂陈，暗忖跟她的关系，怕是就这样了。又想凭他们的关系，还有必要储存她的电话号码吗，在动手准备删掉齐小眉的电话时，人就犹豫了，要是哪天她打来电话，或自己有事找她呢，如此一想，便没有继续下去的动作。浏览了一遍通讯录，把两个确信没有必要储存的电话号码删去了。

不经意间发现，一辆红色轿车在下面停住，好一会儿副驾驶室门才打开，吐出来的是手拿吉他音响的刘阿波。在陈大良好生奇怪时，从驾驶室窗口伸出一只白皙的手扬了扬，轿车缓缓离去。陈大良起身下楼来会刘阿波。走到三楼，想着这时候去二楼肯定会被他们拽去打牌，才要抬腿跨步进三楼找个空铺好好躺一阵。钟姐从里面出来，陈大良喊了声钟姐，正要过去，钟姐扯了下他的衣袖，说："大良，姐跟你扯几句。"领头往楼上走。

陈大良便联想起芙蓉路天桥下的事，人就起了紧张，却也只得随在钟姐身后。钟姐在楼梯转弯处站住，眼睛瞅着陈大良道："大良，你们咋搞的，竟跑到那种地方去，那种地方是能去的？"

陈大良语塞，不知道说啥好。

钟姐叹了口气："我就怕他学坏，这些年才一直随在他身边，孩子都撂在娘家，由我妈带着。没想到我在他身边他也做出这种对不起我的事……你说让我咋想？"钟姐的眼角竟有了泪花。

陈大良慌了，说："开始说是去吃夜宵的，没想到后来跑到天桥下去了。我和老赵真没啥……钟姐你相信我……"尽管不知道老赵和站街女有没有实质性的事，此等情境，陈大良也只能如此说了。

钟姐抹了下滚落在脸上的泪水，说："老兵和老明都给抓到派出所，谭玉臣差点儿摔断了腿，你们还没事……"

"真没啥，钟姐你相信我……我们就好奇，所以就跟了他们去……"陈大良就差指天发誓了。

"你们吧我还能理解，媳妇不在身边，他也这样跟着胡来我就弄不明白了，女人有的我缺哪儿了？"钟姐摇了摇头。

钟姐说出这话来，陈大良就不好说啥了，掏出香烟抽出一根点上。就听钟姐接着说："他这样做对得住我和孩子？哪天传到家里，孩子还要不要做人，要不要娶媳妇？他父母的脸都没地方搁。"

陈大良不便说什么"如今人们早已不在乎这号事"之类的话，真说了势必招来钟姐的责骂，干脆啥也不说，只管把烟猛抽，巴望着有人出现，以便趁机脱身。心里这么想，眼睛便往下看，可惜没法遂意。

钟姐擤了一把鼻涕，叹了一声，拿眼看着陈大良说："大良，你跟老赵是好朋友，是吧？"

陈大良忙说："是呀，我跟老赵是多年的朋友了。"

钟姐说："这事儿发不发生已经发生了，就算我天天跟他折腾也没用，大良你说是不是？我今天要跟你说的是，往后有谁再拽他去，大良你要给我拦住，实在拦不住一定要告诉我。我今天找你说，是因为你俩关系一向不错，你要把我在这里的交代放心里去。"

陈大良不去想到时候拦还是不拦，忙不迭地点头："好的，真有这事我一定劝他，要不告诉钟姐也行。"

钟姐说："那好，你忙吧，我就不跟你啰唆了。"以衣袖擦了把脸上的泪痕，转身下楼。

陈大良不便尾随下去，站在那里抽着香烟。虽说这年头男人嫖娼委实算不上啥，特别是对他们这种长年在外头忙活儿的人，可这种事让自己的女人知道了，对哪个女人来说都不好受。这时候陈大良对钟姐刚才的态度竟能够理解了。"钟姐还是理智的，没有跟老赵闹将开来，只是找我哭诉。"这般想着，陈大良忽然感觉到了某种责任。

二楼不能去，又没有别的地方可去，陈大良只好走进三楼。钟姐和几个姐妹在拉家常，没想到小芷也在。钟姐没事似地招呼他一声。老全不在，不用猜也知道在下面打牌。大马闭了眼睛歪在床上，估计睡了去。屋里没人打牌，倒也安静。

陈大良招呼小芷："今天咋没上班？"

小芷坐在床沿上把玩手机，抬头冲陈大良笑了一下，继续玩她的手机。钟姐笑道："大良你好歹也是做父亲的人，这也看不出来，眼睛长到什么地方去了？"

陈大良一愣，说："我还真不知道，钟姐告诉我好了。"

钟姐说："人家小芷怀上了，晓得么？"

在钟姐指责他时，陈大良就联想到了这一层，只是不敢肯定，要知这种事可不是闹着玩的，它牵扯到两个家庭。陈大良忍不住拿眼去看大马，大马一张脸朝里去了，不知道他听到还是没听到。再看小芷，埋头把玩她的手机。看小芷的样子，已沉浸在将做母亲的甜蜜幸福里。陈大良就想大马这愣小子不简单了。可一会儿却为大马和小芷起了担忧，以他们现在的关系，真把孩子生下来，往后将面对很多的人和事，凭他们这种性格，能够应付来吗。这种事，就算他也不敢去做。陈大良很想推醒大马，了解他是咋想的，可小芷就在他身边，自是不好去问。陈大良也不便拿话去问钟姐，想着回应一下她的话，然后在这里好好睡一觉，便冲小芷说："这是好事，祝贺你啊！"

小芷复又抬起头来，冲陈大良一笑。钟姐等几个人的目光投向小芷。陈大良屁股坐在一张空铺上，才要倒下身子，听钟姐用他们老家的土话对他说："是不是好事天知道。大马家里那口子可不是一盏省油的灯，据说她娘家在当地是大姓，啥事儿最是齐心的了，晓得男人背着她在外头有了孩子，天晓得会闹出啥动静来，大马又这么老实。"

周姐说："要是大马家那口子跑到这里来，有她小芷受的，你们说会是啥结果？"

钟姐说："这里距咱老家好远，大马家里那口子咋会晓得？大马这种本分人，这一辈子得罪过谁，谁会对他使坏？"

周姐说："那倒是，就怕有人无意说漏了嘴，给大马惹来麻烦。"

群姐说："只要有天小芷把肚子里的孩子生下来，这麻烦也就是迟和早的事，跑都跑不掉。"笑了笑，"钟姐你刚才说大马本分，我看大马做的事可不是本分人做的，都是有钱男人、花心男人做的事。大良你说是不是？"

陈大良没料到群姐拿话来问他，暗自去窥小芷，小芷正在一门心思把玩着手机，显然没听懂钟姐她们的谈话。陈大良笑道："不能因为这事儿就说大马坏呀！按咱乡下的说法，大马的八字带桃花，命里有这么一段艳事儿。当初人家一个黄花仔，娶了个半路货，这段艳事算是补偿吧。"

群姐笑着啐了一口唾沫，说："你这是哪门子道理，照你说的，只要妻子不是黄花闺女便可以到外头找个女人来补偿，这世界还不乱套？"

陈大良信口道："这世界早就乱套了，群姐还当是三十年前的时候？"

这时钟姐说："据说大马家里那位嫁他前已经生了个'带把的'，嫁大马后生个女儿便结扎了。大马做梦都想自己有个'带把的'，这回小芷怀上了，大马还能不让她生下来？要是生个'带把的'，家里那位有可能给休了。"片刻又说："这些年小芷一直跟着大马，大马走到哪跟到哪儿，并没有求大马啥的。刚才大良的话，想想也真是，都是八字里带着的。有时候你还真得信这个，不信都不行。"

陈大良见钟姐的样子似有所指，便不敢乱嚼舌头了，身子一倒躺下，竖起耳朵听她们说话。周姐便说起她舅舅家有个八字先生，算命是如何如何了得，当年她两个姨妈尚未嫁人，有一次八字先生给她俩算命，说两姐妹都要嫁两次，气得她两个姨妈把八字先生臭骂了一顿。后来两个姨妈还真就各结了两次婚，大姨死了丈夫改嫁，小姨却是因男人另有相好的离婚再嫁。陈大良听着听着一头睡了过去。

一觉醒来是下午四点，外面的雨意外地停了，钟姐几个姐妹一个不见，料是张罗晚餐去了。大马和小芷偎依在那里，看上去甚是恩爱。铺上不知啥时候歪躺着几个人。陈大良爬将起来，冲大马笑笑，用家乡土话说："大马，听说你老婆怀上啦！"

大马一脸憨笑地掏出香烟递给陈大良，陈大良接了夹在耳朵上，笑说："到时候你要请客哟。"

大马憨态地笑笑，不置可否。

陈大良有心逗他，说："你得给句话，请呢还是不请？我跟你说呀，我们大家说好了，你老婆生了崽，非得上酒店摆几桌不可。"

大马仍旧老样子立在那里，陈大良瞅眼小芷，心想跟这种一天也没两句话的人在一块儿，不憋出病才怪，偏偏小芷乐意跟他一起，这男女之间的事还真说不清楚。陈大良也不便在小芷面前问大马咋应付家里的媳妇，大马只怕不会跟他说。听楼上传来阿波的歌声，陈大良抬手拍拍大马的肩膀，说："不管你请不请大家的客，反正到时候你得请我。"

刘阿波正在唱曾经风靡一时的《明天你是否依然爱我》，依稀觉得有人过来，扭过头去点点头算是打招呼了。陈大良眺望远处的高楼大厦，直至刘阿波唱完才走过去，神神秘秘地看着对方笑道："阿波，你得请客哟！"

刘阿波手中吉他往旁边轻轻一撂，掏出芙蓉王香烟递给对方一根，不明所以地望着陈大良，说："啥意思呀？"

陈大良笑着接过香烟，说："你看你看，都抽起芙蓉王来了，还软盒装的。晓得么，据说这烟是咱老家县长书记这一级别人抽的。"马上又说："这年头，烟都成男人的名片了，啥男人抽啥烟。"

刘阿波说："什么'烟都成男人的名片'，没听说过。"

陈大良说："抽的大熊猫，待的位置高；抽的大中华，正在往上爬；抽的红塔山，小车上下班；抽的芙蓉王，吃喝嫖赌日夜忙；抽的精白沙，白吃白喝还白拿。"

刘阿波哈哈笑道："咱们可没有吃喝嫖赌日夜忙。还是按你说的，享受一下县长书记的待遇好了。"啪一声打燃火机递了过去。

陈大良伸长脖子，嘴巴凑过去点燃香烟，闭了眼睛吸一口，然后缓缓吐出一团烟，说："到底是高级烟呀，这感觉就是不一样，不一样。"

刘阿波开他的玩笑："看你样子，找到当县长书记的感觉了？"一会儿笑说，"如果当县长书记就是这样的感觉，我们这些民工时不时咬牙奢侈一回，尝尝当县长书记的感觉。我这一辈子还没见过县长书记，最大的官也就我们乡的副乡长，那次领着人到我们村里捉超生户，抽的是黄嘴芙蓉王。"

陈大良说："副乡长抽黄嘴芙蓉王，乡长抽蓝嘴硬盒芙蓉王，县长书记不就抽这软盒芙蓉王么。难怪现在的人挖空心思往上爬，爬上去就是待遇啊！"

刘阿波弹了弹烟灰，抽一口香烟，话随烟雾而出："我说大良，好好培养你儿子，有天侄子成了乡长县长，你也天天有芙蓉王烟抽。"

陈大良笑说："我家那崽不是读书的料，整天就晓得追鸡驱狗。家无读书子，官从何处来？"

刘阿波笑道："现在社会，当官的好处是多，可风险也大，反腐反得太厉害。我们县的县长上个月被抓了，这人姓周，在位时百姓干部暗地里称他为周大胆，什么钱都敢要，什么钱都敢捞，连书记都不放在眼里。这不，终于出事了。这人上人与阶下囚也就那么一步，侄子不当官也罢。要我说呢，有天侄子当个包工头，努力赚钱也一样可以抽芙蓉王，比当官的还抽得安稳。"

"说到反腐，我这里念首当下反腐顺口溜给你听：'一靠媒体关注，二靠美女脱裤，三靠干女炫富，四靠短信外露，五靠情妇反目，六靠小偷入户，七靠二代跋扈，八靠烂尾事故，九靠访民拦路，十靠内讧悔悟。'靠这些反腐，你说能够反出啥来，要我说呀，多半是这位周县长做人不够，否则哪里会出事。"

"倒是没有出现你说的十靠，是跟本地一位房地产老板斗，让这位房地产老板给扳倒了。据说这位房地产老板也不是什么好东西，曾经还贩过毒，纠集一帮玩命徒充当打手，这些年发了财，成了省人大代表。陈哥你看，只要有钱，还有啥事办不成的，连堂堂一个县长都敢不过一个瘪三。"

陈大良看看烟屁股上还有些烟，又吸一口把它扔了，笑着摇头："社会上的事，有时候还真没法说得清楚，这县长斗不过房地产老板，还不是狗咬狗的事，谁咬死谁都不关我们的事，阿波你说是不是？"

刘阿波笑说："也是。"

在与刘阿波说笑时，陈大良一直是蹲着的，这时站起身来，一边活动关节，一边打量着对方，笑眯眯地说："阿波，看你印堂发亮，今天定有艳遇，得请客。"

"我能有什么艳遇？"刘阿波连忙摇头。说这话时，刘阿波的脑壳联想起文婷婷来，今天的事，先是中年男子，随后是文婷婷，想来还真有些意思。

"我都把话说得这么透了，老弟还装糊涂，看来非要我把你戳穿。说呀，今天开车送你回来的女人是谁？"陈大良笑道。

"早两天唱歌时认识的一个女孩子，今天又碰着了，顺便送我回来。""这难道不是艳遇吗？阿波老弟，你真得请客才是。"

"这也是艳遇？"话是这么说，刘阿波心头却是高兴，复又掏出芙蓉王香烟递给陈大良一支。

陈大良笑微微地接了，说："咱这里说了，这根烟可不能算请客呀！"

刘阿波笑道："陈哥，我呢也不是小气，请你的客也不是件大不了的事，可就因为女孩顺便用车送我就认定我艳遇，让我请客，传出去都是笑话。"旋即笑嘻嘻地说，"艳遇，怎么也得像大马和小芷一样躺到一张床上才算数吧。真有那天，不用你说我也会请。"

陈大良笑着手指刘阿波："阿波你这是啥话，人家一见面就跟你上床，那成啥了？"趋前一步，抬手在刘阿波手臂上拍了拍，说，"是粉丝是吧，据说粉丝对自己的偶像最是崇拜的了，你的话好比圣旨，你对他提条件没有不答应的，献身对他们来说都是件无比光荣的事。早段时间电视上不是报道，有个女孩为了能够吻上自己的偶像，从广州追到上海，再到北京，在无法遂愿的情况下竟跳楼自杀。你看你看，为了一个吻不惜一死。"

刘阿波哈哈大笑，说："你当我是成龙、张学友、刘欢他们啊，我是个民工，一个整天安装模板的，人家能够顺便捎我一下是对我客气，我哪敢有那个歪念头。"

陈大良笑道："民工咋了，旭日阳刚也是民工呢，那个大衣哥朱啥文的还是农民呢！老弟，在我们这些人中，若说将来有出息的就你有出息，我们这一辈子呀啥也不用想，就这样子了。好了，我就不打扰你唱歌了，哪天和今天这个用车送你的粉丝像大马和小芷一样躺到床上后再请客吧。"

回到二楼，老赵、老光、老全和谭玉臣四个在刘阿波床铺上打牌，陈大良往自己铺上一倒，老全正好背对着他，刚刚数完省（牌），笑着扭过头来递给陈大良一根香烟，说："这大半个下午不见你的魂，跑哪儿去了？"

听这话，陈大良知道老全赢了，不去答他跑哪儿去了，说："赢了多少？"

老全一脸轻松，说："也就把上午输的赢回来了。"

老赵说："下午老全的手气点得火燃，咱三个喂一头猪。"

老全也不恼，笑呵呵地说："一个人杀三头猪，大良你说我累不累？"

陈大良道："赢了人家的钱还骂人家，老全你这可是犯众怒。"

老全笑说："大良你公平点儿成不成，摸着胸膛说句良心话，到底谁骂谁在先？"

有人说快吃饭了，陈大良掏出手机看看时间，爬将起来抬手在老全背脊上一拍，说："赢了钱，被人骂两句值啊！"来到老赵身边，说："借摩托车用一下。"

老赵摸出摩托车钥匙递给他，头也不抬，说："都快吃饭了，还去哪儿？"

知道老赵只是随便问问，陈大良信口说："一会儿就回。"

因为下雨的缘故，今天的黄昏似乎比以往早些，远方和近处早有灯光亮起。老赵的摩托车放在屋檐下，车座上落了雨水，陈大良以手揩拭后跨了上去。在启动摩托车的时候，钟姐从外头进来，问他去哪儿，让他吃了饭再去。陈大良说不吃了，朋友在等着。钟姐便问要不要给他留饭，陈大良说不用，便驾驶摩托车而去。

摩托车行驶着，陈大良感觉有些冷，想到不急着赶路，放慢了车速。见足之道洗脚城已在望，把车停在了洗脚城对面一家超市门前的马路上，坐在车上望着对面。这会儿洗脚城门口孤单单地停着辆奥迪跑车，有人进出一览无遗。一会儿郭玉妹拎着个包从里面走出来，陈大良马上发动摩托车驶过去，在郭玉妹面前停住，笑着喊了声老乡，说："下班啦？"

郭玉妹脸上舒展，说："你怎么在这里，是不是要进去洗脚呀？老赵呢？"

陈大良启动摩托车："老赵没来，上来吧老乡。"

郭玉妹仍旧立在那里："上哪儿啊？"

陈大良说："上来，捎你一程。"

郭玉妹这才抬腿跨上摩托，陈大良攥紧离合器的同时以脚迅速挂挡，再缓缓放手松开离合器，摩托车往前疾驶。郭玉妹说："你还未告诉我咋在这里。"

陈大良自是不会跟对方说其意图，笑了笑，说："我咋就不能来这里？"怕郭玉妹再在这事上问个不停，拐转话题说："看你们店门前就停着一辆车，生意不怎么好啊。"

郭玉妹说："这时候大家忙着吃饭，待会儿饭后开始搞活动，生意就来了。要说轻闲，一天也就这会儿一两个小时和早上两个小时。"

陈大良说："刚才见你们店门口冷冷清清，还羡慕你们上班轻闲呢。"

郭玉妹说："真要想闲着回家去，待在这里闲着可不划算。"

陈大良说："咋了？"

郭玉妹说："闲着还有工资给你的？哪个当老板的不是鬼精鬼精的，会掏钱养闲人？他们整天就盘算着把别人兜里的钱据为己有。"

陈大良笑道："看来你对这些当老板的太了解了。"

郭玉妹说："出来这么多年，还看不出他们的嘴脸？他们这些人，恨不得一夜暴富，把全世界的钱都塞进他们兜里。"

陈大良附和："大家出来混都是为了生存，赚钱回去养家。"

郭玉妹叹了一声："也是。只是这个社会有钱的太有钱，没钱的连生存都是个问题。"

车在路边一家饭馆门前停住，郭玉妹问咋啦，是不是车子出故障了。陈大良拔出车钥匙，说："吃饭呀，咱们先把肚子垫饱。"

郭玉妹说："饭馆的饭没吃的，太贵了，回家吃。要不上我那里吃饭好了。"

陈大良笑笑说："这几天被他们拽住打牌，手气还不错，庆贺一下。老乡，下车吧。有机会下次再去你那吃饭。"

郭玉妹抬腿下车，陈大良停好摩托车，两人往里走。饭馆内摆了四张桌子，有一桌已坐满了人，男男女女的正在吃喝说笑。两人找了张桌子坐下，陈大良让郭玉妹点菜。经不住陈大良好说歹说，郭玉妹点了盘炒猪蹄。陈大良问郭玉妹喝啥饮料，郭玉妹摆手说不喝。陈大良便也看出对方很少进馆子，心里竟有了某种轻松，找服务员要了一瓶小瓶装二锅头，做主替郭玉妹要了瓶王老吉。

菜很快上来。陈大良替郭玉妹夹了坨猪蹄，还要替她夹鱼，郭玉妹拿了碗躲开，连说自己来。陈大良便不好再替她夹菜，举起酒瓶，说："来龙城这么久，早该请请你的。今天下雨没事做，见雨停了就骑车来了。来，喝酒。"

郭玉妹举起王老吉与他碰了，喝一口抿了抿嘴，说："咱是老乡，甭弄得这么客气。"夹起碗里那坨猪蹄啃一口，"味道还行，老乡你尝尝。"

陈大良说："好吃就多吃。这些菜要全吃掉，要不浪费了，老乡多吃菜呀。"

郭玉妹说："菜太多了，其头三个菜就行了。"

陈大良喝一口酒，放下酒瓶看着郭玉妹，夸张地咂了咂嘴巴，说："这是我第一次请你，你一定要吃饱。"筷子伸向那碗鱼，"来，来来，吃鱼。"

郭玉妹的样子似乎不想让陈大良给她夹菜，拿起筷子夹了坨鱼放在碗里，再夹起碗里那坨猪蹄来啃。陈大良没话找话："老乡今年回家几次了？"

"春节来龙城后一直没回去。你呢？"郭玉妹道。

"我就上次和老赵去你们店里那天来龙城的，在家里待了差不多半年。"陈大良却也不去说家里所发生的事，怕面前的女人嫌他啰唆。

不想郭玉妹却道："老赵他们不是一直在龙城忙么，你咋在家里待了这么久？"

陈大良只好实话实说："开始是娘老子病了，一阵折腾去了，接着老婆住进了医院，等到她病好了，这大半年的时间就搭进去了。"

郭玉妹叹了一声，说："这人啊千万不能病，自己难受家人也跟着受累。一个家庭，只要有一个长期病号，这个家庭基本上就没了奔头。"

陈大良脑袋里闪现了一遍刚过去的半年，说："是呀，这不才半年的时间，就把咱多年省吃俭用的积蓄耗了个干净。咱农民病不起。如今医院的医生，早成了'白衣屠夫'，只要进了他们的门，就想着法儿宰你，非把你榨干才让你走。"陈大良伸长脖子，仰头喝了口酒，话随酒气而出，"这里念首顺口溜给老乡听，是专说咱这些农民工的：'世上万种烦心事，工资太少数第一。孩子读书要学费，老婆有病无钱医。买车买房不敢想，能温能饱是所期。但愿老板良心在，别把工人当马骑。'"

郭玉妹复又一叹，说："谁又愿挨别人宰看别人的颜色，谁不愿待在家里照看孩子，可对我们来说，除了背井离乡挣钱养家这条路，没有别的办法可想。"

听郭玉妹的话很是无奈，陈大良猜测她只怕有苦衷，毕竟才第二次见面，不好拿话去问，就不想再在这上面扯来扯去，待要说点儿别的，郭玉妹撂在旁边包里的手机响了。许是外面汽车喧嚣，许是郭玉妹心里有事，竟不曾觉察手机在响，陈大良提醒她接听电话，醒悟过来的郭玉妹忙伸手拿过包打开，掏出手机，说了声家里的，摁了接听键。见对方并不回避自己，似乎为了避嫌，陈大良埋头喝酒吃菜，让服务员送饭过来。

郭玉妹说声想想办法便收了线，把手机塞进包里，竟坐在那里发起呆来。陈大良伸手拿起她的碗替她盛了饭，然后自己盛了，招呼她吃饭，郭玉妹这才清醒过来，端起碗心事重重地吃了起来。陈大良见她只管埋头吃干饭，便给她夹菜，同时说："吃菜呀，要不这多菜浪费了。"

这个电话让郭玉妹没了心情，往后的气氛也都没了。郭玉妹扒了一碗饭便撂下碗筷，任陈大良再怎么劝，只说饱了。见郭玉妹脸上挂着心事坐在那里，陈大良三下两下把饭扒了，让服务员买单。

走出饭馆，上了摩托车，陈大良拿些话跟郭玉妹扯，郭玉妹心不在焉地回应着。车到郭玉妹住所入口停住，待到郭玉妹下车，陈大良停好摩托车，从钱包里数了两千块钱递给郭玉妹，郭玉妹愕然后退一步望着陈大良，那意思分明问他干啥。陈大良说："这是两千块，你拿着汇回去吧。"

刚才郭玉妹在饭馆接电话时，尽管陈大良无意偷听，但手机漏音，两人相距又实在太近，陈大良听出郭玉妹的男人让她汇钱回去治病，上个星期才把工资打回去的郭玉妹只得答应想办法。

郭玉妹接连后退好几步，说："我怎能要你的钱呢，这成什么了……"

陈大良上前捞起郭玉妹的手，把钱拍在她手上，说："老乡，你别想歪了，我这是借你。记住，是借给你。"

郭玉妹说："这半年你家里那点底儿都耗尽了……"

陈大良说："我家里的事儿都过去了，这钱兜在身上也是兜着，弄不好一把牌给输了，你现在却急着用钱，找谁不是借呀，就甭跟我客气了。"

郭玉妹便看着陈大良说："那好，我借老乡的了，下个月发了工资还你。"

陈大良笑着摆摆手，说："别弄得这么急，我又不缺这两千块钱，啥时候手头宽裕了再说吧。这两千块钱够吗，不够我再给你想想办法？"

郭玉妹忙说："够了，够了，谢谢老乡。"

"那好，你进去吧。有事联系。"陈大良抬腿跨上摩托车。

"进去坐坐吧。"郭玉妹说。

"下次吧，哪天有时间再来看你。"陈大良启动摩托车，朝郭玉妹挥挥手而去。

"慢走呀！"郭玉妹立在那里目送着陈大良的背影消失在夜色里。

雨后的夜晚寒意明显加剧，陈大良哼着小调驾驶着摩托车行驶在街巷。他这会儿的心情不错，感觉不到夜晚的寒意。街巷里开着一排发廊店，浓妆艳抹的发廊妹或坐或站，在门口朝过往的男人招手。不经意间，一个熟悉的人影从一家店里走将出来，陈大良定睛看去，是老吕。陈大良正要招呼老吕上车，看老吕埋头快步往前走，知道他是不想在这里撞着熟人，当下一加油门，摩托车箭一般往前冲去，把老吕甩在背后。陈大良心下暗自摇头开了，这个老吕在他们这帮人中年纪最大，为人最是老实的了，从来不曾见他摸过牌，也没听说啥时候进发廊找站街女的事，没事就一个人抽香烟听人胡侃，几乎让人感觉不到他的存在。陈大良想起单嫖双赌这话，原来这么多年老吕是干单嫖。联想起另一个老实人大马，看来所谓的老实人是不靠谱的。不过，只一会儿陈大良心里便释然了，他以切身体验对老吕今晚上的事给予理解。像他们这类人，长年在外忙着赚钱养家，妻子又不在身边，连正常男人的需求都没了。某方面说，老吕要比他们有羞耻心，认为去这种地方是不光彩的，所以才一个人偷偷摸摸地去，不像他们把找女人当乐事，并不觉得有啥羞耻，挂在口上一点儿都不避讳。

　　一块儿生活工作这么多年的老吕并没有被他们同化，实属难得。如此一想，陈大良竟对老吕生出敬佩来。

第6章

　　回到工地，大家打牌的打牌，闲扯的闲扯，没人理会他的回来。老赵在三楼听周姐她们唠嗑。陈大良把摩托车钥匙递给他，再递上一根香烟，钟姐在织毛衣，从毛线衣里抬起头来，说："今晚上咋没打牌？"

　　钟姐这话只是招呼，并非真要追问他原委，陈大良随口道："今天都打了一天，老是打牌打牌，哪有那么多钱打呀……"

　　周姐说："听说你这阵手气好，天天赢钱。"

　　陈大良笑着信口道："天天赢钱我还做这安装模板的苦活儿，天天打牌算了。"

　　钟姐笑说："你是怕我们让你请客嘛！"

　　陈大良笑说："天天赢钱，还在乎这几个请客的钱，钟姐，我就这么小气？"

　　钟姐笑道："我可没说你小气，只是这几天大家都说你手气好老赢钱。"

　　陈大良笑说："下次赢了钱请大家的客。"

　　陈大良往外走时，老赵随在他身后。在楼梯拐弯处，老赵趋前两步，一只手搭在陈大良肩膀上，小声说："去郭玉妹那里了？"

　　在老赵面前，陈大良无需隐瞒，说："是呀，请她吃了个饭。"却也不说借钱的事。

　　老赵笑着在他肩膀上拍拍，说："这就好。见你这几天没动静，我还当你没那意思呢！"

　　陈大良玩笑道："我不能辜负你老兄一片热心肠啊！"

　　老赵便起了慨叹，说："还是你们好呀，老婆不在身边，没谁管着，爱怎样就怎样，我就不行啦，老婆黏在身边。"

　　老赵这话，一听就知道是因上次芙蓉路天桥下找站街女的事给钟姐弄得不快而叹，陈大良便想起今晚上遇见老吕的事，笑说："老赵你可以找个美女，不过要神不知鬼不觉，别让钟姐把你逮住，逮住了是啥后果你应该知道。"

老赵说："我哪敢啊！上次的事你又不是不晓得，羊肉没吃上反弄了一身臊，这几天竟给我脸色。"

陈大良笑道："那就别胡思乱想，守着老婆好好过日子。"

老赵又是一叹："看来只有这样了。"手在陈大良的肩膀上一拍，"大良，这里跟你说个事儿。今天吃晚饭的时候我老表打我电话，说他现在在谈一栋楼房的模板安装工程，估计不用多久会签约，到时候我带人过去。我向他推荐你负责管理这里的施工。这么多的人手你没问题吧？"

老赵与他们的区别在于，老赵由雇主开月工资，当然要比他们高出很多。而他们则根据安装模板的平方米多少计工资。也就是说，老赵的工资旱涝保收。陈大良万没想到这等好事忽然间落到自己头上，人便激动了，止住脚步，伸出一只手捞起老赵的手，攥紧了说："谢谢老兄啊！"

老赵说："我们是多少年的兄弟了，不帮你帮谁呀！再说了，这半年你家里也耗去了不少的钱，是吧？"

陈大良一个劲儿地道谢，哆嗦着掏出香烟抽出一根递给老赵。老赵接过香烟，说："这么多人手找得到吗？"

"没问题，绝对没问题。"陈大良忙说。

"一旦合同签下来，我老表会找你谈的。这事儿你知我知，可不能让别人晓得了。"

"我知道，我知道。明晚上去洗脚，活动活动，我请客。"

"咱兄弟甭讲这个客气，等我老表跟你谈了再说。"

进得二楼，很多人手上攥着钱扎了一堆，一看就知道在斗牛，还有那么几个人靠墙歪在床铺上，一边抽烟一边胡扯，没谁理会他们。老赵掏出散钱凑上去。陈大良素来认为，打牌还讲点儿技术，这斗牛纯粹赌手气，对此从来没兴趣，脱鞋上了自己的床铺。刘阿波躺在那里入迷地看书，口里哼哼着。没想到老吕回来了，抽着香烟孤单地歪在铺上。因为今晚上的缘故，陈大良一双眼睛少不得在他身上扫来扫去。老吕闭着眼睛，不是他指上那根燃烧的香烟，还只当他睡了去。看样子，任谁也没想到老吕刚才去了发廊，就算他把今晚上亲眼所见说出来，只怕没人肯信，还当他造谣生事。

手机响了，漫不经心地掏出来一看，没想到是齐小眉打来的，陈大良想着接还是不接。耳听铃声刺耳地响，陈大良几乎是心惊肉跳，见没人留意到自己，暗自舒了口气，双脚往鞋里一套，走了出去。摁了接听键，在他想着怎样开口时，齐小眉先他说："有空吧，我想见见你。"

这话等于告诉陈大良，她知道他来龙城了。陈大良也没啥吃惊的，自己来龙城都这么久了。陈大良就问："有事吗？"马上觉得这话问得有些傻了，便说："都这个时候了，啥事电话里说好了。"

齐小眉说："那明天中午吧。"

陈大良说："好，明天中午我再给你电话。"

陈大良待要挂电话，齐小眉的声音传了过来："忙吗？"

"三天两头下雨，啥忙的。"话一出口，陈大良觉得生硬了点儿，齐小眉听着只怕有点儿不舒服，却也不拿话补救。

"明天中午再说好了。那就这样，我挂电话了。"

齐小眉要见他说啥呢，陈大良还真没想到会有今晚上这个电话，而且是这个时候，听语气还很急的。在他想来，他俩之间是没啥了。陈大良很自然就把齐小眉和现在跟她同居的那个男人联想起来，未必那个男人知道他们曾经的事跟她闹腾开了，可这跟他有啥关系呢。陈大良心下摇头。还有一种可能，那就是齐小眉想与他重续旧情，但陈大良马上便否定了，这不像电话里齐小眉的语气。想不透内中原委，陈大良干脆不去想它，明天见面自会知晓。

返回屋里，老赵蘸着口水正在数手头那沓伍元拾元贰拾元一张的钞票。陈大良笑着招呼："赢了？"

老赵一边数钱，一边点头，完了笑道："赢了两百多块，手气还行。"

陈大良说："趁手气好多来两把。"

老赵笑着把钱往兜里一塞，说："算了吧，谁晓得接后两把手气是好还是不好，还是见好即收，入兜为安。"

陈大良点头："也是。"

老赵捂着嘴巴打了个呵欠，说："看样子明天得忙活儿，早点儿休息吧。"

斗牛的人少了许多，好几个蘸着口水在数钱，一看就知道是赢家。刘阿波早已放下书本，脱衣服准备睡觉。陈大良动手脱衣服时看了看老吕，老吕不知啥时候一头睡了去。在女人肚皮上折腾，那是耗神费力气的活儿，老吕也是上五十岁的人，上老下小，负担不轻。就想老吕这个秘密，怕也只有他一个人知道。闭了眼睛躺在床上，陈大良却是没法入睡，脑子在想刚才老赵跟他的谈话，要是这次自己真成了工头，这半年家里耗去的钱就回来了。不知咋就想到了郭玉妹，洗脚这个工作够辛苦的，挣的钱又不多，到时候可以让她来工地煮饭，这样他们的关系就更近了。

第二天早饭后忙活儿，陈大良和刘阿波、老吕及老兵等七个人合力安装一根柱子的模板。老兵昨晚上斗牛输了好几百，话题在昨晚斗牛上没完没了。因为昨晚上的偶然发现，陈大良便不时拿话来诱老吕。

"老吕，没事的时候去外头转转，别老待在工地。"陈大良道。

"转什么？"老吕头也不抬。

"外面的世界可热闹了，要不哪天我出去叫上你。"

"这有啥转的。"

这时刘阿波也说："没事跟大家转转，看看世界。人家为了看热闹都花钱大老远跑来旅游。"

老吕说："人家有钱。"

刘阿波说："这走走看看的不用花钱。"

老赵说："老吕是怕走丢了吧。这么大的一个城市，很容易找不着北，没事还是待在家里好。"

陈大良暗自好笑，想老赵要是知道老吕昨晚上的事，这话还说得出来吗。在大家的眼里，这么多年老吕可是个老实人，陈大良心下对老吕除了叹服还是叹服，他冲老兵笑道："啥时候老兵带老吕找妹子开开荤。"说这话时，陈大良拿眼去看老吕的表情，却只能看到老吕半张脸，这半张脸上似乎没啥反应。

老兵笑着停下手头上的活儿，冲老吕说："好呀！今晚上怎么样，老吕？"

老吕的样子便慌乱了，说："你们胡说什么呀，当我是你们，我是做爷爷的人了……"

老兵笑哈哈地道："这事儿上不分爷爷叔叔哥哥，只要是男人都一样。我看到好些站街女都是做奶奶的人了。"停下手头的工作瞅着老吕，"没听说做爷爷的就不想女人，要不哪里来扒灰一说。老吕，你这里说句真话，扒过灰么，该不会既做爷爷又做爸爸吧？"

老吕的脸一下涨得通红，直至脖子根，眼睛死死瞪着老兵，似乎已气得说不出话来，模样竟有几分可怕。老赵笑了笑，在老吕身上拍了拍说："老吕是老实人，当是你老兵，老婆管不了你，到处放火，想怎样就怎样，咱们别拿老实人来说笑。"

老兵笑说："说真的，老吕，你不摸牌又不泡妞，像寺庙里的和尚，我还真佩服你，可如今的和尚也有女人呀。人活着总得有点儿嗜好是不是，现在小姐都成了产业，也很便宜。我说老吕，需要了去发廊找个妹子，别让自己憋得难受，免得弄出啥饥渴症来。大家常年在外，老婆不在身边，都能理解，不会有谁说到你老婆耳朵里去，你放一万个心。就算有天你老婆晓得，死无对证的事，你老婆也拿你没奈何。"

刘阿波笑着手指老兵："老兵你真是经验丰富。"

老兵说："我这经验也在传教你。"

陈大良笑道："人家阿波跟你老兵不是一类人，人家都有漂亮的女粉丝，还用去发廊，老兵你把阿波看扁了。"

老兵的一双眼睛便投向刘阿波，连说是吗，神情语气很是不信。陈大良笑说："我亲自看到的还能有假？哪天那妹子来了我拽你见识见识，让你挪不开脚。"

老赵笑问："真的假的？"

老兵笑说："这么厉害。"

刘阿波笑着摇头："我是咋回事大家还不知道，一个打工的，同你一样，谁拿你当回事儿，还粉丝，粉丝是明星才有的事。"

陈大良看着刘阿波笑说："看你老弟额头抹了油似的发亮，这是鸿运来临的预兆，说不定很快会成为明星。"

刘阿波笑道："你们怎么回事，刚才拿老吕来打趣，现在拿我来说笑，甭说我没这个想法，也没这个才能……"

陈大良扭头去瞧老吕，老吕正在埋头忙活儿，脸色早已恢复如前，暗忖大家都认定老吕是个大老实人，就是自己这里把昨晚上所见说出来估计也没人相信，只当是玩笑。这般想着的时候，蓦地传来一声惨叫，陈大良的心便悬了起来，闻声望去，见老全他们立在那里，呆若木鸡，人就起了不祥之感。老赵第一个反应过来，冲过去大声问："怎么了？"伸长脖子往下望，见有人摔了下去，脸色一下变得死灰，嘴唇抽搐，"下去救人，快。"

明白有人摔了下去，陈大良率先往下跑，脑子想着摔下去的会是谁。刚才匆匆忙忙的，也没看清楚少了谁。到了下面，一个满脸污血的人躺在血泊中呻吟，陈大良还是一眼认出是谭玉臣，喊了声老谭，不管对方满身污血，过去一把抱起他。老赵等随后下来，大家嚷嚷着说赶快打 120 送医院。老赵像想起了什么，上了自己的摩托车，慌乱中接连启动三次才发动起摩托车，驶至陈大良身旁，招呼他上车。因为抱了个人走路，陈大良已是气喘吁吁，哪里还有力气抱着人上去，正要招呼大家过来帮一把，大马过来，一抬腿上了车伸出双手，陈大良把人递与他，老赵一松离合器往前疾驶，陈大良大声道："老赵，别紧张，注意安全。"

直到这时，陈大良才发现大家都围在一块儿，钟姐等几个妇女脸色煞白。钟姐喃喃说："怎么会是这样？怎么会是这样？"在老兵拿话问老全，想知道谭玉臣是怎样坠下去的时，钟姐对陈大良说："大良，就老赵和大马两个怎应付得过来，你带几个人打的去医院帮帮他。"

老赵的摩托车早已不见踪影。陈大良说："不晓得老赵去了哪家医院。"

老全说："打电话问一下不就知道了。"掏出手机开始摁号。

陈大良摆手示意他别打："老赵现在在开车，我们不能影响他开车，过会儿再打，他到医院我们再问清楚赶过去。"

钟姐说："大良你快点儿回去把衣服换了，然后去医院帮老赵。"

陈大良上了二楼，脱下衣裤才发觉身上还有血迹，拿了洗澡巾来到水龙头下，拧开水龙头淋湿毛巾，把身上的血迹擦净，找出一身衣服换了。返回楼下，老全攥了手机过来，说："老赵在省人民医院，我们过去吧。"

陈大良再叫上刘阿波，三个人准备动身时，陈大良的手机响了，看是老赵打来的，忙摁了接听键。老赵让他找大伙儿借钱送过去。陈大良有意把衣兜翻过来，把身上五百块攥在手中，然后对老全说："咱现在救人要紧，老全你身上有多少全拿出来。老赵说了，是借。"

老全掏出钱包打开，一共两千三百块，全递给陈大良，陈大良让刘阿波记账。刘阿波主动把身上八百块钱递给陈大良。大家纷纷倾箱倒箧。在老吕递上一百五十块钱时，老全一双眼睛在他身上搜索，说："老吕你咋回事，就这点儿？"

老吕面显难堪，说："钱汇回去了，我这还是留下来的烟钱。"

老全还要说什么，陈大良给他递了个眼色，接过钱示意刘阿波记上。钟姐掏出身上仅有的一千块钱拍在陈大良手里。当陈大良攥了钱准备和刘阿波他们去医院时，钟姐猛然想起什么，一拍大腿叫道："大良，我忘了留下买菜的钱，你得给我两百块钱买菜，要不晚上和明天早上我拿啥给你们吃。"

陈大良抽出两张百元钞票递给钟姐："钟姐你咋忽然就想起忘了留下买菜

的钱？"

钟姐不好意思地说："给你钱的时候只想着救人要紧，哪里还想到要留下买菜钱。你们带着这么多钱小心啊！"

省人民医院人头攒动，热闹得像个菜市。陈大良拨了老赵的电话，告知他已经到了。老赵要他们稍等，他让大马来接他们。老全就掏出香烟给陈大良和刘阿波递上，三人抽着香烟，单等大马到来。

老全喷着烟雾，环视周围匆匆而过的人，说："现在医院的生意好得不得了，医生宰人特别毒，眼皮都不眨一下，只要你进了医院，非把你家折腾穷不可。"

刘阿波说："是呀，早没了白衣天使的叫法，人们都管他们叫白衣屠夫。前年我妻舅患啥病在县人民医院躺了两个月，花去七万多块，把家里那点儿积蓄耗尽不说，还欠了一屁股债。国家实施医改，最大的受益者就是医院，喂肥了这些白衣屠夫。"

陈大良瞥眼刘阿波，说："阿波你咋回事，对医生有天大意见似的。"

老全说："大良，我看你对医院那些破事儿不甚了解，有些医生坏得很，一点儿医德都没有，就想着怎样掏患者兜里的钱，患者进医院的第一件事不是给你看病，而是问你家庭情况，是公费还是私费。在他们面前，你千万不能泄露了家底，否则准把你折腾成杨白劳。我有个老表在县医院上班，一年收入二十多万，公务员一年才四五万块钱，弄得公务员都有意见了。我这里给你念一首顺口溜，是专说医院的：'排队挂号，头昏眼花；医生诊断，天女散花；药品收费，雾里看花；久治不愈，药费白花。'"

老全对医院的情况这么了解，还不是透过他这位老表，陈大良就开他玩笑，说："老全，你有这位老表比我们要好，哪天真有个不舒服，不会弄出久治不愈，药费白花的事。"

旁边刘阿波便笑了。老全瞪了陈大良一眼，陈大良怕他拿难听的话甩过来，马上道："谁又想来这种地方，是没办法的事。真到了那步，就算你对他们恨之入骨也只能任他们宰割了。就像今天的老谭，为了救命，只能往这里送。"扭头四望，"大马咋还未来？"

老全说："大马憨憨的，这地方人多又大，像个迷魂阵，谁知道能不能找到这里，打他电话吧。"

刘阿波发现了一身污血的大马，喊他两声却未听到，仍在四下里搜寻他们。陈大良顺势看去，因为身上污血的缘故，弄得往来行人纷纷对大马闪避。三人赶紧跑过去，随了大马去见老赵。

老全拿话问："玉臣怎样了？"

大马说："不晓得。"

老全说："你不是和老赵送玉臣来这里么，咋会不晓得？"

刘阿波明白大马的话意，说："玉臣现在急救室抢救，是吗？"

大马嗯地点头，领了三人往前走。看大马的样子，对身上的污血和别人的眼光毫不在意。老赵焦急地在急救室门口踱来踱去，见了老全他们才止住脚步。陈大良往急救室瞅了一眼，被玻璃门挡着视线，压根儿就看不清楚，问："老谭怎样了？"

老赵说："刚才出来一位医生，我问了一下，他说正在抢救。钱呢，多少？"

刘阿波说："两万一千四百块。"

老赵说："大良，你们去收费处把钱交了。"

陈大良待要离去，不意老全说："先别把钱交出去，再等会儿，看里面是什么情况。"

大家明白老全的意思，如果谭玉臣没抢救过来，这钱就不交了。陈大良本想说就算死了该交的你还得交，否则尸体甭想弄走，顾着讳忌没把话说出来，拿眼投向老赵，想看他的意思。老赵便说："反正他们会催的，等等也行。"

"今天的事告诉阳老板了吧？"陈大良问。

"我给他去了个电话，他不在龙城，说尽快赶过来。估计要明天才到。"老赵说。

"谭玉臣家里要去个电话才行。"老全说。

"我哪里晓得他家里电话，只有等医生抢救完后再问老谭。"老赵说。

"也只有这样了。"陈大良拿话问老全："咋坠下去的？"

"我也没看到。估计是不小心坠下去的。"老全道。

这时老赵的电话响了，是钟姐打来的，问老谭怎样了，老赵回答说正在抢救。钟姐就问他们回不回去吃午饭。老赵说算了，在这里随便找点儿东西塞下肚子。收了线，老赵看着大马衣服上的污血，说："要不这样，大马你回去把衣服换了，老全、大良和阿波留下来。"

大马点点头，不吱声就走了，那身刺眼的污血在拐弯处没了。老赵让老全去买盒饭来，他和陈大良、刘阿波留下等消息。老全找陈大良要了一张大钞，大踏步去了。陈大良掏出香烟递给老赵和刘阿波每人一根，点燃后叹了口气，说："没想到会发生这种事！老谭一向小心，今天咋这么大意呢！好在还只是第八层。"

老赵抽着香烟缓缓地摇头："这种事情有时候还真不好说！"

老赵素来宿命，陈大良似乎明白老赵话里的意思，是说这种人命关天的事，它要来躲都躲不过。不知咋的，想起了那天晚上在天桥下谭玉臣给跌入坑里摔伤脚的事，未必谭玉臣真有此劫不成。脑子这般想，却也不说出来，附和一声："也是。"

老全拎了盒饭回来，四人蹲下身在急救室门口吃了起来。有医生开门出来，他们止住吃饭的动作，齐齐投向医生。老赵站起身，说："大夫，情况怎样了？"

医生随手拉上身后急救室门，拿下口罩，吐了口气说："眼下情况很危险，我们正在全力抢救。"说完就走了。

老全瞪眼医生的背影，说："都进去这么久了，咋还是这句话。"

刘阿波道："他这句话证明眼下老谭没事……我们暂且安心。"刘阿波本想说没死，忌着死字，到了舌头下硬是咽了回去。

老全说："我们可是巴望老谭尽快脱险。"

陈大良说："现在的情况，人家能做的是全力以赴。真到了那步，他们也是无力回天。"

这时候有医生护士推门进去，老全伸头探脑往里望，除了白影幢幢，啥也没看到。饭后四人守在急救室门口抽烟说话，有医生经过，板着脸说这里不准抽烟，四人忙把香烟丢下用脚踩熄，医生斥责他们破坏卫生，刘阿波忙把烟屁股捡起来丢进垃圾桶。老全冲着医生的背影啐了一口，骂了声他妈的。

陈大良的手机响了，看屏幕是老兵打来的。老兵问谭玉臣现在咋了，陈大良告诉他正在抢救。老兵便问是不是很危险，陈大良不想说很危险，免得老兵他们跟着担心，就拿医生的话回复："正在全力抢救。"

老赵示意陈大良说完后把手机给他，他有话要跟老兵说。又扯了几句，陈大良把手机递给老赵，老赵就说："老兵，医院这边有我们四个，有情况会打电话给你们。近段时间老是下雨，耽误了不少工，你要大家下午继续忙活儿。"

陈大良接过老赵递过来的手机，说："出了这么大件事，大家哪里还有心思干活儿。"

老赵叹了一声，说："这么多年没事，哪知今天弄出这么大的事。"

刘阿波安慰说："事情发不发生已经发生了，现在要紧的是把老谭的事处理好，但愿老谭没事。"

急救室门打开了，医生护士尾随而出，陈大良心里便起了不祥，老赵快步拦住一名医生："大夫，怎样了？"

医生摇摇头："死了。"

打从谭玉臣出事，老赵就担忧这上面，现在话从医生口里说出来，还是给愣住了。陈大良感到全身猛地震了一下，有个生硬的东西撞击着胸膛，心里默念着："老谭死了，老谭就这么死了……"

一个个医生护士从面前走过，直至急救室门给落在后面的护士拉上，老赵才清醒过来，说："下步我们怎样走？"

陈大良说："给老谭家里去电话，让他们马上派人来龙城处理善后问题。还有，阳老板那里你得马上给他个电话，告诉他老谭死了，让他赶在老谭家人到来之前来龙城，以便有个准备。"

老赵说："我这就给阳老板电话，大良阿波负责联系老谭家人。"

陈大良和刘阿波都没有谭玉臣家里的电话，两人便犯难了。老赵一旁正在给阳老板电话。老全提醒他们，老谭手机里面肯定储存了家里的电话，找医生护士要老谭的手机。医生护士早没了踪影，陈大良哪里敢进急救室在老谭身上翻找手机，只怕医生护士也不允许他进去，脑子想着他们中间有谁知道谭玉臣家里电话。刘阿波提议打个电话回去，让钟姐帮忙找大家问问，陈大良便拨了钟姐手机，把意思说了。钟姐甚是敏感，问老谭怎样了。陈大良告诉她，就在刚才，谭玉臣去了。钟姐半晌说："我们都在说他的好，盼他没事，没想到还是走了。我这就找他们问问，一会儿回你电话。"

老赵给阳老板打完电话，问陈大良给老谭家里去了电话没有，刘阿波回答说刚才给钟姐打了电话，让她找大家问问老谭家里的电话号码。老赵就看着陈大良，叹了一声，说："大良，下步我们怎么走？"

陈大良道："老谭家人接到电话后，再快也得明天才到龙城，少不得在善后一事上耗上两天，我们能做的是把老谭尸体寄放到医院冷库，以防尸体腐烂了，老谭家人会对我们来意见。"

有医生过来，让他们去交钱。陈大良就问能不能把尸体寄放医院冷冻库。

医生说行，让他们去办手续。四人就一块儿来到大厅收费窗口。时间已是下午三点多，大厅的人仍很多，排队等着挂号交钱。老全摇晃着脑壳，说医院的生意他妈的真好，啥时候没人进医院饿死他们。

钟姐打来电话，说好不容易从老张那里得到了老谭家里电话号码。陈大良便也记起来老张和老谭是远房老表，自己心急之下却未想到这个人来。在他动手准备拨打电话时却想起了什么，对老赵说："老赵，我和老谭家里人不熟，电话里面少不得要费很多口舌，这个电话还是你来打好些。"

老赵就掏出电话拨了过去。这时轮到他们交钱，陈大良无暇听老赵怎样跟谭玉臣家人说，掏出钱递进窗口。老全拿过发票，见半天不到就耗去五千多块，一天的冷冻寄存就是数百，愤然道："他妈的什么救死扶伤，简直就是打劫。"

陈大良对耗费这么大笔钱没救着人也是心疼，说："你不是说了，他们是白衣屠夫么，屠夫是啥东西未必你老全没见过，那是白刀子进去红刀子出来，刀刀见血，毫不手软。"

老赵打完电话过来，问钱交了没，老全就把发票递给他，老赵看后还给老全，说："现在的事是把老谭的尸体送冷冻库，这里就没我们的事了。"

再次回到急救室，被告知尸体已送到停尸房。好不容易找到停尸房，一位四十多岁的中年男子坐在一张简易办公桌后，身上那件发黑的白大褂看上去颇为碍眼，那张缺了血色的脸在这种特殊场所让人联想起躺在停尸房的尸体。陈大良递上发票，中年男子看后让他们再付五百，说是推尸钱。陈大良晃着手中的发票，说这不是交了么。中年男子正眼都不看他一下，说："你交的是冷冻寄存费，我要的是推尸钱。从急救室到这里是你推来的？我们还得把他推到冷冻房去。"

老全来了情绪，道："才这么远就五百？你们这不是打劫……"

中年男子说："谁乐意干这种一辈子晦气的事？我们是从社会上雇人推尸，这钱是给他们的工资。"

老全说："你也不问问我们要不要他推——我们自己也可以推。"

陈大良说："这五百是按啥标准收的，你拿依据出来给我们看看。真有这回事，我们认了。"

中年男子说："我们一直这样，领导同意了的。"

老赵示意陈大良给钱。按陈大良的意思是要跟对方争一争的，见老赵不想多事，数了五张百元钞票递给对方，让他给张发票。中年男子接过钱道："这也要发票？没有。"

老全说："收了钱发票都没一张，你这不是开黑店么？没发票，到时候死者家人凭啥相信我们，还当我们贪财呢。"

老赵拽了老全往外走，陈大良和刘阿波跟着退出。老赵松了老全的手，说："钱都到他手上了，跟他争也没用，未必还会退给我们。好在我们四个人都在，到时候算账大家把这五百块钱说明一下。"

老全恨恨地骂道："这王八蛋昧着良心贪死人钱，看哪天被小鬼抓到阎王那里去，打入十八层地狱，永世不得超生。"

陈大良掏出香烟给三人一一散上，说："这医院是条条蛇都咬人啦！"

刘阿波说："都说现在生崽容易养大难，我看这人要死都死不起，比养个崽的代价还要大。"

老全说："说到底这医院不是人来的地方，黑眼珠子只认白银子，真他妈缺德。"

陈大良道："谁又肯来这里被他们宰割，还不是为了活命。"

出了医院，街上不少学生背着书包嬉闹行走，陈大良掏出手机看上面的时间，已是下午五点。医院大门口就是站台，四人上了一辆公交车。汽车摇摇晃晃中，身边有个女孩一手抓着手吊，另一只手掩着鼻子和嘴巴，陈大良只当没看见，忽然想起昨天晚上答应今天中午给齐小眉电话的，哪知横里出了谭玉臣坠楼的事，以致把这个电话给忘了。见自己没有如约给她电话，齐小眉肯定有想法。陈大良倒不在乎齐小眉怎样看自己，反正他们之间是没啥的了，他揣测着齐小眉急着见他为啥事。车厢里的人很多，此等场合自是不便打这类电话，陈大良打定主意回去后再说。

第7章

陈大良终是没有给齐小眉电话，饭后歪在自己铺上，他的想法是：这个电话一打，少不得又要耗上一番口舌把今天的事拎起，齐小眉真有大不了的事，见他中午没去电话早打过来了。因为今天发生的事，这晚上大家破例没有打牌，或坐或躺，都在铺上抽烟，连说话声音也很小，人群中弥漫着一股悲伤。刘阿波没有去外头，也没有去楼上唱歌，坐在自己铺上看书。

陈大良没话找话："咋不出去唱歌，要不我用老赵的摩托车驮你去，再驮你回来，你请我吃夜宵就是。"

刘阿波放下书，说："还真没这个心情。"

陈大良说："待在这里心情更不好，去外面走走比闷在这里要好。"

老光过来，上了陈大良床铺，盘腿靠墙而坐，陈大良知道他有话要说，估计是谭玉臣的事，却不拿话去问。老光吸口香烟，说："听老张说，老谭上有七老八十的父母，下有一对未成年的儿女，他又是独子，这一去，这个家只怕就垮了。明天老谭家人和阳老板会来，大良阿波，你们说老板会赔多少钱？"

陈大良道："这种事历来就没有一个准的，全凭双方协商。"

老光点点头，说："阳老板兜里的钱可不是那么好拿的。"

刘阿波说："哪个做老板的都不愿摊上这种事，我们这些打工的更不愿发生，可事情既然发生了就得善后，大良你说是不是？"

因为老赵跟他说过，等到阳老板那栋楼的模板安装合同下来后，让其打理这栋楼盘的模板安装工程，陈大良并不想在这上面多说，要是说漏了嘴传到阳老板那里，阳老板因此对他起了不满，这好事儿势必吹了。见老光望着自己，含混说："啥结果明天就知道了。"

"哪里有这么快，我看没有三五天不会有结果。"老光摇摇头，烟雾从两个鼻孔喷出来的时候，看上去脸上甚是复杂。他叹了口气说："就算赔五十万，对老谭来说也没有任何意义，说不定还会让他的家庭变得复杂。这方面的事，我看到听到的可多了。"

陈大良明白老光的意思，是说这笔赔偿款会导致谭玉臣家人不和，老光不说，他可没想到这一层，心道这个老光想得真远。陈大良说："对谭玉臣家人来说，这是下一步的事，现在他们想的是怎样得到赔偿款。但愿他们不要因此闹得失和才是。"

"我也是这么想。"老光说。

撂在身边的手机响了，刘阿波抓在手中一看，是文婷婷打来的，摁了接听键。未待他客气，文婷婷先他说："大哥你在哪儿？"

"工地。"刘阿波道。

"下来吧，大哥。"文婷婷说。

刘阿波就爬将起来，攥了手机往楼下而去。陈大良与老光一旁说话，见刘阿波要走，说阿波你去哪儿。刘阿波随口说有人楼下找他。陈大良把目光从刘阿波身上收回来，看着老光说："老张呢，他跟老谭是亲戚，对老谭家里的事应该了解，到现在也不见他一句话。"

老光说："他跟我们一样，能说啥？"压低声音，"出了这么大件事，阳老板肯定得破财，也就钱多钱少的事，你说会不会影响到我们的工钱？"

老光的意思，别忙下来拿不到应得的工资。经老光这么一说，陈大良也起了担心，深知这个问题太敏感了，一个回答不好，势将弄得大家心生不安，说不定大家还会就此散伙另找门路。陈大良看着老光，心道这个老光今天咋了，想得这么复杂。"不会吧！阳老板这些年在这上面挣的钱还少啊，二三十万就让他破产了？"陈大良慎言道。

老光说："我也晓得他赚的钱不少，据说他在好几个地方置了房产，还养了小三，小三都换了好几个，这些都要钱来供的。"

陈大良说："他有那么多房产我们还担心啥，房子在那里还怕借不到钱？阳老板待我们还不错，这些年未曾拖欠我们一分钱。只要他还想在这一行干下去，我们就不用担心这个问题。"

老光说："出了这件事，谁知道他还想不想在这行干下去。"

陈大良说："进入一个行业不是件简单的事，为这几十万块钱就改行，把好不容易积累起来的资源丢掉，可能吗，人家就这么没脑筋？同一个道理，要我们另谋门路，也不是一两天就能够找到事的。"

老光点点头：“我呢只是担心，真出现这种事到时候够大家脑壳疼的。”

有人在那边喊老光，老光站起身来，陈大良跟着站起，说："这事儿就到我这里，说出去让阳老板听到了不好，老赵那里也不好面对。老赵这人吧你晓得，这些年对大家一直不错。"

独个儿待在铺上也没意思，陈大良来到三楼。老赵不在，钟姐几个各自坐在自己铺上说着什么。陈大良猜测，多半还是与谭玉臣有关。陈大良正自思量着拿句什么话来验证自个儿的猜测，钟姐过来，把他拉到屋外楼梯的拐弯处，低声说："大良，谭玉臣家人明天会来龙城，你说他们会不会找老赵的事？"

陈大良心道自己还真没猜错，对钟姐的话大感不解，说："他们凭啥找老赵的事，又不是老赵把他推下去的。没这个道理啊！"

钟姐说："当初谭玉臣是老赵请他来的。"

陈大良说："老赵请他来是为了让他挣钱，现在出了这种事，谁都料不到。这也算个理的话，以后谁还敢邀人外出挣钱。"

钟姐说："老谭死了，他家里人才不管这些呢！"

陈大良说："老赵请我们来这里，说到底他又是受阳老板所托，这个责任该阳老板承担。"

钟姐的样子便有些急了，说："大良你咋还未明白我的意思……万一他们要是狮子大开口，趁这个机会吃个胖子，老赵他老表那里不答应，拿他老表没法奈何，肯定会缠上老赵。听老张说，老谭那几个舅子在他们村子里凡事都要争个赢的，老谭不在了，这回肯定会替他们姐姐出这个头。"

陈大良宽慰道："他想吃个胖子就得找老板，凭你们那点家底儿肯定没法满足他们，他们也看不上。他们真找上老赵，阳老板肯定不会袖手旁观，这些年老赵给阳老板做的事还少啊，必要的时候，让他们找法院要钱。"

钟姐说："我就担心他们不讲道理胡来，奈何不了阳老板就找老赵麻烦。"

陈大良说："在这里他们肯定不敢。他真敢胡来，我们这些人肯定会帮着老赵。再说了，城里不比我们乡下，这里只要一个电话，不用两分钟警察就赶来了，他们再厉害，落到警察手里还不是孙子。我说钟姐，老赵没事的，你不用担心。"

钟姐长长地舒了口气，说："大良你这么说我也就放心了。听他们说谭玉臣那几个舅子如何霸道，我可担心死了。"叹了一声，"老赵和大家这么多年一直没事，没想到忽然之间出了这么大一件事，整个下午我都给折腾得不安心，总担心会扯上老赵。"

陈大良想起芙蓉路天桥下的事，直到现在钟姐对老赵都没好脸色，就想到底是夫妻，尽管恨老赵的不是，关键时刻却替他担心。"钟姐你别想得太多，老赵肯定没事，相信我好了。他们明天就来了，到时候钟姐你看吧。噢，老赵呢？"陈大良说。

钟姐说："刚才还在。出了这么件事，有他忙的，也不晓得去了哪里。"

返回屋里，老全歪在铺上抽烟，说："大良，太无聊了，叫两个人来打两个钟头的牌。"

陈大良瞅眼大马这边，小芷面朝里躺在床上，大马愣坐在一头，似乎有啥不对头。想着今天大马那一身污血，现在谭玉臣死了，也不晓得大马咋想。

老全见陈大良不吱声，当他没听到，拿话重复一遍。陈大良道："老全你兜里还有多少钱？"

老全说："那些钱不是还没用完吗，先退我们一些不就成了。"

陈大良说："这得看老赵的意见。"

群姐说："出了这种事，你们还有心思打牌，真是的。"

老全说："不打牌干啥，这么晚还去忙？"

周姐说："你们男人啊真不想事，出了这么大的事还有心思打牌，我可服了。"

老全笑着抽了口香烟，口里吐出一根烟柱，说："咱男人天天拼命挣钱养家，周姐你还让我们想什么，想别的女人，你们意见更大，只好打打小牌打发时间，没想到你们还不能容忍。男人，难人呐。"

周姐往地上啐了口唾沫，说："就你们男人难，女人很容易似的。别的不说，咱就说老谭。现在老谭去了，他老婆要耕田种地，带两个孩子，上面还有公公婆婆，那才叫难。"

老全弹了下烟灰，说："女人是咋回事儿我还不晓得。周姐既然在这里跟我说老谭，我也跟大家说个类似的故事。我们村子里的肖利民，早几年随人到西藏挖金，与人打牌时出千，被人识破，争执中给对方捅了一刀，还没送到医院就死了。肖利民家人赶到西藏，凶手派人找上他们，提出私了。一番交涉，对方赔偿六十六万，这在当时绝对是一个大数目。这笔钱被分成三份，肖利民父母一份，肖利民四岁的女儿一份，他的妻子马芬芳一份。马芬芳提出，女儿那份一半交她保管。肖利民父母是本分人，没多想就答应了。回来安葬肖利民的第二天，马芬芳就嫁了人。气得肖利民父母托人给马芬芳捎去一把断刀。哪知这回马芳芬嫁的男人是个又赌又嫖的，还欠了一屁股债，嫁给他才几天就把原来男人那三十多万用命换来的钱全交给这赌徒，不到三个月输了个干净。现在这男人时不时给马芬芳一顿拳脚，嚷着要跟他离婚。在周姐看来，一定会认为马芬芳很不容易，是吗？让我看，马芬芳是活该。"

周姐瞪了老全一眼，说："有你这样说的？"又说："肖利民不在了，马芬芳年纪轻轻的，你让人家一辈子守寡不成？"

群姐说："这马芬芳也嫁得太快了点儿，她娘家就不晓得劝阻她？"

"还娘家？马芬芳嫁人都是她母亲牵的线。她母亲见那男的在镇上有三个门面，当这男的是有钱的主儿，生怕被别的女人抢了去，谁晓得她看到的是表面，那男的欠了一屁股债却没看到。"老全吸口烟使劲把烟屁股掷出屋外，说，"男人呀，自己一定要把自己当回事，有时候还别苛刻了自己，一旦命没了，只会好了另一个男人。"

陈大良没料到老全会说出如此一番话来，想想还真是这样，忍不住打量着老全。却听钟姐说："老全你别说得这么露骨难听，对一个家庭来说，没有谁愿意发生这种事。男人不在，女人再嫁；女人不在了，你们男人同样会再娶。"

群姐跟着说："出了这种事，吃亏的总归是死者。"

老全笑道："我说这些，还不是周姐说她们女人不容易，我呢就让她知道咱男人比女人更难，差不多是把脑壳别在裤腰带上。"

陈大良见大马坐在那里打盹，有涎水流出，说："大马你咋不上床睡呢？"

大马便睁开眼睛，以手抹了把口水，脸上有些不好意思。老全笑说："大马，要不跟我睡吧。"

陈大良很是疑惑，看眼大马又看眼老全，老全笑了笑，说："大马今天背了老谭，他老婆嫌他晦气，不愿跟他睡一张床。"

陈大良忍不住笑了，想这对夫妻倒也有意思，因为男人背了的人死了，女人就嫌他身上沾了晦气，就不准他上床；男人也是，女人不准他上床就傻坐在那里。老全见大马没动作，复又拿话说了一遍。看大马犹豫不决，陈大良笑道："明天还得出工，你未必就这样坐一晚？跟我睡放心不下你老婆，跟老全睡最好。"

大马站起身来，把帐子放下，脱衣上了老全的铺。陈大良怕打搅大马睡觉，扯上几句离去。下楼梯时遇到老赵上来，老赵手里攥着手机，说："我刚才到二楼不见你，原来你在三楼。"

陈大良说："跟老全他们瞎喷了阵。有事吗？"

老赵说："明天我老表和老谭家人要来，这几天我得招呼他们，工地这边我就托你打下招呼。咱不能因为老谭的事误了工。"

陈大良满口同意。他想把老光说的在这里跟老赵谈谈，想到这一说，弄不好老赵还会对老光来想法，于事无益，反把关系搞复杂了，便没说了。两人随便说几句，各自离去。

待要走进二楼房子，却想应该给郭玉妹去个电话才是。转身往楼上走时，猛可想到谭玉臣的死，便止住了脚步。略一犹豫，折身来到一楼，四周无人，楼上的灯光射了下来，对面时有汽车驶过。陈大良拨了郭玉妹的电话。

郭玉妹接了，先他喊了声老乡。陈大良说他今晚上本来想去接她的，可因为今天安装模板时出了事。郭玉妹问啥事儿。陈大良就把情况说了，听得郭玉妹在那头半晌都没吱声。直到陈大良拿话问她咋不说话时，郭玉妹才说："建筑这活儿很危险，老乡你要小心，注意安全，边上的活儿尽量不要去做。"

陈大良感到胸腔有团湿润的东西在缭绕升腾，慨叹这个女人对自己的关心，说："谢谢你，玉妹。"马上又说："我看这事儿呀没有几十万是摆不平的。"

郭玉妹说："再多的钱对老谭来说还有啥意义呢，命是用钱能够买来的？对一个人来说，活着才是最重要的。"

陈大良没想到郭玉妹竟能说出这等深刻的话，附和说："我也是这样想的，人最重要的是活着。"

刘阿波来到下面，车灯刺眼地亮着，驾驶室玻璃放了下来，文婷婷坐在里面。刘阿波走过去，未及他开口，文婷婷以手拍拍副驾驶室的沙发，说："上来吧。"

刘阿波问："有事吗？"

文婷婷说："消夜啊！"

"下次吧，下次好了。"

"为什么要下次呢，你们不是下班了吗，上来吧。"

刘阿波略作犹豫，说上去换件衣服，文婷婷说不用，玩笑说又不是去相亲，弄得那么客气干吗。说得刘阿波都有些不好意思，绕过车头上了副驾驶座，身子往后一靠吐了口气，文婷婷熟练地启动汽车离去。未行多远，文婷婷察觉他似有不快，拿话问他怎么了。刘阿波心道这女孩子好敏感，禁不住她再三追问，道了今天谭玉臣坠楼的事，听得文婷婷嘴巴都合不拢。

"昨天还是好好的，忽然就去了另一个世界，性命这东西让你想都没法去想。"刘阿波感叹道。

"没想到你们这个工作这么危险！不是大哥这里跟我说起，真就没想到。"文婷婷扭过头来，说，"大哥你要尽快换个工作，不能拿自己性命开玩笑。"

"像我这种人，除了干这个还能干啥。"

"咋这么说呢，偌大一个龙城，什么工作找不到？"

"工作是千千万万，主要还在合适不合适。像我这种人就算让我坐办公室都耍不开。"

"大哥咋这么说，啥事还不是人干的。"

车到河滩一家龙虾夜宵店停住了，刘阿波下车随了文婷婷往里走。有服务员迎着，眼睛打量着刘阿波，再拿眼去看文婷婷，然后回到刘阿波身上。刘阿波感觉到了，明白她眼睛里的疑惑，人就有点儿不自在。服务员领着两人进了包间。坐在这里往外望，可见河面倒映的灯光。点好菜后问喝什么酒，文婷婷让来瓶二锅头。在服务员即将退出时，文婷婷噢了一声，吩咐她再来包蓝嘴芙蓉王香烟。

话题还在谭玉臣的死。文婷婷道："人命关天，这件事情怎样处置呢？"

刘阿波说："也就老板赔笔钱给死者家人吧。"

文婷婷啜了口茶："现在社会，什么问题都成了钱的问题。"

刘阿波说："除了这样还能怎样。碰着个有良心的老板在赔偿上还好说，摊上个抠门的，给你点儿安葬费就不错了。"

文婷婷叹息说："这也太残酷了。"

刘阿波无奈地摇头："谁叫咱是民工呢！"

文婷婷说："民工也是人。现在可不比从前了，政府出台了很多保护民工的政策，有关部门都不敢触碰。"

刘阿波道："政策是一回事，执行起来又是一回事，就像有些单位写在墙壁上的条条框框，那是给别人看的。"

酒菜上来了，文婷婷取了双塑料手套递给刘阿波，自己先刘阿波戴上手套，伸手拿了一只龙虾放在他面前的盘子里，招呼刘阿波吃，再拿了只虾熟练地剥了起来。刘阿波也就两年前跟陈大良他们消夜吃过一次龙虾，那次打牌陈大良的手气特别好，赢了将近两千块，大家让他请客，于是几个人去了一家露天夜宵店喝啤酒。那时候一帮大男人，龙虾上来伸手抓了就往嘴里塞，连口味都没吃出来，哪里有今天客气。刘阿波拿了只手套，学着文婷婷的样子往手上套。这种手套是一次性那种，薄薄的，刘阿波的手粗大，一费力便弄破了一只，人就起了窘态，好在服务员多给了几副。

文婷婷话题一拐，说起眼下正火的浙江卫视《中国好声音》，不以貌取人，只要歌唱得好，建议刘阿波一试。刘阿波明白，今晚上文婷婷约他意在这里，想着怎样回答面前这个女孩。对参加《中国好声音》等节目竞赛，刘阿波从来就没想过，认为这些跟自己无关，他只是喜欢唱歌罢了，用以打发无聊，跟工友们闲下来的时候玩牌无异，偶然有人称赞他唱得好，只当人家客气。

刘阿波喝了口酒，说："参与的都是专业人员，要不就是真正的草根高手，我行吗，上去还不是丢人现眼？"把杯轻轻一放，"还是算了吧。"

文婷婷说："你也是真正的草根高手，只是未曾被专家发现罢了。我大学读的是音乐，唱歌不及你，但自信鉴赏一个人的水准没问题。"

刘阿波苦笑摇头："我还不晓得自己是咋回事，很多音乐方面的知识都不懂，就晓得唱，对一些高难度的歌还唱不好。"

文婷婷说："朱之文你知道吧，他也就晓得唱，很多字都不认识，靠翻字典来解决，就因为唱得好，最终成功了。"

想起早段时间陈大良也拿朱之文跟自己说事，刘阿波笑道："我不是朱之文，朱之文现在是大名人，我能跟他比么。"

文婷婷脱下手套，取了张餐巾纸，优雅地擦擦嘴巴，道："朱之文未成功前，他的境况不比大哥你好，可当时谁又能看出他有今天呢，就是他自己都未想到。当初朱之文敢穿件破旧的大衣上台，大哥为啥不去一试？我这里说呀，大哥你要自信，我有你这个实力早参加央视的《星光大道》了。"见刘阿波不答，继续说道："大哥，我猜你是把握不准自己的唱功到底几何，是也不是？"

"是呀！"刘阿波坦然。

"这还不好办，只要大哥参加，专家就会对你予以点评，这对你一辈子都是受益匪浅的事，那时候你便明白自己的实力了，这可是一举两得的好事儿。"文婷婷道。

面对文婷婷的古道热肠，刘阿波没法拒绝，可他思想上的确没有这个准备。对他来说，参加《中国好声音》那是大事。见文婷婷等着他回答，只好含混说："过几天吧，让我好好想想，到时候再给你个答复。"

"也好，大哥回去后好好想想。不过，有些话我这里还是要说。参加《中国好声音》对你来说是个机会，说不定会改变你一生的命运——你现在这个工作太危险了。"文婷婷道。

刘阿波笑笑，说："成名就一定会改变现状？黑龙江那个马广福你知道吧，人家可是上过春晚的，名气够大的了吧，可马广福至今还在干他的本行——耕田种地。还有那个从牛棚里走出来的男高音刘仁喜，日子也没得到改变。"

文婷婷笑说："看不出大哥知道的还很多嘛！像马广福和刘仁喜这种现象毕竟是少数，偌大中国也就这两起吧。我想呀，主因还在这两人淡泊名利。旭日阳刚跟你一样民工出身，现在都是宝马代步，风光无限。市场经济，只要有名了，利自然跟随而来。"一会儿又说，"我们不说什么争名捞利，就为验证一下自己，求得专家的点拨，大哥也该试试，是不是呀大哥？"

刘阿波不去接她的话茬，说："你是读音乐的，不在这上面追求，咋开起服装店来了？"

文婷婷说："大学毕业后我和同学北漂了两年，终因认识到自己诸多条件不够就放弃了，回到龙城开了家服装店。"

刘阿波道："可你当初大学学的是音乐，这不白费了这么多年。"

文婷婷放下手中的筷子，喝口饮料说："当时年纪小，不懂事，学校老师和同学都说我歌唱得好，加之在学区唱歌比赛中获过几次奖，就做起了明星梦。读艺校等于烧钱，我家里条件当时不是很好，为供我上大学欠了不少钱。我现在以过来人慨叹，艺术这条路太难走，搞艺术的人是天生的，真得有天赋。"

刘阿波拿眼注视着文婷婷："知道难走还撺掇我走这条路，这不是害我吗！"

文婷婷说："大哥的嗓子好呀！这是老天爷给你的，不是金钱能够买到的。"

刘阿波说："都这么多年了，我还真感觉不到自己的嗓子有啥好。"

文婷婷笑说："大哥要是早知道自己嗓子好的话，早在这条路上闯开了，说不定已经像刘欢、汪峰一样成为大腕一级的人物。"

刘阿波笑道："我还不晓得自己是咋回事，打从娘肚子里下来便在音乐这条路上闯也达不到刘欢这个级别，套用你刚才说的，搞艺术的人是天生的。就算你说我有天赋，可这天赋也有大小之分，小天赋再努力也成不了大气候，也就在圈子里有点儿小名气。"

文婷婷手中的筷子本来已夹住一片牛毛肚往口里送，没到嘴边又笑着放回碗里，说："大哥这话有点儿意思，那你凭啥认定自己是小天赋而不是大天赋？"

"道理很简单，如果我有大天赋早成功了，跟刘欢一样站在台上高歌，哪里还会离乡背井来打工。"

"你这话可不对，大哥。有句话叫大器晚成，你这几十年没机会是没遇着贵人。如果朱之文没有参加《星光大道》的比赛，现在跟你一样默默无闻，每天就盘算着挣点儿钱养活家庭。所以呀，大哥一定要试，不试咋知道呢，现在有这么好的机会，不能错过。"

一通扯又扯了回来，刘阿波便也看出文婷婷在这件事上的态度，说："我想好了回复你。"

文婷婷道："大哥可别让我失望啊！"微微一笑，"我在你身上看到了第二个朱之文和旭日阳刚。"

走出夜宵店，文婷婷启动汽车，问是不是找家茶馆坐坐。刘阿波不便掏手机看时间，估计十点多钟了，说茶就不喝了，让文婷婷送他回去。文婷婷拐转方向盘往回走。车开得很慢，两人随意地扯着，文婷婷问他们晚上干些什么，刘阿波说打牌侃大山。文婷婷说老这样也不好。刘阿波说除了这样还能怎样，这里他们没亲戚也没朋友，更不会上茶楼和夜总会，那不是他们这类人去的地方，也不是他们消费得起的。小车行驶到芙蓉路天桥上，刘阿波很自然便联想起那晚上谭玉臣他们在这里找站街女的事，动了说与文婷婷听的念头，想着文婷婷听了，只怕会对他来想法。虽说自己没有参与其中，谁知道文婷婷会不会认为他们是朋比为奸，要是她这样看自己就不好了。

车到工地停住，刘阿波一只手搭在车门上，欲待客气一句时，文婷婷转过头来，说："记得想好了给我个答复呀，要快。"

"好，到时候我给你电话。那就这样，谢谢你了。"刘阿波推门下车往里走。

有人已经入睡，还有几个围在一块儿闲扯。陈大良脱衣服准备睡觉，见了刘阿波笑嘻嘻地道："这么久一个人去哪儿了，该不会去干啥坏事了吧？"待到刘阿波走近，嗅到他身上的酒气，"喝酒了，跟谁消夜啊？"

刘阿波自是不会跟他说文婷婷约她消夜，随口说："一个老乡来龙城了，两人便喝了一杯。"

陈大良手指刘阿波笑道："老弟没说真话啊！啥老乡，还不是上次送你回来的那个文什么女孩。"

刘阿波弄不准陈大良何以能道破自己的谎言，正自惊疑，陈大良瞅着他衣兜里的芙蓉王香烟说："老弟，把你那县领导抽的高级香烟来一根。"

刘阿波这才明白漏洞出在何处，掏出香烟递给陈大良一支，自己也叼了一支。陈大良躺在床上，头枕墙壁，吸了口香烟，脸上浮着坏笑："老弟命交桃花呀，还是都市美女。我这里可得提醒你，桃花这东西最易惹出祸端，到时候有你受的。老实交代，到手了没？"

刘阿波说："你想到哪儿去了，咱只谈音乐，说到底也就是两个音乐爱好者交流交流。"

陈大良望着刘阿波笑说："这么简单？"神情语气很是不信。

刘阿波说："你是巴不得复杂咋的？"取了挂在墙壁上的毛巾，拎起洗脸桶去了外面，拧开水龙头，自来水哗哗流了出来。本来想就是否参加《中国好声音》让陈大良参谋参谋，陈大良刚才的调笑让他打消了此念头，就想还是自己把它好好想清楚。

第8章

第二天中午，阳子固驱车赶到龙城，随同来的还有伍律师。当时大家正在吃午饭，老赵放下碗筷问他们吃过饭没有，阳子固不去答他吃过没吃过，问谭玉臣家人来了没有。老赵便让钟姐去炒几个菜，再去买一箱啤酒。阳子固要去楼上看看，老赵陪着他来到楼顶。四十岁的阳子固头上留着个寸发，腆着个大肚子，一路上来自是吃力。阳子固在上面转了一圈后，问起谭玉臣坠楼情况，老赵把从老全他们那里了解的情况说了。钟姐来电话让老赵喊阳老板下来吃饭。阳子固掏出芙蓉王香烟递给老赵一根，点燃香烟往下走，说："老表，你要大家抓紧时间，不要因为谭玉臣的事影响了工程进度。在谭玉臣的善后上，那是我跟谭玉臣家人之间的事，该怎样就怎样。"

老赵说："老表你这样说我就放心了，你表嫂可担心你不负责，老谭家人会找我纠缠呢。"

阳子固领头往下走，说："纠缠你？没这样的道理。"

老赵道："乡下人你还不晓得，有时候哪里跟你讲什么道理，急了胡乱逮着个人不放，也不管对还是不对。"

伍律师说："现在是法制社会，啥事都得讲法律，不得胡来，胡来还不是自己吃亏。"

到了下面，钟姐早已为他们摆好碗筷，才吃过饭的老赵自然要作陪。三人不再说谭玉臣的事，随意说些别的。钟姐立在旁边，不时搭上一句，问还要不要加个菜，老赵见女人几次欲言又止，猜他要讲什么，便给她递眼色，示意其别乱说话。阳子固客气说不用，让表嫂只管忙去。期间，老赵接到一个陌生电话，一问是谭玉臣的一位舅子，说他们到了龙城，找他问工地所在。饭后阳子固交代老赵，谭玉臣家人来后，让他领着他们去皇朝大酒店找他。

在阳子固拉开车门准备上车时，陈大良买香烟回来，喊了声："阳老板，要走啦？"阳子固止住那只将要迈入车内的脚，点头回应。老赵一旁说："这就是我跟你说过的陈大良。昨天他一直跟着我在医院忙乎。"

阳子固便把手伸向陈大良，陈大良赶紧趋步向前，伸出双手握住阳子固的手，阳子固说："谢谢你，老陈。"

陈大良连说不谢，同老赵两口子送阳子固上车而去。

往回走时，钟姐抹去刚才的笑脸，瞪了男人一眼，说："我说你咋的，都不准我讲话，就你能像个老爷似的坐在那里喝酒……"

老赵说："我还不晓得你要说啥，无非是担心老表开溜，谭玉臣家人找我折腾要钱。老表跟我说了，他会处理妥。既然老表都说了，你在旁边唠叨岂不嫌烦，男人的事，用不着你来掺和。"

钟姐说："我又不是仙，怎晓得他跟你说了。他跟你说了你咋不吱一声，是你让我蒙在鼓里，反倒过来教训我，哪里像个男人……"

陈大良一旁劝道："钟姐你不用担心，阳老板连律师都带来了，可见他对这事儿的态度。"

"是我瞎操心了，到时候让谭玉臣家人缠死你。"钟姐再次瞪一眼自己男人，甩下这话，气冲冲地往屋里走。

老赵气得骂了句娘们儿，陈大良便说钟姐也是一片好心。也到了忙活儿的时候，正待往里走，一辆金杯车驶过来停住，车门敞开，有人走将下来。老赵猜到来人是谁，对陈大良说了句老谭家人来了，走将过去。一问果然没错。下来问话那人回身朝车内招招手，连同司机下来六个人，年纪参差不齐，介绍后才知道两位年龄最大者是谭玉臣的父亲和叔叔，另四个是谭玉臣的两个舅子，堂兄和律师，老赵把这伙人往里让，让陈大良去买矿泉水。

工地对面有个小卖部，陈大良手捧矿泉水回来，老赵和对方已经上了楼顶，只得往上爬。到了楼顶，钟姐几个妇女也在。因为对方的到来，老全等都停下手头上的活儿。陈大良客气地把矿泉水递给客人，在递给谭玉臣的父亲时，多了几分恭敬。老赵此时正在打电话，估计是把这边的情况传给他老表，以便听其老表意见。因为谭玉臣的原因，陈大良自是留意着谭玉臣父亲的反应，老人看上去甚是平静，身上并没有出现应有的激动。在陈大良暗自奇怪时，发现老人的肩膀时不时战栗一下，便也看出这是一个习惯把悲痛埋藏起来的人。

半小时后，来客下楼，老赵和钟姐他们尾随身后。待到他们下去，大家围绕谭玉臣家人的到来扯开了。

老兵说："老谭父亲怕是有七十多了吧，这么大一把年纪这么远的路程，一来一去，够辛苦的，咋能把他拽了来，这不是存心折腾人么。"

老张说："估计是他硬要来的，老人也许是为了见儿子最后一面。"

老兵说："硬要来也不行呀！真弄出啥事儿来，谁负责得起，这些人做事真没脑筋。"

老明说："两边都来了律师，大家咋看待这个问题？"

刘阿波说："这说明双方都很慎重，想在法律框内解决问题。这样是最好的办法，谁该负多大责任就负多大责任。"

阿彪说："把律师拉来还不是为了多争几个钱，可请一个律师的钱还少啊？现在的律师黑得很，据说收费都是按案子金额的多少收，一个金额稍微大点儿的案子，他们就要收十几万，真正到当事人兜里也就几个小钱。老谭这种事请律师是最蠢的，等于白给律师一笔钱，也不知是谁的馊主意。"

因为老赵交代了，陈大良当下笑了笑说："也不能全说请律师不对，人家请了律师，你对法律不了解又没请律师，到时候对方说根据法律这一条那一条，把你蒙得不知真假，不说一分钱都到不了手，少你一大截未必不可能，请了律师就不至于出现这类现象。得了，我们别光站在这里扯，边干边扯吧。"

大家就忙乎开来。

阿彪的心思还在律师这个话题上，说他有位远房老表，原来是乡政府的一个副乡长，因受贿被撤职，见仕途无望，辞职干起了专职律师，一年挣两百多万，现在已是上千万家产。这人宰起人来心狠得很，一个离婚案子，寻常律师也就收三四千块，他一张口就是两万。他的父亲常在人前炫耀，说他这个儿子虽然没当上官，却挣到了钱。"什么律师，讼棍，法律流氓。"阿彪说。

老光道："如今这世道，当官挣钱的哪个不是狠人，不是狠人当得了官，挣得到大钱？你想都甭想。官越大，钱挣得越多，无一不是心狠手辣的人。我们村里的邓小波，打小就无法无天，连他亲爹亲娘都敢揍，三十多岁都没讨到婆娘，迁怒他爹妈没能耐，他爹说了他几句，操起扁担把他爹一条腿打断，他娘骂他两句，又把他娘的手打断。可就这样一个邪乎乎的混混，早几年不知咋的跟公安局一个副局长扯上了关系，两年不到就发了，在县城修了房子讨了老婆，老婆还是单位的。大良你看，这世道成什么了，似乎只要心狠手辣就能发达。"

陈大良玩笑道："老光你都明白了这个道理，好好跟着邓小波学不就成了，有天发达了我们给你打工。"

老光摇头："咱本分人家，哪里学得了这个。邓小波父母在我们那个地方出了名的本分，可偏生了这么个心狠手辣的儿子，说到底这种人是天生的。"

老明说："既然老光你说到公安，我这里跟你说个故事，有些公安坏得很，比街头那些混混还坏。我们镇上派出所所长，勾结混混设局，然后对当事人猛罚。我有个舅舅是做家电生意的，有天有人拽他上酒店喝酒，说合伙赚点儿钱，我舅舅问他啥生意，这人关上门说了。大家晓得这几年国家家电下乡政府予以补贴的政策，这人说由他找些村民身份证，两人联手套取政府补贴。我舅舅喝多了酒，禁不住他好说歹说就答应了。半个月后，派出所忽然把我舅舅抓了去，说他诈骗，套取财政资金。最后对我舅舅罚款二十万。我舅舅找派出所要罚据，派出所干警让他找所长要，我舅舅找到所长，所长板着脸，说要罚据可以，再罚二十万。后来镇上其他家电老板也因为这人被罚。一个偶然场合，有人告诉我舅舅，拽他喝酒那人是所长的线人。你们看，一个派出所的所长，就这样胡作非为，想着法子害人，黑眼珠子就知道盯着老百姓兜里的钱，想着把它据为己有，真是坏透了。"

阿彪笑说："这有啥奇怪的，警匪一家嘛！"

陈大良道："说到底你舅舅贪心，不然哪会上这种当。"

老明说："那王八蛋说什么政府的钱不捞白不捞，又不是搞私人的，也没害谁，我舅舅想想也是，这才信了他，谁知这王八蛋是所长的线人，把我舅舅害个半死，险些给弄得家破。"

老光说："咋不懂得联合其他家电老板往上告他？"

老明说："这王八蛋所长说了，谁敢告他他就抓谁，只要被他抓住，就把对方整到监牢去。历朝历代哪个做生意的敢跟官斗？真斗下去他三天两头带人来查你，说你这里涉嫌那里涉嫌，生意都甭想做了。"

老光笑道："人争一口气，佛争一炷香，换了我倾家荡产也要把这个所长告了。"

老明嗤笑说："算了吧，你老光是怎么回事我还不晓得，有天你真成了生意人，看你敢说这话，那时候还不是孙子一个。"

老光笑着停下手头上的活儿，掏出香烟点燃，看着老明道："就为你今天这话，有天我成了老板，王八蛋派出所长设套子害我，就算告到中央也要把他告倒。他一个派出所所长，说他县里有关系我信，市里有点儿关系也有可能，省里有关系我就不信了，中央更甭说了。道理很简单，他省里、中央有关系还当个小派出所所长？怎么说也得待在市里省里。"

老明两个鼻孔哼哼着："老光，不是我说你，你儿子当不当得了老板我不晓得，你老光这辈子是没戏了。"

老光也不恼，喷出一团浓郁的烟雾，笑嘻嘻地说："如今一块钱就可以当老板，我明天就把对面那个小卖部盘下来给你看看。"

阿彪笑道："好呀，我保证每天到你那里买包香烟。"一会儿嘿嘿笑说："开小卖部还不如去盘家发廊，那多不了几个钱，只要能拉得到小姐，生意不用愁，搞得好一年就发了。咱兄弟们也可以照顾你生意，你呢给个七折就行了。最大的好处是老光你自己方便，那可真是躺在女人堆里呢。"

陈大良冲阿彪笑说："老光开小卖部你每天买包香烟，开发廊你是不是每晚去光顾一趟？"

大家便笑了。

阿彪也不恼，笑说："行，我巴不得夜夜去，大良你买单？"

陈大良笑道："你玩女人我买单，有天你老婆晓得不找我拼命，要是染上了梅毒艾滋病，是不是还得让我掏钱给你治病，这种事我陈某人能干吗？"

老光笑说："真患了艾滋病不用大良你掏钱，自有政府埋单，这可是政府明文规定了的。政府把你的后顾之忧都给解决了，阿彪你还怕啥。"

"有这种事？"老明一脸的不信，"政府这不是明摆着撺掇老百姓胡来么，真不知政府安的什么心。"

"政府这一规定也不是怂恿你胡来乱搞，老百姓患上了艾滋病，你不给他治疗，他破罐破摔胡来一气，那不知要害死多少人，社会岂不乱了？这关系到社会的稳定，政府能不管！"刘阿波道。

老明摇晃着脑壳，说："政府是这样管的？据说感染了艾滋病，等同那人已经判处死刑，这治疗还有啥意义呢，政府应该从根本上解决问题，把发廊夜总会关了。"

阿彪笑笑，说："你这一招够损的，不说政府少了多少税收，多少小姐要被弄得失业，她们没了工作，找谁吃喝去？你没听说小姐都成了第三产业。再说了，"阿彪嘻嘻一笑，"有天你憋不住了咋解决问题，要是你跑去强奸女人，又将引发社会动荡，新的问题又产生了。自从有了小姐，你看哪里还有强奸犯，小姐最大的贡献就是让强奸犯从社会上消失了。"

老明说："可却因此冒出了艾滋病呢！"

阿彪说："这艾滋病不是小姐的错，是改革开放引进来的。你知道改革开放啥'三引'？引进外资，引进技术，引进艾滋病。"

一通瞎喷已到收工时间，大家丢下手头上的活儿往楼下走去。钟姐和周姐她们已准备好饭菜。老赵尚未回来，陈大良要钟姐给老赵去个电话，看他是否回来，以便给他留饭。钟姐没好气地说："管他呢，一顿不吃饿不死人，你们只管吃就是。"

在陈大良准备给老赵电话时，老赵回来了，大家围着他问长问短，无非是两方在赔偿金额上谈得怎样。"老谭家人要求赔偿八十万。"老赵告诉大家。

"八十万？这也要得太狠了点儿吧！阳老板会答应？"老兵道。

老光说："这八十万他们是怎样算的？"

老赵道："什么赡养费，小孩抚养费，配偶精神赔偿费……还有好几种，我哪里记得这么多。"

老明说："八十万肯定拿不到，慢慢磨吧，我看最后能够拿到三十万就不错了。估什是老谭那两个舅子的主意吧，真是想得天真，当是在他们村里，可以仗势胡来。"

阿彪说："还三十万，我看阳老板给他二十万就不错了，到人家兜里拿钱是那么容易的，人家不给，你怎样折腾都没用。打官司，如今的法官黑得很，那是有理无钱莫进来，吃了原告吃被告。老话怎么说的，赢了官司输了钱。就算给你判三十万，拿到一半就不错了。打官司，那是蠢人才干的事。"

陈大良任他们扯去，一边是多年的工友，一边是老板，不便说哪个的不是，也不便帮衬着哪个，这没任何意义。吃完晚饭，找老赵要摩托车钥匙。老赵猜到他要去哪儿，笑说："到手了？"

陈大良道："哪有这么快。"

老赵说："还快，都快一个月的时间了。都是过来人，有那个意思就上床，别搞得像二十岁小伙谈恋爱似的。"抬手在陈大良背脊上拍拍，"今晚上一定要把她摆平，摆不平别回来见我，以后也别找我借车。"

陈大良嘿嘿一笑接过钥匙。在他准备离去时，老全拽住他，要打两坎。陈大良一亮钥匙："老赵有事让我赶着去办，回来再打吧。"

老全便松了手，说："快去快回，我们等你。"

陈大良口里答应着好，启动摩托车而去。他也不用担心老全等着他回去打牌，说等他回去打牌，那还不是随口说说，哪能当得了真，说不定一转背他便和人干上了。

车到足之道洗脚城门口停住，掏出手机看了下时间，才把手机塞回手机套，一抬头郭玉妹出现在门口，两人的目光撞个正着，陈大良心道和老全再纠缠半句，可要白跑一趟了。"上来吧。"陈大良拍拍身后的车座。

郭玉妹上了车："你来了多久？"

陈大良说："刚刚到。再慢半刻你就走了。"

郭玉妹说："你们工地不是出了事么，咋还有时间出来？"

陈大良说："谭玉臣的家人和老板今天来了龙城，他们在酒店里关着门谈赔偿金，没我们的事。"

郭玉妹说："这不是马上谈得拢的，怕要耗上两天去了。"

陈大良说："是呀，谭玉臣家人这边一开口就要八十万，这么大的一个数目阳老板肯定不会接受。"

郭玉妹说："遇上这种事，还真得有点儿耐心。"

车到一家饭馆停住，未及陈大良开口，郭玉妹说："回去吃吧，没必要来这种地方填肚子。吃自己做的饭菜安心多了。"

陈大良抬腿下车，说："都到了这里，进去填饱肚子算了，免得回去又要忙碌。下次再尝尝你做的饭菜。"

再三劝说下，郭玉妹这才下车随了陈大良往里走。两人找张桌子坐下，点好菜后喝茶说话，单等酒菜上来。

话题还是谭玉臣的死。

陈大良说："谭玉臣是死了，对他家人来说，似乎也只有多弄点钱，减轻点儿家庭负担。"

郭玉妹说："道理上似乎是这样。"

陈大良听出郭玉妹话里藏着话，笑笑，问："你这话咋说呢？"

郭玉妹说："我看到很多这方面的事，钱到手后，为争赔偿金弄得大打出手，以致反目成仇，家庭失和，死者九泉之下都不会安宁。老乡，你说这样又有什么意思呢！"

陈大良便也看出眼前女人的善良，附和道："是呀，做人真不必太过于计较，对一个家庭来说，最重要的是和睦。一个家庭失去了和睦，再多的钱也没了意义。听说谭玉臣那两个舅子都不是省油的灯，谭玉臣父亲老实巴交，后面少不得有折腾的事。"

郭玉妹拿起杯子啜了口茶，道："这就要看谭玉臣的妻子了，她如果想继续待在谭家，一门心思把两个儿女拉扯大，事情就简单了，她要是心思到了外面，剩下的事就是争钱。"

陈大良说："估计谭玉臣的妻子也就三十来岁吧，这个年纪你让她守在谭家，似乎不太可能。"

郭玉妹说："未必一定要把自己再嫁出去，招个赘也行。"

陈大良连忙点头："招赘是最好的办法，这样老人小孩都有个依靠，这个家就保住了，只是如今的男人几个愿倒插门的。再说谭玉臣妻子这个年纪，以及她的家境，招赘只怕有点儿难。"

郭玉妹道："这种事，全凭缘分。"

陈大良说："也是。"

饭后两人上了摩托车往家赶，郭玉妹叮嘱陈大良小心，开慢点儿。坐在身后的郭玉妹不像上次与陈大良拉开一段距离，这次挨着陈大良，双手左右扯住他的衣服，陈大良便感觉到两团温柔的东西随着摩托车的颠簸在背膛上轻轻摩挲，顿时感到一种冲动。如果不是行走在街上，他会转身把背后的女人抱在怀里。当这种冲动退了去，陈大良感觉到一种叫人万般依恋的体温。郭玉妹让他把车开慢点儿，这正合了他的意，当下放缓速度，也不做声，只顾开车。他真愿意这样一辈子，永远也别停下。郭玉妹似乎也有了某种感觉，坐在后面再没说什么，一任陈大良驾驶着摩托车前行。

终于到了郭玉妹住所，郭玉妹一只脚落地踮着，另一只脚抬起下车，看着陈大良柔声说："进去坐坐吧。"

郭玉妹的声音让陈大良心跳了一下，预感到今晚上会发生些事情。这正是他认识郭玉妹以来天天想着的事，当下答应着下车，随手拔出摩托车钥匙。因为激动的缘故，手哆嗦得厉害，钥匙一下竟没拔出来。为了不让郭玉妹看出他的激动，陈大良咽口口水，做了个运气动作，随着郭玉妹来到她租住的房门前。郭玉妹从包里掏出一串钥匙，借着路灯开了门，拉亮电灯，说："进来吧。"

陈大良进去后，随手把门关了，过去一把搂了郭玉妹亲吻，郭玉妹身子发软双目紧闭，一任他吻着。待到郭玉妹急促的呼吸转变成呻吟，陈大良猛地抱起她走向里面卧室，把女人横放在床上。在动手脱郭玉妹的衣服时，才发现她一只手还紧紧攥着提袋，用手去拿提袋，竟动不了，咬着郭玉妹的耳朵让她松手，郭玉妹才把手松了，陈大良把提袋撂放在床头。

待到把郭玉妹身上的羁绊物脱掉，女人通身雪白令他双眼发花。陈大良只感到肠胃发胀，喉头发热，无心欣赏面前尤物，拎起衣领一下就把自个儿上衣甩掉，随即松了皮带，双手左右攥住裤头往下一扯，整个人赤裸裸的。陈大良咽下口里的唾沫子，迫不及待地爬了上去。当即他进入女人的身体冲撞起来，郭玉妹"啊"地叫了一声，陈大良停了动作问："怎么了？"

"好久没做了，有点儿疼……没事……你来吧……"郭玉妹闭了眼睛呻吟道。

听得陈大良像是注射了兴奋剂，激情满怀地勇武开了。

山崩水泄后，陈大良泥一样倒在郭玉妹身旁，浑身上下都是汗水，大口地喘着粗气。刚才一番激烈冲撞，耗去他近一个月积蓄的力量。缓过一口气后，陈大良这才觉察身边的女人一直躺着没动，把握不住她是不是睡去了，想爬起来看个究竟，却是动不了，便喊了声玉妹，郭玉妹应了一声，气若游丝。陈大良感到不对劲，爬将起来，见郭玉妹眼睛睁着，却不看他，忙问："你咋了？"

郭玉妹老样子躺着不去答他，陈大良以手摇她的肩膀，拿话追问也是不答，陈大良便有些不知所措了，看着身边的女人说些语无伦次的话。郭玉妹似乎不忍，叹了一声，说："不关你的事。"

"咋不关我的事呢，我们现在是两口子啊！"

郭玉妹又不说话了，陈大良便又急了，说起不着边际的话。半天，郭玉妹复又一叹，说："这些年我一直拒绝男人的诱惑，没想到还是没能拒绝得了你。"

真没料到女人说出来的是这话，陈大良就愣住了，郭玉妹自顾自地说："从我出来打工，算起来怕是有十几个男人明里暗里追过我，其中还有老板，说要包我。在你之前老赵也介绍过一个，都给我拒绝了。我不是那种对家庭不负责任的人，尽管我的家庭很贫困；我也不是那种耐不住寂寞的人，尽管现今我们这个群体流行临时夫妻。但我一直拒绝这种事在我身上发生，可没想到遇到了你……你叫我怎么说呢？"

郭玉妹又不说话了，陈大良便起了紧张，又不敢拿话去问，不知所措地坐在那里看着面前的女人。在陈大良准备鼓足勇气说句什么时，郭玉妹又开腔了。

"打从第一次在洗脚城见到你，我就有种眼熟的感觉，好像在哪里见过你。前天晚上我家里打来电话要我汇钱回去，你想也没想就掏出身上的钱塞给我，让我很是感动。昨天晚上你打来电话告诉我，说起谭玉臣的事，躺在床上竟替你担心。这么多年来，我还是第一次为一个跟我毫无关系的人担心，我不停地问自己，这是怎么了。感情上我是过来人，我知道自己对你上心了。今天临近下班，莫名其妙地预感你会来接我。我跟自己打赌，如果你没有来，那就证明我的感觉错了，我对你以往的感觉都错了。我是既盼自己的感觉对又盼自己的感觉错，十分矛盾。出来后见你在路边等我，我对自己说，一切跟着感觉走。"

陈大良真没想到这个女人会对自己的出现想得如此复杂，便也知道面前是个极敏感的女人，要是今晚上没来，他们之间肯定没戏了。"你都说了，对我眼熟是吗，晓得这是为啥？听一些老人说，这是两人前世的缘分。咱俩是前世的缘分尚未续完，这辈子再续。"陈大良说。

郭玉妹就看着陈大良，说："你这话跟谁学的？"

陈大良忙说："哪里呀哪里，我是信命的，也信缘。你难道不觉得，你拒绝了这么多人，坚守了这么多年，全为等着我的出现？这就是缘！"语声中一只手在郭玉妹身上轻轻摩挲，"你跟他们没缘，只跟我有缘。我们要好好珍惜这份缘分。"

这时郭玉妹闭了眼睛，似乎在享受陈大良的爱抚，陈大良用心地抚摸着面前的女人。这女人的皮肤很细润，看着都是一种享受，更不用说抚摸了，也难怪那么多男人对她动心思。陈大良的手由上往下，女人生过孩子的小腹竟看不到妊娠纹，光洁富有弹性。再往下去，陈大良惊得要跳起来，那只手止住了动作——女人的私处竟没有常人应有的阴毛，看其腋窝下也没有毛，陈大良联想起乡下传说，说是有的女人一生下来私处就不会长毛，这种女人就是所谓的"白虎"——白虎精投胎变的。这种女人只能配"青龙"——脸上长了络腮胡，胸膛上长了毛的男人，其他男人与之相配会发生"克夫"现象。甚至还有一种说法，不是"青龙"的男人只要与"白虎"发生性关系也会被"克"。陈大良不是"青龙"，人就起了某种恐惧。刚才心急火燎，只顾得到女人，哪里留意到这上面。面对这只"白虎"，陈大良紧张得心脏都要跳出来。

郭玉妹睁开眼睛，陈大良脸上的表情让她明白怎么回事，说："你见我是'白虎'，怕我把你'克'死了，是吗？"

陈大良本能而慌乱地说："没有，没有，你说到哪儿去了，这些乱七八糟的事也信？我是不信的……"

郭玉妹说："那你咋这么吃惊？"

陈大良说："我这是第一次见到女人私处没有毛。"

郭玉妹说："所以你怕了，怕我把你'克'了？"

陈大良忙说："我真不相信这些……"

郭玉妹说："你不是相信命吗，那你咋还不相信'白虎''克'夫？"郭玉妹伸手把旁边的被子盖在身上，然后翻转身背对着陈大良，任陈大良赤身裸体地坐在那里。

陈大良就着急了，说了许多不着边际的话，直说得嗓子发干，却也不敢下床去找水喝，更不敢问郭玉妹要水喝，只能苦坐在那里，感觉不到冷与不冷。半天，郭玉妹说："我要告诉你的是，我结婚八九年了，我的丈夫现在一直活着，我的两个小孩也好好的，至于你要咋想，随你去。"

陈大良忙说："我真没有这方面的想法，真的。"猛然掀开盖在郭玉妹身上的被子，紧紧抱住女人，"就算有天我被你'克'死也认了，谁叫我对你动了心思呢！"说着去吻女人的脸。

郭玉妹没有拒绝。许是被他那句"就算有天我被你'克'死也认了"的话融化了，后来竟开始响应他，两人在床上滚成一团。知道没事，陈大良便又来了欲望，咬着郭玉妹的耳朵说："玉妹，我又想要了……"

郭玉妹喘着气，口里嗯嗯地应着。陈大良是从背后抱着女人的，两只手摩挲着那对丰满的乳房，见女人答应了他的要求，双手舍了那对鲜活的东西下了床，就势把她往身边抱，把女人按成虾状趴着，郭玉妹尚未弄清楚男人要怎样时，陈大良已进入她的身体，这种全新的姿势让郭玉妹前所未有的兴奋，浑身颤抖个不停。女人的样子，让陈大良倍受鼓舞，人就更加来了劲头，加大了力度，直把郭玉妹弄得啊啊啊叫喊起来，叫声兴奋而甜蜜。

终于，陈大良啊了一声，停止了疯狂的冲撞，身子剔了骨头似的摊在床上，汗水再一次把身子打湿，张着嘴重重地喘着粗气，胸口剧烈地起伏。郭玉妹的身子蜷缩在他旁边，也是气喘不止。陈大良喊了声玉妹，郭玉妹"嗯"地答应着，陈大良伸出一只手搭在女人身上，感觉女人的身上都是汗水。想着自己这个年纪，连续作战这么久的时间，让女人一次比一次激越忘情，陈大良很有成就感，觉得自己很棒。

"你没事吧？"陈大良本来想问郭玉妹感觉怎么样，想着今晚上他们是第一次，说直了会让对方不好意思，还是含混一点儿好。

郭玉妹回答说："没事，你呢？"

没料到女人是这么回答他，陈大良笑了一下，说："我能有啥事。"

"喝水吗？"

"算了，别麻烦了。"

郭玉妹爬起来，裸身去了外面那间屋，在那张四方旧餐桌上拿了只杯子，从热水瓶里倒了半杯水递给陈大良，陈大良伸手接过，见是凉水，咕噜咕噜一口气全喝了，把杯子还给郭玉妹，以手抹了下嘴巴，看着郭玉妹雪白的背身，翘起的屁股，走起路来很动人。这么一个漂亮的女人，坚守了这许多年，却给自己轻易地弄上了床，陈大良心头有些得意。郭玉妹用那只杯子复又从热水瓶里倒了些水自己喝了。听外面传来开门关门声，随即哗啦啦的响声，陈大良知道女人进了卫生间，趁机扫视屋子。外面那间房七八平方米的样子，靠右边摆了一条旧长桌，上面摆了电饭煲和电炒锅及油盐碗筷，两把塑料矮凳子。床对面一把木椅上放了个红色行李箱，上面拉了条尼龙绳，挂了几件颜色不一的衣裤。见有三条肉色短裤衩挂在那里，陈大良猜测女人只怕是个极讲卫生的人，每晚睡前都要擦洗身子。

郭玉妹回到床上，坐到陈大良这头，身子靠着床头。陈大良一直是坐着的，当下学女人的样子靠床头坐着，随手把被子盖在两人身上，见女人的身子倾过来，一只手就势搂住她。

"今晚上要回去吗？"郭玉妹轻声问。

陈大良巴不得留下来。只要今晚上留宿这里，等于明确了他们临时夫妻的关系，当下忙说："我自然要留下来陪你。"

半晌，郭玉妹叹了一口气，说："你还是走吧！"

女人的反常话让陈大良不知道说啥好。半天，女人复又叹了一声，却不说话，陈大良忙说："你这是咋啦，有啥事直说好了，别憋在心里让自己难受。"

郭玉妹说："这些年我一直拒绝外面的诱惑，没想到还是发生了。你是我丈夫之外的第一个男人，我觉得有愧于他。我现在已经不是个好媳妇，也不是个好母亲。"

没料到女人说的是这话，这下陈大良就真不知道咋办了，却也看出女人是个极重夫妻情义的人，如果不是因为生活所迫导致在外打工这么多年，女人一辈子会本本分分地守着男人，相夫教子，做个贤妻良母。应该说，哪个男人娶了这种女人都是福气。在他想着说句啥宽慰女人时，郭玉妹又开腔了："你走吧，我想让自己好好地静一静。"

现在是女人心情最矛盾的时候，自己更不能走，这一走说不定他们的关系就变得没了。陈大良把她紧紧拥着，说："咱们都这种关系了，你说我能让你一个人孤单单地待在这里么，要是这样我还是个男人？你有啥心里话跟我说好了。"

郭玉妹深叹一声，说："你说我们现在这样子成啥了？"

这话还真叫陈大良不好回答，只好说些不着边际的话："玉妹，别想得太多，我是真心对你的，我们的事也不会被第三者知道，往后你会看出我是个怎样的人……"

郭玉妹说："咋不会被别人知道呢，老赵能不晓得吗？纸是包不住火的。"

陈大良说："老赵是我最好的朋友，他为人处事很有分寸，晓得什么能说什么不能说。刚才你说在我之前老赵给你介绍过一个男人，这事儿他就没跟我说过，不是今晚上你跟我说起，哪里晓得有这事。"

郭玉妹说："都跟你走到这步了，还担心这些干吗呢！睡吧。"随手拉灭电灯，屋里一下陷入漆黑。

陈大良一时却是没法入睡。郭玉妹安静地躺在他怀里，发出均匀的呼吸，像是入睡了去，陈大良猜测她还没有睡，多半在想心事。陈大良很想找个话题跟女人扯扯，又怕打扰了她，只好一动不动地躺着。迷迷糊糊中猛可听得有钥匙插入锁眼转动的响声，联想起郭玉妹的表妹，料是她回来了，一骨碌爬将起来，弄得郭玉妹啊了一声："你这是咋了，要回去是吗？"

"你表妹不是跟你一块儿吗，我听有人在开门，以为她回来了。"

"她上个星期搬出去了。"

"也未听你说起。好好的咋忽然就搬出去了呢？"

"她要搬出去随她，这是她的事。"

听女人的口气不想往深里说，陈大良联想到了那一层，为了验证自己的猜测，说："是不是找到老公了？"

郭玉妹说："你倒是一猜即中。"又说："说来滑稽，当初她要搬出去跟那男人同住，我还一度劝她，没想到才几天时间自己就步她后尘，哪天她知道了不笑话我才怪。"

陈大良就想，郭玉妹放弃这么多年的坚守，只怕也受她表妹找到老公的影响，试想每天下班回来，一个人待在这里，连个说话的人都没有，怪孤单寂寞的。女人最怕的就是孤寂。自己也没脑筋，她表姐妹俩住在一块儿，郭玉妹还能让他留宿这里，早把他轰走了。陈大良也不想知道有关她表妹和那男人的事。在他想来，跟他和郭玉妹的故事没什么两样，含混说："她能笑话你什么呢！"身子往后一倒，"睡吧！"就势把女人拥在怀里，双手握了女人那对温柔的东西。

第 9 章

次日早上七时刚过，陈大良就醒来了，身旁的郭玉妹还在睡着，模样儿甚是安详。想着这么漂亮的一个女人就这样躺在自己身边，陈大良暗自得意，双手在女人乳房上摩挲。郭玉妹慢慢醒来，声音黏黏地问他醒来多久了，陈大良说就刚才。郭玉妹眯着眼睛揉了会儿，目光清澈起来，问陈大良他们啥时候出工，听说是八点多，推了一下男人："你还得赶路，起床吧，要不就迟到了。"

陈大良说："真想就这样陪着你呀！"

郭玉妹说："躺在这里能有吃的？我们要十一点才上班，我想再躺会儿。"

得赶到工地吃早点，路上也要耗上半个小时，不能再拖了。陈大良把女人拥在怀里吻了吻，起床时才感觉身子有些酸痛，知道是昨晚上频繁地在女人身上折腾的缘故。昨晚上一觉醒来，他又要了女人一次，女人顺从地配合着他，比前两次多了一份默契，两人很快就把对方推上浪尖，达到高潮，相拥着睡去。陈大良不能让这份酸痛表现出来，否则会招来女人笑话，只好强自忍着。又想自己一个大男人都给弄得这样，女人只怕好不到哪儿去。

穿戴好衣服，陈大良俯身吻了下女人，再在她脸上拍拍，说："老婆，我去了，你呢再躺一阵，有事电话联系。"

郭玉妹轻声说："你去吧。"噢了一声，"放电饭煲那张桌子的第一个抽屉有把钥匙，你拿着吧。路上小心啊！"

陈大良拿了钥匙，同女人招呼一声开门而出，心情的欢快莫可言说。正是大家赶往上班之际，车辆把路都阻塞了，陈大良骑着摩托车像条泥鳅在车辆中间穿插行驶。赶到工地，正值大家吃早餐，匆忙洗了把脸，端起一碗米粉狼吞虎咽起来。

老赵过来，说："成了？你老弟厉害呀！"抬手拍拍他的肩膀，"啥时候请客？"

陈大良笑笑，咽下口里的东西，说："你啥时候发工资我啥时候请客。"

老赵不悦地说："我不发工资你就不请我的客了？老婆到手就忘了我这媒人，真是岂有此理。"

陈大良笑道："我说过不请你老兄的客吗？我的兜里现在空了，拿啥请你？"

老赵定定地瞅着对方，说："未必昨晚上你是砸钱摆平的？我想不至于吧……她应该不会是这种人。"

陈大良自是不会跟对方说里面的事，却也不想让他误解了郭玉妹，说："身上总共也就千来块钱，朋友急用借了去。"

老赵点点头："这杯酒暂且挂着，哪天发工资你再请。"笑了笑，"现在好了，不用在这里睡硬铺了，又有一个新的家庭。老弟，还是你好啊，爱怎样就怎样，没有谁来管你。"

陈大良手上的筷子捞起碗里最后两根米粉往口里送，压低声音说："把钟姐送回老家去，那时候你想咋就咋，敢吗？"见老赵不吱声，笑说："不敢是吗？不敢就别学咱，也别胡思乱想，好好跟钟姐过日子。"

老赵似笑非笑地摇摇头："看你得意的，有天事情弄复杂了，有你脑壳疼的。"

陈大良忙说："我得意啥，要是我老婆在身边，我才不会费心思找这种临时老婆。找老婆还不是为了解决生理需求，去发廊太危险了，一不小心就感染了性病，要是感染了艾滋病，这小命都没了，弄不好还要祸及妻子儿子，罪过就大了。要我说呢，还是老婆在身边好，用着放心又舒心，啥时需要了就用，老兄你得满足。"

老赵嘿嘿一笑，道："你现在和情人睡觉，醉生梦死的，也就忘了从前和老婆睡觉整夜装死。"

老赵这话缘由时下一首顺口溜："和情人睡觉，醉生梦死；和美女睡觉，兴奋而死；和荡妇睡觉，累得要死；和处女睡觉，笨得要死；和明星睡觉，贵得要死；和老女睡觉，烦得要死；和老婆睡觉，整夜装死。"陈大良哈哈笑道："老兄你是不是还要咒我兴奋而死？"却想郭玉妹不是荡妇，昨晚上自己可累得要死，看来这顺口溜也当不得真。

老赵又是嘿嘿一笑，说："我就盼你有一天烦得要死。"

陈大良撂下手中的碗筷，笑嘻嘻地说："啥女人都可以睡，就是老女人不能睡，我呢就是整夜装死也不会和老女人睡觉。"

这一通胡扯下来，大家都放下了碗筷，一抹嘴巴往楼顶走去。陈大良落在老赵身后，平常上楼如履平地，今天却觉得甚是吃力，就想自己昨晚上真是在玩命，好像过了昨晚两人就再也没有机会在一起似的，待会郭玉妹上班只怕也有点儿吃不消。

"老赵，阳老板和老谭家人谈得怎么样了？"陈大良问。

"没有他的消息，多半还在讨价还价，估什要两天去了。"老赵回答。

落在陈大良身后的刘阿波说："一开口就要八十万，慢慢砍吧，就算一天砍二十万下来也得四天的时间。"

老光笑道："照你这个算法，四天后老谭家人岂不一分钱都拿不到，老谭那两个舅子肯干？他们可是啥事都要争个赢的。而阳老板不至于一毛不给吧，让他出个几万块钱肯定没问题。"

老全道："一条命就几万块钱，这么便宜？早两年在新疆恐怖事件中牺牲的市民，据说国家赔偿每人三十多万，这还不包括社会各界捐赠的。"

老兵说："那是城里人的价，城里人的命比咱乡里人值钱呢！他妈的太不公平了，都是天朝的子民，却厚此薄彼。"

刘阿波说："早就实行城乡一个价，都好几年了。"

老兵不以为然，说："前年我们院子里的老云因病送到县人民医院，那个护士给他输完液后反应不对头，他老婆告诉护士，护士没有采取任何措施，仍旧输液，结果死了。老云家人找到医院交涉，其中有位是他老表，还是咱县里的大律师，在省城给一个大公司当法律顾问。医院答应赔偿六万。老云家人嫌少，他那位律师老表说乡里人就这个价。没想到后来医院嫌六万块钱多了，只给四万八，他那位老表回到省城也不管了。最后老云族人组织了百多号人到医院，我也给他们拽了去。我们扯了好几条横幅，把收费口都堵了，弄得医院都没法正常工作。后来来了两车警察，也不敢抓人，劝我们不要打人，不要毁坏医院财物。医院院长躲了起来，差两个副院长跟我们谈。那两个副院长做不了主，给我们折腾得跪地求饶，可院长就是不肯让步。正好这天省里有位领导要下来视察，县政府派出政府办一位副主任协调，院长也不买账，最后县长亲自给院长打电话，说省领导下来之前一定要处理好，否则撤他的职。院长这才让医院给了六万。所以呀，什么城乡一个价，蒙咱老百姓罢了，未必老云那位老表还不晓得，要不就是他得了医院的好处。"

刘阿波说："医疗事故大都复杂，它有个责任的划分。"

老兵说："人死为大——人家死在你医院。"

这时到了楼顶，大家各自忙开了。

没干多久，陈大良就呵欠连天，便不停地抽烟，可也不管用，只想找个地方好好睡上一觉。刘阿波问他昨晚上去哪儿了，弄得这个状态。老明笑说："阿波，你这也看不出来，大良昨晚上肯定是包了哪个妹子过夜，要不咋会弄得这样。在女人肚皮上折腾最是耗神的了，放一炮把憋在身上那泡水放掉就行，包夜就不必了，太费力了。看你这样子，昨晚上不会少于三次。这个年纪还如此能折腾，我可服了你。"

老光哈哈笑道："说大良去发廊过夜我看不太可能，估计去了老婆那儿。"

老明笑说："不是说和老婆睡觉，整夜装死么？又说什么握着老婆的手，好像左手握右手，一点儿感觉都没有。自己的老婆，还有这么大的兴趣？"连连摇头，很是不信。

老光笑说："你当这老婆是那老婆？人家这叫久别胜新婚。咱们大半年回去，当天晚上跟老婆来两次也正常。"

老明笑说："两次会是大良这个状态？以大良的样子，昨晚上只怕睡不了三个小时。我倒要佩服大良的本事，换了我肯定不行。"

刘阿波只管一旁笑着听他们瞎扯，不去插嘴。陈大良也不吱声，任这两人说笑去。他知道只要自己一开腔，对方说笑的兴趣会更大。被这两人一番说笑，陈大良的状态反倒好多了，就想这两人咋就没想到他有了新老婆呢。自己和郭玉妹之间的事，除了老赵，眼下是没人知道的，心头竟有些得意自个儿手段。

老光一脸笑嘻嘻的，说："有啥不行的，伟哥买不起，花上几块钱去药店买两片春药不就成了。"

老明停止手头上的活儿，手指老光笑着说："你每次找女人都用这个？"

老光嘴角一撇，说："凭咱这身坯子，还用得着借助那个，那还是男人？"

老明点头而笑，说："也是，老光是金枪不倒，一夜十战。"

这时刘阿波的手机响了，刘阿波放下手头的活儿，往腰际一摸掏出手机在手，一看是文婷婷打来的，走到一旁摁了手机，文婷婷的话就传了过来："在忙是吗？"

"是呀！"刘阿波回答。

"那件事想得怎样呀？"文婷婷问。

"我想了又想，还是算了吧，那不是我干的事。对我来说，每天安装模板挣两三百块钱维持着家用就够了。"刘阿波说。

"你咋还是这么想呢！"文婷婷的语气明显急了，"我都跟你说了多少回，这是一个机会，你一定要试试，就算没有成功也没有失去什么，何况你又是那么优秀。成功了，你一生的命运将得以改变，那时候你就可以做你自己喜欢的事，这多好呀！"

"我认真地想过了，这是我的决定，谢谢你。好了，就这样啊！"

"大哥别挂电话，听我说。你难道不想把家庭条件搞好点儿，给你儿子一个好点儿的教育环境……"

"我知道你的意思，我只能这里谢谢你。这事儿呢就这样，我得忙了。"

刘阿波攥着手机长长地吸口气，然后缓缓吐出来往回走。对文婷婷怂恿他参赛，刘阿波不是没想过，这两天想了很多。他只是喜欢唱歌，从未奢望成为明星什么的。据他所知，很多选秀男女举债参赛后虽有些名气，但并没像常人想象的利益随之而来，不少人身上的债务至今没有卸掉。他是有家小的人，可不敢步他们后尘，承担太大的风险。最重要的是，他习惯了现在的日子。

陈大良笑道："文婷婷又约你晚上消夜？阿波你走桃花运了，这女孩对你有那个意思。好好把握住，这是一个机会。"

之前与陈大良侃大山时，记得对方老拿旭日阳刚和朱之文同他说事，说什么有天他会成为他们第二。刘阿波不便跟他说里面的事，以他估计，陈大良多半跟文婷婷一般心思，听了会撺掇他去选秀。对陈大良的话，刘阿波只是摇头。

"你俩该不会闹出啥不愉快？"陈大良追问。

"我和她能有啥不愉快，大良你别老往歪里想好不好，我和她本来就没什么。"刘阿波道。

陈大良便嘿嘿一笑，说："你这是不打自招，我说过你俩有什么吗？"

刘阿波摇晃着头。他的这些工友，差不多一个个全是擅长瞎喷的人，论嘴皮上的功夫他压根儿不是他们的对手，能做的是闭嘴。老光和老明一旁听了，笑着拿话问阿波啥时候和女人搞上了。陈大良见这两人弃他而转向刘阿波，心头窃喜。

"阿波，看你不声不响的，还有一手啊！那女人哪里的？"老全问。

"老全，你有没有发现，凡是像阿波这种不声不响的往往是高手。你看大马，这些年小芷从南到北，一直随在他身边，都愿意给他生崽。"老明道。

"这叫深藏不露，真正的高手。"老全说。

"大良，你见过阿波老婆？"老明问。

陈大良瞅眼刘阿波笑道："我晓得的不多，只知道女孩才二十五六岁的样子，开了辆红色的车子。"

老明和老光就惊叹开了："阿波你厉害呀，都泡上城里妹子了。说说是怎样泡上的。"

刘阿波知道，只要自己一开腔，不管是否认还是解释，这两人都会对他喷上一番，打定主意一任这两人说笑，就是不发一言。果然，那老明和老光见刘阿波不吱一声，几句话后没了兴趣，同陈大良扯些别的。陈大良见他们不拿自己开涮，就跟他们东扯葫芦西扯瓢地瞎喷开了。

午餐时有消息传来，阳老板跟谭玉臣家人达成赔偿协议，一次性赔偿二十万元人民币。大家就这个金额谈论开了，说不是八十万么，咋二十万就妥协了。有人说二十万已经不错了，放在早两年才十来万，就是去年也不过十五六万。陈大良无心跟他们瞎扯，他得把昨晚上落下的觉补上才是，放下碗筷倒在床上，两眼一闭沉睡过去。

将要上班的时候，谭玉臣的家人坐着那辆金杯车来拿老谭的遗物。谭玉臣的床铺原本在二楼，后来搬到三楼去了，一左一右挨着老张和老吕，害得两人这两个晚上都没睡个安稳觉。当天晚上老张蒙胧中觉得有人，睁开眼睛发现谭玉臣站在他床边，吓得大喊大叫，把大家都给惊醒了。老张发现的所谓鬼，是后来上铺的老吕挂在上面的衣裤。被吓得掉了三魂的老张把老吕骂了一顿，说老吕存心吓他。老吕给老张一通乱呼也吓得不轻，素来不跟人争吵的老吕气得跟老张骂了起来。第二天老吕把床铺搬到陈大良这边，老张则搬到四楼去了。谭玉臣床铺两头便空了起来，让大家怎么看都觉得碍眼。谭玉臣的遗物也就一床已经很旧的被褥和几件换洗的衣服，衣服都装在一个看上去还比较新的旅行箱里。谭玉臣的父亲和伯父坐在车里没有上来，谭玉臣的两个舅子和侄子上来给大家一一递上香烟，说了几句客气话，拎了那个箱子走了，留下谭玉臣的被褥在那里。

钟姐几个妇女也在。这三人一下楼，钟姐说："这被褥咋不拿走呢？撂在这里还得我们来收拾。"

周姐说："把它扔出去好了。"见没有人动作，周姐说："让他撂在这里吧，只要你们看着舒服。"

钟姐摇了摇头："你们这些老爷们真是老爷们，动下手就掉肉了？未必真会给谭玉臣的魂缠上？"

老赵送谭玉臣的两个舅子回来，上去卷起谭玉臣的被褥，说："现在谭玉臣的事算是了结了，我们安心做我们的事。好了，我们上楼忙去。"抱了谭玉臣的被褥往楼下走去。

大家面面相觑片刻后往楼上走去。钟姐落在后面，待到老赵返回，责怪道："你又不住在那里，他们搬不搬关你啥事？你不搬，他们就不搬了？又没碍着你，真是。"

老赵脚步不曾停下，说："把它搬走就给谭玉臣的魂缠上了？"

钟姐瞪眼男人："你个乌鸦嘴……"

大家忙活儿的时候，瞎喷的话题多与谭玉臣有关。陈大良想起妻子曾经让他给舅子找个事儿做，现在谭玉臣去了，不就可以进一个人么。老赵就在一边，陈大良待要过去跟他说说，猛可想起自己和郭玉妹的事，舅子来了，这事哪里瞒得过他，要是传到妻子那里岂不坏事。如此一想，陈大良就没了动作。

老光他们这边你一言我一语喷得甚欢。

"谭玉臣那两个舅子不是很强势吗，这二十万咋会全给谭玉臣父亲攥着？"老兵一副不明所以的样子。

老光说："谭玉臣的父亲在，钱当然只能放在他手上。钱在谭玉臣父亲手上是最好的，就怕回去后谭玉臣老婆闹腾着要分要管。"

老全说："谭玉臣老婆要是好好在谭家待下去，有这二十万，一家的日子还是能够撑上好几年，几年后小孩长大了，她一样过得轻松，就怕她没了男人待不下去。"

老兵道："哪有二十万，律师不要钱的？老谭拉回去安葬不要钱的？还有雇车不要钱的？这些七七八八算下来，二十万去掉了一大截，也就剩十四五万吧。再按人头一分，到谭玉臣老婆头上也就三四万。"

老全说："你这样一算还真让我们没想到，只怕谭玉臣老婆不会接受你这个分法。"

老光说："验证谭玉臣老婆想不想在谭家待下去，这一招最管用。"笑了笑，"老兵，这么好的主意你应该告诉老谭父亲才是。"

老兵喉咙咕噜响了一声，一口痰吐在地上，说："你这是什么话，老谭父亲还用得着我来给他出主意？你没看出老谭伯父的样子很有心计，他能让他谭家人吃亏？你们老说老谭那两个舅子如何强势，我看玩不过这个老狐狸。"

老光笑道："你骂人家老狐狸，人家得罪你了？"

老兵笑着手指老光："这也算骂人？好在谭玉臣的伯父不在，要不听你挑拨还不骂我的不是？"

老光笑说："你不是说人家是老狐狸吗？人家修炼到这一境界，是我能够挑拨的？"

刘阿波任老光他们瞎扯，只是听着，也不插话，遇到好笑时一笑了之。在这上面他很难搭上话。有时候刘阿波不无觉得，老光他们这种瞎喷，虽然没有任何意义，就他们这个工作，这种瞎喷给大家带来了许多的乐趣，让冗长的时间缩短了许多。老吕在他旁边埋头干活儿。之前同老吕一年也搭不上两句话，自从老吕搬到他这头，他才觉得有这个人的存在。老吕是那种不善言谈的人，也就在刘阿波歪躺在铺上，老吕靠着墙头掏出香烟准备吸烟的时候，会递上一支给他，口里说抽一根。也就这时候，两人才随意说上两句。

远处有灯亮起，稍后将由点到线，由线到面。随着楼层的增高，刘阿波发现，每增高一层就有新的景色出现。有人开始停下手头上的活儿拍打着衣裤上的灰尘往下走，刘阿波任工友们从身边走过，摸出香烟抽出一支叼在嘴上点燃，放眼远望。他觉得此时的感觉不错。

陈大良过来，一只手搭在刘阿波肩上，说："走吧。"

两人说笑着往楼下走。

饭后刘阿波简单地擦了把脸，换下身上的衣服。在他伸手去取挂在墙上的吉他时，老吕说："出去唱歌啊？"

刘阿波回应着点头："是呀。"背了吉他下楼而去。

街头霓虹灯闪烁，又是一个歌舞升平的夜晚。刘阿波快步走着，一辆摩托车吱一声在他身边停住，看时是陈大良。陈大良笑着招呼他上来，刘阿波抬腿上车，摩托车行驶在夜色里。

陈大良笑嘻嘻地道："阿波，你这是去会文小姐呢还是去唱歌？我感觉文小姐对你有那个意思。"

刘阿波说："你这脑壳竟想歪的，啥时候能够正经点儿。你也不想想，这种事可能吗，只有电视小说里面才会发生，现实生活中哪会有这种事？"

　　陈大良笑说："这种事搁在这年头没啥稀奇的，报纸上都有外国女孩嫁中国村娃的事，你两个还都是黄皮肤中国人，谁也不会比谁高贵。据说现在很多城里人都想着法子往咱乡下钻，说不定文小姐就有这个意思。让我说呀，这是个机会，阿波你要抓住。"

　　刘阿波抬手在陈大良肩背上就是一下："去你的吧！我怎样任你喷去，人家还是个女孩，别侮慢人家。"

　　陈大良笑道："你看你看，文小姐在你的心里蛮重的嘛！"

　　这时候芙蓉广场行人熙来攘往，音乐喷泉前聚满了市民，一派喧腾。陈大良把车停住，刘阿波抬腿下车道了声谢，扬扬手目送陈大良的背影远去。他本来想问陈大良啥时候回去，方便的话到时候来这儿接他一下，想着如此一来让对方麻烦，加之昨晚上陈大良没有宿在工地，隐隐觉得这位老兄今晚上多半不会回去，话到舌头下又没说了。刘阿波来到广场桥下，摆夜摊的人不少，好不容易找到一块空地，把音响放下摆好，清了清嗓子唱了起来。他唱的是《忘了我是谁》。歌声中有人驻足倾听，完了没人掏钱。刘阿波也不以为意，他早已经历太多这样的场合，只管自顾自地往后唱。当《真心英雄》唱完，有人往他面前放了张拾圆钞票，他欠身道了声谢，人就来了劲头，唱起他拿手的《高原红》：

许多的欢乐

留在你的帐篷

初恋的琴声

撩动几次雪崩

少年的我

为何不懂心痛

蓦然回首

已是光阴如风

离乡的行囊

总是越来越重

滚滚的红尘

难掩你的笑容

青藏的阳光

日夜与我相拥

茫茫的雪域

何处寻觅你的影踪

……

待到刘阿波唱完，有个女孩鼓掌上前，掏出一张伍拾圆的钞票放在他脚下，说："大哥你唱得真好，会唱童安格的《明天你是否依然爱我》吗？我想听这首歌。"

刘阿波道了声谢谢，微笑说行，手指调试了下弦子，然后唱了起来。

午夜的收音机

轻轻传来一首歌

那是你我早已熟悉的旋律

在你遗忘的时候

我依然还记得

明天你是否依然爱我

……

歌声中，刘阿波发现女孩有泪水滚落，知道这首歌有女孩太多的情和意。歌声快完时，女孩掩面而去。听歌的人们显然没想到会出现这等情况，错愕地目送女孩的背影消逝在夜色里。刘阿波内心里深叹一声，一个伤情人！

一位中年妇女递上一瓶绿茶，刘阿波道了声谢谢。中年妇女说："喝一口吧，喝一口润润嗓子。这首《明天你是否依然爱我》二十年前风靡一时，那时候我也就二十岁的年纪。怕是有十几年没听到这首歌了，刚才听你唱的时候让我想起了很多往事。"稍后又说："你是不是常来这儿唱歌？"

刘阿波说："有时候来有时候没来，不一定的。"

中年妇女道："这么说来，你不是职业卖唱。冒昧问一下，你从事什么职业？"

刘阿波说："我是民工，在一家建筑工地安装模板。"

中年妇女打量着他，说："看不出来呀，真看不出你会是个民工，我还以为你是哪个机关单位的，没事出来唱唱。你知道吗，你的歌唱得很棒，你的嗓子有种独特的磁性。"

刘阿波笑了笑，忆起文婷婷跟他说过类似的话，有个东西在心里撞了一下。他礼貌地说："谢谢！"

中年妇女掏出一张伍拾圆的钞票弯腰放在他面前，说："我还有事，就不跟你叨叨了，希望以后还能在这里听到你唱歌。"

刘阿波道声好走，拧开绿茶喝了两口。当他准备再次唱歌时，发现文婷婷不知什么时候已站在人群中，他客气地点点头唱了起来。他唱的是《套马杆》。接后唱的是《火火的姑娘》《忘了我是谁》等五首歌曲。有人往他脚下撂下钞票，也就伍元拾元的，他欠欠身子表示感谢。

当刘阿波停下来歇息的时候，文婷婷过来，扫眼他脚下的钱，笑道："今晚上的收获还不错嘛！"

刘阿波说："待会儿我请你消夜。"

"好呀！"文婷婷爽快地答应，"你发觉没有，大家都很喜欢听你的歌，我看你干脆把安装模板的活儿辞了，专心唱歌挣钱。做自己喜欢的事，又能挣钱，多好。"

"那咋行呢！"刘阿波笑着摇头，"靠唱歌挣钱养家，是我的能力做得到的？龙城街头小巷卖唱的不知多少，要分一羹哪里是一件容易的事。我现在这样子很好的，啥时候有空高兴了就出来唱唱，没挣到钱也不要紧，没有任何压力。真靠唱歌挣钱养家，那压力太大了。好了，我再唱三首歌就走。"

这时候只有几个听众站在那里，文婷婷退下来站在他们中间。刘阿波第一首歌是《第一滴泪》，往后是《荷塘月色》《天路》。文婷婷一旁用心地聆听。准确说，有些地方刘阿波有些毛病，这是没有经过专业培训的结果，也就是说没有得到专家的指点，但他能够把每一首歌唱出他的特色，让人感觉别有一番韵味。文婷婷几乎能够肯定，只要刘阿波参加《中国好声音》，其独特的声音会得到导师的认可，再经过导师点拨，其唱技会有一个跨越式的进步，只可惜刘阿波拒绝参与选秀。而刘阿波的嗓子，似乎更适合唱藏歌，不知道他有没有意识到这点。文婷婷望着刘阿波，这会儿的刘阿波唱得很投入，她内心深叹一声，真不知道在参与选秀这件事上这个男人是怎样想的。

五首歌完毕，刘阿波收起音响，把那些钱往衣兜一塞，拿了吉他在手，招呼文婷婷走。文婷婷说她的车子在前头，刘阿波就随在文婷婷身后，发现文婷婷身材颀长，走起路来体态婀娜。文婷婷身上散发着一种让刘阿波说不出来但闻着甚是舒服的香味，鼻子忍不住吸了吸。夜晚的广场上人头攒动，文婷婷不时转过身来，生怕刘阿波没有跟上。

上了车，文婷婷随手放了音响，是首优美的田园曲子。文婷婷问他今晚上的收获情况，刘阿波掏出钱来数了数，回答说一百五十块。文婷婷笑说还不错嘛，如果加上白天，收获比安装模板强多了。刘阿波淡然一笑。他心里清楚，像今晚上中年妇女和那个女孩的情况，是可遇不可求的，剔除这一百块，也就五十块。唱歌真比安装模板还来钱，他早卖唱为生了。

小车在路边一家夜宵摊停住，是天一黑就搭棚子那种。两人找了张桌子坐下。点好菜，刘阿波让服务员来瓶二锅头，老板说没有，刘阿波让对方先来两瓶啤酒。他也不问文婷婷喝不喝啤酒，倒了一杯放在她面前。

"我要开车，不能喝呀！给交警揪住很麻烦，扣分是小事，拘留是大事。"文婷婷说。

刘阿波说："都这时候了，交警还上岗？早躺在床上做他们的美梦去了。"

文婷婷微微一笑，说："好吧，就这一杯。"优雅地举了杯，"来，我们碰一下。"

才两口落肚，文婷婷的脸就开始发红，入眼刘阿波别有一番迷人的感觉，心头竟有一丝慌乱，怕对方看到，举杯一仰头喝了。在他抓起瓶子往杯里倒酒时，文婷婷看着他说："有件事情还得大哥原谅才是。"

刘阿波随口道："啥事啊？"

文婷婷说："我通过新浪网替你报名参加《中国好声音》，他们让你把资料寄过去，再决定是否推荐你参加。"

听得刘阿波一愣，止住倒酒的动作，随即便有些急了，看着文婷婷说："我今天不是跟你说明白了吗，我不参加选秀活动，你怎么还替我报名？"

文婷婷说："前天我就替你报了名，今天接到他们回信才给你电话。我以为这种事你自然会答应，所以就自作主张了。大哥你不用急，这没什么大不了的，只要录制两首歌传过去就行。我有个发小，业余干这个的，专业级的水平，明天或后天，我们找他录制一下就成。"见刘阿波不吱声，文婷婷接着说："我知道大哥无意选秀，可试试也没啥，保证不会耽误你的时间，说不定你的无意会获得成功。"

刘阿波摇摇头，说："成功哪是那么容易的。"

"人生很难说得清楚，有时候刻意追求难以成功，意外成功的事情也是有的。我这里跟你说个真实的故事。"文婷婷举杯抿了一口，说，"英国的纳吉尔你知道吗？这人从小钟爱音乐，目标是有朝一日成为红遍全球的歌唱家。他大学毕业后，晚上写歌作曲，白天则拿着自弹自唱的录音带到唱片公司推销，几年下来跑遍了国内几乎所有的唱片公司，但一首歌也没有卖出去。与此同时纳吉尔还参加各种选秀节目，只要哪里有歌唱比赛，他都要报名参加，却从来没有拿到过名次。不知不觉，纳吉尔从一个青年长成中年男子。他家人劝他放弃音乐，找一份稳定的工作过日子。在劝说没用的情况下，父母断绝了纳吉尔的经济来源，以此逼迫他从音乐的幻想中醒来。没有经济来源的纳吉尔在找工作屡屡碰壁后被迫打鱼为生，为了吸引顾客买他的鱼，纳吉尔灵机一动，在自己的鱼摊前边跳边大声地唱：'来看看吧，一英镑的鱼。来看看吧，一英镑的鱼。非常棒，一英镑的鱼。很便宜，一英镑的鱼。'高亢的声音和优美的旋律与有趣的歌词吸引了大批顾客，他的鱼一下便卖光了。渐渐地，大家知道菜场里有个鱼贩的歌唱得好。有一天，一个人在他鱼摊前买鱼，觉得他的歌唱得很动人，用手机录下来传到网上。没想到这首歌的点击率几天时间就突破了六百多万，迅速红遍大街小巷，一举登上英国歌曲排行榜，还一度成为歌曲排行榜冠军。就这样，纳吉尔一夜之间成为网络红人。大哥你看，纳吉尔一心想成为歌唱家却怎么努力也没成功，当他无意音乐的时候却成功了。大哥你不是无意参加《中国好声音》吗？说不定你会像纳吉尔一样，成功意外地光顾你。"说这话时，文婷婷期待地看着刘阿波。

刘阿波一仰头把杯里的酒喝了个干净，抓起酒瓶慢慢倒满，复又来了个杯底朝天。如此四杯后，说："好吧，我答应你录音。"

文婷婷高兴地抓起酒瓶替刘阿波倒满，再把自己杯子注满，举了杯说："这里预祝大哥成功。来，我们干了，大哥！"

刘阿波说："知道我为什么今天拒绝了你，现在又答应你吗？我不想因为我的事让你为难。"

文婷婷说："谢谢大哥的理解。"

刘阿波举杯与文婷婷一碰，干了，发现文婷婷早已是脸飞红云，感觉有个东西在心里重重地撞了一下，呼吸竟有些困难……

第 10 章

陈大良站起身来，便也感觉腿酸得厉害，几乎叫他站立不稳。刚才这一坎，他连和九盘，从五十几画直坐到二百一十多画，赢了四百五十块钱，以致盘腿坐在那里不曾一动。对家老明一盘牌未和，却也赢一百来块钱，很是高兴。老光和老全两个相互指责对方出牌过错导致陈大良和牌，口沫子都喷到对方脸上去了，掏兜给钱后还在相互指责。陈大良也不理会，把钱利索地往兜里一塞便向外走，老光说咋走了，接着打。陈大良笑说他有言在先，不管谁输谁赢只打四坎的。老光大声问还有没有人打牌，老明说都啥时候了，还打个鬼。

已是夜里十一点，街上明显比白天安静了许多。陈大良驾驶着摩托车行驶在街头，感觉有些冷，便放缓车速。想着老光和老全两个刚才相互指责，便觉好笑，自己今晚上手气实在是太好了，怕是有两年没打过上两百画的牌了。脑壳不知咋的，想起"赌场得意情场失意"的话，自己可是赌场得意情场也得意啊！这般想着，得意地吹起了口哨。摩托车没行多远，发现前头有个人低着脑壳迎面走来，看似老吕，想着老吕习惯单嫖，陈大良就跟自己打赌，一定是老吕，如果不是老吕的话，他今晚上就不去郭玉妹那儿。摩托车驶近对方，果然是老吕。今晚上老吕又单嫖去了！

车到足之道洗脚城，陈大良掏出手机看了看，也不下车，坐在车上燃上一根香烟。见车表上有些污点，闲着无事拿起抹布擦掉，下车把后面的坐垫也擦了擦。这是他从黑市买来的二手车。自从这个城市禁摩以来，二手摩托车就便宜了，跟买一部手机的价位差不多。他要往来于郭玉妹那里和工地，不能老是借老赵的车。

一位女同事和郭玉妹说笑着出来，走近了同陈大良点点头，与郭玉妹扬扬手走了。陈大良启动摩托车时，发现郭玉妹那位姐妹上了停在前头的别克汽车，定睛去看坐在驾驶室的男人，却只看到半张脸，怕是五十岁的人了。郭玉妹那位姐妹上了副驾驶座，关上门后小车启动而去。看他们之间的关系，多半跟他和郭玉妹一回事。郭玉妹早已上来，见他没有动作，说咋不走。陈大良这才启动摩托车离开足之道洗脚城。

摩托车行驶在深夜的街上，陈大良感觉到背上郭玉妹的体温。自从两人有实质关系后，每次郭玉妹坐在他身后，总是双手环住他的腰，让陈大良倍觉温暖。陈大良暗自把郭玉妹和她那位女同事比较了下，年纪上她那位姐妹要比郭玉妹小些，看去明显不及郭玉妹漂亮，陈大良便有些得意自个儿的艳福。想起郭玉妹跟他说过很多男人追求过她的话，人就起了担忧。

"你在想什么啊？"郭玉妹问。

陈大良这才得以清醒过来，说："你这位姐妹的老公好呀，这种时候还开着车来接她。车子都是别克，她家庭条件好啊！"

郭玉妹笑道："你真傻，她家庭有这么好的条件还去洗脚城做事，可能吗？那男人这段时间常带了人来洗脚，大家管他叫朱总，好像是一家建筑公司的项目经理。他们好上的时间才没多久。"

陈大良不便说这位朱总和郭玉妹这位姐妹的事，怕引发女人的联想，含混说："你这里不说，我哪里晓得。"

郭玉妹说："那个朱总都五十多岁了，我那姐妹才多大，未必你就没看出他们年纪上的差距？"

陈大良笑说："有句话咋说现在的婚姻？年龄不是问题。又说什么男人只要钱包鼓，女人只要胸脯鼓。用年龄看现在的婚姻，在我们乡下勉勉强强，在大城市里肯定不行，会闹笑话。有些当老总的，老婆比女儿的年龄还小，自己的年纪跟岳父差不多，都管岳父叫岳兄。我这里说个故事给你听。有个朱老板，仗着有钱，老婆像换刀柄一样换个不停。有回带着新娶的老婆和女儿参加一个应酬，他向人介绍完女儿，准备介绍老婆时，有人奉承说，都说生崽是名气，生女是福气，朱老板生了一对漂亮的千金，真是好福气。你看你看，老婆都被人误认为女儿了。"

郭玉妹笑说："活该。"

陈大良说："现在的婚姻，都给有钱人搅得乱了套，在他们看来，女人也就是件商品，多花几个钱就解决了。"稍后又说，"说到底如今的女孩太现实，管你年纪是做爷爷的还是做爸爸的，只要有钱就行，哪管啥感情不感情，也不管自己的父母尴尬不尴尬，她们图的是享受，怎样把青春尽快变现。"

郭玉妹说："世道都成了这样，有什么办法。"

车到一家夜宵摊停住，陈大良说下去吃点儿啥，郭玉妹说肚子不饿，回去。见陈大良拿话劝她，郭玉妹让他买份鸡翅带回去吃。陈大良下车要了份鸡翅。这时候夜宵摊的生意正好，老板是对中年夫妻，忙得不可开交，两人等了十几分钟才拿到鸡翅。

回到家里，郭玉妹先把水烧在那里，随后两人吃起鸡翅来。鸡翅的口味还不错，只可惜分量少了点儿，两人很快给干掉了。陈大良问是不是再去买一份，郭玉妹看着他，说都啥时候了，还去买。又说这东西也就吃个口味，还真把它当饭填肚子不成。陈大良就表示明晚上一定要吃个饱。

洗脸后两人脱衣上床。自从两人好上，每晚上陈大良都要和郭玉妹来一次，连他自己都惊异自己这个年纪还有这么强烈的欲望。跟齐小眉好上，也就开始那半个月夜夜激情，后来也就三四天来一次。他的频繁，并不影响第二天的精神状态。陈大良便想，难怪人们都说一个女人一个味，在这号事上，女人跟女人的区别真是没法说得清楚。很多家庭条件不错的夫妻因外遇离婚，主因只怕就在这里。每次郭玉妹都温柔地躺在那里，任他龙腾虎跃，需要她配合的时候会随着他的律动而轻盈起伏。

陈大良才搂着女人，某种不可名状的东西在他怀中开始激荡起来。

呼吸有些异常的郭玉妹忽然噢了一声，说："你知道一个叫齐小眉的老乡吧？据说在一家制衣厂做事，给人杀了。"

才要更进一步有所动作的陈大良一下没了激情，盯着郭玉妹道："你这是哪来的消息？"

郭玉妹说："今天下午一个老乡在洗脚城洗脚时说的，说是因为钱跟他同居的男人闹翻了，男人失手把她杀死了。"

陈大良说："啥时候的事？"

郭玉妹说："这个我没有问，老乡说的时候我只是听着。估计也就这两天的事吧。"郭玉妹感觉到身上男人的不对劲，"你这是怎么了？"

陈大良知道自己刚才激动了点儿，他得找句啥话遮盖过去才是，想想说："我们是七拐八拐的亲戚呢。都大半年没有她的消息了，没想到她忽然出了这样的事。那个男人咋会做出这种事来！"

郭玉妹道："她家庭是什么情况？"

陈大良说："她男人好像是个砖匠……我晓得的不是很清楚。"

郭玉妹说："如今的砖匠赚钱啊，在家里做一天都有两三百的收获。她的家庭条件应该不错，怎会为钱弄出这种事来？"

几年前齐小眉男人给人盖房子时不慎从三楼摔下来，正好摔在一块石头上，导致下身瘫痪。雇主在外打工数年，好不容易积攒点儿钱翻新房子，受经济条件所限，最后一次性赔偿他男人六万块钱。这也是齐小眉出来打工所在。陈大良不能跟郭玉妹说得太清楚，否则会引发女人怀疑，当下道："这里面的事，谁知道呢！怕是只有公安局最清楚。"

郭玉妹忽然叹了一声，说："她男人晓得这里面的事，不知道会咋想！"

齐小眉的事让身边女人来了感触，这下陈大良就有些紧张了，怕女人因此联想到他们这层关系，一时不知道如何去安慰女人。事实上他真不好作答，说齐小眉男人不会有想法不好，说会有想法也不好。

"这种事，说到底还是那男人混蛋，再怎样也不能动粗呀！人家一个女的，都跟你躺到一块儿了，走出这步要好大的勇气，应该把她当自己的老婆看待，她有困难，想办法帮她一把才是。"陈大良道。

郭玉妹定睛看着陈大良，说："你是这样想的？"

陈大良说："两个人走到一块儿，这是缘分，一定要好好珍惜，相互帮助，让缘分变成怨恨就不好了。一个男人，对自己的行为要勇于担当。"

郭玉妹缓缓地闭了眼睛，复又一叹："那个男人咋就不这么想呢，要是像你说的，也就不会有这样的事发生了，害了别人，到头来也毁了自己。"

陈大良知道，他不能在这上面说得太多，一个不小心说漏嘴就麻烦了。见女人躺在那里一动不动，这样子让陈大良爱怜，拥在怀里爱抚着吻了起来。片刻时间，陈大良感觉怀中的女人呼吸异常起来，身子变得发软，对他的爱抚开始反应了。陈大良竟有些恐慌，因为身下那把雨伞怎么也撑不起来。对女人的爱抚，陈大良原本只是借以不说话，没想到女人感觉到的却是他的激情。陈大良盼自己那柄雨伞快点儿撑起，可越是心急越是蔫蔫的不见反应，怕女人觉察到了，手上的动作不敢停下，闭了眼睛想象以往和女人的激情场面，那柄雨伞终于有了反应，当女人的手游走到它，陈大良总算重拾先前的激情，由被动而主动，翻身紧搂了女人，说："我们慢慢玩吧，我会让你快活满意的。"

陈大良万没想到，当他心无旁骛激情地冲撞时，齐小眉一闪进入他的脑壳，整个身体的动作一下便僵在那里，待到他清醒过来准备继续动作时，那柄雨伞蔫蔫地失去了冲撞的能力，心下大急。郭玉妹感觉到了，关切地问："你这是怎么啦？"

陈大良自是不敢说齐小眉的事，大口地喘着气，含糊说："我也不晓得是咋回事……"

郭玉妹说："我看你是太累了吧……这些日子你每晚上都要，白天又要忙活儿，又没有好好地休息过一天……我早就担心你的身体，可又不好说你，怕惹你不高兴……"

陈大良趴在女人身上，心想这个女人对自己真好，说："也许是吧！"

郭玉妹说："赶明儿跟老赵说一声，好好休息一天。"

陈大良说："我们这种人，还不至于这么娇贵吧，今晚上好好睡上一觉，明天早上醒来还不是豹子一样。"

郭玉妹就说："那好，我们休息吧。"

郭玉妹说睡就睡，不一会儿发出均匀的呼吸声，陈大良躺在那里却是没法入睡，又不敢动，怕惊醒了女人，脑壳在齐小眉早两天给他的电话上拐来拐去。他不去想齐小眉的死因，估计跟郭玉妹今晚上说的相去不远，说不定明天就会传到他们工地。他在想齐小眉打他的电话是为什么，找他借钱，还是想跟他重续旧情，抑或商量对付那个男人。与齐小眉做临时夫妻的日子，陈大良花在她身上的钱不少，以致这两年没有多少积蓄，也就维持着一家的日常生活开销，妻子曾不止一次问他的钱哪去了。估计齐小眉找他借钱的可能性大些。如果第二天回复齐小眉电话，齐小眉开口找他借钱，自己会借吗，凭他现在的经济状况，肯定会委婉拒绝。不过，要是齐小眉约他碰面或找上门来，他还真不好拒绝。毕竟面对面不同于电话，得顾及很多的东西，面子啦，感情啦。远处传来熟悉的音乐声音，是首什么歌他不清楚，陈大良知道那是环卫工人洒水车的声音。陈大良让自己别想这么多，这对他来说已没有任何意义，明天还要忙，好好睡觉才是，却是不能。夜越来越深，想着这个跟他同床共枕生活一年多的女人就这样忽然去了，陈大良除了感慨命运的残酷，还有几分感伤在心里蹿上蹿下。不知什么时候才在迷迷糊糊中睡去。

一觉醒来，郭玉妹已经洗漱好，在折叠晾干的衣服，陈大良拿过撂在床头的手机一看，都八点多了，一骨碌爬起来，抓过衣服手忙脚乱地往身上套。郭玉妹一旁笑说："用不着这么急，你们上班迟点就迟点儿，又没有扣工资的搞法。"

陈大良说："也不行啊！人家当面不会说你啥，但心里会对你有想法的。"

郭玉妹见他心急火燎的，早给他倒了洗脸水。陈大良胡乱擦了一把脸，拿了头盔就要开门而出，郭玉妹叫住他，从那只红色行囊箱里翻出一沓钱递给陈大良，说："上次借你两千块钱，昨天发了工资，你拿着吧！"

陈大良忙往后退两步，看着女人说："就我俩之间的关系，用得着这样吗，我看你真是傻帽。"

郭玉妹说："我借你的，就得还。老话咋说的，有借有还，再借不难。来，拿着。"

陈大良哪肯去接，看郭玉妹的样子并非客气，说："你表妹不是搬走了么，你呢也别再找房子了，找房子搬来搬去的很麻烦，算咱俩合租，这钱呢算我的租金吧！我俩在一块儿，总不能连房租都让你一个人出吧，那成什么了？"

郭玉妹就愣愣地望着陈大良，显然没想到对方会说出这番话来。陈大良接着说："我得赶去上班，那就这样吧！"开门而出。

清醒过来的郭玉妹尾随出来，对启动摩托车的陈大良叮嘱道："路上小心啊！"

摩托车一路穿街走巷，陈大良脑壳在郭玉妹还钱上思想开了。在郭玉妹还他钱的时候，陈大良只当女人是要跟他分手，人好一阵紧张。现在陈大良可以肯定，郭玉妹还钱并不是装模作样，完全是出自真心。但是，这里面有没有齐小眉的死促使她还钱，陈大良一时没法把握。他把昨晚上两个人一块儿的情景回忆一遍，郭玉妹并没有想事的时间。不过，也有可能郭玉妹听到齐小眉的事后就做出了决定。就算是这样，齐小眉的事也就加快郭玉妹还他的钱罢了。如此这般一想，陈大良对郭玉妹的好感倍增。两千块钱也就这么大的事儿，人家都跟你躺到一张床上了，换了齐小眉和别的女人，这钱想都甭想了。说到底自己遇到了一个好女人。

到了工地，大家吃完早点准备上楼，老光开他玩笑，问他昨晚上放了几炮。钟姐给他留了早点，陈大良端起面条狼吞虎咽地吃了起来。陈大良不去答老光，这一答会招来大家对他没完没了的说笑，只管埋头吃他的早点。

钟姐和群姐等在收拾碗筷，钟姐笑道："大良，听说你又换老婆了，啥时候把你新老婆带来让我们认识认识。"

陈大良信口说："有啥看的，也就一个女人。"

群姐笑说："我们还不晓得是个女人，未必你对男人也有兴趣，那不是搞啥同性恋了，这个你还用得着大老远地跑出去，咱工地上的男人一抓一大把。"

钟姐说："大良，我看你在女人身上有一手，才来多久便搞到一个。据说八字里带桃花的男人，很有女人缘，我看真是的了。要不你要钱没钱，要貌也就一般般，咋会到一个地方就弄出一个老婆来。"

钟姐这么一说，陈大良便想起一件事来。当年他尚未结婚，他家对面山后有个看八字的老人到他们院子算命，他母亲正为他相了三个对象未成一事着急，就报上生辰让老人为他算算，看到底能不能找得到老婆。老人掐着手指甲子乙丑丙寅丁卯一番，笑着让他母亲放心，说这伢子日坐桃花，且生在旺地，老婆不知多少。又说桃花化财，这一辈子财来财去，积蓄不了多少钱财。这会儿想来，似乎还真如算命老人说的，这些年在外头也不是没挣到钱，却没有几个积蓄。陈大良却也不拿这事在这里说出来，想着这位算命老人还在不在世，下次回去一定要找他算算，看啥时候走运。

"钟姐，你这是夸我呢还是骂我？"陈大良笑问。

钟姐笑道："我敢骂你吗，你们男人我还不晓得，就好这一口，巴不得老婆越多越好，像皇帝老子一样三宫六院，夜夜新郎。说得不好听点儿，偷腥的猫。"

陈大良本想顺着钟姐的话问她，老赵是不是也好这一口，一只偷腥的猫，想着上次因为芙蓉路天桥下的事，钟姐跟老赵闹个不休，连自己都不得安宁，这里说起，钟姐只怕会坏了情绪，便没说了。他嘻嘻笑道："钟姐你也别把我们男人说得这样坏，不是说男人女人一样好色么。说男人是猫，谁叫你们女人是鱼呢？鱼只怕巴不得自己让猫叼了去。如果哪条鱼没有猫叼它，这鱼还有啥意义呢，连它自己都会觉得没意思。"

钟姐笑着唾骂："陈大良你是这么说女人的？那你家里的老婆也是鱼了，你一年半载也就回去一次，就不怕被哪只猫叼走了？"

陈大良咽下口里的面条，再喝了口汤，笑了笑说："老婆是咸鱼，咸鱼放多久都不会有事，饿了随时可以取食。"

钟姐笑着手指陈大良，朝地上吐了口唾沫："有你这样说的？有天你老婆晓得，看她怎样收拾你。"

群姐说："你现在这个老婆也是人家的咸鱼，却给你偷了，这咋说？"

陈大良放下碗筷要走人，钟姐一把拽住他，说："群姐问你的话呢？你这里回答了算你本事。"

陈大良笑道："这么说吧，家里的咸鱼，放多久都不会有事。可主人没管好它，这就给猫有机可乘，再碰着一只饥不择食的猫，管他三七二十一便吃了。"

大家就笑了起来。

钟姐笑着松了手，骂道："原来你是只饥不择食的猫。"

快步爬上楼来，陈大良扫眼忙开的一帮工友，走向刘阿波他们这边，跟他们一块儿装模板。老吕也在，很自然就想起他昨晚上溜出去单嫖，见老吕一只手极不舒服地搔搔下身，然后埋头苦干，陈大良喊了他一声，老吕抬头望着他，那样子分明问他什么事。以老吕的性格，把其单嫖的事在这里说出来，他会对自己来意见。陈大良掏出香烟，说抽一根。老吕伸手接了，连道谢谢，却也不吸，夹在耳朵上，复又埋头忙活。

也不知哪根弦的作用，脑壳忽然转到刚才跟钟姐她们胡扯瞎喷上，自己信口胡诌啥"主人没管好它，这就给猫有机可乘，再碰着一只饥不择食的猫，管他三七二十一便吃了"，这会想来还真有些道理，忍不住笑了起来。刘阿波见了，问他笑啥。陈大良把事情说了，却也不说钟姐骂他是只饥不择食的猫。

阿彪笑道："结了婚的女人是咸鱼，那你说没结婚的女孩是什么鱼？"

陈大良站起身来，笑说："河里的鱼，鲜活可爱，谁都想把它捉到手，但你得付出时间和精力，说不定还会有危险，鱼没抓着，弄不好会淹个半死。"

老兵笑说："那你说发廊里的女人是什么鱼？"

陈大良随口说："腐臭了的鱼。"

刘阿波哈哈笑道："按你这个说法，男人去发廊找女人就是吃腐臭了的鱼，那二奶是什么鱼？"

陈大良想想说："金鱼吧！"

刘阿波说："二奶咋成了金鱼，说说你的道理。"

陈大良说："不是说包二奶么？这个包是钱包，就是说二奶是享受挥霍的，包方得有雄厚的经济，一旦你没钱了，她肯定不会跟你干了。这金鱼也是养的，而且得用心去照料，否则一个不小心就会死掉。"

刘阿波笑着点头："听来还真像这么回事。"

阿彪说："夜总会的女人是啥鱼？"

陈大良说："我这里给大家解释一下夜总会，就是男女总是夜晚来相会，这夜总会的女人跟发廊里的女人还不是一回事——腐臭了的鱼。"

这时老兵忽然叫嚷开了："老吕啊，你老是在那玩意儿上搔来搔去，该不会是得性病了吧？"

大家纷纷朝老吕望去，老吕的脸一下憋得通红，瞪着老兵道："你胡说什么？"

老兵说："我胡说了吗，我看你八成得了性病。昨晚上是不是去了发廊，未必连套子都没带？"

因为数次遇到老吕单嫖归来，早在老吕极不舒服地搔下身时，陈大良就联想到这一层，碍着老吕的性格没有说出来。既然给老兵说破，陈大良便想劝老吕找医院看看，尚未开腔，老兵的话又起："老吕啊，这也没什么不好意思的，咱们这些人，老婆不在身边，哪个没进过发廊，哪个没找过站街女。不是说男人女人不流氓，心理肯定不正常么，咱找女人，说明咱身体正常。不瞒你说，我也得过性病，这有什么……"

老吕早已给气得脖子粗壮如牛，气急败坏地骂道："你得过性病就咒老子也得性病，你他妈的安什么心？以为咱是你，嫖娼都嫖进监牢里去了，禽兽不如的王八蛋……"

陈大良没想到平日难得吱一声的老吕今天竟有这么大的脾气，庆幸自己没有开口，否则老吕这些话就是扔向他，待要劝说老吕几句，那老兵给他骂火了，冲上去大声吼道："老子禽兽不如又怎样，起码比你这伪君子要好。你当自己是好人不成？是好人还患性病？你没嫖娼是吗？你嫖了娼那东西烂掉，你敢应这句话么……"

老赵闻声过来把老兵拽开，让他少说两句，老兵兀自气愤难平，说："我好意告诉他，哪晓得他不识好人心，竟恶妇一样骂我，老赵你给评评理。"

老赵抬手在老兵身上拍拍，示意他别说了，过去把老吕拽到一边，少不得又是一番好言相劝。老兵掏出香烟叼了一根在嘴上，瞪着老吕的背说："我一片好心提醒他上医院，倒给他劈头盖脸一顿恶骂，真没见过这样的人！既然觉得得性病是件丢脸的事，就别去嫖……"

阿彪说："老兵你少说一句，老吕听到了你们又要闹起来。"

老兵说："闹就闹，怕他个鸟。"声音却明显小了许多。

老赵返回来，说："没事了，大家忙吧。"在老兵身上拍拍，"跟我去那边忙。"

大家继续忙活儿。陈大良暗自去瞧老吕，只能看到半张脸，虽然没了刚才的脸红脖粗，却怒气不减。他低头忙碌，谁也不看，明显摆着羞涩。把老吕向来单嫖联系起来，今天的表现似乎正常。人家极力隐瞒的秘密，却给你老兵冒冒失失地戳穿，能不恼羞成怒吗。以老吕的性格，只怕轻易不会上医院，这病够他受的了。

中午吃饭时，老赵把陈大良拉到一边，低声说："晓得吧，齐小眉给人杀了。"

历经昨晚上一夜思考，陈大良自是没了吃惊，他想从老赵这里获知点儿情况，不提自己已经知道此事，拿话问："谁杀死她的？"

老赵说："我也是刚才电话里听老乡说起，说是给她老公杀了——跟她同居的那个人。据说是因为齐小眉偷了他五千块钱，男的让她拿出来，她不肯，两人便扭打起来，男人把她给活活卡死。大良，你说咋会弄出这种事来？"

见陈大良不吱声，老赵的话又起："他妈的那个男的也是混账，不就五千块钱么，值得这样，人家给他白睡的？那五千块钱送她也就这么大的事呀！这下好了，连自个儿的命也弄得没了，真够蠢的。"

陈大良觉得自己应该说句什么才是，当下道："我来龙城这么久，一直未见过她。早两天她打了我电话，当时有事正忙，没接她电话，哪儿晓得她出了这样的事。现在情况，那是说啥的都有，说不定连我都给扯了进去。"

老赵说："那倒不会，那男的杀人后害怕了，跑出龙城后又转了回来自首，真是孬种。横竖是死，换了我才不会投案，找个地方藏起来总比投案自首要多活两天，运气好的话，啥事儿都没有。"

陈大良问："晓得那男的是哪里人？"

老赵说："东北的，据说跟她是同事。"在陈大良身上拍拍，"这事儿跟你没关系，别想那么多。我这里告诉你，是因为你们曾经在一块儿。"老赵说完，端着碗筷夹菜去了。

齐小眉的事让陈大良心情不太好，勉强扒了两口饭躺在床上。老赵让他别想那么多，可哪能不去想，要知这个女人曾经跟他水乳交融。从老赵和郭玉妹口中获知的情况，以及对齐小眉的了解，陈大良可以肯定齐小眉的死由钱引发。不过，说齐小眉偷那男人的钱，陈大良绝对不相信。他跟齐小眉一块儿这么久，从未发生过这种情况，顶多也就他不在时，齐小眉兜里没钱又急用，拿他三五百块，等回来后再说一声。顺着这条思路走下去，事情应该是这样：齐小眉家里打来电话找她要钱急用，兜里没这么多钱的齐小眉想到那男人搁在那里的银联卡，于是拿卡跑到取款机上刷了五千块钱汇回去。那男人回来，齐小眉跟他说起这事，两人闹将起来，男人一气之下双手卡住她脖子，不想却用力过猛……

老吕嘴里叼着香烟进来，往床上一倒，顺手扯了被子盖在身上。陈大良见他谁也不理，只怕还在为今天老兵说他得了性病生气，也就懒得理会，闭着眼睛继续想自己的事。有人喊他打牌，只当没听见。陈大良知道，再过几天齐小眉的事将不知弄出多少个版本，但愿这些版本跟他无关，不要传到妻子耳朵里。妻子娘家跟齐小眉男人可是一个村子里的。正自担心，有人对齐小眉的死谈论开了。

老明："听说一个姓齐的老乡给她老公活活杀死了，说是偷了老公的钱……"

钟姐："什么老公，野男人。背着自己的男人与人鬼混，合该这个下场。以为跟男人睡一觉，男人就成了取款机，哪有这么好的事？女人不自重，能有啥好结果；男人胡来鬼混，也没好下场。"

老全笑嘻嘻："钟姐，你这话扫了一大片呀！好在我们没有胡来鬼混，老赵面前可别这么骂，弄不好他会跟你没完。老赵的脾气不比我们，这你比我们清楚。"

钟姐："我的话哪儿错了？那男人不胡来，女人会拿他的钱，他会杀人进监牢？落得这个结局还不是自找的。"

群姐："那男人忒是小气，那点儿钱也这么认真，人家是白给他睡的？"

老明："我听说那男人拿了女人的钱，女人找他要，两人吵了起来，结果男人把她杀了。"

老光："照你说的，那男人肯定是小白脸一个，骗色骗财。"

阿彪："那女人也就一个普通打工妇女，色吧不晓得，这财应该没啥骗的。"

老明："据说那女的在龙城打工好几年了，多少有点儿积蓄。如今一些男人，专门打这种女人的主意。"

老全笑："是这样的话，算那女人活该——谁叫她耐不住寂寞，弄出红杏出墙的事。这女人呀，一两个月没男人还耐得住，身边长期没个男人，哪熬得住，碰着个男人给她丢个眼色，哪还管得住自己。不过要我说呢，身子都给了，这钱乃身外之物，不用这么认真。"

钟姐大声说："你这是哪来的鬼消息？咱女人就这么贱，又给身子又给钱，当你们男人是什么了？没你们男人，咱女人会活得更好，不信试试，看熬不住的是谁……"

老全嘻嘻笑："钟姐你咋回事，这么大的火？我说的是这位齐啥的老乡，跟你可没关系。就我的经验，咱男人也没几个好东西，三天没吃肉无所谓，三天没碰女人心里闹得慌，吃肉都没味。都说没饭吃会饿死，没碰女人死不了，可活罪的滋味不好受。说来说去，熬不住的是咱男人。"

钟姐："终于承认了吧！现在发廊到处都是，那里面的女人什么货都有，熬不住去发廊，花上几十块钱就解决了。如果嫌发廊里的女人贵了，去天桥下找站街女。"

老全："钟姐你咋这么清楚，未必老赵告诉你的？"

大家便嘻嘻笑开了。

老光低声："大良从前的老婆不是姓齐么，会不会就是这人？"

老明压低声音："不会有这么巧的事吧！真是这样的话，待会问下大良就明白那女人是怎么回事。"

……

知道这会儿很多眼睛投向他，陈大良躺在那里动都不敢一动，脑子想着待会儿怎样应付老明他们。老明他们中有人见过齐小眉，却也只晓得她姓齐，齐小眉娘家姓齐的女人在龙城打工的不少，最好的办法是答以不晓得。陈大良这么想着的时候，老光他们把话题转到大马和小芷身上，有羡慕他俩关系好的，也有为他们生下孩子后担忧的。因为昨夜没睡好的缘故，陈大良一头睡了过去。

当陈大良醒来睁开眼睛时，发现老吕的被子在蠕动。看来，老吕真得了性病。以老吕的性格，这两天是不会上医院的。凭他对性病的了解，老吕八成得了淋病，这几天够他受的了。

第 11 章

刘阿波放下手头的活儿往远方望了望。冬天的天空像个穿着破棉袄的老妪，阴阴的，只怕这两天会下雪。他现在站在第十一层，一仰头感觉自己到了天空。当他掏出香烟抽出一根准备点燃时，挂在腰间的手机响了，一看是文婷婷打来的。这几天他们没见面也没联系，闲下来的时候，他竟有些想念这个女孩，有那么两次他都攥了手机准备拨打她的电话，终是忍住了。以往大白天文婷婷极少打他电话，文婷婷忙他也忙。刘阿波深吸一口气摁了接听键，文婷婷的声音传了过来："大哥是不是正忙啊？"

刘阿波不去答她忙不忙，说："今天怎么有时间给我打电话了？"

文婷婷笑道："原来大哥怪我这两天没给你电话！那好，以后我天天打你电话，到时候可别嫌我烦你。这里告诉大哥一个好消息，新浪网那边打来电话，你已获准参加《中国好声音》选秀，具体时间待定，估计这半个月会有消息。祝贺你，大哥！"

自从录音发出去后，刘阿波心里七上八下很是矛盾，他是希望接到参赛的通知，可又害怕参赛。他是这样想的：如果连参赛的资格都没有，往日别人说他唱得如何如何好纯粹是客气；可真让他参赛，他实在是底气不足。因为文婷婷的怂恿，他特意到网吧看了几场《中国好声音》，那个平安，那个徐海星，还有那个吉克隽逸，哪个实力都非同凡响。有媒体还说，入围之后的角逐有许多潜规则。现在得知自己获准参加，刘阿波甚是高兴，说："谢谢你！"

文婷婷说："我这边来了顾客，得忙了，下午下班后来工地接大哥，那时候再叙。好了，就这样，拜拜。"

刘阿波把手机塞回盒子里，感到膀胱胀得有些难受。他就是这样，一激动就要小便。好在他们小便很方便，跑到楼下就是。也有转背掏出那把玩意儿就撒的。都是清一色的爷儿们，谁的还不是一样，没谁对那玩意儿来兴趣。刘阿波不习惯当着大家的面撒尿，燃上香烟来到楼下，哗哗啦啦撒起来。看面前的尿遍地横流开来，把一些沙子碎石啥的淹没，刘阿波想起一个词：水漫金山。

刘阿波没有立刻回楼上，转到另一间房，想着要不要把这个消息告诉妻子。妻子连小学都没读完，对音乐是啥没概念，对他的爱好谈不上反对，也谈不上支持，因为他很少在家里唱。他们家里的电视收不到各省卫视。前年国家开始实施广播电视村村通，免费给村里配送电视接收机，可一年也就十几台，给有关系的弄去了。自己这里跟妻子说去参加《中国好声音》的选秀，妻子哪里晓得什么《中国好声音》，更甭说选秀了，少不得要耗上一番时间跟她解释。要是妻子晓得他因为参赛而耽误赚钱，只怕还会骂他不务正业。如此一想，刘阿波决定暂时不把这事儿告诉女人。

往楼上走时，老吕躬着腰下来，不用猜也是撒尿。这几天老吕撒尿甚是频繁，从他身上传来一股怪味，晚上让刘阿波这个邻居很是苦恼，几乎要捂鼻而睡，好几次想劝他上医院看看，想着那天老兵的遭遇，便打消了念头。老吕低着头与他擦肩而过。刘阿波抬脚上了两级台阶，想想还是立住了，燃上根香烟抽了起来。一根香烟快完，老吕才返回，见刘阿波站在那里，人就愣了一下。在他抬脚继续往上走时，刘阿波喊了声老吕，递给他一根香烟，打燃打火机递过去，老吕两根手指夹着香烟凑过去点燃。

"老吕，跟你说个事。我看你还是去医院看看，这花不了多少钱，这样撑着不是个事。你现在这样子，自己也难受，再往下去还会加重病情。"刘阿波声音小而温和，他要让老吕感觉自己对他是真关心。

老吕没有吱声，只管猛吸香烟，口中的烟雾波涛般汹涌而出。

刘阿波接着说："马上就要回去过年了，你这样子回去，你家里不知有多担心，你老婆那儿咋交代？请两天假，把病治好才是正事。都是老乡，需要帮忙告诉我。记得要上正规医院，那些私人诊所没保障不说，宰起人来没商量。"

老吕点了下头："谢你了，阿波。"抬脚往上走。因为是拾级而上，落在后面的刘阿波感觉老吕的背看去弯得更厉害了。

冬天的黄昏来得特别早，刚过五点，远方近处便有灯亮起，站在楼顶，越发感觉寒风凛冽。以往刘阿波总觉得这时候很美，但今天无心去感受这些，只盼早点儿下班离开这个鬼地方，免遭活罪。文婷婷打来电话，说在下面等他。

让一个女孩子在下面等他哪里像个样子，刘阿波盼快点儿下班的念头更加迫切。

　　终于下班，刘阿波匆匆下楼换了衣服，拿了洗脸巾去水龙头下擦了把脸，冷得他牙齿直打战，却也只能忍着。洗脸巾往墙上一挂往外就走，也不拿吉他。因为参赛的事，文婷婷少不得要跟他说许多的话，怕没时间唱歌了。下楼遇着陈大良。见他神色匆匆，陈大良说："阿波去哪儿，咋饭也不吃了？"

　　刘阿波说："不吃了，有朋友在等我。"

　　陈大良笑道："是文小姐吧？阿波你厉害。"

　　来到楼下，文婷婷的车停在那里。车子开了空调，拉开车门上去后感觉一下暖和多了。车厢里歌声缭绕，是他唱的《红高原》，一种别样的感觉在刘阿波胸腔弥漫开来，还有一种微妙的激动。那次录音，文婷婷制作了几十个光碟送她朋友。每次坐文婷婷的车听自己的歌，脑壳就会想，要是有天自己走到哪里都能听到自己的歌，那该是一件多么高兴的事。文婷婷倒是跟他开过一次玩笑，说她就等着他这匹黑马像朱之文一样横空出世。

　　文婷婷启动汽车，拐转方向盘往前走，说："今天的天气很冷呀！"

　　刘阿波说："是啊，看样子这两天会下雪。"

　　文婷婷说："下雪好啊，下雪你们就不用忙活儿了，这样的天气安装模板简直是活受罪。"

　　刘阿波笑道："我们可不盼它下雪下雨，天天下雪下雨，不做事我们吃什么？以为是你，天气一冷买棉衣的就多了，生意就好了，坐在店子里大把大把地赚钱。据说你们开服装店的，一件两千块钱的衣服就能赚千把块。"

　　文婷婷笑说："大哥当是贩毒，这么来钱？这么赚钱大家都开服装店了。"

　　刘阿波笑说："街头小巷开服装店的还少啊？"

　　文婷婷笑说："大哥随便找条街走一遭，就知道等着转让的服装店有多少。"

　　刘阿波玩笑道："人家赚了个盆满钵满，自然就收手了。"

　　文婷婷说："谁怕钱多呀？钱多撂在柜子里又不要吃饭，撂在银行总会生几个小崽崽。"

　　说笑着，车到红都食府停住。这时候到处都是吃饭的人，红都食府门前的马路上都停满了车。刘阿波让文婷婷上别的地方看看。他的意思用不着来这么高档的地方，随便找个地方好了。文婷婷笑说这时候哪儿都一样。在保安的指挥下，总算把车停好。文婷婷下了车，拉开后排车门拎出个袋子，招呼刘阿波往里走。迎宾小姐不说欢迎说来啦，听着很亲切。刘阿波不敢正眼去看她们，却感觉她们漂亮得炫目。大厅开了空调，人进去后一下变暖和了，刘阿波第一次来这么豪华的地方吃饭，虽然身边有文婷婷，还是有点儿紧张，不敢东张西望，只管随了文婷婷往里走。

进一间包厢，服务员开了空调，文婷婷动作优雅地把身上的毛衣脱下来，她身上的紧身衣服把她的身材衬托得凹凸有致。服务员接过她的衣服挂在衣帽钩上。点好菜，服务员躬身退出，随手拉上包厢门。

文婷婷喝了口茶，从袋子里面拿出件波司登牌羽绒服，对刘阿波说："大哥穿上试试，看是否合身，不合身的话回头再换。"见刘阿波坐在那儿甚是拘束，微笑说，"要下雪了，这衣服穿在身上暖和，大哥穿上吧。很快要去参赛，冻出啥感冒什么的那就麻烦了。现在对大哥来说，身体最是要紧。来，穿上试试看。"

刘阿波磨磨蹭蹭地站起来，拘束地脱下身上的棉衣，从文婷婷手上接过波司登，双手往两只衣袖里一插，穿在身上，文婷婷弯腰替他拉上拉链。刘阿波第一次与文婷婷零距离接触，从她身上传来的淡雅香味让刘阿波闻着甚是舒服。文婷婷把衣服拉扯了几下，往后退两步，打量着说："很好的。"

刘阿波待要脱衣服，文婷婷说："大哥，就这样穿上吧！"

两个人重新落座。刘阿波还是第一次穿这么好的衣服，又是在文婷婷面前，显得有点儿不自在，文婷婷让他穿上，他也就不好脱下，猜测这件衣服怎么说也要一千好几百吧。在他准备说句谢谢时，服务员端上酒菜。

他们喝的是红酒，文婷婷点的。文婷婷拿起酒瓶倒满两个漂亮的高脚玻璃杯，率先举杯，看着刘阿波微微一笑，说："大哥，我这里敬你一杯，恭喜你顺利参加《中国好声音》的选秀。"

刘阿波学着文婷婷的样子举杯在手。他生平第一次用这种高级杯子，生怕一不小心坠手给摔坏了，感觉远没有塑料杯来得舒适顺手。举杯与文婷婷一碰，玻璃杯发出悦耳的声响，有如唱歌。他说："这事儿得谢谢你才是。"学着文婷婷的样子喝了一口。

文婷婷招呼他吃菜。服务员进来，文婷婷让她来瓶二锅头。喝着二锅头，刘阿波觉得面前这个女孩太懂他了。文婷婷告诉他，红酒最能体现一种美好的祝愿，所以生日喜庆大都喝红酒。几口二锅头入喉，刘阿波放开多了，问文婷婷，会不会有导师看中他。文婷婷一副蛮有把握的样子，说："凭大哥的实力，不说所有导师为你转身，三位导师还是应该有的，到时候不是导师选你，是大哥选导师。按他们的选秀规则，只要有三位导师为你转身，还可以得一万元奖金。"

刘阿波说："我可没这么高的奢望，有导师为我转身就满足了。"

文婷婷说："大哥要自信呀！当初大哥不也担心不会被推荐么，结果怎样？一个人成功，最重要的是自信。说真的，我对大哥参加选秀抱了很大的期望。来，喝酒，大哥。"举杯在手。

刘阿波没有举杯，拿眼瞅着文婷婷，文婷婷频繁的敬酒让他担心这个女孩会喝醉。"咱喝慢点儿，别喝醉了。"他说。

文婷婷老样子举着杯，笑道："大哥放心，我不会喝醉，我保证把你平平安安送到家。"

刘阿波这才举杯与她碰了。不知道是酒精的作用还是空调的缘故，刘阿波觉得背部有些发热，便把波司登拉链往下拉了拉，文婷婷眼快心细，说空调温度太高了，让刘阿波把衣服脱下来，找来遥控器把空调调了调。刘阿波拿了衣服挂到椅背靠上，感觉一下舒服多了。

话题慢慢扯到《中国好声音》，刘阿波说所有学员中，他最喜欢的是平安。少不得说起媒体上看到的潜规则。文婷婷看出他的担心，说："我不敢说这里面没有潜规则，但只要有实力，大家还是认可你的。平安没有获得冠军亚军，但他成了人气歌手，因纯净的嗓音上了春晚。春晚不是谁都能上的，很多大腕削尖脑袋都挤不进去。有时候名次并不是最好的认可，实力让人打心里认可你，接受你。大哥不用想得太多，把歌唱好就是，相信社会自有公道。"

刘阿波点点头，若有所思，抓起酒瓶把杯倒满，举杯喝了一口。在他拿起筷子时，文婷婷招呼他吃血浆鸭，说这个菜口味不错，让他多吃点儿，随即夹了一坨放在刘阿波碗里。看刘阿波把那坨血浆鸭夹起往口里送，文婷婷说："大哥，跟你商量个事。"见刘阿波看着自己等她说下去，便说："为了在短时间最大限度提高大哥的水平，小妹这里有个建议，从明天起大哥暂停工地上的活儿，去我那里好好练歌，怎样？"

刘阿波没有马上作答，一口一口把杯里的酒全喝了，这才说："不用。"文婷婷的样子便有些急了，说："大哥，这是一个改变你命运的机会。

既然你把它当件事情来做，我们就要全力以赴，争取成功。钱可以慢慢挣，不急在这十天半月，你说是不是？再说了，这种鬼天气安装模板也太受罪。听我的，大哥！"又说，"家里不宽裕是吗，要不明天我给你汇五千块钱回去？"

刘阿波抬起头来，说："你都说了，唱歌的人是天生的，这十天半月又能有啥提高呢！我看了几期《中国好声音》，他们的意义在于发现参赛者的声音，一旦有导师认可参赛者，就会对参赛者的唱技加以调教，然后各导师组进行自我 PK，胜出者参与夺冠。"

文婷婷说："如果你声音好，唱技又完美，导师给你转身的机会不就更大吗？大哥听我的当不会错。"

刘阿波想了想，说："我是个民工，参加《中国好声音》是因为自己喜欢唱歌，我并未期望因此改变我的命运。朱之文和旭日阳刚毕竟属个别现象，更多的是马广福和刘仁喜。据我所知，很多参加选秀且得了名次的歌手就因在这里面投入太多，弄得背了一身债，我不想蹈他们覆辙，这也不是我能承受的。对现今的日子，有时候想来也觉得很不错，下班后在工地唱唱歌，心情好就跑到外面去唱，挣两包烟钱。"

知道眼下没法说服面前这个男人，只能寻找机会，文婷婷不再在上面多言，举了杯说："大哥，来，喝酒。"

饭后文婷婷自然要送刘阿波。小车行驶在夜晚寂寥的街上，意外地发现陈大良骑着摩托车迎面驶来。小车灯光太强，陈大良看不到车内的刘阿波。见陈大良未曾看到自己，刘阿波不便招呼。他的动作给文婷婷看到了，问是不是熟人，刘阿波回答说是工友。文婷婷有些不解地说："都这时候了，这种鬼天气他不在工地待着，骑着摩托车跑哪儿去？"

刘阿波不假思索地说："回家嘛！"

文婷婷转过头来，说："他家小也随他在龙城？"

这下刘阿波就不好回答了，想想说："算是吧！"

文婷婷笑道："什么算是吧，大哥你这是什么话？"脑子猛可省悟过来，说，"该不会是去他情人那里吧？"

刘阿波笑笑，说："你咋一下想到这上面来了？"

文婷婷说："媒体报道说你们这个群体临时夫妻严重。有位农民工当选全国人大代表后，还呼吁社会关注临时夫妻这个群体。我一直不大相信，没想到还真有这回事。"

刘阿波不想在文婷婷面前谈自个儿群体里的事，淡然说："这可以理解。"

文婷婷一笑，说："现在的农民工还真活得潇洒，学城里人找情人了。"

刘阿波不想跟这女孩深入地谈他们这一群体的人和事，文婷婷听了只怕还会把他做出某种联想，说不定会对自己的印象大打折扣，想想说："在你看来，找个情人就潇洒了，有个段子不是形容情人是鳄鱼么？鳄鱼随时可以把人吞掉。"

文婷婷笑道："这个段子我听说过，说情人是鳄鱼，随时可以把你吞掉；秘书是甲鱼，味美却不能天天尝；小姨是金鱼，能看不能吃；老婆是咸鱼，放多久都不会有事，饿了随时取食。情人之间的事我耳闻目睹得多，情人之间闹出事端的不是没有，但把情人比作鳄鱼，这也夸张了吧。乡下人比城里人要纯朴，更不会做出鳄鱼吃人的事。"

文婷婷这个段子，比早几天陈大良那番胡诌女人如鱼生动多了，刘阿波就想到底是城里女孩，知道的要比他们多，脑壳把早段时间齐小眉给情人杀害的事联系起来，却也不敢说与文婷婷听。文婷婷都说了，乡下人比城里人要纯朴，他这里把这个故事一说，岂不坏了文婷婷对他们乡下人的印象。他想该对文婷婷的话做出啥回应才是，就说："像我工友这种关系，说情人吧没有那种意境，说他们是临时夫妻更准确。"

文婷婷说："我明白大哥的意思，他们是因为性饥渴走在一块儿。他们这样做，会不会影响到各自的家庭？"

刘阿波说："怎么说呢，一般情况不会，因为彼此的家人不会晓得，但一旦一方家人知道，事情就会变得复杂，很多家庭因此离异。"怕文婷婷再在这上面问个不休，便想换个别的话题，见车灯照射处有鹅毛般的雪花悠悠飘落，说，"下雪啦！我都以为要明天才下雪的，没想到今天就下雪了。"

文婷婷一下便兴奋起来，放慢车速，说："好大一片的雪哟！龙城怕是有两三年没下雪了。"

这时候车到了江边，也不见有行人，偶有汽车飞驶而过。文婷婷把车停住，开门下车，展开双手仰望天空，有雪花落在脸上，冰凉冰凉的，她优雅地旋转着身子，招呼刘阿波下车。刘阿波不便拒绝，推开车门，冷风扑面，人直打哆嗦。文婷婷不停地旋转身子，口里说下吧下吧，老天爷再下大点儿。刘阿波都快要给这个青春女孩感染了，说："看样子会下一个晚上，明天整个龙城都会成为白雪皑皑的世界。"

文婷婷说："那才好玩呢！早几年北漂的时候见过雪，这两年雪都没见过一片。记得小时候一年都要下好几场雪，我特别喜欢在没有被人走过的雪地上疯跑，每场雪都能够让我高兴好几天。这两年对雪的概念都模糊了。"

雪越下越大，漫天飞舞，可惜一落地就融化了。刘阿波却忽然想起一首与之很吻合的歌——《2002 年的第一场雪》。像是有某种感应似的，他才这么想着，文婷婷忽然说："大哥，会唱刀郎的歌吧？那首《2002 年的第一场雪》。"

文婷婷的话把刘阿波吓了一跳，自己这里才想着《2002 年的第一场雪》，文婷婷就让他唱这首歌，未必这天地间有某种神秘的力量左右着人的思维不成，也许人与人之间的确存在某种感应吧。在他这般想着的时候，文婷婷再一次催他唱歌，刘阿波放开喉咙唱了起来：

2002 年的第一场雪

比以往时候来得更晚一些

停靠在八楼的二路汽车

带走了最后一片飘落的黄叶

2002 年的第一场雪

是留在乌鲁木齐难舍的情结

你像一只飞来飞去的蝴蝶

在白雪飘飞的季节里摇曳

忘不了把你搂在怀里的感觉

比藏在心中那份火热更暖一些

忘记了窗外的北风凛冽

再一次把温柔和缠绵重叠

是你的红唇粘住我的一切

是你的体贴让我再次热烈

是你的万种柔情融化冰雪

是你的甜言蜜语改变季节

……

在刘阿波唱歌的时候，文婷婷伸展双臂旋转着优美的身子，秀发飞舞，当刘阿波唱到"你像一只飞来飞去的蝴蝶"时，文婷婷过来拉住他的一只手唱了起来。有车子停在一边，打开窗子探出头来观看。发现路边停了好几辆车子的刘阿波拽了一下文婷婷的手，说："走吧走吧，阻塞交通交警会处罚的。"

文婷婷启动汽车继续往前走。雪愈下愈大，灯光照射处，地上有些地方已积聚了一层白雪。文婷婷以手梳了下秀发，意犹未尽地说："好多年没这么高兴过了。"

刘阿波笑说："一场雪就让你这么高兴，真是个小孩子。"

文婷婷沉吟片刻，说："也不全是下雪的缘故吧，还有大哥要参加《中国好声音》选秀的成分，然后是大哥的歌唱得好。"笑着扭过头来看眼刘阿波，"待到有天大哥一举成名，那时候大哥的演唱会肯定不断，像今晚一样给我个登台合唱的机会就满足了。"

这会儿刘阿波的心情不错，爽朗道："真有那么一天，每场演唱会我都跟你合唱一首歌。"

文婷婷高兴地说："好呀，这话大哥今晚上说了，可不能食言哟！"

车到工地停住，刘阿波推开车门，一只手搭在车把手上，另一只手拎着装了旧衣服的袋子，说："谢谢你！"才要下车，又回过头说："今晚上你喝了不少的酒，又下这么大的雪，一个人开车回去小心一点儿。这样吧，从这里直接回去，到家后打个电话给我。半小时行吗？半小时后没接到你电话我打电话给你。"

文婷婷回过头来望着刘阿波，微笑说行。刘阿波一只脚落地撑起，整个人出了汽车，随手关上车门，摆摆手往里走。

工友们聚了三堆在打牌，也有个别缩在被子里，睁大眼睛盯着屋顶，没有谁留意到他的回来。陈大良那床被子被老吕搬到铺上当枕头了，他冲刘阿波点点头，说回来啦。眼睛落在他身上，说新衣服呀。刘阿波笑笑回应，手中袋子往墙上一挂，脱鞋上了自己的床铺，掏出香烟递给老吕一支，就着老吕递过来的火燃上一根抽了起来，感觉有些冷，掀开被子盖上，说："忽然就下雪了。"

老吕说："是呀，我都以为要明天去了。这两天怕是不用忙活儿了。"

刘阿波口里喷出一团细长的烟雾，说："都忙了大半个月，休息两天也好。这几天的天气够鬼的，人站在上面简直是活受罪。"看老吕的脸色似乎比上午好多了，想着下午上班时不见他的影子，料是上医院去了。看来老吕还是把自己的话听了进去。

老吕点点头："是呀，休息两天也好。"马上又说，"咱们又不打牌，真要在床上待两天够难熬的。"

刘阿波说："总比在上面吹冷风来得舒服。"

"那倒是。"老吕笑道，"阿波，听他们说你唱歌很来钱的？"

刘阿波笑道："来钱我早卖唱去了，还在这里忙死忙活？咱这活儿是咋回事老吕你还不晓得，太累人了，一个夏天下来，人都要脱几层皮，大冷的天站在上面，不用半小时身子就给吹麻木。咱们这些人，别的手艺没有，好门路找不到，只好干这个挣俩钱养家糊口。"

说笑着，掏出手机一看，早过了半小时，也不见文婷婷有电话打来，刘阿波便起了担心，这种天气随时会有事情发生，当下找到文婷婷的电话号码拨了过去。待到那头接了，这才舒了口气。

"到家了吧？"刘阿波问。

"早到了。"文婷婷笑嘻嘻地说，"我还当大哥只是随便说说，没想到大哥还真言而有信，给我打来电话。"

老吕在旁，不便说得太多，刘阿波道："到家就好。好了，就这样吧。"收了线，打了个长长的呵欠。

因为喝了酒的缘故，人感觉有些困，随手把手机关了，与老吕招呼一声，脱衣准备睡觉。怕被子薄了冻着，把波司登和袋子里那件旧衣服盖在上面。脑壳枕着枕头，想今晚上老吕能够跟他说这么多，全是上午自己对他好言规劝的结果，看来老吕还懂得好赖，并不是大家说的性格孤僻的怪人。

第12章

第二天早上睁开眼睛，刘阿波从被子里爬将起来，伸长脖子往窗外瞅，雪不知啥时候停了，赫然有尺把厚的白雪，人一下就变得兴奋起来，看工友们一个个躺在被子里好睡。有醒来了的，身子靠着墙头叼着香烟吞云吐雾，模样儿甚是深沉。刘阿波掀开被子穿戴起来。

老吕醒来，打着呵欠："还下雪吗？"

刘阿波说："停了，好厚的雪呢，怕是有尺把深。"

老吕说："又不用装模，大清早的爬起来干啥。外面还不冻死人，躺在床上多舒服。"

刘阿波笑了笑，说："到外面去看看。都好几年没看到这么大的雪了。"

老吕一笑，说："阿波你咋像个小孩似的，这雪有啥看的？"

刘阿波笑而不答，拿了吉他奔楼上而去。楼顶白雪皑皑，平坦得像个人工足球场。刘阿波本来想站到中央去，抬腿往前踏时，想着这一路走过去势必破坏这块美丽的"球场"，便收住脚步。雪后无风，出奇安静，似乎自己到了另外一个世界。放眼远方，一片银白。刘阿波拨响吉他，想也没想地唱起《2002年的第一场雪》。歌声中，他的眼前竟浮现出昨晚上文婷婷在路边旋转的身子。

腰间的手机忽然响了，刘阿波掏出手机一看，是文婷婷打来的，猜不透这女孩儿大清早有什么事，摁了手机，文婷婷兴奋的声音传过来："大哥起床了吧？好厚好厚的雪呢，整个世界都是银白色的，白得刺眼，让人不分东西南北，实在是太漂亮了！"

刘阿波吐出一口气，说："我在看呢！"

文婷婷说："大哥起来得早呀，我还以为你躺在床上正酣睡呢！怎样呀大哥，这雪可漂亮了。"

刘阿波的目光由近而远，直至地平线，除了银白还是银白，说："是呀，很好看的，我都不晓得咋形容它。"

文婷婷笑道："大哥唱《2002年的第一场雪》就是。"

刘阿波却也不说刚才在唱《2002年的第一场雪》，心道这只怕真是心灵感应，可自己和这女孩子也就一块儿吃过几次饭，并没有过深频繁的交往。"你感觉到没有，刀郎的歌充满了沧桑，并不适合现在的环境和心情。我看到一本书上说某些流行歌曲可以让人变聪明，真假我不晓得，但刀郎的歌肯定不行，听多了会加重人的压抑感。"刘阿波笑着说。

文婷婷笑说："大哥说的流行乐让人聪明是专门研究认知行为疗法的英国专家发现的，说是饱含感情的流行、摇滚歌曲能提高创造力，对戏剧创作等也有好处。英国当红流行歌手贾斯汀·比伯，他的歌曲有镇静作用，能让人的思维变缜密。听每分钟60到70拍的古典音乐，如贝多芬的《献给爱丽丝》，能提高数学成绩，还能提升学习与记忆的能力。"

有微风吹在脸上，凉凉的，刘阿波笑了说："哪有这么神啊，忽悠人的吧！有个段子把现在的专家比作'砖家'，'砖家'的话也往心里去，那可是傻到家了。"

文婷婷说："既然大哥都说刀郎的歌听了让人压抑，某流行歌曲可以让人变聪明应该可以接受。"噢了一声，"我一会儿来大哥工地，大哥等我电话。就这样哟！"

刘阿波弄不明白文婷婷跑来工地有什么事，对方已经挂了电话，他也不便打电话去问。把手机塞进盒子里，仰头望天空，苍茫无际，再眺望远处，感觉雪天一色。他拨响琴弦，连唱了《西海情歌》《我和草原有个约会》，想着文婷婷一会儿将到，下楼而去。

到了楼下，老明等从被窝里爬将出来开始穿戴，也有一动不动蜷缩在热窝里的。钟姐她们在下面开始张罗早餐，马上就有粉可吃。在刘阿波思量着是否吃早餐时，文婷婷打来电话，说到了，让他拿着吉他下去。文婷婷告知他要来工地，刘阿波还真有点儿担心她莽撞地闯上来，这场景会让她尴尬。吉他就在手上，刘阿波也不问拿吉他何事，应声下楼。

钟姐见刘阿波往外走，招呼他吃早餐，刘阿波也不说有人在等他，只说算了，不吃了。钟姐看他行色匆匆，目光追随着他的背影，见上了停在外面马路上的小车，再看司机是个漂亮女孩，人就愣在那里了。周姐无意中往外一瞥，也发现了这一幕。待到汽车启动而去，周姐说："这不是演戏吧钟姐？我都怀疑看花了眼。"

钟姐说:"这么漂亮的一个妹子大清早开着车来接阿波,周姐你说咋回事?"

周姐说:"钟姐你有没有看到,阿波身上的衣服都是崭新的呢!"

钟姐说:"你这里一说我也想起来了,还真是崭新的羽绒服……弄不懂这里面是怎么回事。"

周姐忽然一笑,说:"这妹子该不会是阿波的相好吧?"

钟姐笑着摇头:"我倒是希望这妹子是阿波的相好,只是不相信会有这种好事落到阿波头上来。这城里的妹子可是天鹅肉呐,啥时候有嫁给咱乡下的,还相好?"

周姐笑道:"他们不是说阿波的歌唱得好么?据说城里妹子就喜欢会唱的。阿波不是拿着他那把啥吉他吗?"

钟姐瞅着周姐:"听你这么说似乎还真是这么回事,看来阿波走桃花运了,啥时候回来得让他请客。"

马路上早已污秽不堪,两旁的雪也是污渍斑斑,这与他在楼顶看到的完全是两个世界,刘阿波忍不住皱眉。小车在一家早点摊前停住,两人下车用过早点继续前行。这时候正是上班时分,小车走走停停,刘阿波也不问她去哪儿。走着走着,行人车辆少了,马路两旁的雪不曾污秽,看样子出了城。再行一会儿,展现在他们面前的是一望无际的皑皑白雪。至此,刘阿波明白,文婷婷带他出来看雪。小车放缓速度,轮胎辗过吱吱有声,终于在一块空旷地停住。

文婷婷转过头来,说:"大哥,下去吧,拿着你的吉他。"推门下车。

四周不见足迹,显然雪后不曾有人来过。刘阿波抬脚踏上去,发出吱吱声响。他一脚一脚往前走,身后留下两行看去甚是规则的足迹。文婷婷的脚步却是轻快的,她像只欢快的鸟儿。

"这才是真正的大自然之雪。"文婷婷像只鸟儿似的优雅地展开双臂,美妙地旋转着身子,"我先唱一首,然后大哥你唱。"从刘阿波手里要过吉他唱了起来,是《荷塘月色》。

文婷婷唱完,刘阿波鼓掌说:"不错不错,不愧科班出身。"

"大哥挖苦我呀!"文婷婷摇头。

"没有,真没有。"刘阿波忙说。

"科班出来的,你挑不出他哪里有什么毛病,但也找不到他哪儿有独特的地方。所以，这句话放在别的地方是褒奖，搁在我们这些从艺校走出来的差不多就是贬损。真正的艺术家是天才，他有自己的特色。"文婷婷说。

刘阿波说："你这里不告诉我，我还真不知道这中间的事。"

文婷婷把吉他还给刘阿波："大哥唱吧，来一首藏歌，《西海情歌》吧。"

刘阿波拨响琴弦，深吸一口气唱了起来。《西海情歌》后，他接着唱了《鸿雁》《天路》《天堂》，歌声在空旷的雪地上传出很远。文婷婷返回汽车，拿了瓶康师傅矿泉水塞到他手中，让他歇会儿。刘阿波仰头咕噜咕噜地喝了两口水，感觉不到冷，拧紧盖子一抹嘴巴递过去，文婷婷伸手接在手中，说回车上坐坐。刘阿波说不用，咱附近走走吧。

没走多远，文婷婷止住脚步，说："大哥，我带你去一个好玩的地方。"未及刘阿波作答，拽了他的手往回走。

两人上了车，文婷婷启动汽车继续前行。路上有车子辗过的痕迹，偶尔还能遇到两个行人，毕竟已过十点了。车行约半小时来到一座山脚下。这里已停着三辆小车。文婷婷率先开门下车往上走，刘阿波尾随身后，看出这是石阶。因为有人走过，倒也并不难行。心里闷了团疑云，刘阿波也不拿话去问，只管拾级而上。石阶两旁古木参天，雪给顶在树上竟不能下来，于是树上树下成了一白一绿两重天地，眼睛望处，可见乱石峥嵘。

文婷婷很快就显得体力不支，额上已有密密麻麻的汗珠，站在那里大口喘着粗气。刘阿波笑说："歇会吧。"回身往下望，泊在山下的车子渺小如蚁。

"大哥看出我们这是往哪儿？"文婷婷问。

刘阿波说："看不出来。"

文婷婷说："猜猜看嘛！"

刘阿波往山顶望了望，企图发现点儿什么，目光所到处银装素裹，估计他们所处位置正是半山腰。这时传来一声悠扬的钟声，接着又是一声，一声。刘阿波便明白顶上是啥了，笑说："寺庙嘛！"

文婷婷笑道："老天爷泄露了天机。"

两人继续往上走。文婷婷告诉刘阿波，这是龙城著名的天门山天门寺，据说建于清朝初期，是龙城的一大旅游胜地，一年四季香火不断，出过不少高僧。山上无蚊，特别是夏天晚上，很多市民驱车来这里纳凉。去年她和几个朋友开车跑来宿了一个夜，很凉快。"我以为这种天气不会有人来，没想到来的人还不少。"文婷婷说。

刘阿波玩笑说："佛法无边啊。"

文婷婷说："据说这里的签特灵的，很多领导常来拜佛。听说上届的省委书记经高人指点，特地在这里秘密住了两夜，后来就调到中央去了。待会大哥一定要求一签。"

对文婷婷说啥省委书记经高人指点云云，刘阿波不以为然。这类传说真真假假，哪个地方都有，怕是寺庙借此抬高声誉。但似乎明白文婷婷要他求签所在，也不拿话去问。终于爬到山顶，两个人都觉得背上汗津津的，气都喘不匀。山门大开，可见里面殿堂，有僧人合掌而过。刘阿波说站会儿舒口气，目光落在面前门口对联：

天成古寺今胜古

门向青云兰更青

文婷婷说进去吧。刘阿波竟能感觉到她的肃穆，猜想这也许是因庙而生佛心吧，两人抬腿而入。

进去后才知道天门寺是依山而建的，迎面是天王殿，殿前是个大坪，左边是大雄宝殿，右边地势稍低，是僧寮。天王殿背后是法堂殿。天王殿前右边一株如盖古树，树叶被雪所遮，看不出物种，树下数丈竟不见有雪。文婷婷说那是五百多年的桂花树，桂花开时，香飘数里。大雄宝殿前有个约半亩大的池塘，由不锈钢栏杆围住。塘水被雪所浸，也不知养着何仙物。

两人走进天王殿，香烟缭绕，正中巨大的弥勒佛笑眯眯的，憨态可掬，供桌旁站了位老和尚，有对年轻男女跪在佛前磕了三个响头，爬起来往功德箱投了张百元钞票。文婷婷扯扯刘阿波，两人跪下长揖三拜，起身后文婷婷从钱包里取出张百元的票子投进功德箱。按刘阿波的意思，给个十块钱就行了，见文婷婷出手如此大方，一咬牙拿了张百元票子跟着投进箱子。供桌上放着签筒，文婷婷对和尚说求签，老和尚拿起铁杵往桌上的座钟上击了三下，余音久回不绝，充斥着天王殿的角角落落。文婷婷伸手拿过签筒塞给刘阿波，说求功名吧。刘阿波双手捧着签筒轻摇，从里面掉出一支，文婷婷弯腰捡起，恭敬地交给老和尚，老和尚看眼签上的数字，从一沓票券似的印刷品中抽出一张，说："恭贺施主，上上签。"

刘阿波接过，上面是两句话：

芹藻清莲泮水旁，薄言采采味堪当。

劝君努力前程进，时把天台桂子香。

走出天王殿，文婷婷高兴地说："好签，大哥努力吧，一定能够成功。"

刘阿波对第一句话不甚了解，倒是"劝君努力前程进"这话直白易懂，猜测"时把天台桂子香"是努力后成功赢得名声吧。他也不拿第一句话去问文婷婷，估计文婷婷也说不出个所以然。

"我们一块儿努力吧！"刘阿波说。

两人从天王殿左边穿过耳门，拾级而上，就望见了法堂殿。一路往上，一步一阶，竟有一百零八级石阶。法堂殿门前的小坪一左一右长着两株松柏，看去只怕也有些年代了。进了法堂殿，有香客双手合十朝菩萨弯腰曲背的，也有长跪不起的。两人少不了在菩萨面前跪下作揖一番。

从法堂殿出来，顺原路返回大坪，然后去了大雄宝殿。让刘阿波没料到的是，坐在大雄宝殿的竟是一个面容清秀的年轻尼姑。出了大雄宝殿，来到桂花树下，绕树两圈。刘阿波估算一下，怕是他们两个人合起来也没法抱住这株古树。数百年的桂花树，真是罕见。看时间早过中午，文婷婷问刘阿波肚子饿不饿，刘阿波说回去吧。两人原路返回。

路上早已污秽不堪，全然不见雪后的洁净。坐在车上，不知哪根弦的作用，刘阿波的脑子忽然想起那位尼姑，标准的美人儿一个，年纪轻轻就看破红尘，青灯木鱼，也真难为她。有天她要是把秀发一留，走到红尘中还不是美人儿一个，不知会有多少少年郎和老板围着她转。才这么想着，文婷婷说："大哥，你说那位尼姑，人长得很不错的，咋会出家呢，未必真为她们所谓的信仰？"

刘阿波说："在我们乡下，只有八字不好的人才出家为僧为尼。"

文婷婷笑道："大哥你说怪不怪，她的模样儿让我联想起那个参加《中国好声音》选秀，后来上了春晚的人气歌手平安，平安的光头比她的还要亮，只不过比她多了一副眼镜。"

刘阿波笑着转过头去，说："你咋把平安联想上了？"

文婷婷笑说："说到底这两人都长得清秀。要是有天平安出家为僧，这头都不用剃。"

刘阿波笑说："你干脆说他是个现成的和尚料子好了。"

文婷婷忽然说："大哥有没有发现，这艺术界的人只要稍有不顺就跑到寺庙庵堂里去了，像李娜，这宗教似乎成了走投无路的选择。经历了那么多，习惯了花团簇拥，说出家就出家，我真佩服她。"

刘阿波一时说不出一个所以然，只是摇头。

文婷婷接着说："李娜有句名言：'艺术的高峰须从寂寞处攀登。'当年她从河南戏校走向社会，走向北京，没有靠山，没有背景。因为她长相并不出众，又不善打扮，几乎没人相信她能在北京立足。但历经十个春秋的寂寞攀登，李娜的名字终于走向千家万户，红遍神州大地。李娜的成功说明，一个人未成功前，谁都是渺小的，总会有很多人不看好你，有时候难免自己都不相信自己。"转过头来，"大哥明白我的意思么？"

刘阿波一笑说："你都把话说得这么透，我还说不明白肯定会招你骂。"复又一笑，"你放心好了，既然我答应参加《中国好声音》，当全力一搏。"

文婷婷莞尔一笑："这才对么！"

终于进了城，找了一家饭店填饱肚子。按文婷婷的意思，就近找家酒店给刘阿波开个房间休息，刘阿波说没这个必要，让文婷婷送他回去。车到工地，在刘阿波推门下车时，文婷婷做了个电话联络的手势，刘阿波点点头，拿了吉他下车，轻轻一扬手往里走去。

在二楼迎面碰着钟姐，钟姐手里攥着张贰拾圆的钞票下来，刘阿波待要招呼一句，钟姐笑眯眯地立定在那里，说："阿波你好手段，得请客哟！"

刘阿波一愣，旋即明白钟姐话里的意思，只道："钟姐你想哪儿去了，我们也就是一般朋友。"

钟姐笑着拿腔捏调地说："现在是一般朋友，明天就不是一般朋友了嘛！咱甭废话，这个客你请还是不请？"

刘阿波不能跟钟姐在这里纠缠，也就几十块钱的事，钟姐爱咋想就咋想，反正文婷婷不会上这里，刘阿波当即掏出一张伍拾圆的钞票塞过去，说："钟姐，客我请了，你可别跟人扯这事儿。"

钟姐忙道："钟姐做事你还不放心？"竖起大拇指，"行呀阿波，钟姐我可服了你。"

上得楼来，大家里三层外三层围了一堆，一看便知在斗牛。老吕缩在被子里取暖，刘阿波向他点点头算是打招呼了。陈大良过来，在刘阿波身上拍了拍，说："波司登的？品牌呢！怕是要一千好几吧？不错！看去人都帅气多了，像个公务员似的。今天挣了多少？"

刘阿波掏出香烟，递给陈大良一支，再抽出一支扔给老吕，说："一毛都没捞到。"

"怎会呢？"陈大良啪地打燃打火机，深吸一口喷出一团烟雾。

"这很正常啊！谁天天捡得到钱？"刘阿波道。

"估计是天气太冷，大家猫在家里没几个人上街。"陈大良说。

这时老赵在那边大良大良地喊，招手让他过去，陈大良抬手在刘阿波身上拍拍，意思是他得过去一下。走到老赵面前，老赵一只手环住他的脖子往外走，陈大良没去猜测老赵要说啥事，只管随他上楼。到了五楼，老赵笑说："老弟，今晚上你请客吧！"

陈大良笑着说："啥事儿老赵你说？"

老赵往楼梯口瞅一眼，说："刚才我老表打来电话，说那栋房子的装模合同下来了。他的意思，今年只有几天了，明年春节后正式动工。这两天他会来找你谈的。这么大一件好事，得好好庆贺庆贺才是。"

陈大良甚是高兴，说："没问题，老赵你定地方，到时候把钟姐一并拽去。"

老赵说："她就算了吧。男人喝酒，女人一掺和就没法尽兴。再说了，女人的嘴巴没遮盖的，她晓得了又会飞短流长。在我老表没跟你谈之前，还是保密一下好，老弟你说是不是？"

陈大良笑道："行，那就我俩。今晚上一定喝个痛快。"

老赵点燃一根香烟，忽然就笑了说："听她们说阿波和一个城里妹子好上了，还开着车子接他去玩，之前也只是听说，看他今天穿得这么客气，只怕真有这回事。"

陈大良笑笑，说："知道一些，一个喜欢玩音乐的妹子。他们之间的关系应该比较简单，不会是那种关系。"

老赵笑着摇头："老弟的意思，他们没有床上的事？男人与女人，好到那步不上床，除非男人患了阳痿。阿波患了阳痿，那他儿子又是咋来的？阿波真泡上城里妹子，我倒要赞他一个。"伸起拇指，"他妈的城里人不是瞧不起咱们民工么，那么漂亮的城里妹子还不是给咱民工泡了，还送货上门呢！这质量咋样只有阿波晓得。"

陈大良没料到老赵会说出这么一番话来，听着倒也有意思，玩笑道："老赵，你总不至于因质量的事去问阿波吧？"

老赵哈哈大笑，说："这关我啥事？现在我们乡下的妹子都没有质量保障，他城里的妹子更不用说了。听说城里的妹子读初中就谈恋爱了，人流堕胎已经不是啥新鲜的事。我这里跟你说一件事，可不是什么道听途说，我亲自听到的。早三年我在某镇中学安装教学楼模板，一些木板啥的材料撂在学校厕所背后。一天下午我去拿材料，女厕所里面传来两个女生的谈话。一个女生问另一个女生："你破处了没？"对方回答说："没有，俺还是处女呢！"这女生就讥笑对方："天呐，你还是处女，羞不羞人？抓紧时间找个男朋友把处给破了吧。要是让同学们晓得你还是处女，不被她们耻笑死才怪。"大良你看，现在孩子的观念早变了，她们以破处为荣，不破处为耻。乡镇的孩子都这么荒诞，像龙城这种省会可想而知。一个踏入社会，开着车子的文艺妹子，质量上更不用说。据说文艺男女更是放浪形骸，第一次见面就脱裤子上床。"

陈大良笑道："文艺男女怎样我不晓得，但阿波这人除了唱唱歌，连牌都不摸，这些年也不曾见他进过发廊，待人也不错。这年头像他这种人太少见了。至于他跟那位妹子有没有那号事，我还真没看到过。"

老赵复又哈哈大笑："就算人家有这种事，也不会让你看到。谁见谁光着屁股呼哧呼哧地干啊？"

寒风吹来，陈大良打了个冷颤，老赵忙把脖子往衣领里缩，抬头望天，说："看样子天气还会变冷，这几天怕是别指望天气转好。"

陈大良说："老天爷的事，谁都没办法。距过年也就二十来天了，天气要是继续这样下去，我看大家还不如早早回去。"

老赵说："这不是我们说了算。得了，下去吧，别站在这里吹冷脸。"转身当先往下走。

陈大良落在后面，想着把这个消息告诉郭玉妹才是。他当然不能这就拨打电话，那样老赵会怎样看他。让他惊讶的是，最先想到的是郭玉妹而不是妻子，难道在自己的心里郭玉妹比妻子还重。陈大良让自己在这两个女人之间做个取舍，一时竟是不能。陈大良让自己别想那么多，这对他来说实在没意义，他跟郭玉妹的关系不可能再往前走半步。

看看快到晚餐时间，两人骑了摩托车离开工地。许是因为天气的缘故，酒店的客人比平常少了许多。两人找了间包厢坐下。服务员开了空调，包厢很快就暖和了。点菜要酒后，两人抽烟喝茶说话。

话题不知怎么扯到了谭玉臣死后上。老赵说埋葬谭玉臣后，谭家与谭玉臣妻子的娘家商量后一致决定，那笔开支完谭玉臣安葬费后剩的钱全部存入银行，由谭玉臣父亲保管存折，谭玉臣的妻子负责保管存折密码。这笔钱只能用于家庭开支和两个孩子身上。在谭玉臣安葬后的第三天，有人就来谭家给谭玉臣的妻子牵线做媒。有个男人的条件还很不错，是位丧偶的退休老师，谭玉臣的妻子也颇动心。谭玉臣的几个舅子晓得后，特意找了妹妹，不准她嫁出去，只能招个夫婿，待在谭家把两个孩子抚养成人。后来有个老光棍入赘。

陈大良道："谭玉臣的几个舅子不是很强势吗？这次做得还不错。换了别的哪个，还不费尽脑筋撺掇自己的妹妹分钱另嫁。看来这人还真说不准。"

老赵说："据说谭玉臣生前跟他几个舅子的关系不错。"

陈大良说："这只能算一方面。就算谭玉臣生前跟他几个舅子的关系再不错，毕竟谭玉臣死了，他们的妹妹还得活下去，不可能因为一个死去的人让活着的人受委屈，何况这个活着的人是他们的亲妹妹，老赵你说是不是？"

老赵点点头："这倒也是。"片刻又说，"其实，招婿入赘是最好的办法。"

服务员端上酒菜。面对一桌子菜，陈大良觉得两个人的菜多了点儿。他本来想叫上郭玉妹的，想着自己让老赵拽上钟姐都给拒绝了，便也没了念头。第一杯酒自然是陈大良敬老赵，感谢他的帮助。之后再敬，老赵就摆着手，说咱多年的兄弟，别弄得像外人似的，随意好了。

老赵的手机响了，掏出手机一看，递给陈大良。见是钟姐打来的，陈大良忙摁了接听键，笑嘻嘻地说："是钟姐呀？我跟老赵在吃饭。啥时候回来？这个可说不准，才开始呢，尽快吧。钟姐你放心，有我在绝对不会有事，这你放心好了。要他别喝醉？行，这事包在我身上。好了，就这样，完了回去。"

把手机还给老赵，陈大良笑道："还是老婆在身边好呀，时刻有人牵挂着。"

老赵说："你是老婆不在身边，不知个中滋味。"噢了一声，"明年带不带你老婆出来？"

陈大良说："还未想到这上面去呢！"

老赵喝了口酒，笑道："如果老弟想自由自在点儿，继续同郭玉妹往来，我劝你还是别把老婆带在身边，否则到时候有你头疼的，弄不好两个老婆都没了。"

陈大良不想谈这事，见老赵在兴头上，含糊说："到时候再说吧！"

老赵说："我这里跟你说了，到时候可别怪我没提醒了你。倒回几年前去，我肯定会让你嫂子留在家里好好带孩子。当年让她随在身边，还不是图个方便，不是说老婆是咸鱼吗？"

陈大良手中的杯子已到唇边，闻言，止住喝酒的动作，笑说："明年可以让钟姐好好待在家里，这不就成了吗？"

老赵摇晃着脑壳："现在肯定不行。你看到的，我才出来多久，她的电话就来了，她会给你当留守妇？想都甭想。"

陈大良说："以前钟姐好像不是这样的……"

老赵说："自从发生芙蓉路天桥下的事情后，她就对我盯得紧。"摇了摇头，"不是老兵给弄进派出所，哪里会有事？来，喝酒。"率先举杯。

饭后两人互相勾着对方的脖子出了酒店。走到摩托车旁，老赵看着陈大良，说："才啥时候啊，这就回去？要不找个地方按个摩，舒爽舒爽？"

陈大良爽快应了，两人便上了车。陈大良有意慢半拍，落在老赵身后。看老赵只管往前驶，猜他早有目标。果然，十几分钟后，老赵的摩托车拐进一条巷子，在一家叫芳芳发廊的门前停住，收了钥匙抬腿下车往里走。

发廊门口一左一右站了两名涂脂抹粉的小姐，口里大哥大哥地迎上老赵，老赵却不理睬，只管往里走。一张靠墙摆着的长沙发上坐着三个小姐，边烤火边看电视，内中有个手上还夹着香烟。有个小姐站起身来招呼，赵哥来啦！直往老赵怀里扑。老赵笑着就势搂了小姐入怀，拥着小姐往里走，回头对陈大良说："老弟挑一个吧。"

有个小姐迅速站起走过来，拉着陈大良的手，扭动着腰肢抛了个媚眼，娇声说："大哥，我陪你玩好啦！"

小姐身上传来浓重的香水味，陈大良有些窒闷，再看小姐低低的圆衣领露出白皙丰满的乳房，陈大良便没能拒绝，小姐拽着他往里走，然后上楼。灯光幽暗，木制楼梯又狭又陡，小姐噔噔噔地上去了，落在后面的陈大良就没有这么麻利了，生怕一脚落空摔下去，小心翼翼地一步一步往上爬。小姐引他一路走过去，但见一排儿小门，怕是有七、八扇之多，有的掩着，有的敞开。来到一扇小门前，小姐当先进去拉亮灯，是盏橘红色的墙灯，灯光幽微，房间里就一张简易单人床，还有个床头柜。小姐回头，说进来啊。陈大良抬腿而入，小姐伸手把门关了。

小姐开始脱衣裤，陈大良想着该问下价才是，怕完事后被宰，当下说："多少钱啊？"

小姐似乎看出他的心思，手脚不停，朝他一笑，说："你是担心被杀猪吧？大哥是赵大哥带来的朋友，我不会多要你的，一百整。"

小姐这么说着，已是赤裸裸地站在陈大良面前，那对硕大的乳房在晃动，掀开被子往床上仰天一躺，催促说："脱裤啊。"

陈大良三下两下把衣裤脱了，上床后感觉一下暖和了，知道床上一直开着电毯。小姐两腿叉开，露出一片黑地，等着他爬上去。陈大良的手才碰到她的乳房，小姐就颤着声让他快上。陈大良忽然想起什么，说："有套子吗？"

小姐身上一下没了刚才的心晃神摇，笑了说："有呀，大哥早说嘛。你担心我更怕呢！"小姐爬将起来，一只手往枕头下一摸，拿出个盒子刷地撕开，手上多了个套套，另一只手捏住陈大良那柄早撑起的雨伞，套套往上一抹戴上了，像是检查似的顺手捏捏，又攥了把那两颗肉枣似的东西，身子往后一倒，闭了眼睛说来吧来吧。

陈大良早给小姐那一捏一攥弄得喉头冒火，猛地扑上去干开了。小姐脆生生地啊了一声，浑身一颤，双手紧紧抱着他的腰哼哼哈哈叫开了。诚然知道女人是装出来的，陈大良还是感到格外刺激，双手攥了那两个奶子疯狂地冲撞起来。待到山崩水泄，女人双手摊开躺在那里，反反复复说大哥你可厉害了。

担心老赵久等，陈大良以手抹把脸上的汗，爬起来开始穿戴。小姐也呼口气撑身下床。陈大良从钱包里拿张百元钞票递给小姐，小姐本来在戴奶罩，止住动作接了钱，捏捏后撂在床上，朝陈大良说："大哥下次再来啊！"

下楼后方才知道老赵尚未下来，不便电话去催，只好坐在沙发里等人。记得他上楼后还有四个小姐，这会儿却只剩两个小姐坐在这里，其中一位年纪稍长者估计是老板。闲着无事他拿眼看那位小姐，瘦瘦的模样实在不怎么样。刚才跟自己要的那位小姐下来了，递给年纪稍长者二十元钱。见此，陈大良就断定她是老板了——这上缴的二十元是床铺费。

那位小姐过来挨着陈大良坐下，笑说："等赵大哥是吗？赵大哥只怕还要一会儿。"

陈大良待要说句啥来回应，推拉门给推开，进来一位快六十岁的男子，瘦瘦模样儿的小姐才要站起身来迎过去，男子却手指挨他坐着的小姐，小姐以手撑着陈大良膝盖站起，过去拽男子的手，男子就势把他拉进怀里，一只手在她脸蛋上捏捏，拥着小姐往里走。听他们噔噔噔地上楼，陈大良忽然觉得很不是滋味，甚至感觉恶心。如果不是要等老赵，他就拍屁股走人了。

下来一名男子，外衣都没扣，头发湿透沾着头皮。男子嘴里叼着香烟，昂首挺胸出去了。稍后下来一名小姐，给老板二十元，在刚才那位小姐坐过的位子坐下。陈大良认出这位小姐是他们进来时嘴里叼着香烟那位，人家后面上去的都下来了，老赵却还在折腾，心下就对老赵起了佩服。如果不是自始跟随老赵一块儿，他都要怀疑老赵是不是吃了春药啥的。

老赵终于和那位小姐说笑着下来了，模样很是亲密。换在别的场合，只当是夫妻俩。陈大良起身推开门出来，立即感到屋外的寒意。他跨上了摩托车，戴上头盔，单等老赵出来。那位小姐送到门口，朝老赵扬手，打着媚眼说赵大哥慢走，过两天再来。老赵上了车，掏出车钥匙插入锁眼一拧，拿起头盔往头上一套，笑哈哈地挥手回应说好，一定一定。

摩托车离开发廊。陈大良笑道："老赵，你真牛啊，我可服了你。要不是车停在外面，我还以为你早走了。"

老赵笑嘻嘻地说："实在是这娘们的床上功夫太叫人销魂。老弟，你有没有感到，这女人与女人的感觉就是不一样？我都弄不明白，他妈的同是女人，咋会有这么大的区别。"

陈大良笑了说："老赵，我们不是老把女人比作鱼么？这鱼吧你是晓得的，红烧有红烧的味，清蒸有清蒸的味。同样道理，一个女人，不同的姿势都能让你生出不同的感觉，何况另一个女人。女人呀，下边好才是真好。"

老赵大笑着手指陈大良："看不出老弟你是老手啊！怎样才算下边好？"

这时老赵身上的手机响，老赵停了车，陈大良也把车停住，猜老赵这个电话多半是钟姐打来的。老赵掏出手机一瞧，喂一声递给陈大良，陈大良喊了声钟姐，笑呵呵地说："我们正在回来的路上，半小时到家。半小时内不见老赵回来，钟姐你拿我是问。我们也没干啥，就喝了两瓶酒。行，行，我保证老赵不会有事，待会一根毛不少地把他交给你检查，少了找我。好，那就这样。"把手机还给老赵，"咱别磨蹭了，车速加快点儿，半小时到不了家，钟姐少不得给你脸色。"

老赵笑笑，说："咱又不是政府领导，小老百姓一个，'七个一样'不会发生在咱身上。"

老赵口中的"七个一样"，缘于如今少数领导跟女人偷情时做贼心虚的样子：不见丢了魂一样，见面触了电一样，上床抢银行一样，下床死猪一样，回家老婆训崽一样，上级知道骂孙子一样，过两天见了女人又是一样。老赵的意思，他不会被钟姐训崽一样训。这点陈大良倒也相信。他笑道："那当然，'七个一样'是那些当官的事。老赵你想过没有，要说咱做老百姓的哪样都不如当官的，也就在这上面要比他们随意自在些，找女人用不着遮遮掩掩担心丢了头上的顶戴。"

老赵笑着回答说："是呀，顶多个别不争气的老百姓被老婆训崽一样。"

前头是岔道。把手机还给老赵，启动摩托车时，陈大良笑说："你听到的，我还得把你送回去才行，否则钟姐那里不好交代。"

老赵手中手机往套里一塞，说："别弄得像个娘儿们了，你只管回去就是，晚了郭玉妹那儿又不跟你干了。"

眼看车到岔道口，陈大良说："那好，我不送你，有啥事记得打我电话。"一扬手往右边路去了。

摩托车在郭玉妹房前停住，屋里亮着灯，给人一种温暖的感觉。陈大良也不敲门，估计郭玉妹已躺到了床上。掏出钥匙开了门，郭玉妹果然躺在床上靠着床头织毛线，见陈大良推门进来，抬头说："回来啦！"

陈大良这才记起，早上郭玉妹临上班时，自己说过晚上早点儿回来陪她的，这个时候回来，应该在这个事情上交代一下才是。不想郭玉妹吸下鼻子说："你喝酒了？"

陈大良走过去在床沿坐下，说："老板又签了一处模板安装工程，过年后老赵负责那边工程，这边由我负责管理。我和老赵喝了两杯。"

郭玉妹放下手上的活儿，以手梳梳落在额上的头发，笑着说："这是好事呀！"

陈大良说："算是吧！"看着面前的女人，"要不这样，明年你到我们工地去煮饭吧。工地煮饭的工资虽然比你现在这个工作多不了多少，但吃饭的钱省了，不用像现在晚上十二点都还没完，弄得白天晚上都给颠倒了，而且活儿也不很累。我估计了一下，明年足够做一年。"

郭玉妹沉吟片刻，说："到时候再说吧。"又说："这之前也未听你说起，咋忽然就来了这样的好事？"

陈大良笑道："老赵老早跟我说过，我见八字都没一撇的事，哪里敢说给你听。万一落空没了影儿，这张脸在老婆面前岂不丢大了？我们消夜去，我请客。"

郭玉妹说："都这个时候了，又是这鬼天气，消夜就算了吧，我这样躺着还舒服些。"

陈大良说："你想吃啥说吧，我去给你买。"

郭玉妹笑笑，柔声道："我又不饿，下次吧。时间不早了，洗了脸休息，去吧！"

　　陈大良不好再坚持，去外面屋里烧水。他燃上根香烟，想着郭玉妹刚才的话，竟不安起来。这几天郭玉妹来例假，正好今天刚完，看郭玉妹的样子，今晚上是要定他了，刚才在发廊已耗尽他这几天积蓄的精力，待会哪里还有力气应付。女人在这方面素来敏感，见他蔫巴巴的撑不起来就知道咋回事，往后他俩的关系就是问题了。如此一想，人就变得心虚气短，几乎出气不得，想着咋办。

第 13 章

陈大良只管想着待会怎样过郭玉妹那一关，以致水开了都浑然不觉，郭玉妹在里面听到，提醒他水开了。陈大良这才惊觉过来，赶忙拔了线，兑凉水洗脸。直至脸洗完也没个主意，怕郭玉妹疑他，拉灭电灯硬着头皮往里走。

郭玉妹早脱了衣服躺在床上，陈大良掀开被子上去，马上感到女人身上传过来的温暖，说："天气太冷，这十天半月怕是不会暖和，明天我去买床电毯回来。"

郭玉妹说："这么多年我早习惯用热水袋焐脚，方便又实惠，半壶水就解决了问题。电毯吧，听说容易发生漏电火灾等安全事故。"

陈大良笑说："哪有这样的事，今天漏电明天火灾，政府早把它封了，还能让它流通到市场上去害人？"噢了一声，"你们啥时候放假？"

"大概还要十来天去了。你们是不是准备提前放假？"

"你晓得的，咱这一行还得看老天爷的脸色，再这样下去几天，整天待在这里吹冷脸挨冻，还不如回去躺炕头。"

"这倒也是。"郭玉妹一抬手拉灭电灯，房间一下陷入黑暗中。"俗话说，穷过年富过年，图的是个团圆。待在家里有老婆侍候，自然要比待在这里舒心嘛！"

陈大良听出女人话里的酸味，忙道："我吧还真舍不得提前回去把你一个人留在这里。他们真提前回去，我就留下来陪你。"

郭玉妹感动地抱住陈大良，脸在他胸前摩挲，说："你有这份心就够了，可不能因为我留在这里，不然我的心都没法安宁，你妻子和儿子可盼着你回去呢！"

郭玉妹的手在他身上游走着捏开了，偏偏身下那柄雨伞蔫巴巴的没来动静，陈大良暗自急了起来，心道自己不说上面的话，郭玉妹心里堵着那团酸味未必会对他来激情，今晚上还能平安度过，现在可真完了，口里说："啥心里没法安宁，你也是我老婆嘛！你在我心里跟他们一样重。真的，我不骗你……"

郭玉妹的一只手已到他的小腹，再往下半尺一切便会真相大白。情急之下，陈大良一只手就要去抓女人的手，郭玉妹撂在床头的手机蓦然响了，陈大良人都给吓了一跳，那只手自然没了动作，手肘轻轻撞下女人，提醒她接电话。

郭玉妹拉亮电灯坐起，抓了手机在手，一看是家里打来的，摁了接听键举到耳朵边。电话是儿子打来的，说是爸爸的病又犯了，躺在床上疼得厉害。又问妈妈啥时候回来，家里这边下好大好大的雪。郭玉妹眼睛通红，说快回来了，叮嘱儿子多穿衣服，照顾好爸爸。收了线，郭玉妹攥紧手机愣坐在那里。陈大良劝她躺下，别把人冻着。郭玉妹像是冬眠了，任他怎样说没半点儿反应，陈大良只好把被子往上拉，再拿了件棉衣替她盖住。女人这模样，他自然不能躺在那里，只好陪她坐着。

半晌，郭玉妹长舒一口气，然后慢慢躺下，眼睛盯着屋顶。陈大良随她躺下，想着该说句什么才是，便说："你也别想得太多，再过十来天就可以回去，就能见到你儿子，这不很好么。"

郭玉妹复又长舒一口气，说："孩子才十二岁，还得照顾他爸，每次想起来我的心里就疼。三年了，当时孩子仅九岁！这些年真难为他了。"

陈大良一只手抚弄女人的胸口。她现在的心情，需要他的爱抚。他安慰说："这不过来了么？一切都会好起来的。"

郭玉妹摇摇头，重重叹一声："如果不是因为孩子在背后替我撑着，这些年我早垮了。我不晓得这样的日子还有多久。"

陈大良说："你不是说孩子十二岁了么？再过几年孩子就长大了。玉妹，你别难过，既然咱俩走到一块儿，说明咱俩有缘，我会尽我的力量帮你，这你放心好了。"稍后说，"我冒昧问一句，他得的是啥病？"

"胃癌。"郭玉妹说，"三年了，我担心他撑不过明年。"

"别这么想。我们村里有人得了这种病，七八年了现在还在，只是一家子给他拖累了。这事上你应该有个心理准备才是。"

"我除了在这儿打工挣钱寄回去给他买药治病，供儿子读书，想不出还能准备什么。"

"玉妹，你是个好女人，这年头像你这样的女人越来越难找，换了别的女人早跑得没了踪影。我还是那句话，我会尽我的力量帮你。明天你还要上班，别想得太多，睡吧。"

在发廊那一番折腾，回到这里又一惊一乍，陈大良早给弄得精疲力乏，只想睡去，可又不敢把女人晾在一边不管，口里说睡，那只手却没停止爱抚。他要让女人感到，他一直在陪着她。也不知啥时候睡了去，手却没有收回来，仍搭在那个最温柔的地方。

第二天早上醒来，郭玉妹正忙着洗漱，陈大良问外面的天气怎样。郭玉妹回答说老样子。陈大良下床穿戴，说送她。郭玉妹说算啦，这种鬼天气。让他再睡会儿。陈大良说躺在床上也不是个事，去工地看看。

冬天的早上特别冷，郭玉妹缩在陈大良背后，给冷风吹得上下牙齿直打架。坐在前头的陈大良放缓车速，让女人把自己抱紧点儿，玩笑说啥时候发了财买辆小车，也就不用受这份活罪。两人下车在路边早点摊吃了碗粉，再上路就不觉得那么冷，感觉好多了。

车到足之道洗脚城。在郭玉妹下车时，陈大良说晚上来接她。郭玉妹说到时候打她电话，叮嘱他路上小心点儿。陈大良看她进了洗脚城，启动摩托车奔工地去了。

在一楼遇到钟姐，陈大良笑眯眯地喊声钟姐。钟姐立定在那里，审犯人似的盯着他，说："昨晚上你们在外面折腾了那么久，到底咋回事？"

因为昨晚上的事，心里到底有些虚，钟姐的眼神和这一问让陈大良起了紧张，想着昨晚上老赵回来后是不是哪里出了啥岔子。因为芙蓉路天桥下的事，钟姐对老赵多了份警惕。昨晚上不是郭玉妹儿子那个电话，自己就差点儿过不了关。钟姐完全可以用郭玉妹昨晚上的做法验证一下她的担心。要知他们早过了一晚上数次的年纪。老赵是直肠子脾气，在女人面前过不了关，说不定来个竹筒倒豆子，啥都说了。如此一想，陈大良脑壳开始犯疼，想着是不是也招了算了。才要认了，猛可想起钟姐的话不对头，以钟姐的脾气，真晓得他们昨晚上的事早跟他翻脸，那就不是拿话在这里问他，而是戳着他的鼻子骂开了。

"我请老赵上店子喝了几杯酒。"陈大良道。

"好好的请什么客？"钟姐的一双眼睛一瞬不眨地盯着陈大良。

陈大良笑笑，说："钟姐你这是咋啦，我请老赵喝一杯有啥不对？"噢了一声，压低声音，"钟姐你莫不是怀疑我带老赵逛窑子去了？我敢啊？钟姐借我个胆子也不敢。"在钟姐的肩上拍拍，笑嘻嘻地说，"这还不简单，今晚上钟姐跟老赵来一次不就清楚了。"顺势笑哈哈往楼上去了。

钟姐挥掌拍过去却落了空，骂道："你个陈大良，竟在我面前没大没小的，看我回去把你这些年干的好事告诉你婆娘，让她收拾你。"

陈大良回转身来，笑说："钟姐，你说我这些年干啥了？"

钟姐往地上唾一口沫子："你自己晓得。"

陈大良看见钟姐的神情语气轻松了许多。

老光等在二楼围了个里三层外三层，正巧老赵手里攥了一沓拾圆贰拾圆的票子出来，陈大良说："赢了？"

老赵一边数钱，说："三百。你也去试下手气。"

"我不喜欢玩这个，纯粹是手气。"陈大良抽出香烟递给老赵一根，说："昨晚上钟姐有没有……"

老赵手里的钱往兜里一塞，点燃香烟喷出一团烟雾，说："简直就是癫子。"噢了一声，"她找你了？"

陈大良说："刚才在下面遇着，扯了两句。"

老全和老明过来，要来两坎，老赵说好，陈大良只好奉陪。四人脱鞋上了陈大良的铺。刘阿波不在，老吕靠墙躺在床上取暖，口里叼着香烟。掰牌定了位置，陈大良坐庄，与老赵坐对，老明和老全坐对。把被子铺开，四人各据一方坐下，把脚伸进被子取暖，开始打牌。

因为昨晚上进发廊的事，陈大良心里有些讳忌，并不想打这个牌，可老赵都答应了，他自然不便反对。待到抓完牌，见打出一个字便可叫和牌，那颗悬着的心才落下。岂料抓了三圈牌也不出字，竟给下家老全自摸和了，心里的讳忌又来了，后悔不该摸牌，可又不能甩牌走人，那样的话这三人还不对他生出天大的意见，闹起来自己脸上也不好看，告诫自己尽量打好每盘牌，两坎后找个借口走人。

第二盘老赵和了，陈大良数省（牌）。大马和小芷过来。自从谭玉臣摔死，小芷嫌工地不干净，死活不肯跟大马宿工地，大马只好在附近给她租房。小芷很少来工地，饭都要大马送过去。看小芷的肚子又大了许多，怕是快生了。陈大良笑着跟两人招呼："大马，快做父亲啦！到时候要请客。"

大马憨憨地笑笑，掏出香烟给大家一一递上。

老全用家乡话笑说："我说大马，快过年了，人家小芷都给你怀上崽崽了，你得带人家回去过年啊！"

老明冲小芷说："小芷还未去过我们那里吧？我们那里可好玩了，这回一定要跟大马去呀！"

这两人的话，明摆着要看大马的戏。小芷真跟大马回去，那还不炸了锅，说不定会弄出些事来，以大马的个性，肯定处理不了这种复杂的事。陈大良这般想着，拿眼去看小芷，站在大马身后笑着，不置可否。在老全和老明面前，他也不便说"大马你别听他们瞎说"的话，笑说："现在坐车太挤，再说颠来颠去的小芷只怕受不了，你们租了房子，两口子在这里过年未尝不是件好事儿。大马，听我的，干脆和你老婆留下。"

老全说："大马留在这儿，他家里老婆能跟他干？盼着他拿钱回去买年货呢。"

陈大良说："这还不好办，把钱汇回去不就行了？"

老全说笑说："我们都回去了，就大马一个人留在这儿，他老婆再傻也晓得有名堂，说不定会携了孩子跑到龙城找人。大马你租的那房子仅容得下你们小两口，凭空多了两个人，那时候看你咋办……"

老全这里喋喋不休，却给老赵和了牌。老明便有些急了，说："我说老全，别说大马的事了，专心打牌，老赵再和两盘咱就要兜里掏钱了。"

大马两个早已不知去哪儿了，估计上三楼去了。老全似乎醒悟了，去说这些废话影响打牌，犯不着，就点上根香烟一门心思打牌。接下来这盘牌打得甚是顺手，吃两个字碰一个字后自摸和了。老明一边数省（牌），不乏得意地说："你看你看，听我的没错吧？好好打呀，坐到一百五十画。"

老赵笑道："老明你咋回事，自己和不了牌就靠数省（牌）得点儿现成的。"

老明笑嘻嘻地说："这也叫本事。"

老全到底没坐稳，给陈大良胡了。见大家差别不是很大，陈大良暗自松了口气，粗略估算，只要自己再胡三盘就不会输。这一坎打完结账，赢家还是老明和老全，老赵也输，陈大良输了近两百来块钱，心里盼着下坎扳本。

再次掰牌定位，老明坐庄，陈大良和老全坐对。陈大良手上的牌不是很好，可有如神助似的，连扫大伍大玖两张牌，半边吃了个小八，最后自摸大玖和了，加上手上大肆坎子和拢好墩（大贰柒拾），算下来竟是个四十胡的大牌。这下老明就坐不住了，说："这么个打法，他两盘就上去了。老赵，咱不能让他进字，卡紧点儿。"

　　陈大良高兴得掏出香烟一一散上，说："老明你这是啥话，来假的啊？"

　　接下来陈大良连和五盘，这一坎赢了三百四十块钱。按陈大良原来的意思，这坎之后拍屁股走人，这时改变主意，决定继续下去。赢了钱走人，老赵也许不会说什么，心头的不快是肯定的，老明和老全哪里会轻易罢休。在他想来，上坎输钱，是因为跟老赵坐对的缘故。

　　第三坎陈大良和老明坐对，两人都赢了，金额不是很大。这下老全的怪话就来了，说："老赵，哪个跟你坐对就输，是不是昨晚去哪儿逛窑子了？"

　　老赵坎坎输钱，脸上灰灰的，深吸口香烟喷出根烟柱扑向老全："你不也一样输么，那你昨晚上逛窑子了？"

　　老全讪讪地笑了笑。陈大良就想，这会儿老赵的心里说不定在咬牙切齿地对老全吼叫："你他妈的说啥逛窑子就手气差输钱，老子昨晚上是玩了，可陈大良逛窑子却赢，你说他妈的鬼不鬼？"大家习惯把输了钱就跟色联系起来，看来这未免滑稽了。

　　很快就到吃午饭时间，那边玩斗牛的老光等听得一楼有人喊吃饭，一哄往下奔去。陈大良他们这一坎却还要一会去了，老明问是不是吃了饭再接着来。老赵闷声说打完再吃饭。吃了饭后继续，整个下午又将坐在这里，小有斩获的陈大良想着见好即收，附和说打完这一坎再吃饭。老明和老全也就没有异议。

　　钟姐上来，说："你们咋回事，饭都快凉了还在打牌，打牌能填饱肚子？"

　　陈大良见老赵埋头牌里不理睬，担心钟姐又说出啥难听的话，忙说："就一盘了，完了我们下去吃饭。"

　　钟姐鼻孔哼哼两声走了。

　　这时陈大良的手机响了，陈大良掏出手机一看，是郭玉妹打来的。郭玉妹很少打他电话，估计有啥急事。陈大良不便当着大家的面接听电话，一收手里的牌站起，来到阳台摁了手机。未待他开腔，郭玉妹焦急的声音传过来："你这就来我们洗脚城，我在门口等你。"

　　陈大良欲待问啥事，郭玉妹已经收了线。陈大良回到铺上，尚未开口说有事，老全催他打字。这坎数老赵的胡数最高，自己扔下牌说有事不打了，他肯定不乐意，就是自己心里也过意不去，老赵好不容易有可能赢一坎。陈大良瞄眼纸上的胡数，老赵七十三胡，顺利的话，来个自摸便上了百分，这一坎就算打完。心里便盼老赵和牌。可牌有意跟他过不去似的，却给老全和了。

　　老兵上来，陈大良从兜里掏出两百块钱，连同牌塞给他，说："你替我打完这一坎，输赢算我的。"说完手忙脚乱地穿鞋。

老兵说："你呢，去哪儿？"

陈大良说："朋友打来电话，有急事让我过去一下。把牌打好啊，赢了回头请你的客！"

陈大良上了摩托车，只想着早早赶到郭玉妹身边，全然忘了龙城禁摩，专抄近路赶。车到五一大道，给黑压压的人群阻止住。下车试图推着走过去，有人拿眼瞪着他吼道："你这是干吗？都快闹出人命了，你还推着破摩托车钻进来捣乱，还不退回去。"

见高楼顶上站了个人，再听身边人描述几句，明白是讨债的，因要不到工钱又找不到老板就准备跳楼。又到年底，又是讨债时。庆幸这些年跟着老赵没有出现这种事。郭玉妹在等着他，陈大良无心看下去，掉转车头钻进一条巷子。

车到足之道洗脚城，郭玉妹果然等在那里，没等陈大良下车，她已踉跄着爬了上来，从后面拦腰抱住他，说："回住所。一会儿你还要送我去汽车南站。"

陈大良吃惊不小："发生啥事了啊？"

郭玉妹哽咽："他……他走了。"

陈大良忍不住啊了一声，说："今天早上不是还没事吗？"

郭玉妹说："是呀！我也是刚才接的电话，找经理请了假就打你电话。"

这一路上陈大良想了许多，只当郭玉妹和客人弄出啥纠纷，让他去壮胆，或找他借钱啥的，唯独没想到她男人这层。要知昨晚上郭玉妹接到家里的电话时，还担心她男人挺不过明年，哪知这么快就走了。"事情都已经这样了，别太伤心。"陈大良安慰道，一只手拍拍女人拦腰抱住他的手。郭玉妹坐他摩托车从未这样紧抱过他，就想只怕是获知男人病逝，多少年来心里的那根支柱没了吧。

回到他们租住的房子，看郭玉妹开门的手直哆嗦，好几次都没找准锁眼，陈大良从她手里要过钥匙开了门。女人手忙脚乱地收拾东西，陈大良帮不上她的忙，便一旁站着。她男人的病都有好几年了，照说她早该有个心理准备，可得知男人病逝还这么悲伤，看来他们曾经的感情不错。郭玉妹这些年一直没男人，只怕这才是主要原因。

陈大良忽然想起啥，提醒她说："这次回去要过年后才来，是吗？那你得带上换洗的衣服。"

郭玉妹一边找东西，一边嗯嗯应着。很快，那个红色行李箱就给塞满了，屋里一下看似宽敞许多。陈大良拎起箱子出来，把它绑好在车后架上。落在后面的郭玉妹随手把门拉上，准备用钥匙下倒锁时，陈大良说不用。郭玉妹就没了动作，过来以手拉扯陈大良右手肘衣服，抬腿借力上了车，双手环住他的腰，像刚才回来时一样抱紧他。

车到南站，陈大良把车寄好，提了箱子陪着女人往里走。时候已是春运，到了售票厅，各售票口排了长长的队伍，偌大个售票厅人头攒动，喧哗震天。郭玉妹一见这阵势就紧张了，担心买不到回去的车票。陈大良也觉得排队买票不是办法，边安慰女人，边想着咋办。一会儿，他叮嘱女人看好箱子别走动，从钱包里取了两张百元钞票，眼睛打量着买票的乘客。终于，他的眼睛锁定了一位公务员打扮的中年人。中年人看去甚是和善，他的前头只有五个人在等着售票。陈大良上前道了声你好，中年人客气地点点头，问什么事。

"家里打来电话，我老姨病逝，让我今天一定要赶回去。同志，您能不能帮我代买张票？实在是要赶时间，没办法，请您帮个忙，帮个忙。"陈大良的语气尽量装得让人怜悯，以求得对方同意。与此同时，手中的钱也递了过去。

"你是干啥的？"中年人打量着他问。

陈大良忙说："我是个民工，建筑工地安装模板的民工，请您帮个忙。"

中年男人的目光落在陈大良粗糙的手上，点头接过钱，问了到达站。两人说不上几句话，轮到中年男人买票，他把自己早准备好的钱随同陈大良那两百块递了进去。稍后，窗口吐出两张车票和一沓子零钱。中年男子看看车票上的票价，连同车票和找回的钱给了陈大良。陈大良道谢不迭。

郭玉妹见了陈大良手中的车票，惊喜地说："怎么弄来的，这么快？"

陈大良故弄玄乎，说："不就一张车票么，还能难倒我？一张车票都解决不了，那还叫男人？"把票递给女人，"收好。"

女人瞅眼票上的价钱，把车票收妥，一只手往袋子里掏出钱包拿了两百元递给陈大良，陈大良忙往后退两步，板着脸道："你这是跟我干啥，还不收起来？"

郭玉妹说："这……"

陈大良说："就两百块钱的事，你这不是把咱俩的关系弄得生分了么。"郭玉妹说："那我谢谢你了，你回去吧。"

陈大良说："一会儿就上车了，我送你去候车室。来，我们走。"拎起女人脚下的行李箱，看看左右两边候车室门口的电脑滚动指示屏，往右边候车室走去。郭玉妹紧随他身后。

候车室早坐满了人，陈大良去小卖部给女人买了面包饼干和矿泉水类的东西到车上充饥。两人只能站着说话。陈大良说这种鬼天气，估计过两天他们也会回去。郭玉妹说早点儿回去好，家里要比外头舒畅多了。陈大良附和说是呀，要不咋说外面的金窝银窝，不如自家的狗窝。郭玉妹问他们明年啥时候来龙城。陈大良说应该元宵后吧，到时候电话联系好了。

广播里传来女人所乘车次检票的声音，陈大良从兜里摸出一沓钱往女人手里一塞，说："这些钱你拿着吧！"

郭玉妹本能地把钱往回推，口里说："你这是干吗，我怎能要你的钱……"

陈大良攥住女人的手，说："这次你回去要用钱的地方多了。这是我的一点儿意思，你就别推来推去，让人看到不好。把钱收起来。走，我送你到检票口。"弯腰拎起行李箱往检票口涌去。

郭玉妹的鼻腔酸酸的，眼睛发潮，一种想哭的感觉蹿上蹿下得厉害。她尾随陈大良。这个男人对她真是太好了！如果不是置身大庭广众之中，她会从后面紧抱着男人。怕男人回身过来看到自己眼眶里的泪水，郭玉妹以手揩干，调整一下自己的情绪往前走。陈大良不时回身看看，以防女人走丢，却也未曾察觉她情绪上的变化。

终于到了检票口，陈大良把箱子递给郭玉妹，自己退立一旁。郭玉妹过了检票口，回转身来，说："你回去吧，我到家再给你电话。"

陈大良点头："好，有事电话联系。上车去吧！"抬手挥了挥。

走出候车室，外面已是黄昏，风中有雪片在悠悠飘落。有个手里拿着住宿牌的少妇迎向他："住宿吧？有妹子有热水，很便宜的。要不随我去看看，满意住下来，不满意再走。"

换在以往，陈大良多半会跟她搭几句茬，这会儿实在没心情，只管往前走。启动摩托车，看四周灯光逐渐亮起，有饭菜的香味飘来，陈大良这才感觉肚子有些饿。回到工地他们肯定早已吃了饭，只能找个店子填饱肚子。他也不进附近店子。走南闯北的人都知道，车站店子的饭不能吃，车站店子的妹子不能嫖，车站店子的东西不能买，车站店主宰的就是流动客。

雪越下越大，寒风裹着雪花漫天飞舞，陈大良顶风冒雪艰难地往前行，感觉这会儿特别冷。看样子，这模板今年是没法安装了，过两天他们领了工钱回家过年。

不知哪根弦的事，脑子忽然想起刚才买票的时候，他跟中年男人信口说老姨病逝的话。老姨是他们老家的方言，妻子的姐夫和妹夫谓之老姨。有句玩笑话，"姨妹子屁股姐夫占了一半"，说的就是姐夫跟妻妹那种微妙关系。于是，一旦某个男人跟某某男人的妻子有染，有人戏谑，说某某男人是某个的老姨。当时自己只为让中年男人帮忙顺带买张车票，胡乱一个借口却把他跟郭玉妹男人之间的关系给出了精确的定位。究其原因，只怕是跟郭玉妹有那种实质关系后，早把两人之间的关系定位了。可是，他这个"老姨"现在死了，郭玉妹会不会因此改变他俩现有的这种关系呢。与齐小眉的关系这么多年，陈大良从未曾想过离婚啥的。妻子长得不错，为人处事方圆数里没得说的。还有一点，岳父岳母一直待他不错，视为己出。陈大良十分清楚，自己这辈子离不了婚也不会离婚。打工这些年，他看了很多，见了很多，没有男人的女人碰不得，太容易把你拖入复杂的旋涡。

郭玉妹现在就是一个没了丈夫的女人，一个容易把他拖入复杂旋涡的女人！

第 14 章

在郭玉妹回去后的第二天，阳老板驱车来到工地给大家发工钱。在工资上，这些年陈大良他们与阳老板都是一月一结，付款百分之八十，余额完工后给清。今年出了谭玉臣这么件事，阳老板并不欠他们的钱，大家无不赞阳老板的好。阳老板把陈大良和老赵叫到车上，掏出芙蓉王香烟分别递给两人一支，吸着香烟说："大良，你给我干了好几年，你跟老赵的交情我知道，我和老赵的关系就不用说了。把关系一扯咱是亲戚朋友。我承揽了大祥区彼岸春天小区三栋楼的模板安装工程，明年春节后动工。我把这里交给你打理，老赵这支队伍去彼岸春天。大良，你能不能喊到这么多人，这里给我一句实话，以便我做出决定。"陈大良连道没问题，请阳老板放一万个心。

这么多人，犯不着去车站乘车遭那份活罪，大家像往年一样联系包车。当天晚上吃了晚饭上车，第二天中午就到家。陈大良本来想给郭玉妹去个电话，告知到家的事，猜她多半在忙着为男人办丧事，就没拨了，想过两天再告诉她。倒是郭玉妹到家后给了他电话，陈大良叮嘱她别太伤心，看开点儿，有事电话联系。

男人挣了钱回来，女人自是欢喜。饭桌上听说男人明年成了工头，女人提出让弟弟随他去。陈大良没法拒绝，一拒绝只怕会招来女人的怀疑，硬着头皮答应了。道理很简单，你招这么多人去做事，自己的舅子不缺胳膊不短腿，又没有与你过不去的事，你偏偏不要，傻瓜都觉得不正常。至于他跟郭玉妹的事会不会被舅子获知，迅即转告女人，那是下步的事。他现在的情况，只能走一步是一步，考虑太远眼下这一关就过不去。女人当时就给娘家拨了电话，满心欢喜地把这个消息告诉弟弟。弟弟一口答应。

晚上女人早早安排好儿子睡下，夫妻俩坐在沙发上烤火看电视。陈大良的手机忽然响了，把他吓了一跳。见女人看着他，好像对这个电话抱了某种疑问，陈大良很自然就和郭玉妹联系起来，心道："未必是她打来的？"女人面前，只能硬着头皮接听。掏出手机一看，是个陌生的手机号码，陈大良心里就起了恐慌，极力抑制着不让它流露出来，口里嘀咕说："谁的电话啊！"摁了接听键。

听那头大良大良地喊，陈大良舒了口气，悬着的心落下来。电话是女人娘家二叔打来的。几句闲扯，二叔话头一转，说："大良，听说你成了老板，正在招人手。二叔是个老砖匠，这你晓得，你那活儿正用得着，明年随你一块儿去发财，咋样？"

陈大良不能拒绝，满口应许。两人再说几句就收了线。女人面前，陈大良真怕郭玉妹打来电话，随手关了机。许是为了掩盖刚才的紧张，他冲女人笑笑，说："你看才多久时间，你弟弟就把消息放了出去，弄得二叔这时候还打来电话。"

女人便笑了，说："反正你要喊人，这不很好吗？还省了你跑来跑去找到人家门槛里去。人家主动找你和你找上人家，那可不同。"

陈大良说："有啥不同了？"

女人说："你找上人家去，起码兜里得装包香烟，人家可以跟你端端架子，讨价还价；人家找上你，你可以搭搭架子，爱理不理。"

陈大良笑道："你当这是求人办事？这还不是做买卖。我把情况跟他说了，他乐意，过年后跟我走，觉得不划算，拉倒，就这么简单。"又说，"你放心，我把风放出去，门槛都得踏破，根本用不着我兜里装着香烟一家一家地敲门求人。外面的钱也不是那么好挣的，比起砖匠，安装模板的活儿要轻松得多，又不用技术，差不多谁都会，钱却不比砖瓦匠少。对那些没手艺的人，到哪儿去找这样的好事儿？"

女人笑说："我晓得，二叔这个老砖匠不都找上你来了吗？我是跟你说着玩。咱别说这些了，上床去吧。"

女人起身过去把床头灯开了，然后熄了电视，屋子里一下变得格外柔和。陈大良看女人动手脱身上的羽绒服，知道不能再坐在这里，站起身来。女人穿着紧身保暖衣上了床，在被子里窸窸窣窣地脱内衣。陈大良清晰地感到女人的激情，掀开被子上了床。女人早开了电毯，躺上去很暖和。陈大良心急火燎地把女人拥在怀里摸捏开来，然后迫不及待地把她压在身下。他要女人感受到他的冲动和那种迫切需求。

女人闭了眼睛，呻吟说："别……别这么急行不行……"

陈大良乐意女人有这句话，放缓动作，咬着女人的耳朵说："咱都旱了好几个月了……你不也一样旱着吗……"

女人说："你坐了一天一夜的车，我怕把你给累着……累着……"

陈大良舔舔女人的耳垂，说："谁叫咱旱了这么久……旱的滋味太闹心了，比累还难受，闹得人都睡不好……累也得干啊！"

女人的胸脯开始起伏，说："……你干吧……"

陈大良清晰地感到全身热血沸腾起来，看着身下女人熟稔的表情勇武开了。慢慢地，女人的喉咙像卡了啥，习惯地呵呵着。孩子在另一间房子，他们无需顾忌什么。陈大良闭了眼睛做最后的冲刺，没想到以往跟郭玉妹行事的场景忽然浮现眼前，人便接近疯狂。当水漏那一刻，女人啊了一声，搂紧了他。陈大良身子剔了骨头一样摊在女人身上，这一刻他真累了。

女人喘着气说："看把你累的！"

陈大良吁了口气，说："咱男人就这德行，明明晓得要累成这样子也要干。"

女人说："我都不晓得你在外面这些年是咋过来的。"

女人从来未在他面前说过这类话，未必在外面听到了什么风言风语，陈大良一下变得格外清醒，提醒自己别说漏了话，说："你咋问到这上面来了？这能有啥办法，硬忍着啊。不过，那活儿够累人的，收了工只想往床上倒。再说了，一帮大男人在一块儿，没事的时候便打牌，也就很少往这上面想。"

"爸妈都不在了，你出去后就剩下我们娘儿仨，半夜狗叫都够吓人的，过了年把俩小孩交给我妈带，我跟你一块儿去吧。你们工地不是要煮饭的吗？我给你们煮饭。这样钱也挣着了，我们又可以在一块儿。"女人说。

女人的要求合情合理，陈大良没法拒绝。可是，女人真随他去了龙城，他跟郭玉妹的事就成问题。再说，他都跟郭玉妹说了，让她去工地煮饭的。女人去了，郭玉妹那里怎好交代，说不定因此对他来想法。陈大良想着怎样回答女人。"你咋一下想到这上面去了？"他问。

"在你出去后，我就开始往这上面想了，明年随你一块儿出去，在工地附近找个事做。现在你成了工头，正好你们工地要煮饭的，省了我颠来颠去找事。"

"你妈要给你弟弟带孩子，我们又把两个孩子交给她，她管得过来？"

"咱老大下半年都读初一了，自己管自己，她也就在老幺身上花点儿精力。"

"老幺的成绩一般般，你不在他身边，他的成绩还不一塌糊涂？你妈管着老幺的衣食，可不理会他的学习。"

"学习上让我弟媳操点儿心，不懂的地方他还可以问老大嘛！"

看来女人铁了心要跟他去龙城，陈大良的脑壳就大了，若明着拒绝，那样女人肯定会跟他在这事上纠缠不休，含混说："到时候再说吧！时间不早了，睡觉。"翻身从女人身上下来，就势紧搂了女人，闭了眼睛睡去。

按以往惯例，陈大良每次从外面打工回来，都要去趟岳父岳母那儿。早饭后两人骑着摩托车去街上买了些礼物，然后奔岳父岳母家来。年近古稀的岳父母身体很健旺，田头地里的事不曾落下。二叔与岳父毗邻而居，听说他来了，特意跑过来跟他唠嗑，比以往多了份热情。

岳母很快张罗一桌饭菜，无外乎鸡、鱼、肉之类的东西。再过几天就过年了，家家户户早备好春节款客的菜。早已分家过日子的舅子夫妻也被叫上桌。饭桌上女人提出明年随男人一块儿去打工，把两个孩子交给父母看护，母亲一口答应。见女人脸上挂着那股高兴劲，陈大良只能暗自叫苦，脸上却不能表露出来。

酒饭将完，一位住在一个院子的老表推门进来，岳母少不得摆上一副碗筷请他入席。老表也不客气，端起杯子喝酒。早已喝完酒的陈大良经不住老表和岳父及二叔的好说歹说，再次端起酒杯陪他们喝酒说话。几口酒落肚，老表拿话道："听说大良承包了一个工地的模板安装，这下要发大财了。"

陈大良忙说："哪里呀，我只是负责给老板喊人，管管工程上的事。"

老表说："都一样。正好我明年还没找到去的地方，跟表妹夫去发财好了？"

陈大良说："都是亲戚，去吧！"

夫妻俩离去时，二叔拎来一块羊肉给他们，说是让他们过年炖火锅吃。表嫂也提了两条大草鱼送给他们，说是自家鱼塘养的。舅子给了他们一块十来斤的猪肉。女人推辞一番后都收下了。回去的路上，女人说今年的年货怕是不用买了。陈大良心里感到某种满足。

接下来几天，陆续有人找上门来，自然是为明年随陈大良一块儿去安装模板的事。这些人不是亲戚就是朋友，手上或多或少会拎着点儿东西，这是家里从来没有过的热闹。每次有人上门，女人都表现得欢快热情。陈大良感觉到女人热情里面掩饰着得意。有这么多人找上门来，毕竟是件值得高兴的事。

瞅着机会，陈大良给郭玉妹去了个电话。郭玉妹家里出了这么件大事，陈大良不好问她好不好的话，告诉她自己回来两天了，然后问她那边咋样。郭玉妹说男人在家里放了好几天，前天才安葬下去。按他们当地的风俗，灵柩每停放一天就是一笔不小的开支，郭玉妹在男人的丧事上花费不菲。几句宽慰后，陈大良邀郭玉妹去县城碰面。他担心郭玉妹没钱过年，以便给她点儿钱过年。

"马上就过年了，太多的事要忙。现在春运期间，出去一趟太折腾人，就不去了。"郭玉妹说。

"要不我来你们镇上看你吧！"陈大良说。

"谢谢你！"郭玉妹道，"现在天气不好，路不好走，太麻烦。"

略微犹豫了一下，陈大良说："要不这样，你把银联卡号告诉我，我给你打点儿钱过去。不管怎样，这年还是要过的，不能苦了孩子。"

郭玉妹说："谢谢你，我身上还有点儿钱，过年足够了。我替孩子谢谢你！"

陈大良说："你真傻！就我们两个的关系，用得着这样客气吗？你现在有困难，我帮你一把是应该的呀！"

郭玉妹感叹道："你帮我太多了！"

如今的女人，只要跟你扯上那层关系，就把你当取款机，就想着法子掏你兜里的钱，特别是他们这种临时夫妻，陈大良心下慨叹这女人的好，先前的担心便没了。想到有天郭玉妹将成为他人妻，心头涌上一种复杂的感觉。

"我说过，我能帮你的一定会帮你。"他说，"明年有什么打算，啥时候去龙城？"

"还能有什么打算，继续在洗脚城干吧！去龙城的具体时间过了年再定。"

陈大良一直担心女人家里出了这等变故，有可能另有打算。谭玉臣死后，他妻子一个月不到就招了个赘婿。听这话陈大良落下心来，说："我们坐包车去龙城，如果时间对得上，你搭我们的车好了。记住，有啥事一定打我电话。"

未到除夕，所需人手全部有了，陈大良给阳老板去了个电话，把情况说了，再给老赵拨了个电话。接下来的日子，陈大良和左邻右舍聚在一块儿打牌玩麻将，有时通宵达旦。女人也不说他什么。乡下真正让人快活的时间也就年前年后几天，大家在外忙了一年，兜里装了钱回到家里，一家子团聚，几个人聚在一起，打打牌什么的，主人客气的还会备好可口的饭菜。换在往年，陈大良对这种日子万分满足，现在却只盼早早过完年去龙城。

正月初十，陈大良等来到工地。老赵他们是初九来的龙城，在这里吃了饭后，当天各自把床铺被子等日常生活用品搬到新工地去了。陈大良有现成的床铺，其他工友有从家里带了被褥来的，没带的则跑到市场上去买。陈大良给家里去了个电话后，拨了郭玉妹电话，告知到了。他终是没让女人来龙城，跟女人耗费了好一番口舌："大儿子下半年就到镇上读初一，你来龙城的话，两个儿子都得转学，岳父母他们村里小学因生源不足没设五、六年级，大儿子还得去镇中心校，半途插班很难，干脆等大儿子读完这一期再去龙城。反正也就三个多月的时间，三个多月一眨眼就过去了。"为着这条理由，陈大良费了好一番脑筋。女人勉强答应，却是好几天提不起精神，对他都是不冷不热的，晚上睡觉都是背对着他。来龙城的前一天晚上，陈大良要跟她亲热，女人虽然没有拒绝，闭了眼睛躺在那里一任他在身上猴急似的爬上爬下，动也不动一下，像冬眠了没感觉似的。陈大良好几次想赌气从女人身上下来，想着这样会让女人心里难受，说不定心里还会恨他，这才忍了下来。他每个动作有意夸张了些。女人后来不知是给他弄得来了感觉，抑或是想到男人明天将出远门，像从冬眠中苏醒过来，开始配合他，迎接他的冲撞，让陈大良得以山崩水泄。

谭玉臣的死让陈大良心里有些讳忌，把自己的床铺搬到四楼去了。看二叔把床铺摊在谭玉臣原来床铺的位子，陈大良的脑子忽然产生某种联想，却是不便说啥，真把谭玉臣的死在这里拎起，势将把大家弄得紧张，无异于制造混乱。每次看到二叔躺在床铺上，陈大良都会生出某种担心。这种感觉差不多维持了半个月的时间才得以消失。

今年春节的天气特别暖和，从初二那天出太阳，往后天天是艳阳高照。这也是陈大良和老赵他们来不及过元宵就赶来龙城的原因所在。难得有这样的好天气，大家工作起来会格外卖力。陈大良手下这班人有很多生手，缺少合作，工作效率自然不及老赵那班人，陈大良这个工头少不得要操很多心，颇是辛苦，以致晚餐后倒头便睡。直至三天下来，大家对模板的安装程序熟悉了，陈大良才得以轻松。

人一轻闲，便也想起郭玉妹来，这一忙几天都没给她电话，按说郭玉妹应该来龙城了。电话拨过去，手机告诉他所拨的号码已关机，让他用其他方式联系。陈大良猜测，郭玉妹多半在上班。晚上与老彪等玩了一通牌，看看到洗脚城下班时间，瞅个机会再次拨了郭玉妹的电话，电话很快通了。陈大良问她在哪儿，郭玉妹说正准备下班，陈大良让她在那里稍等，他过来接她。女人嗯嗯答应了。陈大良见自己的胡数不是最少的，算下来也就输二三十块钱，只说有急事，把手中的牌交给身后晃来荡去看牌的老麦，骑上摩托车奔洗脚城而来。

虽说这几天的天气不错，夜晚的龙城还是寒意重重，闪烁的霓虹灯给这座城市增添了几分春天的躁动。陈大良却也不去怪郭玉妹来龙城不给他电话，心下怨自己忘了给女人电话。他十分清楚，以郭玉妹轻易不求人的性格，是不可能给他这个电话的。如果郭玉妹电话里拒绝让他去接，陈大良会心里发急，脑壳少不得生出种种想法。这会儿陈大良心情不错，一路哼着小调。当摩托车行驶在宽敞的沿河大道，不经意间发现，头顶上竟有一团圆月在行走。

赶到洗脚城，郭玉妹早已等在那里。怕女人冻着，陈大良取下头盔递给郭玉妹，郭玉妹推辞，说她躲在背后，不像他坐在前头那么冷。见陈大良启动摩托车往前驶，郭玉妹只好把头盔戴上。陈大良问她哪天来龙城的，郭玉妹说前天。陈大良也不问她咋不给他电话，只说自己喊来的这些人生手太多，这两天忙得死。

车到一家夜宵摊前停住，陈大良说下去吃点儿东西。女人要了碗猪血豆腐，陈大良又给她要了两个鸡翅。女人夹了一个放在他碗里。两人随意地扯着，说这阵的天气不错，都快赶上初夏了。陈大良一拐话题，说："你们那儿今年怎样？要不去我那儿吧，我那里还缺一个煮饭的。"

郭玉妹拿餐巾纸揩了下嘴巴，说："在洗脚城做了几年，大家都熟了，我想了想，还是继续留在那里。"

陈大良不再在这上面说啥。他之所以把这个话题拎起，是回应之前在女人面前说过让她来工地煮饭。现在看来，当初的话轻率了，郭玉妹真要去工地，不用三天时间就会传到家里女人那里，女人晓得后还不赶来跟他折腾。郭玉妹不去他工地，只怕也有这方面的考虑。幸好郭玉妹没有提出去工地，否则够他为难的。

回到住所，陈大良把车停稳，郭玉妹抬腿下车，取下头盔递给陈大良，掏出钥匙开了门，回头对陈大良招呼一声，推门进去拉亮电灯，把洗脸水烧在那里。陈大良把车锁好，拿了头盔进来。到底有段日子没来这里，站在那里竟生出几分拘束。郭玉妹早给他倒好茶，从他手上接过头盔，招呼他坐。陈大良玩笑道："看老婆这份热情，好像我是个外人似的。"

郭玉妹笑笑，说："毕竟是春节嘛，我得对你客气点儿，让你随意，说不定心里怨我把你晾在一边。"

陈大良笑着过去把女人拥在怀里，在她的脸颊上亲了亲，说："我敢吗？就算你借我一个胆子也不敢。"

两人相拥着亲热了一会儿，水早烧开了，郭玉妹让陈大良去洗脸。陈大良本来在工地那边洗过了，见女人高兴，自是不愿失了这份气氛，放开女人擦了一把，再把脚洗了。郭玉妹趁这机会开了电毯，把被子铺开那里。陈大良径直上了床，立即感到那种难得的温暖和舒适。这些日子他一直睡在工地，也曾想过来这儿，想着郭玉妹不在，自个儿孤单单地躺在这里，还不如跟工友们打打牌来得有趣。女人在外面洗漱，他坐在床头跟女人说着话。

"回到家里干巴巴地坐着，要么就是上床睡觉，我看买台电视机打发时间好了，这用不了多少钱。"陈大良说。

"我觉得这样很好的，也习惯了，犯不着花这个冤枉钱。"郭玉妹说。

"怎么说是冤枉钱呢？又不是买个花瓶摆在那里。"陈大良笑道

"买个电视还不是为了打发时间，我上班后就剩下点儿休息的时间，有时摊上加班连休息的时间都没有，哪还有时间看电视？"

外面房子的灯光熄了，女人穿了身红色保暖内衣进来，拧开行李箱，拿出瓶大宝 SOD 蜜，倒出些在手心，然后往脸上涂。陈大良停止了说话，看女人擦脸。女人最后再从瓶里倒出一些蜜在手心，两只手搓搓后，往手背上下擦了擦，再轻轻拍拍脸上床。陈大良早掀开被子等着女人，这时就势把她搂紧，立即嗅到女人身上的青花香，一只手越过保暖衣攥住女人丰满的乳房。许是手重了点儿，许是触到女人最敏感的神经，女人浑身一颤，脆生生叫了一声，入耳陈大良只感到胸腔猛地一胀，也不管女人的反应，手一翻把女人的保暖内衣掀起脱掉，再提起自己的衣领，脑壳像龟一样一缩，一次性解决了，随手拉灭电灯，把女人裹在下面，捧着女人的两只乳房揉呀亲呀。女人已是浑身颤抖不止，呻吟不绝，陈大良腾出一只手往女人敏感处摸，当摸到私处时，那里早已是湿乎乎一片，他的手停留在那里不肯走了，只管上上下下搓揉，女人的呻吟声开始变得粗犷，含含混混中似乎在喊着老公。陈大良还以为自己听错了，当确认女人在喊老公时，人一下变得激动起来，喊了声老婆，激情满怀地进入女人的身体开始冲撞。来龙城有好几天了，蓄积的力量开始释放，陈大良的冲撞越来越疯狂，一如猛虎下山，呼啸声声。女人早已沉醉在他的狂野中。当明知即将水泄，陈大良极力抑制着，今晚上的感觉实在太美妙了，他不想让它就这

样完了，他要坚持，永远享受这种感觉。终是没法憋住，啊了一声伏在女人身上抽搐几下再也不动。直到这时，陈大良才感觉自己全身早已湿透。

沉重的喘息声在屋子里此起彼落。陈大良梳理着今晚上的表现，可以说，自己的疯狂全是缘起女人喊他老公。女人从未这样喊过他，就算今晚上女人忘情了点儿，但以往女人陷入忘情的次数还少吗，唯一的解释是因为男人的离去，让女人心里认可了他，把他当成依靠。如此一想，先前的担心复又来了，人一下变得格外清醒，这对他来说可是一个问题，暗自想着怎样弄清楚自己的猜测。脑壳虽是这般想，趴在女人身上一动不动。女人急促的喘息早已变得匀和，躺在那里像是入睡过去，陈大良喊了声老婆，女人嗯了一声，慢慢睁开眼睛，爱怜地看着身上的男人。陈大良想着该说点儿什么才是。

"你孩子呢？"陈大良轻声问。

"他奶奶带着。"郭玉妹说。

"这几年你未在他身边，现在他爸又去了，这孩子不容易的。"陈大良道。

"是呀，我总觉得对不起他！"郭玉妹叹了一声，"有时候我常想，这或许是他的命吧！就像这些年我被迫出来打工挣钱养家，因为孩子他爸的病，我没有别的办法，只有这条路走。现在孩子他爸走了，我仍然得按这条路走下去。"

"你想过没有，某方面说，他这一去对你对他对孩子都是解脱。再这样拖几年，他自己受折磨，也给你加重了经济负担。"

郭玉妹深叹一口气，说："话是这样说，对孩子来说是个很大的打击，他从此没了父亲，我又不在他身边。我来龙城的时候，孩子拼命地抱着我哭，当时我真不想来了，就想留下来和孩子还有他奶奶耕种那两亩田过日子。"

陈大良知道女人这会儿很伤感，可一时竟不晓得拿什么话来安慰女人，一只手不停地在女人身上爱抚。透过窗外的灯光，可见女人眼角含泪，以手擦净女人的泪水。过了一会儿，他说："都过去了，是吧？都过去了，日子会好起来的。"

"是呀，都过去了。"郭玉妹道，"你感觉到没有，虽说现在满世界都是打工的人，可无非就两种人，一种是自愿的，他们有前途，有进取心；另一种纯粹被生活所迫的。我属后一种，背井离乡只是为了生存，为了还债，为了养家糊口。"

"按你这个说法，我们都是为了生存为了养家糊口。"陈大良劝道，"你不要想得太多，想得太多等于给自己找烦恼。我总觉得，人该怎么活还是要怎么活。"

郭玉妹摇头叹了一声："如果你背负着一大笔债，再碰到你儿子拼命地抱着你哭泣，不让你甩下他外出，有些事你不可能不去想。"

陈大良宽慰道："一切都会好起来的，这你要相信。"片刻说，"你呢，有啥打算？"

郭玉妹说："我能有啥打算，挣钱把债还了，然后再积蓄点儿钱供孩子读书。孩子能够考上大学，我拼了这条命也要送他去。我这一辈子是没盼头了，就盼儿子将来能有点儿出息。"

陈大良问郭玉妹有啥打算，是问女人还有没有再找一个的意思，见女人没有理会到这层，却也不再拿话去问，那样女人听了只怕会对他来想法。不过，女人的话等于从另一个角度告诉了他，短时间里她没有再找一个的意思。陈大良不便问女人欠了多少债，含混说："别这么消极，我还是那句话，一切都会好起来的。啥事需要帮忙告诉我，别一个人硬扛着。"从女人身上下来，他紧搂着女人。

在陈大良欲说睡觉时，郭玉妹噢了一声，说："今天老板跟我谈了，说提拔我当领班。"

"这是好事啊！你刚才都说这一辈子是没盼头了，这不，干出头了吧。"

"啥干出头，也就工作轻松了点儿，每个月多几百块钱的薪水。"

"不能这么说，用你刚才的话说，算是看到了前途。你这些年的努力没有白搭，老板终于肯定了你。你一个月也就三四千块，这回一次就加几百，可不容易。有人不是说过，想要薪水拿得多，就得擅长和水打交道：要么墨水喝得多——能写，要么口水流得多——能说，要么酒水灌得多——能喝，要么泪水流得多——能忍，要么汗水流得多——能干。按这个说法，你是汗水流得多。继续努力，说不定有天你还会当上经理副经理啥的。要我说呢，你不妨把它当做一个理想目标，做个有进取心有前途的打工者。"

郭玉妹说："什么经理副经理的，甭说我没那能耐，也没那野心，把这个领班干好就行了。"马上又说，"听他们说还要从我们这班人中推选一人为市人大代表，也不知这市人大代表是咋回事，多大的官儿。"

陈大良一下来了兴趣，说："还有这等事？有机会你不妨争取争取。真成了人大代表，也算光宗耀祖了。"

郭玉妹说："光宗耀祖，这市人大代表多大的官儿呀？"

陈大良一下还真不知如何作答，想想道："它不是官儿，是一个政治荣誉。洗脚城有人当选人大代表，也是对你们这个群体的肯定。早两年我们村里的老怀是县人大代表，有事找上镇政府，连镇长书记都得给他赔笑脸。"笑了笑，"有天你真成了市人大代表，这龙城机关单位的门槛还不是任你进出，没谁敢招惹你。"

郭玉妹说："什么人大代表我还真没想过。听他们说，人大代表还要写啥建议建言，要咱多流汗水可以，多流泪水也行，要写要说就没那个能耐了。这事儿还是让给别人吧。"

陈大良自是知道，身边女人素来本分。对她来说，市人大代表远没有一个领班让她来得实在，不再在这事上废话，说："时间不早了，明天还要上班，睡觉吧！"

翌日早上醒来，陈大良穿衣下床。女人距上班时间还早着呢，躺在床上看男人穿戴。陈大良本来想就这样离去，女人让他洗了脸再走，只好动手烧水草草洗了把脸，到床前吻别女人。

来到工地，大家正在吃早餐。二婶给他留了一碗，当下端碗就吃。二叔过来，问昨晚上咋不见他。陈大良说去了老赵工地，跟他们打牌打到十二点多。不经意间吃惊地发现，小芷和大马在那里埋头吃面条。在他们来到工地的当天，大马找上陈大良，说房子租在附近，跟他在这里做算了。陈大良乐意有大马这种埋头做事的熟手，一口应允，却也不忘给老赵去个电话。大马仍然像年前一样，每次自己吃完饭，再把饭给小芷送到出租屋。有人好奇，闲扯时少不得向陈大良了解情况，陈大良不想跟他们讲得太多，只说他俩是夫妻，女人怀了孕。来龙城的这些日子，陈大良未曾见到小芷。此刻让陈大良吃惊是因为小芷的身孕没了。陈大良暗自算了一下，小芷怎么也得再过两个月才生。再看小芷的脸色也不是太好，直觉告你他，这里面多半有变故。陈大良却也不便这就跑过去当着小芷的面找大马问长问短。

早餐后小芷回去了，大家上楼忙活儿。没多久太阳出来了，站在顶上感觉距太阳特别近。陈大良来到大马身边，给他递上支香烟，说歇会。大马停下手上的活儿，接过香烟吸了起来。陈大良这会儿才发现，大马看去明显比年前老了些，估计与小芷的身孕没了有关。陈大良抬起一只手搭在大马肩上，两人来到一旁。

"大马啊，小芷的身孕咋没了？"

大马的眼圈一下红了，眼泪扑簌簌往下流。陈大良便不停地拿话来安慰他，说这里就他俩是多年的朋友，让大马有啥事就跟他说。大马抹了两把眼泪，抽了三根香烟才断断续续把情况说了。小芷随大马一同回到家乡，大马终是不敢带着小芷进入自家，把小芷安排在他们镇里一家旅社，不时溜出来陪她。正月初二，大马赶到旅社陪小芷时，被尾随而来的妻子逮个正着。妻子骂了小芷又骂男人，冷不丁朝小芷腹部便是一脚，小芷下身流血不止，送到医院没多久被迫人流。之后大马再没有回家，初九随老赵他们来到龙城。

陈大良一度只当小芷因身体上的原因引发堕胎，万没想到情况会如此复杂，一时不知道说什么好，那只搭在大马肩上的手便不停地拍打着。半晌，他说："小芷没事就好。你有啥打算？"

大马说："过两天让小芷到附近找个事做。那个家我是再也不想回了。"

陈大良说："工地还要一个煮饭的，让小芷来煮饭吧。"

大马感动地说："谢谢你，大良。待会我告诉小芷，让小芷明天就上班。"掏出香烟递给陈大良一支。

陈大良本来想要大马别这么急，让小芷休息几天再上班，知道大马担心这好事儿给别人谋去了。那小芷心里装着这事，只怕也休息不好，由他去了，到时跟二婶她们说一声，这几天照顾一下小芷，别让她累着。"大马，家里怎样，你老婆没给你电话？"陈大良问。

大马的脸上一下又来了情绪，说："我把手机号码给换了，我不想跟她有任何联系，也不会回去了。"

陈大良深吸一口香烟，话随烟雾而出："大马，你跟你老婆和小芷之间的是是非非我不想讲，可女儿是你的，你不能甩手不管，晓得么？咱俩一块儿多年的朋友，这事你一定要听我的。"

大马的眼眶又起泪花，蹲下身去，说："她的心太狠了，她踢掉了一条命，一条命呀。就算我这一辈子娶不到女人，就算我不跟她离婚也不会再跟她过日子……"

大马是一根筋的人，陈大良只好耐着性子说："你女儿跟她是两码事，她现在啥都不懂，还是个孩子，就算有天你跟你婆娘离了婚，她还是你的女儿，

晓得么？大马，这事儿你一定要听我的。"

大马擤把鼻涕，那只擤鼻涕的手习惯地往鞋后跟一擦，好半晌点了点头。

陈大良弯腰在他背脊上拍拍，说："好了，去忙吧。"看着这个憨厚的汉子颇多复杂，里面有怜悯，还有无奈。因为个性的原因，很多事情没法跟他沟通。

难得大马今天跟他说了这么多！

第 15 章

刘阿波攥了手机，想着找谁借钱。才爬出来的太阳把刘阿波发愣的样子照得甚是生动。刚才文婷婷打来电话，说《中国好声音》栏目组通知他礼拜五参加选拔。文婷婷的意思，他们下午就去浙江。刘阿波说距礼拜五还有四天，时间充裕，明天好了，他今天还得忙活儿。文婷婷说早点儿过去便于了解选拔里面的一些情况，以便做出相应的策略。刘阿波固执地说明天去。去年年底发的工资，回家后他一股脑儿扔给了妻子。当时他未想到要为参加《中国好声音》留下车费啥的。现在不能打电话回去找妻子要了，妻子哪里会给他这么多钱去参加《中国好声音》，在她看来这是不务正业，少不得还会在那头把他斥骂一顿。可以说，在刘阿波这一辈子里还未开口找人借过钱，也曾有过身无分文的时候，也是咬咬牙硬挺了过来。家里有时找他要钱急用，在身上没钱的情况下，他大都是让妻子先找人借些应急。对他来说，向人借钱实在是件耻于开口的事。他暗自盘算了一下，他们两个人这趟浙江行，怎么说也得七千块钱。这下，刘阿波真犯愁了。

老兵过来，在他的肩上拍了一掌，笑嘻嘻地说："想女人了？晚上我带你去，那里的女人便宜又鲜嫩，时间不限，你折腾多久都行，直到放水，真他妈销魂。咋样，阿波？"

刘阿波无心跟他说笑，苦笑一声，说："老兵，我哪里有你活得潇洒。"

旁边老赵笑说："老兵，你就别拉阿波下水了，人家阿波可是个好男人，不懂这套。"

老兵哈哈笑道："说阿波不懂任谁都不信。他不懂，那他儿子咋来的？这玩女人跟妻子睡觉还有啥区别不成？"

老赵笑了说："你别拿我的话说事乱理解，弄得阿波对我来意见，我说阿波不懂这套，是说他不会跟你乱来一气。"

老兵笑说："老赵，你也别说咱就是乱来的人，咱是一个正常男人，有正常的渴求。现在当官的玩女人都不是事儿，说什么这年头没有政治问题，只有经济问题，女人不是问题。咱这些小老百姓更用不着这样严格要求自己，早着了打回牙祭解解馋就乱来了？老赵你也是小老百姓，小老百姓得理解小老百姓。"

老赵笑着掏出香烟，递给刘阿波和老兵各一支，道："我理解你，这行了吧？"一会儿又说，"老兵，你说领导玩女人不是事儿，这没错，但对我们小老百姓来说，玩女人就是大事儿了。"见老兵的样子要开口跟他争辩，以手制止了他，"对我们来说，领导是大人物，对不对？大人物可以犯小错误，只是不能犯大错误，小错误对他们来说算个鸟，所以屌上的事对他们真不是事儿。我们小老百姓则不同，可以犯大错误，不能犯屌上的事，否则会很麻烦。"

听得刘阿波忍不住笑了。老兵哈哈大笑，只道老赵这话有意思，掏出打火机打燃递到刘阿波面前，刘阿波忙把烟点燃。老兵的两个鼻孔喷出两缕软雾，看着刘阿波说："阿波，这些年不见你进发廊也不见你找站街女，牌也不打，没事就拿着把吉他跑出去唱唱歌，说真的，我很佩服你。按老赵刚才说的，你是大错误不犯，小错误也不犯，是个好男人。"

刘阿波连道哪里。

午餐后瞅着老赵一旁与人胡侃，刘阿波一只手搭在老赵肩上，说："老赵跟你说个事。"两人来到一隅。老赵拿眼看着刘阿波，问啥事。刘阿波搓着手说："老赵，能否借点儿钱给我？我急用。"

老赵噢了一声，显然没想到对方会跟他说这事，说："发生什么事了？"

刘阿波把参加《中国好声音》选拔的事说了。老赵忙说："这是好事呀，阿波，我支持你。只是工地才开工，距发工资还有段时间，阳老板也就给我卡上打了一万块钱的生活费。这样吧，我借四千块钱给你，你再想办法到别的地方借点儿。"

老赵只能帮到这步。刘阿波说："谢谢你，老赵。"

老赵说："你明天走是吧？我一会儿去银行给你取钱。"笑着抬手在刘阿波肩上拍了拍，"阿波不错，马上就要上电视了。有天你成了明星，可别把我们这些难兄难弟给忘了。"

刘阿波说："我现在还只是参加初选，对能不能得到导师的认可进入下轮的 PK 赛，一点儿把握都没有。"

老赵说："你的歌唱得那么好，不说冠军，亚军肯定没问题。星期五是吗？到时我们一定看你唱歌。"

刘阿波要去参加《中国好声音》选拔的事像风一样在工地传开了。与刘阿波一块儿，大家少不得拿话问长问短，一下子对他平添许多敬重和兴趣，好像他已经成了明星似的。刘阿波想着要不要把这事儿告诉妻子。女人对他唱歌素来不感兴趣，知道他放下正事儿不做，花钱跑到浙江去参加啥子唱歌，还不骂他个狗血喷头。在家这段日子，刘阿波并未跟她说起将参加《中国好声音》选拔的事。既然明天就去，这个电话一定要打，待到电视播放出来，女人的斥责还不知有多重。刘阿波却也不急着这就给女人电话，打定主意正式参加《中国好声音》选秀前给她个电话就是，万一女人问起车费啥的花了多少钱，只说是电视台出的。

晚餐后刘阿波乘公交车来到陈大良他们工地。陈大良与老麦几个正准备打牌，对他的到来颇为意外，问他今晚上咋跑到这儿来了，把位子让给一位工友，拉了他来到一旁叙话。见刘阿波吞吞吐吐，一副欲言又止的样子，陈大良说："阿波你有啥事？有啥事直接说，咱一块儿多少年了，我能帮你的一定帮你。"

陈大良的话让刘阿波安心不少，当下道了将去参加《中国好声音》选拔的事，然后说借四千块钱。陈大良想也没想就说："这可是好事呀！不就四千块钱么！行，没问题。"拽了刘阿波的手，"走，我们这就去取钱。"

两人上了摩托车，来到附近一家建设银行营业所。陈大良在取款机上取款时，文婷婷打来电话，告诉他机票买好了，明天中午的飞机，一会儿来他工地。刘阿波不便跟她说在借钱，只说这会有点事儿，不在工地，稍后再联系。文婷婷叮嘱他，忙完给她电话。

陈大良把钱递给他："四千，阿波你点下数。"

刘阿波接过钱往兜里一塞，说："谢谢你，大良。"

陈大良跨上摩托车，示意刘阿波上来。刘阿波只当送他回工地，见所走方向不对，问陈大良去哪儿，陈大良说他请客，找个地方喝一杯。车到路边一家夜宵摊停住。这时候消夜的人不是很多，老板很热情，让座倒茶。陈大良让刘阿波点菜，刘阿波说随便。问到喝什么酒，陈大良说来两瓶二锅头。

两人抽烟喝茶叙话，单等菜看上来。不时有渣土车从摊前疾驶而过，卷起一阵尘土。陈大良也不以为意，反正这里的夜宵摊就这环境。他倒是觉得，春节才过去没几天，夜晚已经变得越来越暖和了。

斟好第一杯酒，陈大良举了杯说："阿波，你明天就要参加《中国好声音》的选拔，我这里祝你一路顺风，选拔成功。"

刘阿波只说谢谢。两人举杯一碰，干了。

"这之前也未曾听说你要参加《中国好声音》的选秀，怎么忽然就来了通知，是不是那位文啥婷的在替你操作？"陈大良道。

"是呀，是她劝我参加《中国好声音》的选秀，报名、送作品审查都是她在替我运作。"刘阿波如实道。

陈大良啜了口酒，一笑说："当初我也劝你参加选秀，老弟你不听，还是美女的话你听得进去呀！"复又一笑，"老弟这可是重色轻友哟！"

刘阿波忙说："我实在拒不过她的古道热肠。不瞒你说，有天我老婆晓得我借了钱老远跑去参加选秀，不骂死我才怪。"

陈大良笑道："那时候你成了大明星，成了旭日阳刚第二，她还敢骂你？只有你拿眼瞪她的。"笑嘻嘻地盯着刘阿波，"我要提醒你，人家一个女孩子，倾其心血帮助你成名，这份恩情有多重你想想，那时看你咋感谢文小姐。这件事处理不好，弄不好会给人骂成现代陈世美。"

刘阿波连忙摆手，说："什么大明星旭日阳刚第二，这是我能想的？我之所以最终决定参赛，是想试试自己的实力到底如何，以便对自己有个清楚的认识，顺便得到大师的指点。"

陈大良招呼刘阿波吃菜，说："老弟放心，你会成功的，我可看好你。来，别光顾说话忘了喝酒。电视里面那些歌星都挺能喝的，你成名了，以后在这方面可得好好学才是。"

为了保护嗓子，专业歌手大都远离酒类这种刺激嗓子的东西，刘阿波不便指出陈大良话里的错误，弄得失了气氛就不好了。他举杯与陈大良碰了，说："好，喝酒。"啜了一口把杯放下。想着以后要继续唱下去的话，这酒真得尽量少喝或不喝。

陈大良忽然一笑，说："我们乡下有句老话，'人一阔，脸就变'。你老弟不会因为有天成名就把妻子给换了吧？"

刘阿波却也不能说对方无聊，别的亲戚朋友知道他将去参赛，只怕也会向此联想。他笑了笑，说："朱之文你是知道的，是吧？他现在的名气够大的，也未曾听说他把老婆给休了，老婆还是原来的老婆，夫妻俩时不时在电视上露面。"

"阿波你晓得就好。很多人兜里有钱后的第一件事就是换老婆，我看这些人是蠢。有钱大可变着花样玩女人去，没必要把糟糠之妻给休了。换老婆一是成本太高，二是动静弄得太大，把一些关系弄复杂了。现在一些当官的不是大搞家中红旗不倒，外面彩旗飘飘么，值得效仿。"

"看不出陈哥在这上面一套一套的，你现在是变着花样玩女人了？"

"我有这资本吗？我现在也就一工头，要钱没钱，整天劳心费力，风吹雨淋。倒是你老弟，过几天一举成名，粉丝无数，那是要啥女人有啥女人。有人说，一个人成了明星，等于掉进异性床上，那是享不尽的艳福。"

"哪有这种事？再说了，你说的这些跟我一点儿关系都没有。"

"现在是没关系，过两天就有关系了。如今的女孩子就是崇拜歌星和影视明星，以献身明星为荣。早两年报上不是报道，有位女孩为了见刘德华一面，从北京追到广州，在广州因心愿未遂竟弄出跳楼的事么。那刘德华怕是有五十多了，还让这些小屁孩神魂颠倒，还不是他头上明星光环的效果。"

"这毕竟只有个别嘛！不能以偏概全。"

两人说笑着，看杯里的酒还有两口，陈大良叫老板再来一瓶，刘阿波说真不能再喝了。陈大良开玩笑，说过两天你老弟成了大明星，我这个民工想跟你喝酒都没资格。刘阿波给老板递眼色阻止了，说咱是兄弟，别说这些没用的话，过几天参赛回来，不管是啥结果都请他喝酒。陈大良这才不再坚持，举了杯说："那好，我就等着你回来请我喝酒。我这里祝你选拔成功。来，咱把它干了。"

刘阿波要掏钱买单，陈大良就嚷开了："你这是干吗？说好我请你的就我请你。"抢先掏出两张百元钞票拍在老板手上。

按刘阿波的意思，他这里给文婷婷一个电话，文婷婷方便的话让她来这里碰面，陈大良只管回去，可陈大良坚持送他，只好上了摩托车。陈大良的样子似乎喝高了点儿，耳闻风声呼呼，刘阿波担心他弄出事来，叮嘱小心点儿。陈大良笑着让他放心，他断断不敢拿他这个大明星的性命开玩笑。

车到工地，刘阿波一只手撑着陈大良肩膀，抬腿下了车，双手搓了搓吹得有些僵硬的脸，客气地邀陈大良进去坐坐。都是老朋友，见面少不得要闲扯一阵，看时间不早了，陈大良说下次吧，让刘阿波上去，启动摩托车挥手离去。

没走多远，迎面遇着老明四个说说笑笑回来，陈大良把车停在他们面前，笑道："今晚上谁赢了钱就请客。"

老全说："大良你去了我们那里？"

老明说："今晚上老光的手气点得火燃，四坎牌赢一千多。"

老光说："大良你干吗不早来点儿？早来点一块儿去快活快活。"

陈大良不说刚才送刘阿波的事，笑道："老光下次赢了钱请客什么的记得给我电话。"

老光点头："行，一定。你那边有啥好事儿别把我们给忘了。"

陈大良道："都是兄弟，哪能呢！"

几个再随意搭上几句，陈大良与他们道声再见挥手而去。许是今晚上老光他们的所为，脑子联想起老吕来，历经那次性病，老吕是蛇咬之后怕井绳，还是病愈后照旧呢。老吕感染性病，说到底还是性格使然。因为一向单嫖，不太与人合群，老吕对发廊里的一些防范常识知道有限，以致患了性病还拖着不治。不是刘阿波那番劝导，老吕现在怎样真还不得而知。

前面是八一路天桥，这里活跃着很多站街女。估计老全他们刚才就在这里快活。陈大良放缓车速，不时有站街女向他招手。又有一个站街女向他招手，陈大良扭头看去，吃惊地发现她竟似郭玉妹。这时摩托车已驶出几丈远，陈大良的脑子忽然产生了某种联想，于是掉转车头。女人见他去而复返，当是生意来了，很是热情，说："大哥玩吧？我会让你很舒服的。"左手伸出三个指头，"也就三十块，一包香烟的钱。怎样啊？"

先前陈大良还当郭玉妹背着他在这里挣外快，这时细看女人，的确不是郭玉妹，却也惊叹这个女人如此貌似。女人的声音显然不是老乡，自然也不会跟郭玉妹扯上什么关系。看女人的样子，年纪上要比郭玉妹大上两岁。女人见他没反应，过来拉扯他："这儿不行的话，你可以去我那里，我也可以随你走，不过得另加十块钱。"

确认不是郭玉妹，陈大良就无心跟女人扯下去了，他还得赶去洗脚城接郭玉妹呢，当下启动摩托车而去。女人给他弄得莫名其妙，朝他的背影呸地吐了口唾沫："神经病。"

车到洗脚城门口的马路旁停下，陈大良坐在车上燃上根香烟。闲着无事，脑子在刚才那位站街女身上拐来拐去，就想郭玉妹见到她，少不得也要吃惊不已，怀疑这是不是被母亲送人的姐姐。开始有人出来，完了不见郭玉妹。陈大良掏出手机，早过了下班时间，当下拨打郭玉妹电话。郭玉妹接了，说她早回来了。陈大良启动摩托车往回走。

车到郭玉妹住所，里面亮着灯。开了门，郭玉妹靠床头躺着，陈大良也不以为意，烧了水进去，却不敢说八一天桥下那位站街女酷似她的事。自己这里一说，女人只怕会产生联想，当他经常出入那种地方，那时候说不定会对他来想法。见女人躺在那里不像以往织毛线，似有心事，陈大良待要上前拿话问她，发现行李箱上摞了张纸，过去拿在手上一看，原来是医院早孕检查报告单。检查结果栏写着"早孕"两个字，时间是今天。陈大良大吃一惊，扭头去看女人，女人老样子躺在那里，只能看到她半张脸，他喉咙里哼了几声，却是什么话也没说出来。女人是已婚的人，早有孩子，就算不结扎也应该上环，咋会怀孕呢。可以这么说，进城打工的女人，哪个不是上环或结扎的。有的女孩子怕弄出怀孕的麻烦事，都特意跑到私人诊所上环，一劳永逸。再说，女人和自己同居，应该采取防范措施，这种事不应该让他来教。满脑子塞了疑团的陈大良好几次要问女人咋会怀孕，喉咙卡着什么终是没说出来。

这时郭玉妹挪动了一下身子，说："因为身体的原因，这些年我一直未曾上环。"

陈大良咽下口里的唾沫子，说："这之前也未曾听你说起……你咋一个人跑到医院去了呢？"

郭玉妹说："因为过去十来天的时间还没来，我怕有别的什么事，今天特意请了半天假，一检查是怀孕。水开了，你去洗脸吧。"

陈大良舀了两瓢热水倒入洗脸盆，再兑了凉水，以手一试水温正好，扯了洗脸巾放入盆内，一边洗脸一边想着女人怀孕的事。对他来说，女人唯一能做的就是流掉，可她肯吗。换在从前，陈大良倒不担心，因为他们有各自的家庭。可如今不同，女人已是一个丧偶的人，她完全没有顾虑，大可以此逼他离婚什么的。不知怎么就想起大马和小芷来，他们彼此愿意在婚姻外生一个小孩，可他绝对不行。那天早上与大马谈话后，第二天小芷就跟二婶她们一块儿做饭。陈大良倒是羡慕这两人，似乎啥事都不去想，两个人能够在一起就行了。这时陈大良忽然想要了解一下大马，在小芷怀孕一事上他是咋想的，怎么就不怕两个家庭因此弄得没了。生一个孩子，远不止做临时夫妻那么简单。洗完脸，陈大良觉得自己想远了，眼下对他来说，怎样说服郭玉妹拿掉才是最重要的。他把洗脸水倒入洗脚盆，再把剩下的热水倒入脚盆，拿个塑料凳子坐下，卷起裤脚，脱了袜子，把脚泡在洗脚盆里，然后燃上根香烟，两只脚互搓着，吞云吐雾开了。想到郭玉妹以往的表现，在这件事情上应该不会让他太为难，陈大良心宽不少。

走进卧房，女人往里挪了挪，陈大良脱了衣服上去了，双手交叉在脑后，像女人一样靠床头仰躺着。床上开了电毯，很暖和。陈大良想着怎样切入话题。女人拿起撂在床头的手机看了下上面的时间，随手关了机。这差不多是女人睡觉前的习惯，陈大良心头便急了，说："这事儿你看咋办？"

"你的意思呢？"郭玉妹问。

"哪天找个时间，我陪你去医院拿掉，然后好好休息几天。"陈大良心里早就有这个决定，却是佯装思考了半晌才说，他要女人知道，他是经过深思熟虑的。

郭玉妹半天都没吱声。女人不说话，可见其并不赞成他的意见，陈大良心下大急，先前的担心又来了，却是不敢拿话去催，让女人看出他心急如焚就不好了，说不定会借机跟他谈条件，甚至漫天要价。时间一分一秒过去，陈大良这一辈子怕是没有这么难熬过，越发感到自己心虚气短，出气不得。这时他有些后悔不该躺在床上商量这事，应该坐在凳子上谈。床上弄出来的事，只能床下解决。待到后来，感到一口浓痰卡在喉咙里，黏黏痒痒的，像一只鼻涕虫停在那里咽不下去也吐不出来，怪不舒服的。

"你没想到我会怀孕，是吗？"郭玉妹道。

"是呀，我没想到。"陈大良如实说，"你们这个年纪的女人，要么上了环要么结了扎。你从未跟我说过没上环，也不见你采取防范措施，我只当你上了环。"

郭玉妹说："我没想到会跟你一下走得这么近。后来想到避孕，却不晓得去哪儿买这些东西，也不好跟你说，每天上班下班的，也就把这事儿给忘了。直到早几天没来，我才开始担心，没想到去医院一检查真怀上了。"

说了这么多，女人就是不触及实际问题，陈大良很是着急，那种不祥的预感越来越重。他想再次直言问她这事儿咋办，又不想让女人看出他的迫切，忍住了。

"避孕类药品，街头小巷的药铺应该都有卖，很容易买到。当初你跟我说，不就没这事儿了么？"陈大良说。

"我真没想到。好几次我都想打电话问我表妹，想着这种事让她晓得了不好，就没打了。你别想得太多，这事儿我会处理。时间不早了，睡吧。"郭玉妹随手捏灭了电灯，把电毯也关了，房间一下陷入了黑暗。

女人躺在那里一动不动，发出均匀的呼吸声，似乎入睡了。女人口中的处理，是拿掉还是把它生下来，似乎哪一种都有可能。陈大良很想问女人要怎样处理，想着如此会让女人反感，还是忍住了。窗外有灯光射进来，光线幽暗，陈大良几乎想爬起来看看女人是真睡了还是假睡。忽然想起女人"我没想到会跟你一下走得这么近，后来想到避孕，却不晓得去哪儿买这些东西，也不好跟你说，每天上班下班的，也就把这事儿给忘了"的话。如此可见，女人在龙城这些年，并没有别的男人。在他们这个群体，这几乎是件让人不敢想也不敢信的事，陈大良对躺在身边这个女人一下多了几分敬重，腾出一只手把女人搂在怀里。女人没啥反应，看来是睡去了。这么好的一个女人，却跟自己躺在了一块儿，陈大良心下慨叹这男女间的事实在难以说得清楚。

依稀听得外面有人敲门，郭玉妹以手肘撞了下陈大良，示意他去开门，陈大良揉着惺忪的眼睛下床开了门，没想到出现在门口的是妻子，人就慌了，说："你咋跑到这儿来了？"妻子冷笑一声，说："我咋就不能来？怎么，不让我进去？"这时背后传来郭玉妹的声音："谁啊？"妻子复又一声冷笑："原来你这屋里还真藏着狐狸精。"直往里闯。郭玉妹从床上坐将起来，看着这位不速之客："你是谁？"妻子盯着郭玉妹鼓起的肚子说："我正想问你，你是谁？噢，还怀上了。"郭玉妹明白眼前女人是谁了，拿眼投向陈大良。陈大良过去要拽了妻子离开，妻子不肯，破口大骂："陈大良你干好事，竟把这臭女人的肚子搞大了。这些年我一直当你在外头老实，却背着我干出这等不要脸的事来。难怪不准我随你来龙城，原来是外头有女人……"妻子猛地挣开陈大良，直扑郭玉妹，两个女人撕打起来，陈大良站在那里一时不知所措。蓦听郭玉妹一声凄厉的惨叫，人倒在地上，下身殷红的鲜血直流。妻子显然给吓住了，脸色发白，说："大良我们快走。"拽了陈大良的手往外走。陈大良扭头去看郭玉妹，郭玉妹痛苦地向他伸出手："救我……救我……"陈大良待要折返救人，妻子死命拽住男人不放，说："你还救她？快走吧！"陈大良说："得把她送医院去，否则会出人命的。"这时候两个儿子从外面走进来，拉了陈大良，说："爸爸快走，爸爸快走。"一家四口待要往外走，哪知给浑身是血的郭玉妹拦住去路，从郭玉妹身下流出的鲜血迅速蔓延，吓得陈大良转身后退不迭，惊慌之下一头撞在墙上，痛得大叫一声。

"你咋了，咋了？"郭玉妹站在床边摇醒陈大良。

"我咋了？"陈大良醒来，胸口怦怦跳，感到全身都是汗津津的。见郭玉妹早已梳洗好站在床边，再看窗口射进来的阳光，明白昨晚上想得太多，一觉睡过头了。

"我哪儿晓得你咋了，是不是做噩梦了？我在外面听你又叫又喊，怪吓人的，还当你发生什么了。"郭玉妹的样子似乎已忘了昨晚上的不快。

陈大良自是不会跟女人说梦里的事，女人听了，只怕会来想法，一个不好会把事情弄得更加复杂。他看着女人，说："你今天要上班？"

郭玉妹说："是呀。你脸色不太好，反正也不用急着去工地，再躺会儿好了。"

"不睡了。"陈大良掀开被子下床，拿了衣服开始穿戴。

女人早已给他烧好水。陈大良洗着脸，脑子在刚才的梦里拐来拐去。他倒不相信妻子会在这当口寻上这里，妻子唯一的途径是通过舅子获知他的情况，而舅子不可能这么快就知道他跟郭玉妹的事，顶多也就对他留宿外头有所怀疑。陈大良想的是郭玉妹不要在怀孕一事上弄出啥祸乱来。

洗完脸，两人上了摩托车。外面早已太阳当头。女人有孕在身也照常上班，显然没有拿掉的意思，陈大良暗自着急，好几次都想拿话去问，想着这样一来会弄得女人反感，就算女人要拿掉也不急在这两天的时间，这才忍住。

车到一家早点摊前停住，陈大良要了两碗面。客人不是太多，陈大良让老板给女人来两个鸡蛋。女人连说不用，但看男人的眼神明显温柔了许多。闲扯时，陈大良道了刘阿波将参加《中国好声音》的事，他没有说文婷婷在里面扮演的角色。女人只是听着，不时点点头。

车到洗脚城，郭玉妹抬腿下车。陈大良说："下班我来接你。"

郭玉妹嗯地点头。这时一男一女说笑着从一辆电动车上下来，同郭玉妹点头招呼，女的还喊了声郭姐，目光就势瞅了陈大良一眼。郭玉妹待要随他们往里走，陈大良说："啥事记得打我电话啊！"

郭玉妹一愣，旋即点头，快步追上两位同事。陈大良目送女人进去，这才启动摩托车奔工地而去。因为女人怀孕的事，车没以往开得快。现在是上班的时间，到处是交警，陈大良的车子只能往巷子里钻。也不知哪根弦的作用，脑子忽然觉得在吃面条时给女人要两个鸡蛋是个错误。在女人看来，这份关爱还不是等于支持她把孩子生下来，难怪当时看他的脸色那么温柔。如此一想，脑壳就大了起来，直骂自己笨蛋。

第 16 章

目送陈大良离去，刘阿波拨了文婷婷电话，告知自己回到了工地，文婷婷说她这就过来。文婷婷一会儿就到，刘阿波不便上去，燃上根香烟等候文婷婷的到来。明天就要走了，也不知道文婷婷有什么事要跟他见面谈。

老兵四个有说有笑回来，刘阿波同他们招呼。老明问他一个人站在这里干吗，要拽他往里走，刘阿波说他在等人。老光便开他的玩笑，问是不是等妹子，刘阿波含混说朋友。老兵笑嘻嘻地抬手在老光肩上一拍，说老光你还未听懂阿波的话，人家在等女朋友，咱们上去吧，别影响阿波的好事。四个人嘻嘻哈哈上去了。

有车灯向这边射来，估计是文婷婷来了。车子在他身边停住，文婷婷推门下车，打开车厢盖，拎出一个旅行真皮箱。"大哥你喝酒了？"文婷婷关爱地问。

刘阿波说："跟朋友喝了两杯。"

文婷婷说："过两天就要参赛，要保护好身体，谁请你都不能喝，知道吧？"把旅行箱递给刘阿波，"要不这样吧，大哥你上去把东西收拾一下，顺便跟你们头儿说一声，我送你去酒店休息，那里的条件要比这里好。"

刘阿波忙说："不用不用，这里很好的。这么多年我都没事，能有什么事呢！你不就担心我喝酒么，今晚上都这个时候了，还能去哪儿喝酒？"

文婷婷沉吟一会儿，不再坚持，说："衣服不用带，到那边买。明天上午十点我来这里接大哥。那好，大哥上去吧。"

刘阿波站着不动，说："你上车吧！"

文婷婷拉开门上去了，随手拉上车门，启动汽车，掉转车头挥手而去。

刘阿波拎着箱子往楼上走。工友们三五个一堆或打牌或胡侃。有人发现刘阿波手里的皮箱，围了上来，说阿波你捡到金子了，买这么好的箱子，怕是要

好几百吧。有人过来摸摸捏捏，说几百块钱你也想买，你看清楚了是啥牌子

的，七匹狼。没有上千元想都甭想。又有人凑上来，说好端端的买个箱子干吗，莫不是要离开这里去哪儿不成。刘阿波一任他们喋喋不休，想着要带上哪些东西。

老赵过来。有人告诉他，刘阿波买了个七匹狼的真皮箱子。老赵说："人家阿波要上电视了，参加《中国好声音》比赛。怎样，都准备好了吧，阿波？"

有人惊讶地叫嚷开了："那不成明星了？阿波你唱出名堂了啊！"

局限于知识面，在这些工友看来，只要上了电视就是明星。一时半会无法跟他们解释得清，又不得不解释，否则他们真拿他当明星了，刘阿波摇头道："什么明星，没有的事，我也就去参加比赛，那得赢了才成明星。"

不曾想老赵拍打着他的肩膀笑说："阿波你就别谦虚了，上省级电视台唱歌是谁都能上的？我们县百多万人，这之前有谁上过？我们家的县长书记也就在县电视台上露露脸，他们肯定上不了省电视台。所以，说你是明星并不为过。"

马上有人嚷着让他请客。刘阿波不能说老赵胡扯，只好掏出香烟来一一散上，许诺比赛赢了回来请客。钟姐几个妇女凑上来，说她们是不抽烟的，让刘阿波看着办。刘阿波爽快地掏出张伍拾圆的钞票给钟姐，让钟姐拿去随意买点儿东西，乐得钟姐屁颠屁颠走了。见大家仍旧围着他七嘴八舌的，今晚上怕是没法好好睡觉，刘阿波暗自后悔，觉得刚才应该听文婷婷的话，去宾馆开个房哪有现在这番聒噪。他不能有这方面的表现和言辞，要不大家会对他来看法，说什么还未当上明星就来架子了，只能强自忍着。

有人说："阿波你这一去，还会回来跟我们干吗？"

未待刘阿波作答，有人抢先道："你这人真是，啥时候你见过明星做咱这种苦力活儿的？明星也就在台上跳跳唱唱，开奔驰宝马，美女围绕。"

有人啧啧称羡。

刘阿波说："什么奔驰宝马美女，这些跟我没关系，我比赛完了肯定会回来继续跟大家一块儿安装模板。"

这时钟姐买了糖和瓜子回来，大家蜂拥着去了，把刘阿波丢在那里，刘阿波这才得以长舒一口气。老赵吸着香烟，说："车票买好了吧？"

记得文婷婷跟他说的是机票，刘阿波却也不解释，觉得没必要，顺着老赵的话说："买好了。"

"这一去怕是要好几天吧？"

"具体时间我也说不准，反正比赛完了就回来。"

"也不用这么急，出去一趟不容易。不是说杭州那地方很有看头么，好好玩几天。我对参加选秀的事懂得很少，可应该不是谁都能够参加的。说真的，我倒是希望像他们说的，通过这次选秀你唱出个名堂成为明星，也就不用再跟我们过这种日子，那时候大家也为你高兴。"

刘阿波待要道谢，钟姐过来，塞给他一把糖，说："来，特意给你留了几颗。"从衣兜里掏出包经典双喜牌香烟，"拿着吧，祝你这次唱歌中个大奖，那时候再请我们的客好了。"

老赵伸手在他手臂上拍拍，说："明天你得赶车，时间不早了，你还得收拾东西，我就不打扰你了。"

刘阿波把香烟塞入衣兜，摊开五指，手上是八颗糖，猜钟姐特意给他这个数吧。正想剥一颗丢进口中，一想没了动作，把它塞入兜里，动手收拾衣物。待到洗完脸，看手机上的时间已快十二点，有工友还在打牌，打错字没和牌的老朱在骂娘，刘阿波也不理会，脱衣上床。

第二天早餐后，工友们上班去了。见距十点还有一个多钟头，刘阿波哪儿也不便去，单等文婷婷到来。闲着无事，想给家里去个电话，想着妻子只怕会骂他正经事儿不做瞎折腾，便没打了。后来想上去跟工友们瞎喷，又怕大家拿他参赛的事说笑。唱歌也没心情。有两次都想电话催文婷婷，拨过去马上又给摁断了。这时候刘阿波才知道傻等人的滋味，鼓捣得一个人难受。

文婷婷打来电话，说她到了，让他下去。刘阿波拿了箱子往下走时，想想拨了老赵电话，说他得走了。老赵那头祝他一路顺风，夺冠成功。又说等着他的好消息。在楼梯口遇到钟姐和周姐，钟姐脸上挂着笑，说阿波要走啦。刘阿波说是呀。钟姐说你这一去就成了大明星，回来后要请客啊。刘阿波笑说一定一定。

路边停着辆车，却不是文婷婷那辆。刘阿波正自疑惑，车门敞开，文婷婷下来朝他招手。刘阿波把箱子放入后面车厢，坐上来时发现司机是个漂亮的女孩，女孩热情地同他招呼，呼他刘哥。文婷婷介绍说是宋慕，她的死党。宋慕启动汽车，拐转方向盘，说常听文婷婷讲刘哥的歌唱得好，刘阿波只道哪里。

车子很快出了城，往机场奔去。宋慕笑说："刘哥这次去参加《中国好声音》选秀，有天成了大明星，那时候要见你都难。"

刘阿波正自不好作答，文婷婷笑说："你找我呀！我们说好的，那时我做他的经纪人。"

宋慕一笑说："婷婷你成刘大哥的经纪人，到时候要见他还不跟见你一样容易？"又说，"你倒好，明星梦没实现，当明星的经纪人也不错嘛！"

文婷婷笑了笑说："是呀，我也是这么想的，当明星经纪人好歹沾了明星两个字。"

许是听了这两人的谈话，刘阿波脑子忽然就想，此行若真成功，是得找个经纪人，如果文婷婷乐意，由她当自己的经纪人好了，也算是回报她对自己的帮助。脑壳这般想着，宋慕在大哥大哥地喊他，刘阿波得以惊醒过来，觉得自己未免想得太多，此行前程未卜，胡思乱想干吗。

车到机场，两人下车，各自拿了箱子。与宋慕挥手时，宋慕笑说："刘哥回龙城一定打我电话，到时我来接你这个大明星。"一抬手，"祝一路顺风，夺冠成功。"

文婷婷并不往候机室走，扭头四下张望，说："飞机上的免费餐太难吃，候机大厅的东西又贵。距检票还有段时间，我们找个地方把午饭吃了。"

刘阿波生平第一次坐飞机，一切唯文婷婷马首是瞻。两人进了一家餐馆。因为即将登机，也没喝酒。在刘阿波掏钱准备埋单时，文婷婷抢在前头付了款，弄得刘阿波很是尴尬。文婷婷笑着拿话说："大哥你不是同意我当你的经纪人么，这是我这个经纪人的事。大哥唯一要做的是把歌唱好，夺冠成功。"

飞机降落杭州时是下午三点。图参赛方便，两人下榻在电视台对面的一家酒店。文婷婷让刘阿波好好睡上一觉，然后上街走走。以往午餐后刘阿波都有躺一阵的习惯，这时躺在床上却是没法入睡。从文婷婷的话里，不难感觉她对自己这次参赛抱了很大的希望，这让他感到了压力。要是第一轮都没法得到导师的认可，文婷婷这里真不好交代，有天妻子晓得他花费这么大一笔钱老远跑到浙江唱歌，是什么态度可想而知，工友们那里也不好面对。这时刘阿波觉得，参加《中国好声音》的选秀未免冒失了。直想得脑壳发涨，这才一头睡了过去。

一觉醒来已是下午五点，还是给文婷婷的敲门声惊醒。两人去外面吃了晚餐。饭后文婷婷拉他去买衣服，刘阿波说不用，换洗的衣服带来了。文婷婷不解地看着对方，说昨晚上不是讲好的吗，换洗的衣服不用带，到这边买。刘阿波说这又不是什么麻烦的事，所以就带来了。

"带来了就带来了，大哥总不能穿着这衣服登台吧，咱得好好打扮一下，要不导师会认为你不尊重他们。"

"我一个民工，没必要打扮得像个阔少公子爷似的。"

文婷婷笑道："没谁要把你打扮得像个阔少公子爷，这么大的事，穿客气点儿还是必要的。走吧，走吧。"

刘阿波却是说什么也不肯去，逼急了说："当初朱之文还不是穿着那件破旧大衣登台，因此得了个大衣哥的称号？他没有这身大衣，只怕名气还不会传得这么快。"

文婷婷没料到刘阿波竟说出这番话来，一时竟无言以对。

刘阿波接着说："电视上旭日阳刚也是袒胸露臂，一副民工模样。我是啥样子就是啥样子，再好的衣服也穿不出阔少公子爷的气派来，反会让人看着碍眼，觉得不伦不类。再说了，《中国好声音》之所以这么火，就是因为它看重一个人的声音，不像别的节目以貌取人。我决定，就穿我平时穿的衣服上台。"

文婷婷说："好吧，我承认大哥说的话有道理，按你说的办。可我们也要准备好，大哥一旦得到导师的认可，少不得会有媒体采访你，到时候你总不能还是那身穿着接受人家的采访吧，总得穿戴客气点儿是不是？朱之文成名后，也未见他再穿那件大衣登台，走到哪儿都打扮得清清爽爽的。走吧，咱也得准备准备才是。"

刘阿波说："这是下步的事，等看赛后是啥结果再说吧。"

文婷婷说："大哥放心，凭你的实力我敢担保百分之百会有导师为你转身。运气好的话，说不定四位导师都会为你转身。要是这样的话，大哥你选哪位导师？"

刘阿波玩笑道："你这个经纪人想得真远啊！"

文婷婷说："这事儿很重要，大哥是得好好想想。凭我对四位导师的了解，这四人风格各异，你的唱风同导师 A 接近。应该说，A 的声望要比其他三人强些，他能帮助大哥走得更远。"

刘阿波没想到文婷婷替他想得这么远，心头甚是感动，说："前提得 A 为我转身呀！"

文婷婷说："音乐这东西，讲究的是共鸣，对接近自己风格的人，总有一种亲近感。我相信 A 会为大哥转身的，这你放心好了。"

这时候已是晚上八点，两人说笑着漫步街头。杭州的夜晚远比龙城要热闹得多，但刘阿波感觉这座著名的旅游城市所散发的热情跟他无关。

第二天吃过早餐后去电视台定了选唱歌曲。参赛的人很多，多是少男少女，偶有个别年龄稍微大些的，估计跟刘阿波差不多。其中有一个从香港赶过来的老人，看他所选歌曲竟是摇滚，让两人大为诧异。谁都知道摇滚是年轻人的专利，这么大一把年纪还玩摇滚，刘阿波暗自纳闷。看那些少男少女的眼神，只怕跟自己一般心思。

走出电视台已快十二点。文婷婷说到了杭州，西湖是必须去看的，否则白来了。按刘阿波的意思，饭后午休一会儿便是下午了，时间匆促，明天去好了，禁不住文婷婷的一番鼓动，把个"西湖十景"说得如何如何的风光绝代，想着这女孩大老远陪他来参赛，午餐后就陪她上了旅游车，往"欲把西湖比西子，淡妆浓抹总相宜"的西湖去了。

他们只看了"三潭印月"便已暮色笼罩。文婷婷的意思，今晚上留宿附近酒店，明天继续看余下"九景"，省了明天的颠簸。见刘阿波坚持要回去，只得依了他。两人遂坐车返回。

第二天意外地下起了牛毛细雨，寒意骤然加重，自然不便外出旅游，只好待在酒店。刘阿波把自己关在客房唱歌。文婷婷也不打扰他，在自己的房里上网，有时也过去听刘阿波唱歌。闲着的时候，两人天南海北地侃，不知怎么就说到了早年某县一青年参加湖南卫视举办的"快男"选秀，一番拼杀挤入海南选区八强，县里领导亲自赶到海南为他助阵。虽然后来没有斩获，县里还是封了该青年为该县形象大使。

文婷婷玩笑道："明天导师为大哥转身后，肯定会惊动大哥家乡上上下下，说不定你们县里领导也会赶来为大哥助阵，然后封你一个形象大使的头衔，借重你来推广家乡的知名度。朱之文的成名，不就让大家知道有个单县么！"

刘阿波笑着摇头："一个选区的八强搁在全国又有多大的影响呢！我真不知道该县领导是咋想的，只有一种可能，该县人才稀缺，扯张猪皮当大旗。"

文婷婷手指刘阿波笑说："大哥这不是骂人家是猪吗？看不出你骂人还很厉害，把人家一个县的老百姓都给骂了，小心人家上法庭告你。跟一级政府打官司，换了谁都占不到好。"

刘阿波笑道："我哪里敢跟人家政府打官司，胳膊拧过大腿的事儿我这一辈子还未见过，我是实话实说。一个人还是低调一点儿好，犯不着把自己架在火堆上烤。"

"也不能说人家高调，很多时候是树欲静而风不止。如今只要某某弄出点儿动静，什么样的人和事儿都会寻上门来，想低调都不行。"文婷婷说，"我都担心大哥到时候不得安宁。"

"明天是啥结果尚不得而知，没必要想得那么多。"刘阿波说。一夜无事。

第二天早餐后，两人去了电视台，工作人员把他们领到临时休息室。休息室开了空调，很暖和，坐了等候上场的人怕是有好几十个。最先上场的是一位矮个子男孩，两眉中间长了一颗硕大的痣。从他的穿着打扮看，估计是云南贵州那边赶过来的少数民族。休息室能够听到外面的情况，矮个子男孩唱的是改编过的《真心英雄》，没有得到导师的转身，让刘阿波忽然生出某种压力。看其他选手的表情，不乏和自己一般心态的。

接后又上去了三女两男，有一个叫阿伟的男子凭李宇春的《感谢你感动我》获得两位导师的转身；有个光头女孩因一曲《军营飞来一只百灵》竟让三位导师为她转身。对这两人，刘阿波说不出谁唱得更好，倒是文婷婷说唱技上男子完美些，女孩的声音显得独特些。

坐在休息室，时间一久，刘阿波感觉空调里吐出来的热气有些叫人不太舒服，便到外头走廊透透气。文婷婷尾随出来，关爱地问咋了。刘阿波说屋里有点儿闷，出来透口气。两人随意聊一会儿，返回了休息室。

下一个就轮到自己上场了，刘阿波紧张起来，一只手习惯地往兜里摸出根香烟，打燃打火机点上，接连吸了三口，面前一时烟雾缭绕。坐在旁边的文婷婷看出来了，笑说："大哥，前面十位唱得都不如你，但有四人得到了导师的认可，我敢说你肯定没问题。"伸手攥住刘阿波的一只手，"大哥你相信我好了。"

刘阿波看着文婷婷笑了笑，想说句什么时，似乎感到鼻子里有股温热的东西流出来，忙把手中香烟扔了，抬手一摸，没想到是鲜血，人吓了一跳。文婷婷也发现了，脸色骤然变得煞白，惊慌说大哥你怎么啦，怎么啦。让刘阿波把头仰起来。手忙脚乱地从提袋里拿出一包餐巾纸，扯一张胡乱塞入他鼻孔，又是忙着捏他的虎口往他耳朵里吹风。等候上场的选手也围了上来，有人说估计是紧张了。有工作人员过来，问要不要送医院。刘阿波摇手说没事没事。

好在鼻血很快给止住，文婷婷把刘阿波脸上的血迹细细擦净。听外面选手还在唱，这才舒了口气。这会儿刘阿波不再紧张，刚才文婷婷的惊慌尽入眼里，让他很是感动。自己一个民工，何德何能，竟让这个城市女孩不远千里陪他来参赛，为他牵肠挂肚。他暗暗发誓："我一定要成功，以便报答这个女孩。"

工作人员过来，让刘阿波做好准备。文婷婷关切地问，没哪儿不舒服吧。让刘阿波做个深呼吸试试。刘阿波说没事，依言做了个深呼吸，然后说："我说过没事的嘛！"

外面鸦雀无声，工作人员递给刘阿波一个麦克风，示意他上场。文婷婷追上他，说："大哥就当在芙蓉广场唱歌好了。"

刘阿波点了点头，在工作人员的引导下昂首挺胸往前走。舞台很大，下面坐满黑压压的人，四位导师的高背椅子早已转过去。第一次站在聚光灯下，刘阿波一点儿也不紧张，甚至惊诧自己这份平静。他做了个深呼吸，示意身后的乐手可以开始。乐手奏响旋律，刘阿波随着旋律唱了起来。他唱的是《父亲的草原母亲的河》。

父亲曾经形容草原的清香
让他在天涯海角也不能相忘
母亲总爱描摹那大河浩荡
奔流在蒙古高原我遥远的家乡
如今终于见到这辽阔大地
站在芬芳的草原上我泪落如雨
河水在传唱着祖先的祝福
保佑漂泊的孩子，找到回家的路
啊！父亲的草原
啊！母亲的河
虽然已经不能用不能用母语来诉说
请接纳我的悲伤我的欢乐
我也是高原的孩子啊
心里有一首歌
歌中有我父亲的草原母亲的河
……

当唱到"河水在传唱着祖先的祝福"时，刘阿波发现导师 A 已转过身来，人就落下心来。根据《中国好声音》选秀规则，任何一位导师转过身来，表示已经得到该导师的认可。让刘阿波没想到的是，之后导师 B、C、D 也都为他转过身来。待到他唱完，四位导师一齐为之鼓掌，台上观众欢呼叫好，刘阿波激动得流下了眼泪，朝四位导师深鞠一躬，再向观众深鞠一躬。

导师 B 说："你唱得不错，最重要的是你的声音很特别，是我坐在这里以来听到的最好的声音！"

导师 A 说："降央卓玛、腾格尔、云飞、乌兰托娅、布仁巴雅尔、齐峰、廖昌永、黑骏马乐队等著名歌手都曾唱过这首歌曲，但你唱出了你的风格。词作者是台湾诗人席慕蓉。大家知道诗是自由的，歌词不行，席慕蓉为此改了三次。这首歌的创意却出自内蒙古歌唱家德德玛。她不仅向我们讲述了一个关于草原的故事，而且还见证了这两位杰出女性之间的友谊。在 2011 年北京电视台和内蒙古电视台的春节联欢晚会上，席慕蓉和德德玛共同演绎了这首歌。"

当初定演唱歌曲时，刘阿波一度和文婷婷起了争执，文婷婷的意思，唱这首歌的人太多，难以突破，容易让导师拿来对比，建议他唱《高原红》或《三百六十五里路》，刘阿波的意见恰好相反，说正因为唱这首歌的人多，只要唱好了，更容易突出自己，得到导师的认可。导师 A 的话让他甚感欣慰。

导师 D 说："你是少数民族吧？"

刘阿波说："我是汉族。"

导师 D 说："你是不是只擅长唱藏歌，可不可以给我们来两句通俗歌曲？"

刘阿波说："藏歌和通俗歌曲我一样喜欢。我给四位老师清唱两句《怒放的生命》吧。"当即唱道：

我想要怒放的生命

就像飞翔在辽阔天空

就像穿行在无边的旷野

导师 B 拍打着面前的桌子站起，说："从头开始给我们唱完整首歌曲。"

刘阿波点点头，做了个深深地呼吸，唱道：

曾经多少次跌倒在路上

曾经多少次折断过翅膀

如今我已不再感到彷徨

我想超越这平凡的生活

我想要怒放的生命

就像飞翔在辽阔天空

就像穿行在无边的旷野

拥有挣脱一切的力量

曾经多少次失去了方向

曾经多少次扑灭了梦想

如今我已不再感到迷茫

我要我的生命得到解放

我想要怒放的生命

……

当刘阿波唱到"我想超越这平凡的生活"时，台下观众跟随他唱开了。待到他唱完，掌声如雷，欢呼声起。刘阿波谦虚地鞠了一躬。

导师 B 说："你是第一个叫我们乱了套路的人。来，向我们介绍一下你的姓名，职业？"

刘阿波说："我叫刘阿波，是位安装模板工程的民工。"四位导师互视一眼后，A 说："你工作的时候就这身穿着？"刘阿波说："我现在的穿着是工作完后的穿着。"

A 说："过来让我们看看。"

刘阿波握着麦克风往台下走去，来到四位导师前。A 打量着他，说："你把手伸出来给我们看看。"

刘阿波伸出粗糙起茧的双手一路走过去。来到导师 C 面前时，C 忽然紧紧攥住他的手站起来，大声说："知道吧，你是第二个旭日阳刚，第二个朱之文。"

刘阿波知道这话意味着什么，再一次流下了眼泪。导师 C 拍打着他的手，说："我知道你这些年过得不容易，终究过来了，以后的日子会好起来的。我对你的感觉就两个字：真实。选我吧，我会让你超越旭日阳刚，超越朱之文。"

按照《中国好声音》选秀规则，有两位导师转身的，学员将在二人中择其一，三位导师转身的，学员将获得一万元人民币的奖励。现在四位导师转身，意味着四位导师将有一场激烈的人才抢夺战，刘阿波将在四人中择一。

导师 A 说："我是第一个为你转身的，你唱到'河水在传唱着祖先的祝福'我就认定了你。你的声音很好，唱技上虽然有些疵点，这不是问题，我会帮助你纠正过来，指导你走得更远。你选择了我，我会为你量身写一首歌曲，使你走得更快。"

导师 B 笑说："转身不分早和迟，我是最后一个为你转身的，这说明什么？说明我很慎重，你的歌让我陷进去了。8 月份北京我有一场规模宏大的演唱会，那个舞台比你现在站的这个舞台更大，乐队是俄罗斯请来的，世界最棒的乐队，我会让你做我的嘉宾，跟我登台演唱。"

导师 D 笑说："老 B 你别用演唱会来诱惑人家。如果要拿这个来说事，我今年有二十五场演唱会，我可以每场都请你做嘉宾。至于作词谱曲，我也会，我唱的歌大都是我自己写的，我可以给你写五首歌，甚至更多。选择一个老师，最重要的是看他适不适合你，能帮你走多远。好了，我该说的说了，你选择吧！"

导师 C 说："只要你选我，我会让你超越朱之文、旭日阳刚……"

导师 B 笑着手指 C，说："我说老 C，你别总是拿这话来诱惑人家，我们都有能力帮助阿波超越朱之文和旭日阳刚。"冲刘阿波大声道："超越朱之文和旭日阳刚对你来说不是问题，我敢说明天的报纸对你报道的标题就是'《中国好声音》第十八期诞生了又一个旭日阳刚'。老 D 说得对，选择一个老师，最重要的是看他适不适合你，能帮你走多远。我就是那个让你走得更远的人。"

导师 A 笑道："老 B 你这是什么话呀？好像就你能够帮阿波走得更远，我们不行似的。从现在开始，我们谁也不许说话，让阿波选择。来，阿波你想好后把你的答案告诉我们。"

返回舞台的刘阿波分别看了四位导师一会儿，说："四位老师都是我仰慕的人，我从来未曾想过会站在这么大的舞台上，也从来未曾想过会与四位老师站得这么近，感谢四位老师为我转身。"深鞠一躬，"在我唱完《父亲的草原母亲的河》后，A 老师说出了这首歌背后的故事，我觉得一下拉近了我跟他之间的距离。昨天晚上，我的一位朋友说，如果 A 老师能够为我转身，让我一定选择 A 老师。我选择 A 老师，深信 A 老师会帮我走得更远。我在这里一并感谢我这位朋友对我的帮助。"

导师 A 胜利地举起双手站起，走出那张特制的转椅，与走下舞台的刘阿波拥抱，连声称赞不错。稍后噢了一声，说："你刚才说到你的朋友，不介意的话这里跟我们说说。"

刘阿波说："可以这么说，我能够参加《中国好声音》，我能够站在这个舞台上，全是因为她的缘故。前面我已经说过，我是一位民工，这些年我一直在龙城打工，闲暇的时候背着吉他到街头唱歌，我不求能挣多少钱，只因为我喜欢唱歌。就在去年的下半年，我在街头唱歌时认识了她，她是声乐科班生出身。之后我们就成了朋友。她说我的声音很有特色，劝我参加《中国好声音》选拔赛。我从来不认为我的声音有啥特色，我也无意参加《中国好声音》，因为我没时间。在我拒绝后，她瞒着我给我报了名。所以，没有她我今天不会站在这里，我从内心里感谢她对我无私的帮助。"

导师 A 问："她来了吧？"

刘阿波说："在后面的休息室。"

主持人问得文婷婷姓名，招来工作人员，让去请。一会儿文婷婷手持话筒大步上来，主持人大声说："我们欢迎文小姐。"

文婷婷朝观众鞠了一躬。主持人说："刚才阿波跟我们说，他能够站在这里，全是因为你对他无私的帮助。你这里能够跟我们说说吗？"

文婷婷说："大概是去年六月份的一个晚上，我经过五一广场，听到有人在唱歌，歌声一下把我给吸引住了。我惊诧他特有的声音。直到现在我依然记得他唱的是《三百六十五里路》。很多著名歌手唱过这首歌，但他特有的声音使他不同于别人。之后他又唱了《高原红》《鸿雁》。我没想到他唱藏歌也唱得那么好。这样我们就认识了。了解之后才知道他是位民工，每天要站在高空上作业十多个小时，很不容易。我曾经劝他当职业歌手，他说他要养家糊口，担心走街串巷卖唱无法维持家人的生活。后来我推荐他参加《中国好声音》的选秀，他拒绝了。他还是那句话，他得养家，没时间，他只是喜欢唱歌而已，从未想过成为第二个旭日阳刚，他也没这方面的信心。我只好背着他替他报了名。当我告诉他，新浪网让他拿作品寄过去时，他怕耽误工夫说什么也不肯随我做录制工作，后来在我保证不耽误他工作的情况下，我们才得以完成作品录制。接到参赛的通知后，我特意陪着他赶来。"文婷婷一口气说完，脸上竟起了红潮。

主持人转向刘阿波："是这样吗？"

刘阿波点头："是的。"

主持人拿话问文婷婷："文小姐，你为什么无私地帮助他？"

文婷婷说："我是学音乐的，我觉得他的歌唱得好，不想让他的才华就这样埋没了。我自己不能成功，帮助一个有音乐天赋的人成功也不枉所学。"

导师 A 上前握了文婷婷的手，说："我要感谢你这个伯乐，《中国好声音》

也要感谢你这个伯乐。"

主持人走向刘阿波："阿波，我这里还问你一个问题，你爱人对你唱歌持什么态度？"

刘阿波说："她对音乐的理解几乎是零，谈不上赞成，谈不上反对，只要我不影响干活赚钱就是。"

主持人笑说："朱之文的故事你晓得的，是吗？你夫人的态度跟当年朱之文夫人的态度如出一辙。应该说，你比朱之文幸运，因为你有一个这样真心帮助你的朋友！"

刘阿波点头称是。这时候他忽然有种想把文婷婷拥在怀里的冲动。主持人与他握过手后，导师 A 引着刘阿波来到 B、C、D 面前，逐一握手拥抱，三位导师予以诚挚的祝贺。

走出演播厅，工作人员告诉刘阿波，可以去《中国好声音》筹委会财务处领取一万元的奖金。刘阿波问得财务处所在楼层，敲开办公室。财务小姐甚是热情，让座倒茶，客气地请刘阿波拿出身份证和参赛证，开了张一万元的支票。两人离去时，小姐摇摆着手说慢走。

出了电视台，两人往酒店赶。文婷婷清晰地感到他的呼吸加剧，看着他，想说什么却是没说。她知道，这个男人激动了点儿。到了酒店，文婷婷从提包里掏出磁卡开了门，刘阿波忽然把她拥在怀里流下了两行热泪，文婷婷闭了眼睛一任这个男人搂着，慢慢生出一种异样的感觉。当这种感觉在她身上疯长时，刘阿波忽然松开了手，进了卫生间，里面传来哗哗的水声。

一会儿刘阿波出来，脸上的泪痕没了。文婷婷感觉到他身上那份不自在，自是知道缘何而起，待要说句什么时，刘阿波从衣兜里掏出八颗糖来，递给她四颗，说："来，咱这里把它吃了，算是庆贺吧！"

文婷婷很是不解，问啥意思。刘阿波道了来杭州前一天晚上的事，说："当时我见钟姐给的是八颗糖，觉得这几颗糖太吉祥了，便留着没吃。没想到这里面还真有些意思。"

文婷婷剥了一颗放入口里，笑说："钟姐用心良苦，大哥回去后得好好谢她。待到晚上电视播放今天的赛况后，钟姐当知道她的心思没有白费。"

一言提醒了刘阿波，就想得把这里的事告诉妻子一声才是。今天文婷婷的出场肯定会一同播出，让别人把消息传给她，多半成了男女之间的花花事儿，那时候妻子拿话追问，解释起来都难。掏出手机开了机。为了不影响唱歌，遵照工作人员的意见，上场前把手机关了。在他准备拨打家里电话时，想着是在文婷婷面前，有些话都不好说，又把手机塞回了兜里。

文婷婷说："是不是要打电话回去？要打的话现在打好了，待到电视播放出来，小心手机打爆，那时候你要打出去都难。"

刘阿波笑说："我除了两个走得近的工友和亲戚，想不出还会有谁打我电话，还有谁晓得我的电话。而且，他们对音乐的了解是零。"

文婷婷笑道："他们是不懂音乐，但他们知道你这回露脸了。有句话是怎么说的？出名不如露脸。这回大哥你既出了名又露了脸。对他们来说，上电视是件想都不敢想的事，更何况四位导师给你那么高的评价。"

刘阿波说："这得谢谢你。"

文婷婷说："说到底是大哥的歌唱得好。音乐这东西是天生的，老天爷没有给你一副好嗓子，你再努力也是枉然。"

刘阿波自是听出文婷婷的慨叹，在这个事上不好说什么，就听文婷婷接着自慰道："我这一辈子是没法像大哥一样站在台上放声了，但做个伯乐也不错。老话不是说么，千里马常有，而伯乐不常有。"

"是呀，我也这样认为。就拿朱之文来说，如果不是中央电视台那个讲解天气预报的宋英杰把他那次参赛的演唱挂到网上去，多半没有现在的朱之文。一个人光有本事不行，还得有贵人相助，要不一身本事就给埋没了。"刘阿波往窗外望了一眼，外面已是黄昏。他掏出那纸支票递给文婷婷，文婷婷不解地看着他。刘阿波说："我的事耽误了你的时间不说，来这里的费用总不能让你掏腰包吧！"

文婷婷笑呵呵地说："大哥，这可是你的奖金，它对你来说意义重大，我怎能收呢！再说机票费用什么的也不用这么多。收起来吧，大哥！"

刘阿波说："这一万元怎么说也有你的一半吧。没有你，我肯定不会老远跑到这里来参加比赛，也就没有这笔奖金。"

文婷婷说："大哥已经选择了 A 导师，往后要留下来接受他的指导和训练，然后跟 A 导师所在组的学员进行 PK，最后还要与四位导师的学员展开争冠赛。大哥很长的时间要待在这里，用钱的地方多着呢！这钱大哥先收着。"抬腕看了下表，"走吧，我们找个地方喝两杯，为大哥的入选好好庆贺庆贺。"开门当先往外走。

看得出，文婷婷在拒绝这张支票，刘阿波只好暂且收下，尾随她往外走。

走廊里的灯光透着一种暧昧，文婷婷的背影入眼刘阿波有种说不出的温情。这时文婷婷已到电梯门口，照应地回转头来，脸上浅浅地笑着。电梯门敞开，里面有对年轻情侣，看上去甚是缱绻，两人跨步进去，身后电梯门迅速合上。

第 17 章

从饭店出来，炽烈的灯火燃烧着拥挤的建筑物，对面的夜总会霓虹灯闪烁，歌声缥缈，像个淫荡的女人在诱惑过往行人，刘阿波想听清楚是首什么歌，却是不能。刚才他喝了差不多一瓶酒，这会儿感到脑壳有些重，远没有从前灵光，以致望着面前的车水马龙发起了愣。文婷婷陪着刘阿波喝了一小杯白酒，早已是脸飞红云，一旁轻声问是不是去夜总会坐会儿。刘阿波摇晃着头，说那地方乱七八糟的。文婷婷说茶楼里安静些，找个地方喝茶吧。刘阿波说随便走走好了，却是引导对方往回走。文婷婷陪他走着。瞧刘阿波有些醉眼蒙胧的，似乎没有看出来往回走，就想他真喝多了。最后那杯她是不想让他喝的，想着今天的日子对刘阿波来说实在难得，就随了他。

这座旅游城市给人的感觉似乎晚上的人比白天还要多，熙来攘往的人流没有谁理会到这两人。文婷婷看了下表，再过一个半小时就将播放《中国好声音》，那时就会有人认出他们了。脑子忽然就想，刘阿波那位远在家里的妻子看了，会怎么想他们的关系。拿眼去窥刘阿波，却只能看到刘阿波半边脸。文婷婷就喊了他一声，刘阿波扭过头来，夜色中这张脸挂着迷惑，模样儿分明问她啥事。文婷婷暗忖平白无故的，这个男人咋会知道她的心思，笑着手指面前高耸的酒店说："我们是继续走呢，还是上去？"

刘阿波这才知道已经回到下榻的酒店，憨笑一声："你不提醒，哪儿晓得转回来了。"转身望了下四周，确凿无疑，说，"既然回来了，上去吧！"

两人往里走。刘阿波说："在城市这些年，最深的感觉是迷路，好像哪里都一样。特别是那些巷子，一个不小心就走丢了，像进了八卦阵，怎么也走不出来。"

文婷婷笑了笑，道："过了今晚上就不会出现这种事了。"

刘阿波噢了一声，扭头不明所以地看着文婷婷，文婷婷笑说："待到今晚上《中国好声音》播放后，大哥成了明星，走到哪儿都会给人认出来，说声迷路了不怕没人前头引路。"

知道这女孩儿开玩笑，刘阿波不去作答，只管往前头走去，心头却有某种满足。乘电梯回到客房，文婷婷开了电视和空调，给刘阿波沏了杯茶。两人说了会儿白话，文婷婷回到自己的客房，脱衣进了卫生间，开了水洗澡。知道《中国好声音》播放还要一会儿，她把自己泡在浴缸里，想着今天在台上的表现。因为刘阿波的民工背景和四位导师对他的高度评价，她敢肯定，待会《中国好声音》播放后，势将引起巨大的反响。要知这是一个青睐草根的时代。自己所扮演的角色，好歹也将引来大家的热议。如此这般想着，心头有些得意自个儿慧眼识才，极力促成刘阿波参加《中国好声音》选秀。想着刘阿波，心里有团湿湿的东西在缭绕。

那边刘阿波用座机拨通家里电话，妻子接了，问谁。待到听出是自己男人的声音，问他现在在哪儿。刘阿波告诉她，自己早两天来到了浙江。未待他说来浙江所为，妻子在那头就斥责开了，说在龙城干得好好的咋忽然跑到那鬼地方去了，事前也不说一声。刘阿波就不敢说参加《中国好声音》的选秀了，知道他放下安装模板的正事儿不做，借那么大一笔钱老远跑到浙江去参加么子选秀，女人还不骂他个狗血淋头。刘阿波忽然对夫妻之间不能理解感到苦闷。

"过两天我就回去，儿子还好吧？"刘阿波道。

"还要过两天？明天就给我回去。这两天儿子感冒就花了差不多三百块，你不好好挣钱，到时候咱娘儿俩咋办？我这里问你，该不会是被谁骗到浙江去了吧？据说很多人被骗到那地方搞传销，这种事儿可不是你能做的……"

刘阿波后悔打这个电话了，他不想听女人喋喋不休，打断她的话说："搞什么传销，我明天就回去。得了，就这样吧！"

"既然不是搞传销，你无缘无故跑到那地方去干啥，未必你捡到金子发财了，跑到那儿去玩？"妻子追问道。

刘阿波的脑壳就大了，知道自己必须给女人一个理由，否则他这里把电话挂了，女人还会拨过来追问。选秀的事肯定不能说，说了等于找骂。他这边犹豫着怎样回答，女人那边拿话追问，他给逼急了，说："是老赵让我陪他来的。有人向他介绍工程，他担心有假，所以就拽了我来。这么多年的朋友了，我能推辞吗？"

"老赵不是一直给他老表打下手么，咋忽然想当老板了？"女人说。

"你真是，谁不想当老板挣大钱？有机会我也想，你当我心甘情愿这样给人打一辈子的工？得了，带好儿子吧，就这样。"刘阿波没好气地挂了电话，后悔不该拨打这个电话，弄得自己跌了心情。

文婷婷进来，见他脸色不是太好，问咋了。刘阿波目光落在电视荧屏上，摇摇头。文婷婷抓起遥控器，把电视调到浙江台，主持人正在以极快的语速报道《中国好声音》第八季正式开始，随即一位矮个子男孩上场，从字幕上得以知道这位是来自云南西双版纳的傣族，叫古朴实。当光头女孩欧小叶唱完了《军营飞来一只百灵》，其清脆的嗓音让刘阿波为之惊叹鼓掌，从其与导师的对话得知她是一位在校学生，想她现在就能把歌唱得这么好，再过几年那还得了。

很快就播放到刘阿波。虽然是今天亲身经历的事，刘阿波依然兴奋而激动。文婷婷坐在沙发里屏声息气，眼睛紧盯着屏幕。当电视里刘阿波唱起《父亲的草原母亲的河》，文婷婷很用心地听着。待到两人的镜头没了，文婷婷长长地舒了口气，对自己的表现甚是满意。看刘阿波时，他人愣在那里，早已是泪流满面，她轻轻喊了声大哥。

"一切都过来了，大哥应该高兴才是。"她说。

刘阿波起身去了卫生间。听里面水声哗哗，知道他在洗脸。接下来是一个叫阿袁的年轻人唱《涛声依旧》。文婷婷觉得，这人的舞蹈跳得不错，对于他所唱的歌，似乎哪个环节都无懈可击，一句话，完整版毛宁，可没有了特色。要知艺术最重要的是有自己的东西。果然，没有一位导师为他转身。从阿袁的自我介绍中知道他是酒吧驻唱歌手。见导师对他的评价跟自己的观点一致，文婷婷就想，以阿袁的实力，这一辈子怕是只能做个酒吧里的歌手了。

刘阿波出来，目光落在文婷婷身上时，人猛然震了一下。这时他才看清楚文婷婷只穿了件睡衣。文婷婷微微一笑，挪挪屁股招呼他坐。刘阿波本来想坐到床上去的，这时只好拘束地过去坐了。从文婷婷身上传来一阵一阵的幽香，熏得他无心去看电视，怕身边女孩看出自己心猿意马，眼睛不敢从屏幕上挪开，装作一副认真看电视的样子。

这时上场的是黑鹅组合，一男一女，唱的是《暗香》。男的叫邓怀中，女的叫谭海娃。歌声一起，文婷婷就听出这不是沙宝亮的原唱，估计是自己改编的。两人唱得不错，完全没了原唱的风格，赢得了 B、C 两位导师的转身。从黑鹅组合的自我介绍得知，这对中年男女十年前是大学同学，两人曾在学校合唱，毕业后各奔东西，结婚生子，一直不曾联络。这次为了参加《中国好声音》，两人再次联系上，一块儿温习了半年。导师 B 问歌是谁改编的，邓怀中说是两人共同改编的。谭海娃说主要还是邓怀中，他在学校里是学音乐的，自己只是参与了。在选择导师时，邓怀中倾向 B，谭海娃倾向 C。最终邓怀中还是顺从谭海娃选择了 C。

文婷婷道："看得出，他们曾经应该是恋人关系。即使现在，男人对女人还有很深的感情。"随即慨叹，"一个懂得尊重女人意见的男人应该是个好男人。"见刘阿波没有反应，拿眼看他时，刘阿波眼睛落在电视屏幕上发愣，脖子胀得发红，忙喊了他一声，刘阿波这才清醒过来。

"大哥你没事吧？"文婷婷柔声问。

刘阿波就定定地看着她，呼吸越发变得浊重，猛可一把抱住文婷婷。文婷婷闭了眼睛没有挣扎，清楚地感到这个男人哆嗦得厉害。当刘阿波的一只手哆嗦着伸进她的睡衣，文婷婷猛地睁开眼睛，正好与刘阿波的目光相撞，刘阿波便止住了动作看着她。两人互视一会儿，文婷婷复又闭了眼睛，算是默认了他的侵犯。刘阿波一把抱起文婷婷横放在席梦思上，掀开她身上的睡衣，文婷婷通身的雪白和高高耸起的乳房炫得他几乎睁不开眼睛，手忙脚乱地甩掉身上的羁绊物，爬上去把文婷婷裹在身下。当进入到她身体里时，感觉到身下女孩全身都绷紧了，颤抖个不停，她的脸似乎痛苦得扭曲了，呼吸却是甜蜜的，有如一朵撕碎的玫瑰。

不知过了多久，刘阿波终于停了下来，大口地喘着粗气。但他舍不得下来，仍伏在文婷婷身上。文婷婷也是鼻息咻咻，眼睛仍旧紧闭。对刚才发生的一切，这会儿刘阿波总有一种做梦的感觉，身下这个女孩，之前距自己是那么遥远，可忽然之间他们就走到了一块儿。也不知哪根弦的事，脑子猛可就想，要是待会文婷婷跟他提条件，他怎么应答，人家一个女孩，哪能就这样给你白睡了。如此一想，脑壳登时大了起来。文婷婷哪里知道他脑子这会儿所想，还是不睁眼，像已深深睡去。

手机骤然响起，刘阿波险些从文婷婷身上跌下来，扭头四下张望寻找手机。文婷婷听出是她的手机在响，指指沙发，刘阿波翻身下床，拿起手机递给文婷婷，文婷婷把被子盖在身上，看了下来电，说了几句递给刘阿波，刘阿波不解地看着对方，文婷婷告诉他，是宋慕打来的。

刘阿波一下子却想不起宋慕是谁，只好从文婷婷手里接过手机，才喂了一声，那边声音便传了过来："刘大哥，祝贺你啊！"

刘阿波这才听出是那个送他们到机场的女孩。当时文婷婷向他介绍宋慕时，刘阿波并没往心里去。刘阿波猜测，宋慕一定是看了《中国好声音》，完了就电话拨打过来。扭头去看电视，《中国好声音》没了。他跟宋慕仅一面之识，不好说啥，只道谢谢。宋慕让他回龙城后请客。刘阿波爽快地应允。

不想宋慕话头一转，笑嘻嘻地说："我说大哥，婷婷如此帮你，你现在成功了，可别把婷婷忘了啊！大哥说说看，准备怎样谢她？"

刘阿波支吾，暗自去看文婷婷，文婷婷正躺在床上柔情地看着他，人就更显紧张。那边宋慕咯咯笑道："看样子，这个问题很让你为难，是吗？我这里提示大哥一下，男人报答一个女人的最好办法就是把她娶过来，好好地爱她一辈子。"

文婷婷看出他的窘态，伸出如藕似的手臂，示意刘阿波把手机给她，刘阿波就把手机递给她，站在那里看文婷婷说话。估计宋慕把刚才跟他说的话告诉了文婷婷，文婷婷一边说话一边拿眼瞟他，模样儿别显娇柔。两人再说一会儿就挂了电话。文婷婷看着刘阿波，说："你老站在那里干吗？上来吧。"

刘阿波这才惊觉这么久自己一直裸身站在这里，一下红了脸，手都不知道往哪儿放，说："我去洗个澡，洗个澡就来……"

文婷婷任他去了。这时电视上在播放一位专家谈民工性饥渴，以及临时夫妻现象，呼吁政府关心这一群体，修建临时夫妻屋，解决民工夫妻团聚问题。以往文婷婷对这一群体从不关注，认为跟自己没有关系，可因为刘阿波的原因，一下来了兴趣，很自然就把刚才刘阿波的表现联想起来。卫生间传来哗哗的水声。刘阿波刚才的窘态和他对自己实施侵犯的慌乱让文婷婷看出，自己只怕是他妻子之外的第一个女人，临时夫妻的事应该不会在他身上发生。

刘阿波出来，文婷婷身子往里挪挪，掀开一边被子，示意他上来。刘阿波就上来了。电视上那位专家还在侃侃而谈，文婷婷指指屏幕，示意刘阿波看。待到这个节目完了，文婷婷说："专家的话是真的还是假的？"

"基本情况是这样。"

"这是现在城里有钱人的生活，没想到你们也玩起了这个，看不出你们还很风流的嘛！"

"这怎能相提并论呢！专家都说了，临时夫妻的出现主因是性饥渴，城里有钱人找情人纯粹是图刺激，找乐子。说白了，是钱色交易。"

"临时夫妻里面就没有钱的因素么？"

刘阿波语塞。半晌道："我觉得跟城里有钱人找情人是两回事……怎么说呢，就跟出来打工一样，是件无奈的选择。如果待在家里能够把日子过好或过下去，没谁会走背井离乡的路？"

文婷婷说："这种事在你身边是不是很多，说说看。"

刘阿波最先想起的是大马和小芷，小芷应该快生了吧；之后是陈大良和齐小眉，陈大良现在这个老婆是谁却是不太清楚。也不拿这些说给文婷婷听，猜她只怕怀疑自己也有这事，忍不住想扭头去看文婷婷，想着自己没这方面的事，心里坦然了。"也不是很多，个别吧。这毕竟不是什么光彩事，一旦给家里晓得便有可能闹出离婚的事，一个家庭有可能没了。"他说。

文婷婷说："也不见得这些临时夫妻就都闹离婚，他们打工的地方距家里那么远，家里哪里会晓得他们在外头的事？"

刘阿波不想跟文婷婷在这上面扯得太深，对这个话题也没兴趣，又不能在她面前直言，只得说："老话不是说么，要想人不知除非己莫为。"许是这句话的缘故，就把今晚上的事联想起来，心里问自己，有天妻子会晓得么，晓得了会怎样，是跟他寻死觅活地吵闹，还是带着孩子断然离婚，急切间却是不能作答。

文婷婷的一只手在刘阿波胸上摩挲着，说："认识你之前，我对你们这个群体一无所知，自从认识你后，对民工才有所了解。对临时夫妻这种现象，我是理解却不赞成。男女之间，只为解渴走到一块儿，这与禽兽有何区别。时间不早了，把电视关了睡觉。"

遥控器在茶几上，刘阿波只好下床把电视关了。待到他上来后，文婷婷再把灯关了。刘阿波躺下时，手正好搭在文婷婷饱满的乳房上，文婷婷身子猛地颤了一下，刘阿波感到小腹处有团东西一下膨胀开来，冲动地把她搂住，翻身而上，咬着文婷婷的耳朵说："我又想要了……"见文婷婷像刚才一样闭着眼睛，知是同意了他的要求，那把早撑起的雨伞进去后冲撞开来。文婷婷的呻吟声随着脸上的扭曲度越来越大。

这回虽然没有上次那样刺激忘我，却也是痛快淋漓，最后物我两忘。刘阿波闭着眼睛趴在文婷婷身上，想起年底回去，头晚上跟妻子亲热也就十来分钟的时间便完了，让他一度怀疑自己的性欲和身体是不是开始衰退，与文婷婷一块儿，才这么久的时间就来了两次，看来自己的身体不错。见文婷婷闭着眼睛一动不动，弄不准她是不是睡了，喊了声婷婷，文婷婷慢慢睁开眼睛看着他，分明问他啥事，刘阿波想说点儿什么，一时间却找不到话题。

"明天我陪你上街买两身衣服吧。"

"参赛都过来了，还买什么？我觉得身上穿得不错。"

"你现在是名人了，穿戴要客气点儿。你不是老喜欢拿朱之文比么？朱之文现在的装扮洋气多了，他那件破大衣早给人高价买下收藏了起来。"

"我觉得没必要。对一个歌手来说，把歌唱好才是最重要的。"

"你的话没错，但衣着也是其中一部分。一个歌手得有自己的形象，这很重要。听我的没错。时间不早了，明天你还得去电视台见导师，睡吧。"

刘阿波翻身下来，文婷婷就势往他怀里缩，头枕着他的手臂。不一会儿，文婷婷就发出均匀的呼吸声。刘阿波却是不能入睡，想这女孩子处处替自己着想，对自己真好。不知怎么想起刚才两人谈论的临时夫妻话题，他和文婷婷现在的关系，是不是也属这一范畴，文婷婷会跟他延续这种关系么。手臂开始发酸，刘阿波却是不敢抽回去，怕弄醒了她，强自忍着。又想老全他们要是知道自己和文婷婷这层关系，还不羡慕死。要知他们对小芷这些年死心塌地跟着大马就心生羡慕，说憨人有艳福。文婷婷跟小芷可不是一个层次的人。这般想着，刘阿波便有些得意自个儿的艳福，一只手就在文婷婷身上抚摸，感觉很是细嫩。这时文婷婷翻了个身，刘阿波只当是给自己抚摸醒的，赶紧止住动作，听对方呼吸声依然匀和，知道女孩仍在沉睡，趁机把那只发酸的手臂收回去。估摸差不多凌晨了，为让自己不再胡思乱想，好好睡觉，便闭了眼睛，不知什么时候一头睡去。

第二天早上醒来，文婷婷早已洗漱好坐在沙发上等他，冲他浅笑，说醒啦。刘阿波弄不准几点了，手忙脚乱穿戴后去卫生间洗漱，出来时不见文婷婷，猜她去隔壁房间。一会儿文婷婷拿了她的行李箱过来，说待会儿把那间房子退了。刘阿波鼻孔嗯嗯着，心下自是高兴，脸上却不敢表露出来。

两人去餐厅吃了免费早餐。刘阿波要去电视台，文婷婷不便跟着去，说她要办退房手续，让刘阿波有事打她电话。刘阿波赶到电视台，工作人员告诉他，A 导师昨晚上有事去了北京，然后交给他一份通知。刘阿波看了，是一份 A 导师指导学员时间表。从明天开始，他将入驻王朝大酒店接受 A 导师的指导，准备下一步 PK 赛。

回到酒店，文婷婷坐在沙发上看电视，问怎么就回来了。刘阿波把手中那纸通知递给她。这时刘阿波的手机响了，是老家打来的一个陌生手机号，后面是四个六。刘阿波心头纳闷是谁打来的，接通后道了句你好。那边客气地问他是不是阿波。刘阿波说是，问是哪位。对方自报家门，说他是县委宣传部黄仕进。刘阿波却是不知宣传部是个什么机构，也不晓得黄仕进是啥人物，但还是客气地问有啥事，暗自纳闷这个黄仕进怎么莫名其妙地拨打他的电话。

这时黄仕进大声道："我代表县委、县政府祝贺你参加《中国好声音》取得的成绩，希望你再接再厉……"

至此，刘阿波总算明白这个黄仕进是老家的一位县领导。黄仕进随后问他有啥困难，政府能够帮他解决的一定帮他解决，又问他啥时候进行下一轮 PK 赛，到时候他将来浙江为其助阵，让刘阿波多宣传家乡，经常同他保持联系，有困难找他。

在刘阿波与黄仕进通这个电话时，文婷婷一直在旁听着，待到刘阿波道声再见收了线，笑逐颜开地说："你现在是名人了，这不连你老家领导都主动联系你。"

刘阿波攥了手机，说："这宣传部是干啥的，咋忽然给我电话，还很客气的？"

文婷婷一笑，说："宣传部是主管一个县的意识形态方面工作的综合职能部门。人家之所以主动联系你，是因为你参加《中国好声音》产生的效应。直白一点儿说，因为你的歌唱得好，你家乡的父母官关注你了。"

"看不出你对官场还很了解的。"刘阿波瞥了对方一眼道，"也不知他们咋这么快就摸清我的底，连电话号码都给弄到了。"

"现在是信息化时代，这点事儿对他们来说太容易了。"文婷婷站起身来，说，"今天没事了是吧？没事我们上街去。"

刘阿波知道，文婷婷是要带他去买衣服。他觉得实在用不着花太多的钱摞在穿戴打扮上，以他的身份和年纪还是简单点儿好。可文婷婷昨晚上都跟他说好了，刘阿波不便明着拒绝，待要含混几句，文婷婷过去拿了包包，伸手拽了他往外走，刘阿波便没法拒绝了，只好随了她。

丽日当空，街上游人熙来攘往。经过一家三星手机专卖店，文婷婷说进去看看吧。店里也就两个顾客，正在跟服务员讨价还价。有服务员迎了过来，问他们要买多少价位的，文婷婷不去答他多少钱，只说看看。服务员便向他们推荐两款新手机。文婷婷选了款黑色的智能手机，让服务员拿出来看看，问刘阿波的意见，刘阿波随口说行。文婷婷示意服务员打包，交给刘阿波拿着，掏出钱包付了款。

当文婷婷抬腿往七匹狼服装专卖店走时，刘阿波就不想往里走了，文婷婷像看出了他的心思一般，笑说看看嘛。班台后坐了位漂亮的女孩，戴着耳机闭了眼睛在听音乐，模样儿似乎跌入歌声中，直至刘阿波连咳两声才惊觉过来，扯下耳机走出来，看眼文婷婷后，眼睛落在刘阿波身上就不肯走了，直把刘阿波看得心里发毛，当自己哪里出了毛病，又不好跟文婷婷去说。这时女孩忽然跳起叫了一声，手指刘阿波道："你是刘阿波，是在《中国好声音》里面唱《父亲的草原母亲的河》的刘阿波大哥吗？"

刘阿波吁了口气，点头说是呀。

女孩兴奋地抚掌："真没想到大哥会出现在我的店里。大哥的歌唱得真好，我的朋友都说这一期参加《中国好声音》的学员要数大哥的歌唱得最好……"打量着文婷婷："你是文姐姐，被 A 称作伯乐的文姐姐，对吧？陪刘大哥买衣服吧？为了表达我对刘大哥的敬意，我送一身衣服给刘大哥，刘大哥你随便挑好了。"

文婷婷倒是没料到在这里会出现这等情况，对女孩子能够认出自己感到某种满足，挑了件灰色夹克衫让刘阿波试试。刘阿波原本无心购买衣服，不料跳出这等事，心情甚是高兴，脱下身上的外衣，接过女孩递上来的衣服穿在身上，文婷婷扯扯衣领，再在他背上拍拍，让刘阿波对着衣镜转一圈，说行，不错。又找了一条裤子配上。女孩一旁连连称赞，说这一身衣服穿在身上帅多了。刘阿波看着镜子里的自己，还真有些不太相信自己的眼睛，暗忖老话说得不错，人要衣装佛要金装。

这时女孩向刘阿波推荐一款咖啡色的中式衣服，说是才到的新款，适合他。文婷婷跟她玩笑，问还送不送。女孩笑说认识是缘，也就一件衣服，送嘛！刘阿波一试还真不错。女孩又推荐了件内衣和鞋子来搭配。文婷婷让女孩算一下多少钱，女孩说生意人得讲诚信，说好送的就不能收钱。刘阿波一旁说这哪行。文婷婷看了下标签上的定价，说四五折吧。数了一沓钱递给女孩。女孩不接，摆着手说讲好是送的。

"如果你硬是不要，我们只好留下衣服走人。"刘阿波说。

女孩只好勉为其难地收下，拿出袋子把衣服鞋子装上。在两人准备离去时，女孩说："大哥，合个影吧！"

　　刘阿波同意后，女孩从班台里拿出照相机递给文婷婷，说麻烦文姐。跑过去站在刘阿波身旁。之后要求跟文婷婷合影。刘阿波生平哪里用过这种东西，好在这种照相机简单，一学就会，按女孩的要求替她们拍了两张，效果还不错。完了，女孩亲自送他们，挥手说大哥没事来玩。

　　手里拎着这么多东西不便再走街串巷，两人往回走。文婷婷告诉刘阿波，四五折也就保本，女孩没赚他的钱。随即玩笑道："人家这么漂亮的一个女孩都肯白送你衣服，现在知道做名人的好处了吧？"

　　刘阿波摇头不语。原本打定主意不买衣服的，女孩这一"送"却买了好几件，连鞋子都顺带买了，总共花去三千多块。这还只是四五折，按平常专卖店的八五折算，岂不要五六千之多，刘阿波心里连吸几口冷气，想这些卖衣服的真是赚钱，竟为花去这么大一笔钱心疼不已。

　　回到酒店客房，文婷婷往沙发上一倒，顺手拿了手机盒。打开盒子，从里面取出手机递给刘阿波，刘阿波不明所以地看着她。文婷婷说："给你买的，把卡装上吧。"

　　当初文婷婷买手机时，刘阿波只当给她自己买，要知道是买来送给他的，他会坚决阻止。虽说他的手机过时了点儿，但也能够打电话收发信息，没必要花四千多块买个手机。刘阿波却也不能拿话说文婷婷的不是，只说："你自己留着用吧。"

　　文婷婷笑道："这是特意给你买的。你现在的身份兜着这个磨得褪色的手机，被人看到还不遭人说笑，失了你的身份？来，拿着。"见刘阿波不接她的手机，文婷婷爬将起来，柔声说："我晓得你的意思，犯不着花这个钱。钱是人挣的，也是人花的，说到底也就几千块钱的事，高兴才是最重要的。"从刘阿波兜里掏出手机打开，取出 SIM 卡装到新买的手机里，把手机塞到他手上。

　　手机蓦然响了，把刘阿波吓了一跳，看时是家里打来的，却不知道怎样操作，文婷婷过来，伸出一根手指头在屏幕上轻轻一抹解了锁，妻子的声音传了来："你是不是还在浙江那边，没事吧？"

　　刘阿波愣了一下，说："我能有什么事……咋了？"

　　妻子说："今天大清早村主任跑到家里找我要你的电话号码，说是镇里领导的指示。我问他，镇里领导找你能有啥事，他说不晓得。我寻思这事儿不对头，所以打电话问你。"

　　刘阿波把早上黄仕进那个电话联系起来，事情应该是这样：昨晚上黄仕进看了《中国好声音》后，指示工作人员找自己所在镇的领导要他的电话，镇领导就寻上村主任，村主任就颠到他家里找上自己女人。刘阿波却也不拿黄仕进给他电话的事说与妻子，说了女人也不懂这些的。文婷婷坐在沙发上看着他，刘阿波不便在这个女孩面前跟妻子说得太多，让她心里不舒畅。"我没事。"他说。

妻子说："可他们要你电话干啥……"

刘阿波道："谁知道。反正我没事。"

妻子说："你没事就好。不是说好今天回龙城的吗，咋还待在浙江？"刘阿波忙说："晚上的车。得了，就这样吧！"

在刘阿波想要对文婷婷说句什么时，手机复又响了，是陈大良打来的。刘阿波学着文婷婷刚才的样子，伸出根指头在屏幕上轻轻一抹解了锁，先陈大良道声好。陈大良一通祝贺后，说："老弟现在是名人了，再也不用陪着我们卖苦力，我们这一辈子就这样了。啥时候回龙城一定打我电话呀，让咱沾沾你的明星气。"

与陈大良通完电话后，刘阿波告诉文婷婷，这是一个一块儿安装模板多年的朋友，帮了他不少忙。便也想到老赵来。估计老赵对自己被导师认可的事尚不知情，要不给别的啥事绊住了，否则早打来电话。

刘阿波没说来浙江前向陈大良借钱的事。知道他为参加《中国好声音》举债，文婷婷更不会接受他此行的差旅费和住宿费什么的，说不定还会拿出钱给他还债。他欠这个女孩的已经太多。

文婷婷笑说："你人在这里，远在千里之外的朋友都知道了。现在知道出名的好处了吧！"

刘阿波搔了搔后脑勺，笑笑道："我们乡下也有一句说出名的话，叫人怕出名猪怕胖，意思是人一旦出名，会招来很多麻烦。早段时间有位知名音乐人，不就因为酒后驾驶给炒得沸沸扬扬，以至成为'醉驾入刑'明星第一人么。"

文婷婷拿眼瞅着刘阿波，说："你知道的事还很多的嘛！这事儿只能说明公众人物和明星太受老百姓的关注了，同时也说明政府对醉驾打击得厉害。现在连法律都'追星'，执法部门对某个名人实施惩罚时枪口总会抬高两公分，甚至还会想办法平息舆论。据说这位知名音乐人的一些粉丝不断给警方打电话骚扰、求情，认为他们的偶像也就喝了点儿酒而已。有粉丝甚至发出威胁，称一旦他们的偶像被判监，将采取极端行为予以报复。早段时间有位周姓演员酒后驾驶，在北京高碑店北路与一辆出租车相撞，事故后逃逸，以致网友对他大为不满，模仿'范跑跑'之名，为他起个'周逃逃'。更有网友把他的成名曲弄出个醉驾版在网上传播。歌词有些意思，说什么谁娶了多愁善感的你，谁看了你的日记，谁把你的酒瘾勾起，谁给你狱中送衣。还有什么明天你是否会后悔，视法律如同儿戏。公众人物和明星在社会资源的获取方面比一般老百姓要有优势，这是一个不争的事实。"

"公众人物和明星应该自重，没必要把自己推到风口浪尖。不过，我倒是知道如今的明星很会制造噱头，隔段时间就要弄出个新闻来，好事没有丑事都要来一段，为了不让大家把他忘了。"刘阿波道。

"这要看是什么丑事。也有不少明星陷入丑闻给毁了的。"文婷婷笑道，"早年有位甜歌皇后，一度红透半边天。因陷入厦门远华案黯然退出歌坛，这两年开始复出，怎么努力就是不被观众接受。这件事可以看出，有些丑事是不能犯的，一犯就把前程给毁了。"

这时手机复又响了，看时是一个陌生的异地号码，接听后才知道是一家娱乐媒体记者打来的，提出采访他。没想清楚是不是接受采访，刘阿波说他现在不在浙江，啥时候回来再联系。

文婷婷说："你拒绝得对。对这些记者，不用太拿他们当回事，但也不必明着得罪他们。碰着不良记者，一旦你得罪了他，哪天就会给你来段丑闻，让你脸上不好看，又拿他没办法。"

刘阿波说："要真是无中生有，告他诽谤罪，未必连法院都治不了他？"

文婷婷摇摇头："你跟他去较真，忙都忙不过来，什么事都不用做了。这里面的事，慢慢你会明白的。公众人物和明星并不像人们想象的那样光彩照人，呼风唤雨，也有很多没法奈何的事。"

不经意间发现，外面已是黄昏，有灯光亮起。文婷婷站起身来，说去下面餐厅吃饭去。往外走时，刘阿波说去别的饭馆好了，这酒店的饭菜既不好吃又贵。两人出了酒店，信步而行。街上随处可见独自背着行囊的旅客，步行匆匆，那些旅游团则步履从容，有说有笑。灯火正开始燃烧着这座城市，很快将变成一片灯海。

两人进了一家湘菜饭馆，服务员把两人引进一间小包厢，让座倒茶，很是热情。点好菜后，文婷婷要了瓶酒，说她明天回龙城，陪他喝一杯。刘阿波本来在低头喝茶，闻声抬起头来，手握茶杯看着文婷婷，问咋忽然就想回去了。文婷婷看出这个男人对她的不舍，说她得赶回去进换季的衣服，把冬装处理完了再来看他。

酒菜上来了，两人喝酒说话。文婷婷道："能成为 A 的学生，面对面得到 A 的指导，之前怕是你想都不敢想的事吧？"

刘阿波仰头喝了口酒，把酒杯轻轻一放，身子往椅背一靠，目光平视着文婷婷，很是感慨地说："是呀，做梦都没想过！"他想对文婷婷说，这一切得感谢她，想着两人现今的关系，似乎不用如此客气，便没说了。

"明天你们正式进入学习，一定要珍惜这个来之不易的机会，用心接受导师的指导，争取夺冠。"文婷婷说。

"我知道这是改变我命运的一个机会，夺不夺冠我没把握，我能做的就是全力拼搏。"刘阿波道。

文婷婷说："你这么说我就放心了。来，喝酒。"端杯而起。

从饭馆出来，对面酒吧传来悠扬的歌声，入耳行人会有一种难得的踏实感。文婷婷抬手理了下额头上的头发，问要不要走会儿。刘阿波说回去吧。文婷婷挽着他的手往回走。不知是哪根弦的作用，刘阿波猛可就想，要是有人认出他来，把他们现在这一幕偷拍下来往网上一挂，只怕会招来一片骂声，说他才得到导师的认可就成了"陈世美"，什么伯乐，一对野鸳鸯。有天传到妻子那里，他怎好交代。这般想着，忍不住四下张望，拿眼去看文婷婷，路灯下的文婷婷脸上挂着某种满足，显然没想到这一层来。刘阿波很想抽出手来，只是想着这手一抽，势将惹文婷婷生气，文婷婷知道他的心思，对她无疑是种深深的伤害，两人的关系说不定会成为问题。刘阿波就加快了脚步，只盼快点儿回到下榻的酒店。文婷婷见他忽然加快步伐，扭头不解地瞧着刘阿波，说："怎么啦？"

刘阿波生怕对方看出他的心思，慌乱道："我尿急，咱快点儿回酒店。"

文婷婷莞尔一笑，说："刚才在饭馆咋不解手？"随他加快了脚步。

到了酒店，刘阿波暗自舒了口气。两人站在电梯门口等电梯时，文婷婷的身子靠着刘阿波，旁边有个女人不时拿眼往刘阿波身上瞅。刘阿波心里就打起了鼓，担心女人认出他们，暗自拿定主意，要是女人认出他就不承认。进了电梯，两个身材高大的男子把他俩和女人隔开。电梯在第十一层停住，女人先他们出去了，刘阿波放下心来。

文婷婷掏出磁卡打开门，刘阿波径直去了卫生间，自是不忘把门掩上。怕文婷婷怀疑，有意在里面捱会儿。出来后文婷婷正脱了外衣往衣架上挂，刘阿波从后面一把把她抱住，再把她扳转身来，在她脸上狂吻开了，满口酒气。文婷婷知道，她明天的离去激起了这个男人对她的激情，今晚上他们将度过一个美好的夜晚。

第 18 章

陈大良接过二叔递来的香烟，掏出打火机把烟点上，深吸一口吐出一团轻烟软雾。二叔吸一口香烟，扫眼埋头忙活儿的工友，嘴巴凑近陈大良，低声道："大良，听说这栋楼去年摔死过人？"

陈大良倒不惊诧二叔会知道这事，也不问他咋知道的，更不否认，说："是呀，酒喝多了摔下去的。"

二叔说："听说前面的工程队就因为摔死人跑了。"

陈大良没料到从二叔口里说出来的是这话，扭头瞅了他一眼，说："前面的工程队是因为阳老板另有工程，跟摔死人不相干。早在没摔死人之前，老赵就跟我说好，等他老表另一工地签约后，他带领大家过去，让我接手这里。摔死人是第十层时候的事，我们来的时候已是第十五层，中间多长时间还算不出来？"

二叔笑笑，把叼在嘴上的烟屁股拿下扔在地上，抬起脚重重跺了一脚。工友们埋头干活儿，没有谁留意他们的谈话。陈大良暗忖二叔都跟他扯起这事，工友中肯定有知道的，说不定围绕摔死人的事已传出好几个版本。就听二叔说："你看是不是到我们老家请两个师傅来敬一下菩萨？这也就花个两千块钱的事。"

高空作业摔死摔残的事陈大良见识得多，甚至可以这么说，哪个工地从施工到完工都要死一两个人，也未见死了人就请来师傅敬菩萨的，现在二叔让他请师傅敬菩萨，陈大良不好明着拒绝，笑了笑，问："二叔你也信这个？"

二叔说："摔死鬼总要找个替死鬼才能超生。大良，听我的，还是请师傅来敬一下菩萨，让大家安心。真出了事，可不是这点儿钱的事，那得十几万，碰着个家人刁的，怕要花上好几十万才能摆平。前头摔死的那个花了多少钱？"

陈大良自是不会跟他说谭玉臣的赔偿金额，说："敬菩萨这事儿我还得请示老板，看他的意思。"陈大良心里打定主意，他是不会跟阳子固说这事的，谭玉臣死后这么久老赵都没跟阳子固提敬菩萨的事，自己一接手就弄出个敬菩萨的事，这会儿让阳子固对他来看法，他还想跟阳老板好好干几年多挣点儿钱。

二叔说："是得跟阳老板说说……"

这时二婶喘着粗气挥舞着手跑上来，口里叫嚷着不好了不好了，小芷给人抓走了。那边大马正在埋头扎钢筋，闻声丢下手中铁钩，冲到二婶面前，问小芷咋了。二婶瘫坐在一块模板上，这一路跑上来脸都是灰的，手指着下面："你……你老婆给一伙人抓走了……"

大马疯了似的往下冲。

事起突然，陈大良怕大马弄出什么闪失，来不及向二婶了解情况，招呼二叔和舅子等尾随大马下楼。大马的身影早已不见。待他们跑到下面，也不见大马，只有岚姐愣愣地站在那里。陈大良问她，大马呢，岚姐手指外面的马路。陈大良猜测大马追寻小芷去了。担心大马有啥闪失，陈大良领头循着岚姐手指的方向追寻，不见大马人影。很快到了岔路口，车来人往的，摸不准大马往哪个方向去了，悻悻而返。

二婶已经下来，和岚姐你一言我一语道了事因。二婶三个正忙乎着午餐，忽然冲进三名男子，扑向择菜的小芷，架起她就往外走，小芷挣扎着大骂。二婶莽着胆子，说你们要干啥。落在后面的男子拿眼瞪着她，说不关她的事，他是小芷的叔子，他们是抓她回去。二婶和岚姐追出去时，小芷已经给塞进一辆面包车。二婶和岚姐没有手机，只好跑上楼来呼救。

"既然是小芷的叔子，那应该是大马的兄弟，大马的兄弟背着大马抓他嫂子回去，这演的是哪出戏啊？"二婶不明所以地问。

二叔一旁提醒："要不要报警？"

曾经有工友问大马和小芷是啥关系，陈大良不想跟他们说得太多，只说是两口子，以致现在二婶说出这等话来。从二婶和岚姐的话里，陈大良知道是怎么回事，小芷给她丈夫领人抓回去了，也不知大马是否想到这一层。见二叔二婶看着自己，陈大良说："暂且不报警，等大马回来再说。"一会儿又说："这些年小芷一直随着大马，抓走小芷的估计是小芷丈夫他们。"

二婶道："难怪那男子说他是小芷的叔子。不是今天发生这事，咱还一直蒙在鼓里，当他俩真是一对夫妻。"

舅子旁边说："打下大马的电话，看他现在怎样了。"

陈大良掏出手机，调出大马的电话拨了过去，电话响了却没人接听。再打是通话中。陈大良让大家上去忙活儿，他在这里等大马回来。二叔等走后，二婶陪他叨咕几句也回去了，话题还是在大马和小芷身上，无非是小芷跟大马这么多年，小芷的男人怎么一直不理会，今天却忽然跑来把她抓走。陈大良哪儿晓得小芷的男人是咋找上这里的，只能摇头作答。

但愿今天大马不要有什么事情发生。陈大良再次拨打大马的手机，这回大马接了，陈大良问他找到小芷没有。听说没有，陈大良让他回来，说知道是谁抓走了小芷。大马问是谁。陈大良推说电话里说不清楚，让他回来说。

在陈大良看来，大马很快会回来，孰料直到临近吃午饭大马才一脸疲惫凄然回来，也不问是谁抓走了小芷，蹲在他的铺上，把头深埋在裤裆里。陈大良猜他想到是谁了，一时间拿不出啥话来安慰他，一只手在大马肩背上轻轻拍打。不意大马忽然哇一声哭了起来，陈大良晓得这个不善言谈的男人因心爱女人的离去悲伤不已，却是不知怎样去安慰他，蹲在旁边一任他哭泣，想他哭过后心里也许会好受些。

二婶和岚姐闻声赶来，看眼大马再望着陈大良，那意思分明问咋回事。陈大良摇摇头。二婶似乎有所明白，说："别哭了大马，小芷对你有心的话，会联系你的，说不定过两天会回来找你。"

岚姐跟着说："你们这么好，小芷不会就这么丢下你，别把身体给哭坏了。"

两人劝慰几句忙去了。

陈大良掏出香烟，抽出一支递给大马，说来一根吧。见大马不接他的香烟，打燃打火机自个儿吸了起来，抬手在大马背脊上轻轻拍了拍，说："大马，有些事情该来的总会来的。二婶和岚姐说得对，小芷不会就这样丢下你，会回来的。走，吃饭去。"起身去拽大马，却是没法把他拉起。

舅子捧着饭碗上来，接着老刚和二叔也捧着饭碗上来，招呼陈大良下去吃饭。陈大良知道此刻再多的劝慰都没用，有二叔他们在，大马不会有事，下楼去了。他让岚姐把饭给大马送去。

有人围了上来，说小芷的男人咋一下就找上来了，一逮一个准。马上有人说肯定早就摸准了小芷在这里煮饭，那时候大家在上面装模，二婶两个女人自然拦不住他们。陈大良却想，如果大马在老赵那边，也许不会有今天的事情发生。换了新地方的大马自然没那么容易让他们找到。不过，像大马和小芷这种关系，本来就不是长久之计，两人却天真地想做长久夫妻，又没有个周到的计划，今天的事，那是迟与早的事情。

有人问大马和小芷的关系多长时间了，陈大良不去答他。以他猜测，接下来的几天，大家的话题多半在大马和小芷身上。就听有人深有感触地说："看大马的样子老实巴交，这上面还很有一手。不是今天的事，还真当他俩是夫妻。"

马上有人怪笑说："人老不老实又不曾写在脸上，看一个人老不老实得看他下面那张口。喜欢动上面那张口的是君子，喜欢动下面那张口的才是色鬼。"

大家就哈哈笑开了。

有人笑道："谁的下面那张口都不见得比谁老实，要不崽女是咋来的。"

有人笑着反驳："你这话可不对，对自己婆娘动口是尽义务，对婆娘之外的女人动口才是耍色。"

马上有人笑说："按这个说法，大马是在耍色了，让别人的妻子这么多年死心塌地跟着他，是个耍色高手。"

陈大良不想听他们胡扯，更不能把反感挂在脸上。这些人跟大马交情泛泛，全然没有怜恤之心。他假装去厨房夹菜，捧着碗走到另一隅。二婶过来，慨叹说大马是个痴情人。陈大良点点头，想二婶这话，多半是怜悯大马的悲伤吧。

饭后陈大良上去看大马，大马脸上挂泪，攥着手机发愣，搁在身边的那碗饭不曾动过。陈大良猜他刚打过小芷手机。"饭都凉了。来，先把饭吃了。"陈大良端起碗往大马手上放。

大马任陈大良把碗放在手上，却不去动它，陈大良没法可施了。那边有人叫陈大良打牌。这里就自己和大马的关系要好，他不能把大马一个人甩在这里，陈大良摆手说不打，在大马身旁坐下。老刚过来，给陈大良递上根香烟，再给大马递上一根，大马置若罔闻，老刚就叼在自己嘴上，燃上香烟，也不管大马听不听，劝他先把饭吃了。几句后有人喊他，老刚抬腿走了。

这时大马把手中的饭往旁边一放，摁了手机。手机告诉他所拨的电话已关机，让他用其他方式联系。陈大良吸一口香烟，话随烟雾而出："小芷现在落在他们手上，不便跟你联系，有机会她会给你电话的，你要做的是二十四小时手机开着等她电话。来，把饭吃了，待会还得干活儿。"

大马就看着陈大良，说："他们会不会打小芷？"

陈大良说："不会的，你放心好了。他们终究是夫妻，小芷在那边都生了孩子，再怎么说她还是孩子的母亲，怎会打自己孩子的母亲呢！就算她丈夫再有怨愤，这么多年早没了。这次能够寻到小芷，也不知花了多少精力，把小芷弄回去算是阿弥陀佛了。他的两个兄弟也不会容许他对一个女人施暴的。"

大马抹了把滚出来的泪水，说："我就担心她落到他们手上受苦。"

陈大良心下慨叹大马的痴情，抬手在他肩膀上拍拍，说："你真不用担心，她不会有事的。真把小芷怎样，公安机关饶得了他们？这世界谁又斗得过政府这只拳头？"过去端了饭碗往大马手上放，"来，吃饭。"

那边有人在喊陈大良，陈大良回应着，叮嘱大马几句就走了。

下午干活儿前，陈大良特意去看了下大马，大马手上紧攥手机，额头伏在膝盖上睡去了，身边那碗饭未曾动过。陈大良不忍叫醒他，示意工友也别叫醒他。大家爬到顶上，各自忙乎开了。

有人把话题在大马身上扯开了，说："大马真傻，又不是自己的老婆，走了就走了，值得这样号啕大哭么，真是憨。"

马上有人笑说："啥叫情种？这就是。"

有人怪声一笑，说："大马懂得啥情，哭的还不是晚上没女人搂。谁今晚上给他找个女人来，保证他照样干得欢，什么小芷，早忘了个干净。"

"是呀，男人与女人之间的感情，说白了就是那点事儿，没有那点事儿，还有啥兴趣躺在一张床上。那小芷吧，要说模样也一般般，就那对鼓鼓的奶子有点味儿。"有人笑嘻嘻地道。

老麦笑说："奶子有味儿还有啥说的，女人靠的还不是那对奶子，胸脯上挂着两粒奶头跟我们男人还有啥区别。既然说到奶子，我这里给大家念首顺口溜，是说奶子的。婴儿靠奶子活命，男人靠奶子养眼，女人靠奶子自信，艺人靠奶子赚钱，电影靠奶子上座，演员靠奶子争风，歌手靠奶子吸金，模特靠奶子出位，观众靠奶子提神，文学靠奶子调色，画家靠奶子造型，小姐靠奶子拉客，女警靠奶子提拔，白领靠奶子加薪，大款靠奶子风流，官员靠奶子销魂。"

老刚笑道："老麦你这么说，这奶子够忙的，它可以把人送上天堂，也可以把人送去见阎王。"

这时大家的笑声戛然而止，陈大良顺着大家的目光望去，大马出现在楼梯口。大马不理会工友的目光，拿了只铁钩蹲身埋头扎起钢筋来。工友们互视一眼后各自继续忙开了。陈大良本来想过去问大马吃了饭没有，想着大马的性格，也就没了动作。

整个下午，大马像往常一样埋头干活儿，似乎压根儿没有上午的事情发生，只是在歇息的时候掏出手机拨打电话，然后坐在那里默默燃上根香烟。工友们时不时拿眼往大马身上瞄，好像他身上会有意外的事情发生。想着大马来龙城前家里发生的那场不快，陈大良还真怕大马一时想不开弄出什么事来。不知咋的，忽然联想起上午二叔跟他说"摔死鬼总要找个替死鬼才能超生"的话，人就起了紧张，心想这个替死鬼会不会出在大马身上，便过去陪在大马身旁忙活儿，暗自留意着他的举动。好在直至收工也没事发生。

晚饭后正准备去郭玉妹那里，老刚过来，递给他一根香烟，说要请几天假回去一趟。才来龙城不到一个月就回家，陈大良正想玩笑他几句，问是不是想老婆了，见老刚的脸色不太好，换了句关切的话："咋了，是不是家里出了啥事？"

老刚说："家里打来电话，我得回去一趟。"

老刚不说家里的事，陈大良不便追问，说："行，事情完了早点儿回来。"

老刚喷出一团烟雾，说："不好意思，大良你还得借一千块钱给我，下次发工资从里面扣好了。"

陈大良道："今晚上要走？"

老刚僵硬地点了下头："我想赶十点的火车。"

陈大良掏出钱包，数了十张百元钞票递给他，老刚接过去往兜里一塞，就势掏出香烟，抽出一根递给陈大良，陈大良举了举手上正在燃着的香烟以示谢谢，老刚硬要给他，只好伸手接了。在老刚转身要走时，陈大良说："到家后有事打电话啊！"

老麦过来，邀他打牌。陈大良掏出手机看了看，说他还得去老赵他们工地一趟。老麦就开他的玩笑，说："大良你老往老赵他们那边跑，是不是那边有个相好的？"

陈大良笑说："我有相好在那边的话，还不让她来这里，省了我跑来颠去。"

老麦在他肩膀上拍了一下，笑嘻嘻地说："撂在那边有那边的好，把她弄到这里反倒不方便了。"

陈大良笑道："有啥不方便的？你看大马和小芷，一块儿好生快活。"启动摩托时想起了什么，对老麦吩咐："晚上留意一下大马呀，别发生啥事才好。"

摩托车行驶在夜色里。老麦的话让陈大良脑壳里思想开了，自己晚上不留宿工地连老麦都看出来了，二叔和舅子肯定也看在眼里记在心里，却不曾见这两人在他面前有过半丝流露。陈大良倒不担心舅子把这事告知妻子，要知这只是一种猜测，没谁见到他和郭玉妹一块儿出现在街头小巷，更不曾见到他出入郭玉妹租住的屋里。就算有天二叔和舅子知道他和郭玉妹的事，估计这两人也不会说给妻子听，也就睁一只眼闭一只眼。道理很简单，他们不愿看到他们夫妻因此吵得家庭失和。陈大良担心的是，再过三个月妻子来龙城，那时怎样应付这两个女人。现在让他头痛的是郭玉妹的怀孕问题。都好几天了，也不见郭玉妹采取流产的措施，他又不便拿话催她，让她因此对他有看法就不好了。打心里说，这几晚陈大良并不想去她那里，只是不愿让郭玉妹有想法才硬着头皮留宿那儿。夜晚的龙城寒意很重，没戴头盔的脸吹得有些发麻，陈大良的心里竟涌起一股无奈。

屋里亮着灯，显然郭玉妹早已回来。陈大良支好摩托车，掏出钥匙开了门。郭玉妹躺在床上，靠着床头给她儿子织毛衣，抬起头说回来啦。陈大良回应着，双手搓了搓发麻的脸颊。把水烧在那里，陈大良进来跟郭玉妹说话，道了今天小芷被抓的事。却也不说年初小芷被大马媳妇脚踢流产的事，怕郭玉妹听了会来联想。

郭玉妹听着听着止住了织毛线的动作，待到陈大良说完，连声说："咋会是这样呢，咋会是这样呢！"稍后又说："小芷给他男人抓回去，只怕难以回到大马身边了。"

"是呀，我也是这样想的。大马却盼着小芷回来呢，整个下午不停地拨打小芷的电话！"

"我看呀，说不定哪天大马会冒冒失失跑到小芷家去找人。"

"我也担心他做傻事。跑到人家家里去找人，只怕会吃亏的。"

"好好劝劝他吧！"

陈大良也不说大马是一根筋的人，只说自会劝他，就怕他不听。听外边水声咕咚响，知道水开了，止住话头走出来，拔掉插头，拎出烧水器，倒部分水进脸盆里，兑了冷水开始洗脸。待洗脚时，试探着问郭玉妹这几天忙不忙。郭玉妹淡然说还行。陈大良的意思，是想侧面了解她对怀孕一事上的打算，不是很忙就抽时间到医院拿掉。见女人没有明白他的心思，心道只有找个机会跟她直言了。

陈大良进来，脱衣上床，立即感到床上万般温暖。郭玉妹放下手上的毛线，脱了身上的衣服躺下，抬手捏熄电灯，身子往陈大良这边靠。陈大良的一只手就碰到女人饱满的乳房上，联想起今天老麦说的那首关于奶子的顺口溜。想逗女人开心，于是把那首奶子顺口溜念了一遍，再道了今天的情况。郭玉妹在他身上捏了一把，说："你们男人啊，聚在一块儿要么拿咱女人说事，要么是放海水，没有一个正经的。"又说："你可别在他们面前拿我们的事放海水。"

在陈大良他们老家的方言里，放海水就是吹牛皮。陈大良说："我有那么傻吗？"

郭玉妹道："我还不晓得你们男人，相互之间总喜欢逞强，老把自己那点儿艳事挂在口上。没有的捏都要捏造一些，好像没有几件花花事儿就不是男人了。我都弄不明白你们这样有啥意思。"

陈大良笑了说："还不是图一时嘴巴快活，能说的不能说的都说了，事后没有谁会把对方的话往心里去。"

郭玉妹说："你们的嘴巴是快活了，有天传到当事人耳朵里，会让人家怎么想？要是因此传到有关联人的耳朵里，还不知弄出啥事来。"

陈大良本想玩笑几句，说哪有这么巧的事，见女人在这上面认真，不愿因此惹她生气，笑道："别人怎样说我管不着，我是不会拿自己的事在人前拎来抖去。"

说笑间，陈大良那只手片刻不停地在郭玉妹身上游走，当摸到女人的肚子时，很自然就想起女人怀孕一事，那只手忙退了回去，停在女人的一个乳房上。女人的奶头很小，像没生过孩子的奶头。陈大良就把它在指上捏来捏去，想着是不是现在把话挑明，让女人请两天假去医院拿掉。不想女人的欲望给他捏了出来，口里发出呻吟，满脸通红，一只手抖抖擞擞地在他身上摸索开了。这些日子因女人怀孕的事，两人无意做那事儿，陈大良的性欲一下蹿了上来，忘了自己想的事，动手去扯女人的裤衩，然后再自己脱了个精光，一阵抚摸狂吻后，翻身把女人裹在下面冲撞开了。

这一次真是痛快，敢说前所未有。陈大良抽走了骨头一样摊在郭玉妹身上，大汗淋漓，半天喘不过气来，也动不了。郭玉妹也好不到哪里，几乎要虚脱了，闭着眼睛躺在那里，一动不动。不知是哪根弦的作用，陈大良忽然就想，女人怀孕头三个月是不能做这事的，容易流产，以郭玉妹的经验肯定知道，女人却没有拿它当回事，显然没有生下来的想法。如此一想，陈大良一下轻松了。这时身下的郭玉妹长舒一口气，睁开眼睛，说："你洗了没有？"

女人在这事上素来洁癖，每次做爱前都要陈大良清洗。今晚上陈大良无心做这事，自是没有冲洗，现在女人问起，哪里敢说真话，吐一口气道："洗了，没洗哪敢碰你。"

不想郭玉妹说："被你这么一弄，我都忘了自己怀孕的……去把水烧了。"

陈大良的心便跌了下来，只能拉亮灯下床把水烧在那里。回到床上，郭玉妹望着屋顶。陈大良猜她只怕在想怀孕的事，纵然想劝她流掉，却也不敢在这里跟女人说。你才干了人家，马上让人家去拿掉，就算女人不跳起来戳着他的额头骂也会对他来想法。谁也没有说话，屋子里说不出多静寂。陈大良闭了眼睛躺在那里，一副累了歇息的样子。

听外面的水在响，陈大良手肘撞了撞女人，示意女人去清洗。郭玉妹没有马上下床，捱了会儿才掀开被子披了件棉衣下去了。稍后郭玉妹返回，上来后说声去吧。实在有点儿累，陈大良并不想去冲洗，只是不愿惹女人不快，爬将起来去了外面房间。桶里留了些水，陈大良把它倒入瓢内，兑了冷水来到厕所，小便之后举瓢一冲了事。

身子才搭着床，撂在枕头旁的手机响了，看时是老麦打来的。老麦告诉他，刚才大马把老卓揍了一顿。事情缘起大马不时拨打电话，老卓嫌手机吵人，说了大马几句，大马跳将起来给老卓就是一拳，把老卓打了个仰面朝天。老卓爬起来要拼命，给大家劝住了。大马不是个喜欢惹事的人，估计老卓的话很难听，只怕还与小芷有关，陈大良就问老卓说了什么。

"他说本来就是你偷了别人的婆娘，你霸占了人家婆娘这么多年还嫌不够，还想再偷回来快活。今天人家没剁了你是你命长。"老麦说。

陈大良心道自己的猜测没错，却也不在电话里指责老卓骂人太损，对老麦说："大马是个老实人，出了今天的事心情不好，老麦你要大家别去招惹他。"

"有我在，不会有啥事的。"老麦怪声笑道，"大良你这会在哪儿快活，该不会在玩双飞吧？"

陈大良说声去你的，关了机。看郭玉妹时，正拿眼望着他。诚然女人知道这个电话是怎么回事，陈大良觉得还是应该在上面说句什么，就说："大马把人家打了。"

郭玉妹说："你不是说他很老实的么，老实人咋也动起拳头来了？"

陈大良笑了一声，说："你当老实人就任人欺负？他们只是轻易不与人争执，一般情况下让人三分，惹恼他的时候比谁都厉害。"叹了一声，"说到底大马对小芷的感情太深，让他情绪失控。"

郭玉妹就不说话了。陈大良怕自己的话触动女人哪根弦，还因此联想到他俩现今的关系。他拉灭电灯，说睡吧。伸手把女人往身边拉了拉，女人没有拒绝，挪挪身子安静地躺在他身旁。陈大良知道她不可能这么快就睡去，自己应该跟她说些什么才是，想着都已经说睡了，不便再说啥，脑子在女人怀孕一事上思想开了，打定主意明天早上在这事上跟女人直截了当地表明自己的态度。接着试想了女人在这件事情上的态度，是答应呢还是拒绝，抑或跟他提些条件，似乎哪种都有可能，竟让他没法做出一个准确的选择。

第二天早上醒来，女人安详地躺在身旁，陈大良不好推醒她谈流产的事，那样会惹女人不快，无异于给往后谈话设置障碍。女人要十一点才上班，凭着对她的了解，只怕还要躺会儿去了。陈大良从衣兜里掏出香烟抽起来，一会儿就满室烟雾袅绕。拿眼去看女人，烟雾中的女人隐隐约约。女人醒来，睁开惺忪的眼睛咳了一声，挥手赶面前的烟雾，说："大清早的你在床上吸烟。"

陈大良甩了手上的烟蒂，说声醒啦。女人才要开腔，不小心又吸进烟雾，咳声连连，眼泪都咳了出来，陈大良拍打着她的背，以手擦去女人脸上的泪水，说："你躺着吧，我去烧洗脸水。"动手开始穿戴，拿定主意洗漱后两人好好谈谈。

把水烧在那里，然后蹲在卫生间。习惯地伸手掏出香烟盒，待要抽出一根时又没了动作。一会儿郭玉妹出来洗脸，见这边又是烟味熏天，只怕会拿话说他。听水声开始响起，出了卫生间，捞出烧水器，把热水倒入脸盆，刷牙后开始洗脸。完后走进卧室，拿摞在床头的手机时说："水都烧好了，起床吧。"

郭玉妹伸了个懒腰，拿过摞在床头椅上的内衣往身上套了，从枕头下摸出内裤，掀开被子，双脚往里一套穿在身上。两人做爱后，早已习惯光着身子睡觉。陈大良一旁看着，暗自来了冲动。换在以往，他会嬉皮笑脸地上去捏捏摸摸，说几句让女人拿眼白他又欢快的话，今天却没这个心情。郭玉妹把被子叠好后，说："我不急，要不你先走吧。"

陈大良不说有话要跟她说，郭玉妹听了只怕会追问他啥事，弄不好脸都没心情洗，只说："你去洗脸吧。"

郭玉妹去了外面，陈大良坐在床上把玩着手机。卫生间传来哗哗的欢快声，那是小便落在便池里发出的声响。陈大良知道女人待在里面要一会儿去了，燃上根香烟。看女人的样子，全然看不出自己有话要跟她谈，待会把话拎起，肯定始料不及。女人没有思想准备，应该更容易谈妥。旋即又摇头，都好几天了，这么大一件事，女人不可能不考虑，也许她在等着自己开口吧。

郭玉妹洗完脸进来，梳好头发后倒出些大宝 SOD 蜜在手心里，对着镜子以指蘸蘸往脸上搽。陈大良手上的香烟早没了，一旁看着女人。郭玉妹以手在脸蛋上拍拍，扭过头来说："走吧。"

陈大良坐在那儿没动，望着对面的墙壁，说："咱谈谈吧！"

郭玉妹噢了一声，眼睛定定地看着陈大良，陈大良干咳一声，待要说话，攥在手上的手机猛可响了。见是二叔打来的，陈大良摁了手机。未待他问啥事，二叔的声音轰了过来："不好了，焓仔和老石给公安局抓走了。"

焓仔就是他的舅子，陈大良惊得从床上跳下来，说："公安局抓他们干吗？"

二叔说："我们正在吃早餐，来了一辆警车，下来三名公安，问谁是老石焓仔，两人拔腿就跑，没跑多远就给逮住了。具体原因我也不晓得。大良你快来。"

陈大良来不及想明白舅子和老石怎么被抓了，说声我这就来，收了线。横里跳出这等事，自是不能跟女人谈流产的事，陈大良说："工地有事，我得赶过去。走吧，我先送你去洗脚城。"

"你有事只管走，我不急。"郭玉妹说。

陈大良骑了摩托车向工地赶去。时候正是上班高峰，早上的气候比较冷，摩托车专选小巷钻。在陈大良看来，舅子和老石不可能干啥坏事，顶多也就晚上去发廊要要，或找个站街女开开荤。凭他这些年对公安部门行事的了解，嫖娼卖淫只有现场抓住才能准数，可舅子和老石是今早上在工地被抓走的，陈大良就想不透里面的原委了，心道他们未必真干了啥案子不成。

第 19 章

车到工地，工友们早已上楼忙开了，二叔在下面等他。二婶给他下了碗粉。二叔告诉他，在焓仔他们被抓走后，有工友说昨晚上阿凡提至今没有回来，打他电话也不通。陈大良埋头吃粉时，脑子把阿凡提和舅子、老石在一起联想，问二叔："昨晚上焓仔和老石是不是一块儿出去的？"

二叔说："晚饭后大家不是聚在一块儿打牌就是瞎喷，没谁留意到他们。"

二婶一直站在旁边听他们谈话，这时说："焓仔的事，要不要打个电话回去？"

陈大良道："现在是咋回事都没弄明白，电话里都不好说，说了只会让他们担心。把情况弄清楚了再说。"

二叔瞪眼女人："咱男人谈事，女人掺和啥，忙你的去吧。"

二婶并没有离去，一旁看着陈大良吃粉，陈大良知道二婶等着收拾碗筷，加快了吃粉的速度，却想女人总好飞短流长，让二婶晓得只怕用不了半天就会传到岳父母他们那儿。尽管现在尚不知道事情原委，被公安抓走总归不会是什么好事。如此一想，二婶面前就不吱声了，只管埋头吱吱吱地吃他的粉，二婶哪儿知道他的心思，当这位侄郎吃粉说话不便。二叔一旁大口大口地抽着香烟，不时瞅眼陈大良，却不瞧女人一下，模样儿似对女人刚才的话起了情绪。陈大良手中碗筷一放，以手抹嘴。二婶捡起碗筷走了。

"会不会他们三个昨晚上一块儿出去，阿凡提给公安抓住，他们两个逃脱，审讯下，阿凡提供出他俩，于是公安大清早赶来抓人？"二叔喷着香烟道。

舅子他们三个要是一块儿作案，阿凡提被抓，舅子和老石早躲起来了，怎么还会傻傻地回到工地等着公安来抓。陈大良却也不说自己的疑惑，问二叔打了舅子的电话没有。二叔说没有。陈大良掏出手机拨打舅子的电话，舅子很快接了。陈大良问舅子现在哪儿，舅子说他和老石在派出所。陈大良想问他到底犯了啥事，想着这会儿他身边肯定有警察在，舅子只怕不方便说，就没问了，说他这就来派出所。

陈大良和二叔上了摩托车奔派出所而来。去年因老兵的事来过这里。在派出所门口一个报亭买了包芙蓉王软盒装香烟。派出所干警出出进进，也不晓得找谁。陈大良拨了舅子电话，说他到了派出所，问他在哪个位置。不意舅子说他在去医院的途中。陈大良便懵了，不是二叔在旁，他都要怀疑舅子在跟他玩老鼠戏猫的游戏，耐着性子问啥医院。舅子说现在还不晓得，到后给他电话。

二叔皱着眉头道："来的时候都说在派出所，咋一下又到医院去了，他们去医院干啥？"

陈大良一时实在没法把这两者做出联系，摇晃着脑袋没好气地说："谁晓得他啊。"

现在情况，只有待在这里等舅子的消息。舅子能够自由自在地接听拨打电话，事情应该不会很严重。闲着无事，两人对舅子和老石被抓猜测起来，兀自没个准头。陈大良就没了心思，问起昨晚上大马与老卓吵架后的情况。二叔说大马跟往常一样，一个人端着碗蹲在一边吃他的，同谁也不搭话，只是不时掏出手机拨打电话。

"看大马一副老实巴交，没想到还这么花心。不是昨天的事，还当他俩真是夫妻。看来老实人也有不老实的时候。大良你也真是，这么久在我们面前未泄露半句，捂得铁紧。"二叔摇头道。

"这是人家的私事，一不犯法二不犯罪，咋说呢！对我来说，只要干活儿扎实就行，别的还真不用管那么多。如今当领导的都不理会这种事了，都说女人不是问题。"陈大良说。

二叔一直待在家里耕田种地，偶尔在周围做几天砖匠活儿，自是不知道他们这个群体的事，陈大良不便在这上面跟他说得太多，说多会让他反感。又想自己和郭玉妹的事可不能让他晓得，免得他对自己来看法，传到岳父母那里就不好了。想着郭玉妹，很自然就想到她怀孕的事，不是被舅子和老石的事耽搁，这会儿应该有结果了。

二叔使劲甩了下脑壳，说："这年头的事！"

陈大良也不在这里说大马多么不易，说了二叔未必理解，有天大马知道，说不定还会对他来看法。陈大良待要说些别的，手机忽然响了，是个陌生的龙城座机号，略微迟疑了一下，还是接了，里面传来阿凡提的声音。

"陈老板，我是阿凡提。我现在派出所。你能不能帮个忙，带五千块钱来趟派出所。这五千块钱从我工资里扣好了。"

陈大良不说自己这会儿正在派出所，说："我正在找你呢，打你手机关机。你咋到派出所去了？"

阿凡提说："还不是昨晚上在发廊给抓了。我的手机没电，现在是拿派出所电话打的。陈老板，你得帮我才行。"

"我想想办法吧。"陈大良挂了电话。

手机漏音，二叔一旁听了个明白，说："原来阿凡提进了派出所。玩妹子是吧，那老石和焓仔也是玩妹子了？"

陈大良颇觉不解，既然阿凡提乃嫖娼被抓，难道舅子和老石另有事因，这两人到底犯了啥案呢。见二叔望着自己，陈大良道了"公安机关对嫖娼抓现"的情况。二叔说还有这种事，脸上跟陈大良一样挂了疑云。

阿凡提的事还得办，陈大良身上没兜这么多钱，幸好银联卡在钱包里，让二叔在这里等他，上了摩托车找银行取钱。依稀记得来的时候前头岔路口有家银行，便骑着车往回走，眼睛往两边店铺张望。未到岔路口有家建设银行，陈大良下车在自动取款机上分两次取了五千元。顺便查下余额，只剩六千五百元，就想到要捞老石和舅子，这点儿钱肯定不够，还得另想办法。嫖娼被抓，阿凡提这些日子算是白忙了。

回到派出所，掏出手机调出刚才阿凡提拨打他的那个电话拨过去，马上有人接了，问找谁。陈大良客气地说找阿凡提，对方说这里没有这个人。陈大良怕他把电话挂了，忙说："半小时前他用这个号码打我电话，让我给他借钱送派出所。"

一会儿，阿凡提的声音在耳边响起："陈老板你来派出所没有？"

陈大良说："我到了，咋找你？"

阿凡提问他所在位置，让他稍等。陈大良知道，马上会有干警寻上他来的，把手机塞回兜里，掏出那包芙蓉王香烟开了封，等候干警到来。就见一名干警径直朝他走来，陈大良猜测只怕是了。干警来到他们面前，看眼陈大良后又扫眼二叔，问谁是陈大良。陈大良趋步上前，掏出香烟递上，干警伸手接了叼在嘴上，陈大良打燃打火机递过去，干警低头燃上香烟，顺势一甩脑壳，示意陈大良跟上。二叔随在陈大良后面，干警猛可回过头来白了他一眼，吓得二叔赶紧收住脚步。

进了一间办公室，干警悄然退出，随手拉上门。大班台后面的高背转椅里塞了一个身材矮矬、腰子脸上堆满肉的干警，眼睛一翻看着陈大良。陈大良猜他是派出所里的领导，掏出芙蓉王香烟，抽出一支递给对方。见对方不接，把香烟放在他面前的班台上，拿出钱递上。这时手机响了，是舅子打来的，陈大良摁了接听键。舅子说他现在在市疾病预防控制中心。陈大良弄不明白公安把他们带到市疾病预防控制中心干啥，电话里不便追问，更不便说他这会儿在忙阿凡提的事，只说晓得。

干警把钞票数完，操起办公桌上的电话拨打起来，用陈大良听不懂的龙城话嘀咕几句后撂下听筒，说：“得了，你到外面去等人吧。”

有上次经验，陈大良也不找对方索要发票，出了办公室。二叔迎住他，问人呢，陈大良说一会儿就出来，二叔就往对面办公楼望。陈大良脑子在舅子刚才的电话上拐来拐去，心道他们未必在市疾病预防控制中心犯下啥案子不成，要不把他们拉到那里干什么。正自这般想着，听二叔高兴地说：“出来啦。”陈大良回转身去，阿凡提正往这边快步走来。

待到走近，阿凡提双手紧紧攥住陈大良的手，眼睛通红发潮。陈大良另一只手在阿凡提肩头上拍打着，安慰说：“没事，出来了就好。”

二叔附和：“是呀，只要出来了就好。”

此等场合，陈大良不便拿话相问，那样阿凡提会更加不好受，对阿凡提和二叔说：“快吃午饭了，你们回去吧。”见阿凡提迷惑地看着自己，想告诉对方他还得忙舅子的事，想想终是没说，手指旁边的摩托，意即他得骑车回去。

阿凡提和二叔就往外走。陈大良抬腿上了车，启动摩托时猛可想起一件事来，追上已到马路的阿凡提：“昨晚上你跟老石和焓仔他们两个一块儿出来的吗？”。

阿凡提点头：“是呀，咋啦？”

陈大良说：“你们一块儿泡妞了？”

阿凡提说：“我被抓时没看到他们，估计他俩先我一步离开。”似乎想到什么，“是不是昨晚上他们也给抓了？”

显然舅子和老石被带走与昨晚上嫖娼无关，陈大良这下就想不透他俩犯了啥案。见阿凡提在等着他的话，陈大良不便隐瞒，说：“他俩早上被公安带走了。”

阿凡提的脸上挂着讶异，说：“我可没说他们。”

陈大良扬手示意他们走，自己启动摩托车奔市疾病预防控制中心而来。市疾病预防控制中心门口人来车往，陈大良不敢把车停在医院门口，见有人骑着电动车走前头侧门进去了，便尾随在后。四周泊着很多小车、摩托车和电动车，不时有人驱车离去。陈大良熄了火，也不下车，掏出手机拨打舅子的电话，告知到了。孰料舅子说他刚刚上车离开医院。陈大良心下便起了不快，心道你要走也该给个电话。想着两人之间的特殊关系，耐着性子问他去哪儿。舅子说到后再给他电话。谁知道舅子这个电话要啥时候打来，陈大良决定先回工地。启动摩托车时，一名保安不知从哪儿冒出来，递上一纸票据，陈大良不解地瞅眼票据，再看着保安，保安说："停车费，十块。"

陈大良说："我才来多久……也就两分钟的时间。"他本来想说那些人离去时未见你收钱，想着别把事情扯得太宽，便没说了。

保安说："半小时内是十块，超过半小时另加收费。"

这时又过来一名保安，精瘦精瘦，那身制服套在他身上像个耍猴的，瞪眼说："十块钱你也废话？"

自知多说无益，陈大良掏出钱包，拿出张拾圆的钞票递过去，也不接对方票据，往地上啐了口唾沫，一加油门冲出疾病预防控制中心。没行多远，见前头岔路口有交警站在那里，吓得拐转车头往巷子钻。

回到工地，二叔和阿凡提先他回来，正捧着碗吃饭。听阿凡提问舅子和老石，知道二叔把情况告诉了他。二婶给他留了饭菜，端出来招呼他吃饭。有工友过来，少不得问起情况，陈大良心情不是很好，只说还不晓得。他的情绪让工友们感到事情的严重，私下做出种种猜测，陈大良也不理会，一任他们去了。

二叔口里叼着香烟过来，在他身旁蹲下，说："阿凡提说他也给他们弄到医院抽血检查了一通，看有没有感染艾滋病。焓仔和老石会不会也是这样？"

去年老兵弄进派出所并没有这种事，陈大良就想不透这里面的事了，回身看阿凡提已经不在，估计上楼去了。陈大良想想说："阿凡提弄到医院抽血检验是昨晚上在发廊泡妞给抓，老石两个可是今天早上抓走的。"

二叔就不吱声了，只管一口一口抽他的香烟，袅袅烟雾从他两个鼻孔绵绵而出。

陈大良瞟眼二叔，说："到底咋回事很快会晓得的。不过，只要到了派出所，就得留下买路钱，两人几千元的罚款是少不了的。"

"钱的事小，只要人能够出来就阿弥陀佛了，就怕他们摊上啥大麻烦，那时候你岳父那里我都不好交代。"二叔担忧地说。

"他又不是小孩，还不晓得啥事做得啥事做不得，做不得的事也要去做，就得自己兜着。"陈大良道。

"话是这么说，毕竟我这个当叔的在这里啊，就算你岳父岳母不怪我，别人也会说我，我自己心里也不好受，自己的侄儿呢！"二叔说。

"应该不会有啥大事。"陈大良宽慰说

饭后回到楼上，有工友围了几圈在打牌，也有围在一块儿闲扯的，还有躺在床上酣睡的。大马紧攥手机坐在铺上，显然小芷那里没有消息，毗邻的阿凡提侧身而卧。有工友招呼打牌，陈大良摇头谢绝，往床上一倒，一扯被子盖在身上。整个上午转来转去，人累得够呛，身子一搭着床，耳朵里早没了聒噪，人沉睡了过去。

一觉醒来，打牌瞎喷的依旧。陈大良看看手机，一会儿就到上班时间，掀开被子爬将起来。见大马仍旧老样子坐在那里，心下摇头，想过去跟他扯扯。想着这一扯只怕会让大马更加难过，走到他身边便没有停下，大声道："大家上楼忙去。"

瞎扯的纷纷站起，入睡的闻声而醒，打牌的催吃字方快点儿出牌。大马慢腾腾地站起，随了大家往楼上走。陈大良往楼下走去，迎面碰着老卓，很自然就联想起他昨晚跟大马打架的事，眼睛往老卓身上瞅。老卓左眼圈乌青，像只熊猫眼，看去甚是滑稽，陈大良心道老卓昨晚上吃亏了。老卓喊了声大良。知道对方这只熊猫眼缘何而来，陈大良自是不会拿话去问，点头应声与他擦肩而过。

楼下的工友正往楼上爬，屋里就剩两圈打牌的，陈大良也不去催，他们打完这一盘自会上去忙活儿。快上坎的，有可能结账后再上去，反正也就多捱个十几分钟。在下面楼梯口碰到二婶，二婶止住脚步，抬头望着陈大良："焓仔有消息了吧？"

陈大良说："正准备给他电话。"

二婶说："自己的舅子，在他的事情上你要多操点儿心，想办法把他弄出来。"又说，"你岳父母要是晓得还不知道有多急。"

陈大良不愿站在这里跟二婶多话，可二婶站在中间，他不便从旁边绕过去，只能敷衍："我会尽力的，有啥消息再告诉你。"

二姆这才挪开脚步立于一旁，陈大良得以从她身边过去。到了下面，陈大良拨通舅子电话，舅子很快接了。未待他问舅子现在到了哪里，舅子先他说一会儿回来。舅子忽然就要回来，高兴之余，陈大良纳闷这中间到底是咋回事，走到马路上单等他们回来。

十几分钟后，舅子和老石出现在视线。待到他们走近，陈大良迎上去，却也不马上拿话来问，只说吃饭没有。老石说到现在一粒米都未进。二姆闻声赶来，上上下下打量着舅子，说回来就好，回来了就好。陈大良让二姆去给他们弄点儿吃的，二姆口里应着好，颠着两瓣屁股去了。

"你俩今天到底是咋回事啊，害得我都颠簸了半天？"陈大良拿话直言问。

舅子便看着老石，老石道："还不是昨晚上在发廊里按摩时把暂住证给落在发廊，正好公安昨晚上扫黄，捡到暂住证后寻上我们。"

"把你们弄到医院又是干啥？"陈大良道。

"听他们的意思，疾病预防控制中心发现发廊里有人感染了艾滋病，昨晚上便联合公安对发廊进行突查，所有人员都要送医院检查，看是否感染了艾滋病。"老石噢了一声，"阿凡提呢，回来了没有？"

陈大良说："回来了，在上面忙活儿。"却也不说罚款的事。片刻问："派出所咋处理你们？"

老石说："他们要我们交代昨晚上嫖娼的事，怎么逼我们都不承认，只说做了按摩。派出所就把我们送到疾病预防控制中心抽血检验。检验后我们没事，派出所把我们训诫一顿后放了。"

至此，陈大良总算明白舅子和老石被派出所带走是咋回事，待会儿这三人的事被工友们晓得，短时间是没人敢上发廊了。艾滋病是咋回事大家还是晓得的，那可等于判了死刑，这一辈子算是没了，大家还不避瘟神一样躲着。二姆在上面叫他们去吃饭，陈大良让他们吃了饭上去忙活儿，独自上楼去了。

来到楼上，大家正在忙碌，阿凡提和老卓几个在说笑。估计在侃他的这次遭遇吧。这年头，嫖娼已经不是啥丑事了。二叔过来，说焓仔他们回来了？陈大良点头，说是呀，在吃饭。

"罚了多少钱？"二叔进一步问。

"听他们自己说没有罚。"陈大良道。

"没罚钱就好。"二叔舒口气，扭头看眼那边安装墙柱模板的阿凡提，说，"听阿凡提说，发廊里的妹子有艾滋病，一个不小心就会感染，感染后算是死定了。既然这么厉害，他们咋还敢去发廊，这不是找死吗。听他们说，这艾滋病根本就看不出来，初期几个月跟常人一样，只有医院才能确诊。"

看二叔的样子不乏害怕，估计是第一次听说艾滋病，陈大良笑道："二叔你怕什么，别去发廊就是。再说二婶在这里，也不会让你去那地方。"

"我就不明白，这明摆着要命又花钱的事也有人做。"

"这咋说呢，总有不怕死的嘛。就像海洛因，明知吃了是啥结果，可还有人倾家荡产也要抽，谁都没办法。"

"不就为了快活那么一下么，这风险也太大了，打死我都不干，何况还要我掏钱。"

"这世上人跟人想的不一样，都要像二叔这么想，全国发廊早关门了，还会弄得大街小巷都是么。"

"咋会有这么多不怕死的呢！"

二叔摇晃着脑壳，去大马那边安装柱子模板。

舅子和老石上来，大家的目光从不同方向投过来，有人招呼，回来啦。两人也没有啥难为情的，点头回应。老麦那边正在安装横梁模板，陈大良过去帮忙，几个人也在拉扯着艾滋病，说全国靠身体赚钱的小姐怎么说也有上千万，未见得都感染了艾滋病。百分之八十的男人都有泡小姐的历史，可感染艾滋病的男人也就万分之一。说到底这是一个人的运气，有人隔三岔五进发廊也未感染上，有人去一次就感染了；还有人老老实实的，一辈子未曾踏足发廊等男女混迹的地方，却因生病在医院感染这要命的病，这难道不是命么。陈大良一旁只管听着，心道这话似乎还真有点儿道理。

有人忽然说："阿凡提和老石三个的事，有天传到家里，他们老婆会咋对待他们？"

老麦笑道："换了你，你老婆又能拿你怎样？你只要死咬着不承认，说没有这回事，她要骂你都不敢。当然了，你带着一身性病回去，把你老婆都感染了，肯定没好果子给你吃。还有一招，那就是你赚了钱，以钱抵罪。"

陈大良哈哈笑说："老麦像个老手似的。这里老实交代，你是死咬着不认账呢，还是以钱抵罪？"

老麦笑着说："我还真没出现过阿凡提他们这种事。落到派出所手里，只能说运气不好。"

陈大良笑着手指老麦："老麦的意思，你在这上面一向运气很好，是不是？

以后大家只管跟在老麦背后好了。"

老麦笑嘻嘻地说："我有这样说吗，大良你可别诬陷我。再怎么说咱也不及你。"

陈大良笑道："不及我什么，你老麦的意思，我陈某也是个隔三岔五进发廊的人？"

老麦笑说："你是老板呀，啥时候见过老板找发廊妹和站街女的，这也太失身份了吧。就算不找个情人，也要找个老婆吧。"

陈大良说："我啥老板，还不是跟你一样忙着挣钱养家糊口。"稍后说，"找发廊妹也好，找情人和老婆也好，都是为了解决一个共同的问题，最要紧别因此弄出啥事来，别让家里老婆晓得。"这么说着，便也想起郭玉妹怀孕的事，这对他真是个问题，心下暗自摇头。

老麦竖起大拇指："这是陈老板的心得嘛！以后大家在这上面有啥不懂的，找陈老板就是。"

陈大良道："别老麻雀扮嫩，在这上面老麦你还不是个老手？他们有你一半经验，也就不会被派出所带走了。"

老麦便哈哈笑了，说："我们这里还有这么多人没事，按你的说法，都是洞庭湖的老麻雀了。"

陈大良笑说："别人是不是老麻雀我不晓得，你老麦肯定是。"

玩笑着，远方暮霭悄然罩过来，随之有灯光相继亮起。有人丢下手头上的家什往楼下走。像是被感染似的，几分钟内大家走了个干净，刚才忙碌的场景一下没了，留下静寂的楼顶。

晚饭后被老宋硬拽上牌桌。陈大良无意跟他们打牌，只想赶回郭玉妹那里，就她怀孕的事好好谈谈，却拒不过他们软硬兼施，想到有段日子没摸牌了，答应打四坎。开牌定位，阿凡提坐庄，陈大良数省（牌），老麦和老宋坐对。

第一盘阿凡提自摸和了。老麦笑说和头盘结尾账。阿凡提说要让你们打赤脚就得和头盘。有如神助，阿凡提连和七盘，弄得老麦和老宋连声出鬼了。一结账，阿凡提赢了近四百块，就连一盘牌未和的陈大良也赢了两百块。阿凡提把钱往衣兜一塞，说："要赢钱，和头盘。"

第二坎掰牌后位置没动，老麦坐庄。老麦手上的牌不错，只要打出单字小十就等着和大壹大肆大柒，人就有些忘乎所以，冲阿凡提说："既然你说要赢钱和头盘，那我就和头盘好了。"语声中甩出小十。

不曾想阿凡提抓了个地和的牌，就等着和小七、小十，手中牌一放，笑道："借你吉言呀，老麦。"

老麦愣了半天，脸色都灰了。老宋不满地剜眼老麦，埋怨道："第一盘就放炮，你这牌是咋打的，老麦你有钱，我可没你那么多钱输。"

老麦便把手上的牌摊开往老宋面前递："我除了打小十还能打什么，你当我不想和牌……"

阿凡提笑呵呵地洗牌，全然忘了昨晚上的不快。陈大良怕两人因此起了争执，掏出芙蓉王香烟一一散上，笑说："我说老宋，人家老麦也想和牌，也想赢钱，你就别怨人家了。"

老麦盯着阿凡提道："未必你睡婊子睡出运气来了？"

阿凡提也不恼，笑嘻嘻地说："是呀，哪天你也找个婊子睡一觉，然后到派出所待一晚，再给他们五千块钱，运气就来了。"

老麦给气得两眼瞪视着阿凡提，一时竟说不出话来。

趁数省（牌）后闲着，陈大良去了楼下。打牌的打牌，瞎喷的瞎喷，很是热闹，大家都在，不曾少谁。陈大良知道，阿凡提三人今天的遭遇和艾滋病把大家给吓住了。返回来时，大马盘着双腿在拨打电话，陈大良心下叹了一声。

这一坎输赢跟上一坎没多大区别。往后两坎，阿凡提赢了四百多块，四坎牌下来，进账一千多块。陈大良也就赢几十块钱，笑说赢包烟钱。最后一坎老麦赢了，发灰的脸色才开始有了血色。老宋最惨，坎坎输钱，缠着要继续。老麦也是老宋一般心思，巴不得继续打下去，以便扳本，一旁嚷着再来两坎。陈大良拿眼看阿凡提的态度，阿凡提说牌就不打了，他请客吃夜宵。陈大良本来想趁机告辞，料阿凡提这里不会让他走，随了他们下楼。

工地背后的巷子有夜宵店，四人徒步过去，围桌而坐，点菜要酒。待到酒菜端上，阿凡提举杯与陈大良碰了，说："大良，今天的事感谢你。"

陈大良说："甭客气，都是在外面混的老乡，谁摊上个啥事，都应该伸手帮一把。再说了，你是随我一块儿出来的，真弄出个啥事来，我也脱不了干系。"伸起筷子夹了片牛肉干往口里送，"为了安全起见，以后啊还是少去发廊，风险太大了。不是钱的问题，是怕感染艾滋病。这年头得啥病都不要紧，就怕得这病。"

阿凡提点头称是。

老宋两个只顾埋头海吃，陈大良过来跟他们碰杯时，老麦一仰头来了个杯底朝天，招呼陈大良吃菜，陈大良玩笑道："老麦，今晚上未必是你请客吧？"

老麦笑说："阿凡提请客，我跟老宋埋单。"

阿凡提朝老麦举了举杯，笑着啜一口酒，说："老麦，你都说我睡婊子睡出运气来了，难道你未听说有的女人旺夫，跟他睡上一觉便会转运。今晚上找个婊子睡一觉，明天打牌肯定赢，那时老麦你请客。"

老麦手中杯子一放，拿起陈大良搁在面前的芙蓉王香烟抽出一支，啪地打燃打火机点上，喷出一柱烟雾，冲阿凡提笑呵呵地道："那你还不赶紧把昨晚上那女人娶回来，这女人可是旺夫的呢！说不定有天你会成为香港的李嘉诚，那时候我们大家给你打工好了。"

陈大良自是知道，阿凡提的话是对牌桌上老麦说他睡婊子睡出运气来的回应，什么旺夫，纯粹瞎扯，真旺夫不会跑到发廊卖身。就听阿凡提笑道："真要娶人家可不是那么简单，这牵扯到两个家庭，睡一觉就简单了。老麦，听我的，把运转一下。"

不想老麦笑着把头转向老宋："这阵你的手气不好，要不把运转一下试试看。"

老宋抬头瞪眼老麦，说："你转呀，转了大把大把地赢钱，也就不用做别人请客你埋单的傻事了。"

老麦讪笑说："也不晓得谁傻呢！"

离开夜宵店，看手机上的时间已快十二点。今晚上独个儿喝了差不多一瓶酒，陈大良感觉脑壳很沉，为安全起见，同时也为了不让舅子和二叔感觉他夜不归宿，决定今晚不去郭玉妹那里了，却也知道待会儿得寻个机会给女人去个电话。在女人怀孕一事上未解决之前，他不能让女人有啥想法。

第 20 章

晾好毛巾，习惯地点上根香烟，看工友们一个个下楼，陈大良开了手机，跳出一条信息，提醒他十分钟前家里打来一个电话。妻子很少大清早给他电话，陈大良打定主意早餐后再回电话。在他准备把手机往兜里塞时，手机蓦地响了，是家里的电话，陈大良不禁皱起眉头，心头隐隐起了不祥，心道家里是出了啥事，摁了手机，妻子的话先他轰过来："昨晚上老刚杀人了。"

陈大良脑壳嗡了一声，大脑一片空白。妻子见他没有回声，拿话问他听到没有，陈大良这才清醒过来，大声道："你说啥，再说一遍。"

"昨晚上十二点，老刚忽然回来，把他妻子和张色狼给杀了。"妻子说。

陈大良大声说："他杀张色狼干啥？"

妻子说："老刚昨晚上半夜回来，正好撞着张色狼和他妻子躺在床上，把这两人当场捅死。"

在妻子说老刚把张色狼杀了时，陈大良的脑子马上联想到那一层来，只是这消息来得太突兀，是以拿话找妻子证实自己的猜测。这时妻子那头说："老刚回来也没跟你讲？"

至此，陈大良总算明白老刚忽然找他借钱回去的目的所在，难怪当时阴着一张脸，他不便跟妻子说老刚借钱，说了只怕还会招来女人斥责，含混道："谁晓得他跑回去会做出这等事来。"

妻子道："在你们去龙城后没两天，张色狼和老刚老婆就搭上了。也不知谁把这事告诉老刚的，弄出两条人命来。张色狼这兽禽早就该死，只可惜把老刚一个好好的家给毁了。"

张色狼张跃中，镇政府驻他们村的干部，以下乡为名，整天骑着辆摩托车在村里晃荡，跟村子不少留守妇女有染，与村妇女主任的关系更是众所周知。村民明里呼他张干部，背后管他叫张色狼。有回给人家丈夫堵在家里，双方由争吵到殴打，吃了亏的张跃中拨打 110 报警，最后警方竟把人家丈夫治安拘留十天。就这么一个邪乎乎的人，去年竟当上了副镇长，虽然不再是他们村的驻村干部，但他们村却是其分管片中之一，张跃中仍旧时不时往他们村里蹿。陈大良不去想张跃中如何该死可恨，他关心老刚杀人后怎样了，迫不及待拿话问妻子："老刚呢，他现在咋了？"

"老刚杀人后到派出所投案自首了。"妻子说。

陈大良一下竟没话说了，感觉身子被啥给掏空了。那头妻子哪里知道他的状态，继续说："老刚父母哭得死去活来，他那两个小孩更要命，一夜之间爹妈就这样没了。这个张色狼真是造孽，早死了哪有现在的事。"

陈大良一时拿不出啥话来说，深叹一声收了线。在他跟妻子说话时，老卓和二叔他们一旁竖着耳朵听了个明白，这时你眼望我眼，谁也没有说话，屋里说不出多寂静。老卓沉缓地摇摇头，说："她的那些烂事儿，我们都晓得，就老刚一个人蒙在鼓里。如果他早点儿晓得，也许不会有昨晚上的事情发生。"

老卓和老刚同在一个院子里，他们这些人中，怕数老卓对老刚家里的情况最了解，大家的目光就投向老卓，等他继续说下去。老卓有意吊人胃口似的，慢腾腾地掏出香烟，抽出一根叼在嘴上，说："她和老色狼缠在一起，是前年老刚到广州时候就有的事。"

陈大良想起刚才妻子在电话里说"在你们去龙城后没两天，张色狼和老刚老婆就搭上了"的话，这种事没有谁能有个准确的时间，他们家距老刚家要远些，自然没有老卓知道得清楚，妻子的话，还不是人云亦云。这会儿陈大良正想是谁把消息递给老刚，让他回家逮个正着。

有人说："都这么长的时间，老刚就一点儿没有察觉，别人不说，他父母总得有所暗示才对。"

二叔说："这种事，做父母的也不好讲，讲了岂不让他们夫妻闹不和，顶多也就私下劝劝儿媳，让她别胡来，守点儿妇道。"

老卓的手机响了，一看是家里打来的，老卓摁了接听键，妻子的声音在耳边响起："昨晚上老刚跑回来把他婆娘和镇政府那个张色狼给杀了……"

老卓打断妻子的话："晓得了，我们正在说这事呢！老刚家里下步咋办？"

"正在联合族人和亲戚，准备找镇政府要说法。张色狼是镇政府的领导，我们村可是他的管辖，他一个镇领导在自己管辖的范围里胡来酿出命案，镇政府怎么也得给个说法。"

老卓与妻子通完电话，有人来了慨叹："这种人渣竟成了领导，难怪老百姓遭殃。当初那些提拔他的领导未必都瞎了眼？"

马上有人道："看看报纸和电视就知道了，现在的领导哪个不是淫棍。什么为人民服务，尽是男盗女娼。"

二叔说："你们说，老刚家人找上政府，有用吗？"

陈大良待要说这种事谁说得清楚，老卓先他道："叫上一两百号人马，不怕镇政府不给交代。这年头的事我算是看透了，大闹大解决，小闹小解决，不闹不解决。真要解决问题，就得闹。把两人的尸体拖到镇政府大门口摆着，不怕他们不给安葬费。"

这时二婶上来，大声说："粉都快凉了，你们站在这里咋回事呀？"在几个人身上瞅了瞅，感觉不对劲儿，说："是不是出了啥事儿？"

陈大良当先往楼下走去，老卓几个默然随在后面。二婶就拿话问二叔，二叔不耐烦了："你问这个干吗，老刚杀人了。"

二婶便叫了一声，说："你该不会乱说吧，杀人可不是儿戏，老刚前天晚上走时还好好的，咋忽然就杀人了，杀谁了……噢，老刚他杀谁了？"见二叔早已下楼，颠着两瓣屁股追了下去。

到了下面，二婶拽住二叔："你还没告诉我，老刚杀谁了。"

二婶这一嚷，正在吃早餐的工友纷纷把奇异的目光投过来，二叔端了碗粉在手，拿眼剜了女人一眼，说："你嚷啥呀！"手中筷子捞起碗里的粉往口里送。

二婶这下就落了个没脸面，老麦一旁说："告诉你吧二婶，老刚杀了奸夫淫妇。"

此言一出，工友们纷纷围上来问长问短，老麦一下成了核心。陈大良三口当做两口把粉吃了，招呼大家上楼干活儿。到了顶上，大家的话题围绕在老刚身上扯开来。有人说："老刚连杀两人，只怕保不住性命。"

有人马上反驳，说："现在一般情况下法院不判处死刑，除非是那种罪大恶极的犯罪分子。"

马上有人说："这可是连杀两人呢。"毕竟是工友，不好把罪大恶极的话往老刚身上贴。

有人就说："杀奸夫淫妇，属情有可原，法院应该从轻判处才对。"

不想有人说："问题是张色狼是镇政府领导，法院会不会因此重判？"

有人鼻孔冷哼说："死刑的权力在最高人民法院，在最高人民法院法官眼里，一个副镇长屁都不是，跟咱这些民工没啥区别。不是他张色狼勾引良家妇女，哪里会有这场命案。"

有人马上道："良家妇女？你把她捧得这么高干嘛！良家妇女会跟一个大淫棍混在一起？会给老刚戴绿帽子？会弄出这等血案来？要我说，也就一个荡妇吧。老卓不是说，这对男女的事都有几年了，有脑子的话早醒悟了，也就不会把自个儿的命搭上。"

不意有人嘻嘻笑说："男人不在身边，一个女人长期独守空房，也怪难熬的。老刚老婆也就三十多岁吧，这个年纪叫人家不想男人，可能么？咱们也得站在她的位置替人家想想。我们这些人，隔上些日子不也要找个女人释放么，就兴我们生理需要找女人，女人就不能找男人了？要我说，女人把家里的事打理好，这上面的事咱男人睁只眼闭只眼，只要她们别因此闹出离婚什么的就行了。说到底不就那回事么，大家都是过来人。"

听声音就知道说这番高论的人是老国，一个巴掌大的报纸都可以拿在手里看上半天的人，时有与众不同的言论从口里蹦出。陈大良心道老国这话未尝不是道理，男人们也明白，但没有谁会接受。这般想着，有人就骂开了："老国你这话真他妈扯淡，这不是怂恿女人在家里胡来给咱男人戴绿帽子，咱在这里起早贪黑，还不是为了让她们的日子过得好些。"

老国说："不是怂恿，是没办法，所以只好认可。咱们这些大男人在外面的一些烂事儿，你当她们真不晓得，不过是眼不见耳根净。还有就是鞭长莫及，没法可施。如果老刚不晓得他老婆和张色狼的事，在老刚那里还不是啥事没有。"

这时有人就说："是呀，老刚在这里好好的，咋晓得他老婆家里的烂事儿，而且一抓一个准？"

老卓说："这还用说，肯定是家里有人告诉他的。不过，弄出这么大一场血案，只怕是这人做梦都没想得到的。"

陈大良暗忖事情只怕真是这样了，要不老刚咋会忽然找自己借钱急着回家呢，却也不想这人是谁，直怨自己当时咋就没想到这一层。要是当时多个心眼，好好问问他，进而劝劝他，也许不会有昨晚上的事。如此而联想到郭玉妹的事，心里告诫自己一定要处理好，别因此弄出啥事。这般想着，也就无心听大家说些什么。

黄昏收工的时候，老卓妻子打来电话，说上午老刚他们这边男女老少去了两百多人，把老刚媳妇的尸体弄到镇政府门口。派出所过来抓人，大家一哄把派出所包围了。镇政府让他们派出代表，最后给了三万元安葬费。当镇政府和张色狼家人赶去运张色狼尸体时，老刚族人和亲戚要求给两万元的洗地费。一番讨价还价，最后镇政府给了八千块。

饭后有人叫陈大良打牌。这牌桌上一坐，哪是你要走就能走的，陈大良只说今晚上有事，任谁邀也不去。跟二叔几个扯上一通后，见大马独个儿攥着手机发呆，陈大良走将过去。才两天时间，大马看上去瘦削苍老了许多。陈大良掏出香烟递给他一根，大马摇头不接，陈大良在他肩上拍拍，说："来，抽一根，大马。"

大马犹豫一下接过香烟，陈大良打燃打火机递过去，大马深吸一口喷出一团浓郁的烟雾。晓得小芷那里没有消息，陈大良不能拿话去问，否则会惹对方伤心，想着自己该说句什么才是，抬手复又在大马肩上拍了拍，说："别想得太多，啊！"

不曾想大马的眼眶竟有了泪花，陈大良后悔不该过来触动大马的情绪。历经那晚上老卓被殴，谁都不敢惹他，这里就他俩的关系要好些，自己也是看他孤单可怜。陈大良说："我还得去老赵他们那里，有啥事打我电话好了。"

陈大良下楼上了摩托车。这时候也就八点，龙城的夜生活才刚开始，一派歌舞升平，陈大良一时竟不知道去哪儿。按他的意思，在工地待到十点后去洗脚城接郭玉妹回去，大马的事让他打乱了计划。摩托车毫无目的地行驶着，陈大良想到有段时间没去老赵那里，于是奔老赵工地而来。

临近工地，迎面碰到老吕低头叼着根香烟，陈大良猜他又是去单嫖，就不想跟他打招呼了，不意老吕猛可抬起头来，两人的目光便撞个正着，老吕一愣之后喊了声大良，陈大良也不停车，抬手挥了挥，摩托车从他身边飞驰而过。想老吕历经上次性病的事，到底还是没有改掉单嫖的习惯。假使把阿凡提和舅子与老石的事告诉他，老吕今晚上还会去么。换了老全他们，陈大良会直言相告，老吕的性格让他不得不有所顾忌，他可不想自找难堪。

老赵几个围在一块儿瞎喷，见了陈大良便招呼让座，陈大良掏出香烟一一递上。有人玩笑，说他现在是老板了，咋还是抽这个牌子的烟，应该提提档次才是，不然失了老板身份。陈大良说啥老板，跟大家一样忙着养家糊口。几句说笑后，陈大良道了大马的事。大家对大马和小芷的事自是知情，纷纷议论开了。有说大马傻瓜的，小芷走了就走了，哪里没有女人，用得着这样；也有说大马痴情的，和小芷厮守了这么多年，现在小芷走了，还如此日思夜想。

待到陈大良说了老刚的事，大家哑了似的久久不语。老赵叹了一声，说："老刚可真傻啊。"

老明说："也别说老刚傻，只要还是个男人，那场合换了谁都会这么做。"

有人道："说到底张色狼该死，不是他勾引老刚媳妇，哪有这种事发生。如今一些领导坏透了，不是想着为老百姓服务，满脑子想着勾引良家妇女。"

老光说："那老刚老婆肯定也不是个好东西，既然能跟张色狼搅在一起，肯定还跟别的男人也有一腿。"

老明玩笑说："老光你凭什么说人家还跟别的男人也有一腿，未必你是其中一个？"

老光说："我还不晓得女人是咋回事，只要跟别的男人搞上就会刹不住车，脑子想着那些乱七八糟的事，哪里还有自己男人。"

有人笑道："老光，你既然这么了解女人，那你这里跟我们说说你家媳妇是咋回事。"

老光也不恼，一笑说："我父母跟我们住在一块儿，就算她要偷汉也没这个胆。"

老明笑着说："你忘了老刚的父母也跟他们住在一块儿。我跟你说，就算你父亲发现你老婆偷汉，他也不敢替你捉奸，要是你老婆倒打一耙，说他扒灰，他跳进黄河都洗不清。你也别说我瞎扯，我们院子里就发生过这种情况。老龚经常在外头忙着挣钱，他媳妇和村书记不知啥时候搭上了。老龚的父母时有耳闻，只恨没有证据，又不好跟儿子说，便暗暗留意。有天晚上老龚父亲半夜起床上厕所，看到一个人影溜进儿媳屋里去了，便悄悄摸过去，听得里面呼哧呼哧干得欢，一脚踹开房门，谁知老龚媳妇从床上跳起一把抱住老龚父亲，大叫扒灰。老龚妈闻声跑来，拉亮电灯，老伴身上的衣服早给儿媳扯掉，两人赤身裸体搂在一起。老龚妈差点儿要晕过去，铁青着脸问老伴咋回事，老龚爸说他看到有人溜进来，就冲进来捉奸。儿媳说我躺在床上好好的，啥时候溜进人了。老龚爸妈寻遍屋里的角角落落也没发现半个影儿，气得老龚妈挥手掴了老伴一个耳光。这事儿在我们那里老幼皆知。老光你也不要寄希望你父母给你管好妻子，未必你就不怕你父亲捉奸演变成扒灰？"

有人嘻嘻笑说："老光早就想到这一层，他老婆真偷汉的话，让他母亲打头阵。"

马上有人笑道："这就安全了，老光老婆有心计的话，照样可以倒打一耙，说婆婆偷汉竟搞到她房子来了。不是说两个女人一台戏么，这比诬公公扒灰还要热闹。"

先前那人笑了说："照你说的，老光婆娘真要偷汉，老光父母是束手无策了，只能眼巴巴任儿媳胡来。"

钟姐过来，得知老刚杀人事件始末，跺脚连声造孽，说现在的女人呀只要男人不在身边就守不住自己，就把自己的男人给忘了。那个张色狼也不是好东西，胡作非为政府也不管。钟姐慨叹的时候，一干男人没谁附和，任她自顾自唠叨。

见时间差不多，陈大良起身告辞，老赵邀他去吃夜宵。这夜宵一吃，没有两三个小时不会完，赶回去后郭玉妹早睡了，又得另找时间，陈大良摆手说下次，下次他请，今晚上还有事要忙。老赵送他出来，一只手搭在陈大良肩膀上，笑呵呵地说："去郭玉妹那里忙也不用这么急嘛。"又说："听说她男人死了？"

"那是去年的事了。"陈大良道。

老赵搭在陈大良肩膀上那只手便在他身上拍打着，说："老弟，这你可得有个把握。"

陈大良明白老赵的意思，提醒他别因此弄假成真把事情搞复杂了，脑子就把郭玉妹怀孕的事联系起来，暗自紧张，心道老赵要是知道这事，少不得说他不长心眼。抬腿上了摩托，说："放心吧，我心里有数。"

洗脚城门口的马路上停着好几辆豪车，陈大良也不下车，坐在车上等郭玉妹出来。十几分钟后，郭玉妹独自出来。走近后，郭玉妹说："我还以为你今晚上不来了呢！"

待到郭玉妹上来坐好，陈大良启动摩托车，说："昨晚上有事，不是给你打了个电话么！"也不说舅子和老石的事，更不说老刚命案的事，怕女人有想法，影响他们待会谈话，只是随意说些别的。

"烩仔和老石是咋回事？"郭玉妹问。

这里面的事太复杂，陈大良不想让女人知道得太多，含糊说："公安机关怀疑他们去了发廊，把他们找去了解情况。"

郭玉妹说："那肯定在发廊嫖娼。"

陈大良道："你凭啥认定他们嫖娼？"

郭玉妹说："道理很简单，一般情况下公安机关不会干没把握的事。再说了，这才鸡屁眼大的事。"

陈大良倒不惊诧女人在这上面知道这么多。上洗脚城的人三教九流，说它是藏垢纳污的地方并不为过，比发廊好不到哪里。见郭玉妹不再在这事上追问，也就懒得说。

回到家里，烧水洗脸后已快十二点，两人上床休息。见郭玉妹伸手要去熄灯，陈大良干咳一声，郭玉妹便止住动作转过脸来，陈大良故作轻描淡写地说："老婆，怀孕的事想得怎样了？"

郭玉妹看去并没有感觉啥唐突，却是没有吱声，屋里陷入寂静，陈大良便来了压力，尽量不让它流露出来。待要再次劝她去医院拿掉时，郭玉妹说："这事儿我晓得咋做。"

见女人还是上次的话，陈大良当是敷衍，心下就急了，说："那你准备咋做呢，说说看。"

郭玉妹眼睛盯着顶上的天花板，说："我会去医院流掉的，这你放心好了。"

陈大良马上说："要不明天吧，你跟公司请几天假，然后我陪你去医院。"

郭玉妹说："我自己会安排。好了，就这样。"伸手熄了电灯。

屋里一下陷入黑暗。女人没有给他一个确切的答复，陈大良纵然心有不甘，也不好再在这个问题上纠缠。这时女人翻转身去背对着他，一动不动躺在那里，明显对他起了情绪，陈大良想着该在这上面拿话安慰安慰她，试探地伸出一只手搭在女人的手臂上，见女人没有把他的手撩开，喊了声老婆，道："不瞒你说，我也很矛盾，这毕竟是我们的感情结晶，可我真没思想准备，你只怕也跟我一样。我晓得你是个重感情的好女人，对你我来说，这实在是件天大的事儿，你说是不？"说到这里，陈大良把她扳过来，就势搂住女人。

郭玉妹轻声道："时间不早了，睡吧！"

从女人的声音里，陈大良感到她的态度有所好转，心下稍慰。外面有灯光透入，室内隐约可见。女人都把话说到这个份上，陈大良自是不便再说什么，就想只好明天再跟她说去了。

翌日早上起来，看女人忙着穿衣洗漱，并没有不快，却也觉得大清早不便续谈昨晚上的话题，弄得女人跌了心情，一整天的情绪都提不上来，今晚上都不好谈。女人洗完脸后，招呼陈大良洗脸，自己去了里面房间梳妆去了。陈大良把桶里剩下的热水倒入脸盆，把脸埋入热气腾腾的盆里开始洗脸。女人早晚都要用一种牌子叫雅芳的米洗颜洗脸，毛巾上留下淡淡的雅香，每次都让陈大良有种温馨的感觉。待到洗完脸，女人刚好梳妆完，取了挂在墙上的提袋，两人出门而来。

经过早点摊，陈大良说吃面，郭玉妹回答说不吃，洗脚城免费供应简单早点。陈大良不再废话，摩托车只管往前驶。早上的足之道洗脚城门前空荡荡的，别显冷清。女人下来后，陈大良拐转车头正待离去，郭玉妹说："你在这里等等，我一会儿回来。"

来不及问啥事，女人已背转身去快步往里走，陈大良只好坐在车上等她。闲着无事，眼睛打量着面前的足之道洗脚城，洗脚城足足占了五层。想想也挺有意思，自从那次跟老赵来过后，他就再也没进去过。有次老赵几个邀他去足之道洗脚城，他婉言拒绝。他不想让太多的人知道他和郭玉妹的事。在他们这个群体，对这种临时夫妻关系并没有啥遮掩的，历经齐小眉事情后，陈大良总觉得这种事还是隐蔽些好，没必要弄得尽人皆知。他可不是大马，他对妻子和儿子的感情很深。因为临时夫妻这种事被另一方获悉而离婚的不乏其事，他可不想弄得妻离子散。在他这般想着的时候，郭玉妹出现在门口，朝他这边走来。

待到郭玉妹坐上来，陈大良启动了摩托车，问："去哪儿？"

郭玉妹说："去前头孝廉路的龙城第十人民医院。"

陈大良一愣，手脚没跟上让摩托车熄了火，待到清醒过来，明白郭玉妹是让其带她上第十人民医院流产，人一下来了感动。要知昨晚上他都想好了，今晚上就流产的事怎样跟郭玉妹接着谈，甚至一度怀疑女人会以此要挟跟他要钱啥的，拿定主意一切条件都答应她，之后不会再跟她有什么。现在，女人在他全然没有一点儿思想准备的情况下主动提出去医院流产，如非置身公共场合，陈大良可要跳下摩托车来吻郭玉妹，以此感谢她如此通情达理。在陈大良再次启动摩托车时，却想女人去医院，会不会另外有啥事或病什么的，如此一想，噢了一声，说："去医院干啥，是不是哪儿不舒服？"

郭玉妹说："你不是希望我尽快去医院拿掉么？"

女人看上去似乎很轻松，陈大良却感觉到她话里悲凉，心下很是惭愧，想自己一度把她想得那么歪，真是小人之心。现在陈大良算是彻底了解了这个女人，证实了他原来的判断。这是一个心地善良的好女人，只可惜她的命苦了点儿。陈大良把启动了的摩托车熄了火，让郭玉妹下车等他，径直往洗脚城隔壁的建设银行走去。来到取款机前，掏出钱包拿出银联卡插进去，查询后得知卡里还有六千五百元，取了六千块放入早瘪了的钱包里。流产手术是用不了这么多的钱，但他不能亏待了这个好女人。

车到第十人民医院。虽是一家区医院，出出进进的人流看去很是热闹。陈大良放好摩托车，领着郭玉妹来到大厅，给女人找了张椅子坐下，自己排队挂号。每个窗口都站了人，似乎全世界的人都病了。蚂蚁似的一步一步往前挪，足足等了半个小时才挂上号。

到妇产科门诊后，陈大良再次去大厅排队交费。看郭玉妹被医生叫进手术室，陈大良长长舒了口气，来到外面走廊，燃上根香烟。今天不能去工地，得去个电话才是，掏出手机调出二叔的电话拨了过去。

第 21 章

出口处等着接人的人甚多，男女老少不一，有人手上还拿着写了姓名的牌子，没有谁留意到戴着墨镜的刘阿波。刘阿波掏出手机看屏幕上的时间，再过二十分钟文婷婷乘坐的火车就到站了。在他准备把手机塞入兜里时，手机响了，是家里打来的，刘阿波伸出手指头熟练地一抹解了锁，妻子的声音传过来，问他在哪儿，刘阿波说在火车站接个朋友。不意妻子语出惊人地问："是不是接你那位伯乐美女？"

刘阿波大吃一惊，本能地说："你瞎说什么啊……"

妻子说："你们不是一块儿上了电视吗，还说没有她就没有你……你猜大家咋说你们的，两口子呢……"

刘阿波便明白是咋回事了，一定是有人看了电视，把情况添油加醋讲与妻子。他打断女人的话："人家瞎说你也跟着起哄，就这么没脑筋，我上了电视，自然说啥的都有，好在我认的导师 A 是个男的，要是个女的，岂不又要说什么三口子了。你带好儿子，别听人家乱嚼舌头。"

妻子说："咋成人家乱嚼舌头了，无风不起浪，没有影子的事别人也不会说。那你这里给句实话，你现在哪儿？"

刘阿波如实道："我在浙江接受导师的指导，以便迎接下轮学员 PK 赛……"

"上次你跟我咋说的，说有人给老赵介绍工程，老赵硬拽你去浙江，还说下午就回龙城，原来一直待浙江。这么久一直未跟我说上电视的事，不是我今天问你，你是准备瞒我到死。上电视了，就不想理会我们娘儿俩了，是不是？这些日子，一定和你那位伯乐在一块儿开心快活……"妻子再次打断他的话，一阵狂轰猛炸。

刘阿波的脑壳就开始发疼，真想把电话挂了，耐着性子说："上次给你电话就是要告诉你上电视的事，怕招你骂就没说了……"

妻子道："你都上电视成名星了，我敢骂你？借两个胆子也不敢骂你。惹火了你，还不把我甩了，和你那位伯乐在城里过你的花花日子……"

妻子老是把他和文婷婷拎在一起，刘阿波心里就发虚，硬着头皮说："你胡说什么，我和她能有啥，你就这么没脑筋，人家一个大城市里的女孩子，能跟我有什么事？都跟你说了多少，不要听人家乱嚼舌头，咋就不听，人家巴望着看你的把戏呢。这么多年了，我是咋样一个人你还不晓得？"见有乘客蜂拥而出，刘阿波无心跟妻子废话，说："别听人家唆使好不好，咱孩子都那么大了，这一辈子还能怎样，再说我现在也不是什么明星，完赛后回龙城继续安装模板，挣钱养家。我这会儿在火车站接一位朋友，有时间再给你电话。好了，就这样。"

刘阿波才要把手机往兜里塞，似乎感觉鼻孔有股温热的东西流了出来，以手一抹竟是殷红的鲜血，人吓了一跳，手忙脚乱地翻遍所有兜也没掏出半张纸，身旁一位打扮阳光的女孩从包里掏出几张面巾纸递给他，刘阿波道声谢谢接过，抽出一张纸塞住鼻孔，取下墨镜仰起头来。女孩关切地问他："没事吧？"刘阿波不便开口，摆摆手表示没事。女孩没有离去，一旁打量着他。当刘阿波竖起脑壳时，女孩手指自己的嘴角，示意刘阿波有血迹未擦去。刘阿波便以纸揩拭。

手中的手机响了，是文婷婷的电话。刘阿波才惊觉这一忙乱把接人的事忘了，手指头一抹屏幕解了锁，举到耳朵边。文婷婷问他在哪儿，刘阿波说他就在出口处，文婷婷说刚才出来咋不见他。刘阿波估计，文婷婷多半在他仰头止鼻血的时候出来了，以至没看到他。

文婷婷拖着个旅行箱过来，刘阿波的模样让她吃了一惊，疑惑地打量着他身旁的女孩，女孩说声你没事我走了，刘阿波忙道谢谢。文婷婷从女孩身上收回目光，看着刘阿波说："你这是咋回事？"

刘阿波说："我一直站在这儿，也不知道鼻子咋了，忽然就出血。"

文婷婷道："没事了吧，没事我们就走。"

刘阿波要替文婷婷拿那只旅行箱，文婷婷说她自己来，先刘阿波把旅行箱拿在手上。刘阿波硬是从文婷婷手上要过旅行箱，领头往公交车停泊方向走去。文婷婷说打个的士好了，伸手一招，一辆的士停在他们面前。刘阿波掀开的士后面车厢盖，把旅行箱放进去，与文婷婷一同坐在后排。的士行驶在这座著名的旅游城市，两人随意闲扯。

"怎样，累了吧，要不睡会儿，到了我叫醒你？"刘阿波说。

"还好。看你的状态是不是很累，压力很大是吗？"文婷婷一只手搭在刘阿波膝盖上摩挲着。

"感觉还真有些累。"

"是压力吧？"

"这也有。"

"也别把自己给弄得太累了，身体最重要。这几天我陪你去外面走走，好好放松放松。"

这次文婷婷仍旧下榻上次的酒店，安顿好后已是黄昏。当刘阿波提议到外头去吃饭时，文婷婷让他去卫生间洗把脸，自己坐在沙发上等他。两人走出客房时，文婷婷挽了他的手往外走，刘阿波莫名地想起在火车站时妻子打来的电话，心头隐隐有些不安。一对年少情侣在电梯门口相互搂抱着等电梯，男的一只手都伸进女的胸衣里面去了，全然不顾有人到来。刘阿波拿眼去看文婷婷的反应，文婷婷只是淡然一笑。电梯门开了，出来一对中年男女，这对年少情侣竟进去了。这时候的客人大都是下去吃饭，文婷婷猜测，这两人多半误把上楼当下楼。另一扇电梯门敞开，两人进去了。电梯内站了一老者和服务员。老者时不时拿眼往他们身上瞟，直把刘阿波看得浑身不舒服，猜老者肯定看出他俩之间的特殊关系。他很想把手抽出来，想着如此一来，等于不打自招，还会惹文婷婷脸上不好看，万难忍住。好在老者在二楼出去了。走出电梯，感到背脊都是虚汗，暗自去瞧身边的女人，文婷婷无事一般。

他们进了家潮汕人开的特色饭馆。在点菜时，刘阿波发现菜单上的菜名里面差不多都有菜脯两字，什么菜脯冬瓜蟹汤、菜脯炣鱼、菜脯五花肉，正自疑惑菜脯为何物，老板向他们推荐一个叫菜脯焖鳗鱼的菜。文婷婷问怎样个焖法。老板便娓娓道来，说首先把砂锅烧热，鳗鱼切成块，五花肉、蒜头垫底，鳗鱼铺上，菜脯切片或条放入，倒入生抽，水没过鳗鱼。大火将五花肉的油逼出来后，再以小火焖。文婷婷叫老板点上。

刘阿波问："老板，你这菜脯到底是啥东西？"

老板笑说："就是腌制成的萝卜干。不过，我们制作的萝卜干绝对独特，保证让两位吃了还想吃，下次会再来。"

点好菜后，两人喝茶闲扯。文婷婷少不得问起他们的培训情况，以及下轮

PK 赛导师给他安排的对象。陈大良告诉她，他的 PK 对象是央金坤术。因为刘阿波的缘故，文婷婷对 A 导师麾下的学员几乎是耳熟能详，知道央金坤术是个藏族小伙，其雄浑的嗓音使其歌声颇为独特。文婷婷暗暗把两人的实力比较了下，就唱技方面，刘阿波要比央金坤术完美得多。文婷婷担心选唱歌曲时 A 导师往藏歌方面选。跟一个自幼唱藏歌的藏族人决赛藏歌，刘阿波占不到多少便宜，不知刘阿波有没有想到这一层来。文婷婷不能拿话把心思说与刘阿波，刘阿波听了少不了会有压力，那样对他无益。文婷婷想着把情况了解清楚再说。

"PK 赛的歌曲定下来没有？"

"估计就在这几天吧。"

"知道导师选哪方面的歌曲吗？"

"不晓得，咋了？"

服务员送上菜来。见中间有个砂锅，猜这道菜就是老板推荐的菜脯焖鳗鱼了。刘阿波伸手掀开锅盖，香气弥散开来，文婷婷吸着鼻子连道好香。他们喝葡萄酒，是文婷婷要的，她说喝高度白酒对嗓子不好。两人举杯碰了，文婷婷执筷伸进砂锅。肥美的鳗鱼并不腻，再尝菜脯，别有一番口味，文婷婷给刘阿波夹了块菜脯放入他面前的碗里，说："真好吃，这一辈子怕是没吃过这么好吃的萝卜干。"

在刘阿波家乡，萝卜是种来给猪吃的。每到萝卜能够吃的季节，少数村民也会腌制一些萝卜干，筛子里面和屋顶晒满了萝卜，日落就把它收起来撒上盐以手揉揉，日出再拿出来晒晒。如此日复一日，白白的萝卜就变得黄了、瘪了、皱巴巴了，收起来放入瓮中，半个月后就可以拿出来吃。要说不同，他们不叫菜脯，叫萝卜干，直白明了。听老板说菜脯就是萝卜干时，刘阿波很是不以为然，心道你再怎样弄还是萝卜干。当下夹起菜脯放进口中，鱼、五花肉和蒜头的味道都有，还真不是自己所想象的，连称不错。他暗自琢磨了一下，因为鳗鱼肥美，用菜脯解其腻，吸收了鱼、五花肉和蒜头美味的菜脯便也成了这道菜里最值得吃的了。

几口酒落肚的文婷婷脸上起了红潮，看着刘阿波道："有机会找 A 导师了解一下 PK 赛的歌曲。"

刘阿波似有所思，抬起头来，说："PK 赛的歌曲很重要吗？这是迟早的事，有必要这么急？"

文婷婷一想也是，导师真要选择藏歌也是她没法奈何的事，不再在这事上纠缠，拿话说些别的。刘阿波告诉她，上次那个给他电话的县领导黄仕进今天上午打电话给他，说县里下个月将隆重举行建县六十五周年文艺演出，邀他回去演唱。因为这边 PK 赛时间尚未定，所以他未答应。

"如果演出时间不是与 PK 赛时间撞车，你一定要回去。俗话怎么说的，衣锦还乡！你这就是衣锦还乡啊！"文婷婷说。

刘阿波晃了下脑壳，说："啥衣锦还乡，当我真是什么大明星不成，我不过是个民工而已。"

文婷婷笑道："你是一颗冉冉升起的新星啊！邀请你回去参加演出，对你来说，就是家乡人民关注并认可了你；对他们来说，是爱护和重视在外头打拼的民工。这件事对你对他们都意义重大，用在商业上是双赢。"

刘阿波笑着举杯喝了口酒，说："听你这么说，似乎还真是这么回事。"

文婷婷笑说："我这个经纪人想的自然要比你周到，否则怎能给你带来利益，你又怎能相信我，把你放心交给我。"举杯而起，"来，咱们干了吧，干了吃饭。"

听女孩说"把你放心交给我"，刘阿波心头有个湿湿的东西缭绕开了，拿眼去看女孩，文婷婷正脸飞红云。他心脏猛地一跳，几乎堵住了嗓子眼，以致忘了举杯喝酒。文婷婷似乎感觉到了什么，抬头看着他，说声喝吧。刘阿波这才清醒过来，人竟起了慌乱，一仰头来了个杯底朝天。

从饭馆出来，两人漫步街头，城市的夜晚这时候格外炫目。文婷婷问去哪儿，刘阿波说就这样走走好了，然后回去。文婷婷说找个地方喝茶吧。刘阿波说喝茶还不是为了说说话，哪里不能说话，有必要跑到那地方去吗。文婷婷轻轻一笑，说咱们就这样走回去说回去好了。

经过七匹狼服装专卖店，刘阿波说早两天晚上在街头遇到女孩子和她的几个朋友，她们硬要请他的客，把他拽进一家夜宵店，大家喝了两箱啤酒。"没想到这些小屁孩那么能喝，比我们男人还厉害。"刘阿波道。

文婷婷淡淡一笑，说："你当这些九零后还是我们，他们有足够的青春和条件挥霍，他们要的是在放纵里面找到快乐。"

刘阿波摇头，表示无法理解。

文婷婷目光投向远方，说："也记不得谁说过这样一句话，音乐是不分国界的，也没有年纪上的代沟，她对谁都是平等的。所以呀，歌星走到哪儿都受人欢迎，因为她能给人带来快乐。"

　　说音乐没有年纪上的代沟，刘阿波心里可不认同。在他看来，音乐一样有国界，一样有时代感，不同时代的人喜欢不同的歌曲风格，对歌曲有不同的理解，不是所有的音乐都给人带来快乐，有的音乐听着可以让人痛苦、悲伤、彷徨，却也不拿话同文婷婷争论，认为没必要也没意义。文婷婷才来，犯不着因此坏了她的情绪。

　　回到酒店，刘阿波感觉有些累，坐在沙发上歇息。文婷婷开了电视，去了卫生间。听卫生间水声哗哗，知道文婷婷在洗澡，那种欲望便升腾开了，哗然的水声震得他耳朵嗡嗡响。屈指一算，他们分别有半个月的时间。电视在播放一个武侠片，是翻拍金庸的一部名著，刘阿波感觉拍得远不如从前，抓起遥控器把它甩掉，换了好几个频道也没找到一个好看的。如今电视剧泛滥，却没有几部有看头的。调到湖南卫视《我是歌手》，出场的是流行乐坛最具个人特色的人物韩磊，正在唱《嫂子颂》。韩磊算是他比较喜欢的一个歌手，对其《花房姑娘》《天边》等歌曲颇为欣赏，当下用心地听着：

　　嫂子，嫂子借你一双小手

　　捧一把黑土先把鬼子埋掉

　　嫂子，嫂子借你一对大脚

　　踩一溜山道再把我们送好

　　嫂子，嫂子借你一副身板

　　挡一挡太阳我们好打胜仗

　　噢憨憨的嫂子，亲亲的嫂子

　　我们用鲜血供奉你

　　……

　　文婷婷穿着睡衣出来，招呼刘阿波洗澡。才洗过澡的文婷婷脸色红润，眼睛给电视上的韩磊一下抓住了。刘阿波起身去了卫生间。刚洗过澡的浴室墙壁上挂了水珠，镜子给雾气蒙住。刘阿波脱衣服时，脑子在韩磊的《嫂子颂》上。比起李娜的《嫂子颂》，他觉得韩磊完全是另一种风格，多了一份男人的粗犷豪情。

　　因为条件的原因，在浙江这些日子，刘阿波差不多每晚上都要洗澡，慢慢竟让他找到以往洗澡过程中那种从未有过的享受。他闭了眼睛把自己泡在浴缸里，琢磨着《嫂子颂》里某些旋律。忽然就觉得，如果在这几个旋律上再处理一下，将使整首歌多一份那个时代的意境。

从卫生间出来，电视早关了，屋里的吊灯也熄了，文婷婷已躺到床上，在床头灯下翻看杂志，刘阿波感到一个不可名状的东西在他胸腔温柔着、激荡着。文婷婷手中的杂志往旁边一撂，微笑着轻声说："站在那里干吗，上来吧。"一只手掀开被子的一边。

刘阿波走过去上了席梦思，一把抱起文婷婷吻起来，感觉这女人馨香温润。当动手脱她的睡衣时，文婷婷闭了眼睛身子发软，这就让刘阿波有些吃力。好在是那种束腰睡衣，脱起来简单。刘阿波三下两下把自己身上的羁绊物甩了，俯身把文婷婷裹在身下。在他冲撞的时候，女孩双手紧抱着他，整个人随着他的律动轻盈起伏，一刻也未曾停下。刘阿波感觉自己如一叶被海浪掀过来掀过去的小舟，惬意极了。

风停浪止，文婷婷仍不让他下来，把他搂在身上抚摸着，刘阿波闭了眼睛趴在她身上歇息，巴不得永远这样躺着。刚才他太用功了，几乎耗尽全部的力气，身子剔了骨头似的动不了。两人就这样静静搂在一起，享受着激情过后那份寂静。

好半晌，文婷婷柔声道："知道吧，在我离开你的时候，担心你不习惯这里的生活会瘦，在火车站见到你最大的感觉是胖了白了，那一刻我的心落了下来。"

刘阿波很是感动，睁开眼睛望着文婷婷，说："比起安装模板的日子，现在的生活简直好到天上去了，不用风吹雨淋，能不白么。"

文婷婷说："你白一点儿好看些，给人感觉清爽年轻了。你让我联想起朱之文，现在的朱之文又白又胖，身上再也找不到当初参赛时那份'大衣哥'的寒酸感。"

刘阿波玩笑道："你的意思，我现在给腐化了？"这么说着，很自然就想起自己和身下女孩的关系，心头很是愧疚，暗忖自己不知不觉已经变了。环境太容易改变一个人了。

文婷婷说："这跟腐化有啥关系，那是政府公务员才有的事，跟我们老百姓不搭边。一个人的奋斗还不是为了让自己的日子过好点儿，这世上哪有不努力便能过上好日子的。抱我去浴室吧。"

刚才文婷婷用情忘我，出了一身汗。刘阿波下床去了卫生间，把浴缸里的水放好，再返回来抱着文婷婷去了浴室。浴缸里的水已经有半尺深，刘阿波把她轻轻放进浴缸，水哗然一声涨了上来，正好把文婷婷的身子浸没，文婷婷闭了眼睛躺着，似乎沉醉在一个无比美好的梦里。刘阿波站在那里静静欣赏着美人儿。一会儿，文婷婷睁开眼睛，说："你也出了很多汗，进来洗一下吧。"

浴缸不是那种大号型的，躺不下两个人，刘阿波不便进去，蹲下身去为文婷婷擦身子。她的皮肉柔软而有弹性，刘阿波细心为她擦着。擦到两只乳房，人便来了欲念，很想在这里云雨一番，看文婷婷一副很享受的样子，硬是忍住了。

把文婷婷抱回床上盖好被子，刘阿波跟着躺上去，抬手关了床头灯，房间一下陷入黑暗。文婷婷身子往他怀里拱了拱，头枕在他一只手臂上，嘟囔说睡吧，很快沉睡了去。刘阿波却是没法入睡，脑壳在今天妻子那个电话上，妻子是受别人唆使，可事实确实是这么回事，他和文婷停这种关系又会是怎样一个结果呢，看文婷婷的样子，似乎压根儿就没想到这一层来，也许这就是八零后女孩的个性吧。如果下轮 PK 赛自己给淘汰了，他们还能保持现有的关系吗，刘阿波竟不能给自己一个答复，那种压力便来了。

清早洗脸时，刘阿波感到鼻腔似乎有个什么黏糊的东西，让人觉得有点儿不舒服，擤鼻涕时鼻涕里血丝可见。一旁刷牙的文婷婷看到了，止住刷牙，说："你这是怎么了？"

刘阿波淡然道："估计是发烧吧。"

洗漱后，文婷婷关切地说："昨天在火车站你鼻子流血，记得上次参赛上场时也忽然流血，我陪你上医院检查一下。"

刘阿波从衣帽架上取了外衣往身上套，不以为然，说："你都说我胖了，我能有什么，不用了。"

文婷婷说："身体是大事儿，粗疏不得，还是去检查一下好，没事就安心了，听我的不会错。"

刘阿波说："今天有可能定 PK 赛的歌曲，我得赶去。要不明天吧，下午也行。"

文婷婷说："那就下午吧，我在酒店等你，回来的时候跟 A 导师请半天假。"

两人去楼下吃了免费早餐，送刘阿波进了电梯，文婷婷返回客房，在沙发上呆坐会儿，开了电脑，百度搜索《中国好声音》央金坤术。央金坤术唱的是经典歌《呼伦贝尔大草原》。粗犷豪爽的央金坤术是某中学的音乐老师。文婷婷连续听了五遍，这首被降央卓玛唱红的藏歌，经过央金坤术改编，歌词和旋律铆合对接后，听来显得更有民族感，意境也更清晰。有三位导师为央金坤术转身。一番争夺，央金坤术投在 A 导师麾下。文婷婷再次把他跟刘阿波比较了下，刘阿波似乎要比央金坤术稍稍强那么一点儿。A 导师安排他们两个直接 PK，那将是一场白热化的争夺战。这会儿文婷婷坦然多了，要知每个学员上场都是自己最拿手的歌曲，央金坤术这首《呼伦贝尔大草原》的成功，并不代表接下来由导师指定的歌曲会有超常发挥。音乐这东西，很多时候全凭听者的素养和感受。学员的形象、气质和人气等一些外在的因素决定着导师的选择。在人气上，央金坤术没法跟刘阿波比。脑子忽然就想，凭着对藏歌的造诣，刘阿波要是把一些别的元素和藏歌的唱法结合起来会怎样，有人不就凭着将美声与通俗元素和谐融入，从而在《星光大道》获得了很大成功么。如此想着，文婷婷激动得几乎这就要给刘阿波电话，想着他们这会儿正在忙着接受训练，万难忍住。

看看到了中午，文婷婷拨通刘阿波电话，刘阿波让她到酒店门口的马路上等他，他现在正往酒店这边赶。文婷婷关了电脑，拿了提袋，出门而来。走出酒店，刘阿波刚好赶到。刘阿波说找个地方把饭吃了。学员吃住由电视台统一安排，刘阿波显然是特意来陪她的。文婷婷问他找导师请假没有，听刘阿波说没请，中午有三个小时休息，文婷婷就要求先去医院，检查了再吃饭。

两人上了辆的士往省人民医院赶。车里放了音响，是汪峰的《春天里》，司机不时跟着旋律自乐地哼唱两句。文婷婷的一只手搭在刘阿波膝盖上，脑壳靠着他肩膀。刘阿波忽然噢了一声，说："PK 赛的歌曲定下来了，是由导师改编的内蒙古民歌《鸿雁》。"

没有看到改编的作品，文婷婷不好在这事上跟刘阿波讨论，却也不忘今天的忽然之想，于是说："你想过把一些别的元素与藏歌结合起来吗？"

刘阿波说："改编后的《鸿雁》融入了很多元素，着重突出高低音声部，比原版的《鸿雁》多了不少的难度。"

文婷婷在他膝盖上拍拍："有信心吗？"

"尽力吧。"刘阿波道。

深谙身边男人不是喜欢把话说满的人，文婷婷放下心来，说："我相信你一定行。"

车到医院，排队挂号时，刘阿波让她去外头吃点儿东西。文婷婷说不用，完了找个地方一块儿吃。好不容易挂了号，然后到五官科门诊，医生提议 CT

检查，两人返回大厅排队缴费，然后去 CT 室。CT 室门口的铁皮椅上坐满了等着检查的人，他们把号递了进去，找椅子坐下耐心等候着。

"你看到的，现在要看个病都难，烧钱不说，还得有足够的时间。"刘阿波摇晃着脑壳道。这来回上上下下的，他感觉很累。

"所以没有谁乐意来这地方。"文婷婷说，眼睛往对面铁皮椅里的人脸上扫，无一不是病恹恹的样子。

刘阿波掏出手机看了下上面的时间，说："都快三个钟头了，只怕还要捱上一阵，要不你去外面吃点儿啥，填饱肚子再说。"

文婷婷优雅地摆摆手，说："这么久都过来了，还怕捱上这半会儿，等CT 后一块儿吃饭吧。"

刘阿波不再劝说，心头盼医生快点儿叫到他。见不时有医生护士出进，脑子忽发奇想，要是有医生认出他来，拉扯几句说不定能够免去这傻等之苦。有了这等念头，少不得拿眼去看医生护士，期望引起他们的注意，可没有谁把眼睛投向他。文婷婷感觉到不对劲，问咋啦。刘阿波自是不会跟她说刚才脑子忽发奇想，要是知道了还不笑话他。

终于有医生叫到他，刘阿波应声进去。很快就出来了，结论却要等上一阵。在刘阿波想着是不是同文婷婷去外头填饱肚子再回来拿结论时，手机响了，是央金坤术打来的。刘阿波自是知道央金坤术打他电话为啥事，说这就来这就来，挂了电话。

"央金坤术在等着我，我得赶回去训练，片子和结论就交给你了。"刘阿波对文婷婷道。

文婷婷就随在刘阿波后面要送他上车。刘阿波不让她送，说颠来颠去也麻烦。文婷婷要他顺便把肚子的问题给解决。刘阿波走得很快，穿着高跟鞋的文婷婷哪里赶得上，刘阿波不时停下来等她。省人民医院很大，来到外面马路上，文婷婷额头上已有细细的汗珠，觉得这一路走来简直是赛跑。

刘阿波伸手拦了辆的士，打开车门，抬腿往里钻时，扭过头去看文婷婷，给了个打电话的手势说："有事打电话啊，我走了。"弯腰坐了进去，随手拉上车门，隔着玻璃摆摆手而去。

目送刘阿波乘的士远去后，文婷婷穿过马路走进一家小饭馆，要了两个菜。还是大清早吃的早餐，肚子早饿得慌，只是不便舍了刘阿波一个人跑出来吃。饭菜上来了，没想到口味还不错。文婷婷连吃两碗饭，喝了杯白开水，估计 CT 的结果出来了，付了钱往回返。

赶到 CT 室，要过片子和 CT 报告单。报告单上面的结论让她的脑子嗡一声响，好长一段时间处在空白中。清醒过来后，文婷婷掏出手机调出刘阿波的电话，待要拨过去时又犹疑了。想想又把手机塞回袋子，迈着灌铅的脚步来到五官科。医生看完 CT 报告单，建议尽快住院治疗。

懵懵懂懂回到酒店，开门把自己横在席梦思床上，眼泪汩汩涌出，不知什么时候一头沉睡过去。

醒来已是黄昏，是给刘阿波电话吵醒的。刘阿波问她在哪儿，让她下来一块儿去吃晚饭。文婷婷下床开了灯，把那纸 CT 单折起收好，去了卫生间，对着镜子检查了下自己，理理头发，以纸揩去脸上的泪迹，取了提袋把灯熄了，出门而去。

刘阿波已先她一步到酒店门口，问去哪儿吃饭。文婷婷说随便。刘阿波感觉到了什么，拿眼看着她，说咋了。文婷婷醒悟自己这状态不行，以手将将头发，说："中午在医院吃了两碗饭，到现在都没感到饿。"

"要不还是去昨晚上那儿吃菜脯。"刘阿波说。

"好呀。"文婷婷噢了一声，"PK 赛的时间定下来了吧？"

"还有半个月，时间够紧的，饭后还得训练。CT 是啥结果，给我看看。"

"CT 报告单和片子撂在酒店。没事，你只管用心训练就是。走吧，吃饭去。"

说这话时，文婷婷先刘阿波往前走一步，刘阿波随后跟上。夜晚的街头人来人往，文婷婷好几次想回过头去，万难忍住了，放缓脚步等着刘阿波赶上来。

第 22 章

接连五个晚上，陈大良下班后总是早早回到郭玉妹那儿陪她。这天晚餐后，陈大良撂下碗筷与大伙瞎喷一阵后准备骑上摩托车离去，老麦拽住他，说打两坎。老石也一旁说来两坎。看这两人架势，不打两坎是走不了的，想着有些日子没打牌了，陈大良说打两坎吧。让老石去叫阿凡提。老石就阿凡提阿凡提地喊，却是不见阿凡提响应。

老麦冲老石道："你们难道没看到这几天一收工阿凡提就溜了？"

老石不解地看着老麦："就你看到，我们咋没注意到？"

陈大良说："老麦，是啥情况啊？"

老麦笑嘻嘻地说："让一个男人夜不归宿，除了女人我想不出还能有什么。"

老石说："又跑发廊去了？"

老麦笑道："大良你听到的，我可没说阿凡提嫖娼啊！"

陈大良自是听出老麦话里的意思，阿凡提找了个老婆，当下说："才几天时间呀，看不出他有这等手段。哪天得放他点儿血让他请客。"对自己和郭玉妹这种临时夫妻，陈大良最是清楚不过，只要认识或有人介绍，很容易就走到一起，阿凡提这么快找到老婆，多半与上次进派出所有关。一旦感染了艾滋病，这一辈子可真完了。

老石马上说："陈老板你叫他请客他肯定得请。明天吧，明天让他请客。"

三人上了楼，有人早围在一块儿坐定打开了牌。老麦喊了两句三缺一，谁来。不见有人响应，冲歪躺在床铺上看报的老国道："老国，来两坎。"

老国手中的报纸遮住了他的脸，报纸不曾动一下，说："跟你们打还不如给你们封个红包。"

陈大良道："老国你咋这么没信心，这又不是打架，纯粹打手气。你不试咋知道手气好不好。老国，来，打两坎看看你手气咋样。"

老国那张脸就从报纸后面歪出来，说："这段时间手气太背，打一回输一回。"

陈大良笑说："哪有老输的，叫花子都有三年好运。来，说不定今晚上就开始转运，赢个兜满。"

老国爬将起来，边折报纸边说："我这里可说好了，只打四坎。"

掰牌定位，老国坐庄，陈大良数省（牌）。老麦便玩笑开了，说老国架子忒大，要陈老板才请得动，他和老石两张脸加起来都没陈老板一张脸大。问老国知道这段时间老输的原因是什么，老国说他不晓得老输的原因，但晓得老麦要说他啥，无非是情场得意，他又找了个婆娘。老麦就笑呵呵地问是不是真找了个婆娘。

老国说："早晨没奶喝晚上没奶摸，跟你一样空有一身牛劲，无地可耕，你说找了婆娘没有？"

大家便笑了。

玩笑间，老石打出张大柒，老国吃了后甩出张小七，在老麦准备吃字时，老石甩出一对小七碰了，打出张小二。老国手上有两张小二，知道老麦碰不了，也不问他要不要，伸手抓牌，是个大伍。老国手上有坎大伍，自摸和了。一算胡数，三十五胡，直把老国笑开了颜。

接后老国又连和两盘，老麦和老石的脸色就绷紧了。

陈大良一边数省（牌），笑嘻嘻地说："我不是说了么，叫花子都有三年好运，这不转运了么。好好打，让他们两个打赤脚，一鼓作气冲上去。赢了钱今晚上就可以买二亩良田来犁，就有奶喝了。"

老国笑道："好，赢了钱请你喝奶。"

陈大良忙说："不用不用，老国你自个儿好好享受就是了。"

四坎牌打下来，三人所输相差无几，就老国一个人赢了。老国见好即收，任老麦他们怎样劝都不再打，逼急了就说明晚上再干。陈大良站起身来，感到两只盘了几个小时的腿酸得厉害，站在那里抬脚拍腿活血。不经意间看到，大马攥了手机坐在那里睡去了，却也不去叫醒他。

回到郭玉妹那里，下车时听到里面有人说话，说些什么听不清楚，人便起了紧张，想着会是谁。略微犹豫，陈大良推门进去，一个陌生女人低头坐在床沿上，年纪上要比郭玉妹小三四岁。见他进来，女人抬起头看着他，脸上没有丝毫惊讶和疑惑，陈大良反倒有些不安，弄不准对方是谁，拿眼投向郭玉妹，郭玉妹介绍说她表妹。陈大良猜测，多半是从前跟郭玉妹一块儿住在这里的那位。此等场合，却也不便拿话去问。见郭玉妹没有介绍自己，陈大良料定她早已跟这位表妹谈过，否则哪里会对他的到来表现得如此坦然。

忽然多了个陌生女人，屋子又小，陈大良难免显得有些拘束，便掏出根香烟点上，烟雾袅袅娜娜中听表妹连连咳嗽，忙把香烟扔掉，用脚踩熄，邀她们到外面消夜。表妹不置可否，望着郭玉妹等她定夺，郭玉妹看眼陈大良，目光随即移到表妹身上，站起来说："去吃点儿什么吧。"

陈大良把摩托车掉转车头，一抬腿上去了，启动摩托车后说上来吧。表妹让表姐先上，郭玉妹便上去了，双手左右扯着陈大良衣服。待到表妹上来，陈大良感到有些挤压，但背膛上传来一种极温暖柔软的感觉让他甚是舒服。这时候街上行人车辆明显少了，摩托车来到一家夜宵摊前停住。陈大良问这里怎样，郭玉妹说随便。老板早迎了过来，掏出香烟朝陈大良递。夜宵摊的客人不是太多，五张桌子还空着三张，三人选了张桌子坐下。

趁表妹离座看菜时，郭玉妹说："今晚上表妹睡我那里，你得回去睡。"

陈大良说："是不是从前跟你一块儿住在这里的那个表妹，咋忽然跑到你这儿来了？"

郭玉妹说："她跟那男的吵架，跑来找我。"

陈大良说："这有啥吵的，合不来分手就是。又不是真夫妻，分手还要去民政局办离婚证。"

郭玉妹叹了一声，说："这是他们之间的事，我不好说什么。当初我就觉得那男的不靠谱，她搬出去的时候劝过她，她都不听。"

陈大良喝了口茶，点上老板刚才递来的香烟，暗自起了担心。表妹分手后，会不会回来跟郭玉妹一块儿同住，要是这样，自己岂不给挤出去了，无异于结束了与郭玉妹的关系。这般想着，便说："也是，这种感情上的事外人还是别搅和，由她自己去处理吧。"

表妹返回来坐下喝茶，两人止住了话题。陈大良拿眼去觑表妹，人长得一般，看上去倒也觉得没有哪儿不顺眼，倒是下颚长得跟郭玉妹颇为相似。这时表妹兜里的手机响了，见表妹只管喝茶，好像没听到似的，陈大良提醒她接听电话，表妹掏出手机看都不看就把它挂了，陈大良便知道了是谁打来的电话。手机再次响起，表妹冲动地把机关了撂在桌上，脸上挂着怒气。这场合的气氛有点儿闷，见郭玉妹不吱声，陈大良也不便说啥，只管抽他的香烟，袅袅烟雾在他面前升腾开来。

菜上来了，陈大良替郭玉妹要了瓶酸奶，问表妹喝点儿什么，表妹目光落在他面前的二锅头，说来一杯。陈大良哪里敢让她喝酒，万一因此弄出啥事他可负不起这个责任，就说："女人家哪能喝酒呢，跟你表姐一样来瓶酸奶好了。"冲老板高喊，再来一瓶酸奶。

不曾想，表妹坚持来杯二锅头，陈大良只给她小半杯。因为郭玉妹身体的缘故，要菜时陈大良特意点了个清水煮鱼。陈大良伸手拿过郭玉妹面前的碗为她舀了半碗鱼汤。表妹面前，他不便说这个补身体的话，万一郭玉妹没有把情况告知表妹岂不坏事。这种事情，别人晓得终究不是好事，以郭玉妹的性格应该不会说给她听。郭玉妹显然明白他的意思，接过碗时凝视着他点点头。陈大良这才招呼这位表妹吃菜。

估计被这两个电话扰乱了情绪，表妹只管埋头吃菜喝酒，陈大良和郭玉妹间两句答一言，倒是陈大良举杯与她相碰时，她一次也不曾落下。见表妹喝起酒来一口一口绝不含糊，陈大良怕她喝完抓了酒瓶往她杯里倒，暗自加快喝酒的速度，看看快空了的杯子，抓起酒瓶象征性地往表妹杯里倒些，剩下的全倒入自己杯里。

离开夜宵摊差不多快十二点，陈大良把两个女人送到家门口，郭玉妹让他进去坐会儿，陈大良说不坐了。见表妹没事，放心离去。车到入口，险些撞着一位匆匆埋头而入的男子，好在自己反应得快，车头往右一拐，几乎是擦着对方驶过，人惊出一身冷汗。对方怒声骂了句他妈的瞎眼了。

回到工地，上楼梯时碰着老麦。老麦嬉笑道："是回去迟了吃了闭门羹还是老婆不满意给赶回来了？"

陈大良懒得理他。到了楼上，多数已经入睡，还有几个围在那里斗牛。陈大良说时间不早了，休息吧。有人回应着，说玩了这把睡觉。脱衣准备上床时，手机忽然响了，掏出来一看是郭玉妹打来的，忙摁了接听键。待要问啥事，郭玉妹急切的声音先他响起，让他快去她那儿。陈大良心里咯噔了一下，问发生啥事了。郭玉妹只说让他赶快过去。

弄不准发生什么事，电话里又没法弄明白，陈大良收了手机，拿起才脱下的衣服往身上套。有人见他手忙脚乱的，问咋了。陈大良不便说得太多，只道朋友打来电话，有事，边说边下楼而来。骑在摩托车上，想郭玉妹这个电话，事情多半在表妹身上，未必表妹喝醉弄出啥事不成。当初担心她喝醉，自己一直不敢让她喝得太多。再说人都到了家里，能有什么事。可除此之外，陈大良实在没法把郭玉妹的惊慌和什么事联系起来。

摩托车拐入进口时，可见郭玉妹房门敞开，刺眼的灯光射出。把车停在门口，没想到屋里站了个男人，陈大良很自然就把这男人和表妹联系起来。在他待要抬腿而入时，郭玉妹走将出来，把他拉到一侧，低声说："就是表妹那个男人，缠着要表妹跟他回去。我怎么劝他都不听。你别跟他吵，把他劝走就是。"

陈大良燃上根香烟进了屋。表妹坐在床沿，脸上既恼又恨，男子瘦削的脸上也是万般表情，不仔细看，两条眉毛几乎就是一条，两只眼睛深凹。陈大良暗自抽了口冷气，没想到表妹会跟这种男人缠上，真不知她当初是咋想的。陈大良走到他面前，递给对方一根香烟，男子摇头表示不抽。陈大良把香烟夹到耳朵上，说："兄弟，我们到外面说几句可好？"

男子打量陈大良一会儿，来到外面的房子。

陈大良说："大家都不是小孩，你跟我表妹的事我不想多说什么。她不跟你回去，你在这里耗着也解决不了问题，反会把事情弄得更加糟糕。现在时间不早了，什么事明天再说好不好？"

男子用勉强听得懂的普通话说："其实我们没啥矛盾……咋说呢……也就吵了两回吧。"

听声音便知道是刚才离开这里，在入口险些撞着的那人，难怪当时心急火燎的。看样子，男子还没看出他就是那个骑摩托车的人。陈大良道："我说过，你跟我表妹的事我不想多说什么，你们自个儿解决。现在让她们好好休息，啥事明天再说，这对你对她都好。"

男子略微犹豫，吐一口气答应了，扭身看看屋里的表妹，走了出去。陈大良随在后面。两个男人谁也没说话。看看到了出口，陈大良止住脚步正要道声走好，男子几乎同时止住脚步，陈大良便知道他有话要说了。

果然就听男子道："兄弟，我姓罗，要不我们找个地方坐一坐，我请客。"

陈大良忙说："不用，不用，我才吃过，别客气。"

男子不再坚持，说："咱们都是在外混的人，希望在这件事上兄弟能帮我做做她的工作。不管她听不听，我都感谢你。"

男子的话显然对他和郭玉妹之间的关系有所了解，陈大良一点儿也不吃惊，还不是表妹告诉他的。两人都躺到一张床上了，还有啥话不能说的。见对方把话说到这一份上，陈大良就不好直言拒绝，只好说："大家都是大人，干啥都自有主张，我试试吧，她听不听就不是我能奈何了了的了。"

"那是，那是。"男子伸出手来，说："那就这样了，谢谢你啊兄弟！"

回到屋里，表妹老样子坐在那里，脸上没了刚才的恼恨，拿眼望着陈大良，分明想从他口里知道点儿啥。陈大良也不理会。郭玉妹坐在矮凳上，见了他站起身来，说："走了？"

陈大良点了下脑壳。郭玉妹搬来凳子塞到他屁股后面，陈大良却不坐下。郭玉妹说："他跟你说了什么？"

"让我劝劝她，跟他和好。"陈大良道。

郭玉妹说："他老是打她，还能跟他和好？她老公都没动过她一根手指头。"

陈大良目光投向表妹，但见表妹眼睛发潮，泪花隐隐。对表妹和这种男人缠在一块儿，陈大良心里自有看法，可凭他和她的关系不便说啥，更何况她现在都这样子了。"那人只怕不是一个善人，估计啥事都做得出来。今晚上他是走了，少不得还会找上她没完，你们可要小心。"陈大良颇为担心地说。

两个女人就起了紧张。郭玉妹说："他未必还敢怎么着她不成，他们又不是真夫妻，这种关系没了就没了。"

"道理是这样，碰上那种不跟你按牌理出牌的人，就有你想不到的事情发生。"陈大良索性把齐小眉被杀的事说了，自是隐去两人曾经的关系。直听得两个女人脸色发白，你眼望我眼，中风似的动都动不了。

在陈大良准备说句什么离去时，郭玉妹嘴唇哆嗦着说："你给她想想办法，真弄出啥事，我对她家里都没法交代。当初她来这里可是跟我一块儿来的。"

陈大良说："为安全起见，马上另外换个地方，让他找不到人。"

"一时三刻她能去哪里，对了，你们工地不是还缺一个煮饭的吗，让她去你那儿煮饭。"郭玉妹道。

小芷离去后，陈大良一直未雇人，特意把这个岗位给妻子留着。现在郭玉妹提出让表妹去他那里，一时叫他好生为难，陈大良对她这位表妹的了解几乎是零，更担心自己和郭玉妹之间的事从她口里透出去，要知不用多久妻子将来龙城。自己这些心思，郭玉妹显然没想到，又不便把情况在这里说给她听。郭玉妹哪里知道他的心思，见他犹豫，接着说："你那里缺一个煮饭的，让她去不是正好吗，雇谁不是雇，都是做家庭主妇的，煮饭这事儿她还是干得下，这你尽管放心。算你帮我好了。"

女人把话说到这步，陈大良就不好拒绝了。表妹在场，不便跟郭玉妹说自己的担心，只能哪天再跟她说去了。当下说："好吧，明天到我那里去。时间不早了，你们休息。明天早上我再过来接人。"

表妹道谢不迭。

郭玉妹不无担心地说："今晚上他不会再来吗，要是他躲在附近，一见你离开便跑来折腾，怎么是好？"

陈大良说："打110报警，让警察来对付他。好了，你俩休息，我走了。"

时候已是凌晨三点，街头小巷空荡而静寂，难得见到一个人影，唯有发廊门还敞着，里面灯光无力地亮着，却难以见到小姐的影子，偶有男人从里面步履蹒跚走将出来。街头小巷的熟悉让陈大良并不害怕，只管把摩托车开得飞快。

回到工地，大家早已入睡，鼾声此起彼伏。陈大良脱衣上床。有人起来解手，打着呵欠跟他招呼。今晚上来来去去，人早已累了，身子一倒睡了过去。

第二天早上吃完早餐，待到大家上楼忙活儿，陈大良上了摩托车来到郭玉妹住所，两个女人早已坐在屋里等他。表妹的衣服和生活用品全在男人那边，郭玉妹问他怎么办，陈大良说先去工地再说。表妹便拿了提袋随陈大良往外走。

在陈大良启动摩托车时，郭玉妹说："待会儿他找到这里问我要人咋办？"

陈大良道："你跟他说走了就是。他要是胡来，打我电话好了。大白天的，估计他不敢乱来。"

二婶她们正在择中午的菜，对陈大良忽然带来一个女人颇为疑惑。看得出，二婶当这个女人跟他有那种关系，只是不便拿话来问。陈大良也不跟她们多话，只说朋友的一个表妹，一时找不到事做，暂时让她跟她们煮饭。表妹倒也灵秀，卷起衣袖埋头择起菜来。

往楼上走时，陈大良给郭玉妹去了个电话，说表妹的事已安排好。郭玉妹那头连忙道谢。陈大良说咱俩之间哪用这么客气，让女人有事打他电话。他本来想让女人叮嘱表妹，别把他们之间的事传出去，想着还是跟她当面说好，就没说了。

到了楼上，大家像往常一样忙活儿的同时不忘瞎喷。阿凡提他们这边最是热闹。陈大良联想起昨晚上要阿凡提今天请客的事，猜测多半与此有关。过去听了两句还真是，大家以黄色对子的形式调侃阿凡提这些天洞房花烛夜。

老国笑道："我这里说副对子。一个三十八岁的男子与一个二十五岁的女子结婚，新婚夜忙完后弄出一对联。男子的上联是：一杆枪，两颗弹，三十八年今晚才参战。女子出下联：一个洞，两扇门，二十五载终于进过人。"

老麦冲陈大良笑说："陈老板你也来一副。阿凡提说了，晚上请客只请出对子的。"

陈大良笑着摇头："请客还设门槛，哪有这样的道理。"听手机哒的一声响，知道来了信息，当郭玉妹发来的，忙掏出手机来看。

老石说："老婆来信息了？只怕把你老婆搬来也解决不了问题，陈老板你快拟对。"

陈大良道："你们硬是要我拟对，那我只好在这里说一联了。过年了，有个和尚在寺庙门上贴副对子：白天没屌事，晚上屌没事，横批是无比烦恼。一个尼姑也在她庵堂门上贴了副对子：白天空洞洞，晚上洞空空，横批是有求必应。"

舅子笑着说："我也拟一对子。老师在课堂上向学生讲解对子后出一上联要学生对：大鱼吃小鱼，小鱼吃虾，虾喝水，水落石出。有学生马上答下联：师父压师娘，师娘压床，床压地，地动山摇。"

老卓也说："阿凡提请客，我也来一联吧。有四人闲坐无事，甲出对：轻轻亲亲卿卿，乙续对：默默摸摸嬷嬷。丙马上续曰：秘密觅觅咪咪，丁随之续上：急疾汲汲鸡鸡。"

老石接着道："我要对的是毛笔帽和笔架，阿凡提听好了，上联：日进去笔水横流，浪起来两脚朝天。怎样，这对子有意思吧？"

阿凡提见大家一个一个上来拟对，无一不是有模有样，感觉不大对劲，却是弄不准咋回事。陈大良笑着拍拍他的肩膀，说："我是拟过对了，就等着你请客啊！"说完就去了大马那边。

看看到了午餐时间，大家纷纷下楼。忽然来了个女人，平静的工地躁动开了，大家惊奇之下少不得相互询问。得知是陈大良早上带来的，目光从各个方向往他身上投。陈大良哪里看不出他们眼睛里的意味，还不是当女人是他相好。果然，稍后老麦的话印证了他的猜测。

饭后上楼休息，老麦一手搭在陈大良肩上，低声嬉笑说："大良你手段了得呀，一下就带回一个老婆。"

陈大良说："别胡说，朋友的表妹，跟我没关系。"

老麦一声怪笑，反问道："'婊妹'吧？"

忽然带来一个谁也不认识的女人，却说跟这女人一点儿关系都没有，换了谁都不会相信。相信用不了三天大家便会看出端倪，陈大良不再跟老麦废话。有人过来拽他打牌，陈大良摇手谢绝。昨晚上不曾睡好，中午得好好躺会儿，把落下的觉补上才是。脱鞋往床上一倒就睡去了。

下午待要上楼忙活儿时，表妹把陈大良叫到一隅，让他找两个人帮她把东西拿过来。在陈大良担心与罗姓男子发生冲突时，表妹说："这时候他在上班，肯定不会在家里待着，不会弄出啥事的。真要重新置办那些东西，那要好多的钱。"

陈大良找人借了辆摩托车，叫上大马，三人骑两辆摩托车离开工地，按表妹的指点来到一条巷子停下。表妹下车让他们稍等，往前走上十来米，敲敲门后招手示意他们过去。两人赶过去后，表妹早开了门，在里面忙着收拾东西。两个男人不知道哪些东西能捡哪些东西不能捡，只能坐着等。表妹似乎担心男子会忽然回来，手忙脚乱的，额头上起了汗珠也不停下。陈大良掏出香烟递给大马一支，却想罗姓男子回来，见表妹偷偷把东西拿走，只怕会再次寻上郭玉妹。以罗姓男子的个性，哪会轻易罢休。陈大良就觉得，这位表妹真是个麻烦人物。

表妹很快把东西收拾起，陈大良和大马帮她拎了出来绑在摩托车后面。表妹走在后面，扫眼屋里的角角落落，确信没有遗下东西后拉上门。三人乘摩托车安然回到工地。两人帮她把东西拎到四楼。在陈大良准备往楼上走时，表妹问篷布在哪儿卖，陈大良让大马骑了摩托车带她去街巷一趟。

晚饭后表妹塞给他两包蓝嘴硬盒芙蓉王香烟。陈大良说这么客气干吗，表妹说谢谢表姐夫，哪天再请他和表姐的客。一句表姐夫直把陈大良叫得心惊肉跳，忍不住四下张望，幸好旁边没人。陈大良不便当着她的面让她别这么叫，打定主意今晚上跟郭玉妹说去。

跟大家围在一块儿玩了阵斗牛，有所斩获的陈大良见好即收。看看快到郭玉妹下班时间，陈大良往楼下走去，不曾想表妹攥着手机在楼梯拐弯处打电话，愤懑之情浮挂脸上。陈大良很自然便把这个电话与罗姓男子联系起来。陈大良也不理会，只管往楼下走去。在他抬腿上了摩托车时，表妹追下来，说："去表姐那儿？"

陈大良不答是与不是，拿眼看着她，那意思分明问她有啥事。表妹看出来了，说：“他跟我说，找不到我就要找表姐麻烦。他那个人可是说得出做得到的，要不让表姐到我这里来。”

陈大良心道如非当初你把他领到你表姐那里，哪来现在的麻烦，却也不去斥责她，说：“躲得了一时，未必躲得了永远。除非她搬离那里，可一时三刻去哪儿找房子，再说你表姐都交了一年的房租，她舍得这么大笔钱没了？”

表妹的样子便急了，搓着双手道：“这怎么是好……都怪我……”

陈大良不愿看她这副样子，更担心在这里耗下去耽误接郭玉妹的时间，要是郭玉妹先他回到家里，万一那姓罗的家伙先他赶到就麻烦了，启动摩托车说：“得了，你回去吧，我跟你表姐商量一下，看她是啥态度。”

赶到洗脚城，拨了郭玉妹电话，电话接通后给摁断了。在陈大良准备重拨时，郭玉妹快步出来。上了车，郭玉妹少不得拿话问表妹怎样了。陈大良说：“她倒没事，就怕麻烦转到你身上。那姓罗的说了，找不到你表妹就找你这个表姐的麻烦。”

郭玉妹便起了紧张，说：“他俩的事，凭啥找我的麻烦，好没道理。”

“他那种人讲不讲道理你还不晓得，现在他找不到你表妹，除了找你还能找谁？”见女人抱他腰的手越来越紧，知她起了害怕，不再在这上面说下去，专心开他的车。

接近入口，发现很多人围了一个大圈，旁边停着一辆警车，车顶警灯闪烁。看样子出了车祸。陈大良放缓车速，依稀听得有人说救护车再不来就没法救了。陈大良对这种事素来不感兴趣，只管往前走，倒是郭玉妹说了句出车祸了。

回到屋里，女人把门关上下了倒锁，不像往常一样忙着烧水洗脸，坐在凳上看着陈大良，脸上不乏担忧。陈大良过去从女人手里拿过提袋挂好，拍拍她的肩背，说：“不用怕，有我呢！我们那么多老乡，他敢乱来的话绝对占不到好。”

郭玉妹说：“俗话说的，明枪易躲暗箭难防，谁知道他哪天趁你不在对我来不是。”深叹一声，“我这表妹也真是，什么男人不能找，偏偏找这么个无赖。她现在倒好，啥事都找不到她头上，过她的安静日子，却弄得我不安宁。”

陈大良宽慰几句，去了外面的房子烧水。看水烧得差不多，叫女人洗脸。女人让他先洗。知道女人心情不是很好，陈大良不去打扰她，操起水瓢舀了两瓢热水倒进脸盆，再舀了些凉水兑好，把毛巾放入脸盆埋头洗起脸来。洗了脚后，回到里屋让女人去洗脸，女人叹了一声站起身来。知道再多的劝慰都没法解开女人心中的担忧，陈大良不再废话，脱衣上床，单等女人上来。闲着无事，脑子在表妹那里。在工友们看来，自己和她肯定有一腿，自己今晚上跟从前一样宿外头，他们少不得又将改变今天的看法。

郭玉妹上来，跨过陈大良身子，掀开被子靠床头躺着，拿起手机看了下时间。陈大良知道她担心姓罗的男子找上门来，女人到底是女人，胆小怕事，若不是自己在她身边，还不晓得怕成什么样子。他伸手拍拍女人那只攥手机的手，说："没事，有我在这里，睡吧。"

郭玉妹才躺下去，撂在枕头旁边的手机蓦然响了，两人都吓了一跳。郭玉妹神经质地伸手抓了手机在手，见是表妹打来的电话，这才舒了口气，摁了手机。

"姐，你那里没事吧？"表妹问。

郭玉妹明白表妹口中没事的意思，是问姓罗的找她麻烦没有，说："没事。"

表妹就说："没事我就放心了。我跟他说了，我们的事跟表姐你没任何关系，他嚷嚷着说找不到我就找你。这个王八蛋一点儿道理都不讲。我真是瞎眼了，咋会认识这种人……"

郭玉妹不想听她叨叨下去，说："以后学点儿经验吧。好了，就这样。"对身边男人道："也真奇怪，这么久咋不见他来呢？"

陈大良说："你这是咋了，巴望他来找你麻烦似的。"

郭玉妹说："我只是觉得奇怪，这可不像他的做派。"

陈大良打了个呵欠，说："估计他被别的啥事缠住了吧。得了，睡觉。"

女人伸手拉灭电灯，习惯地往男人怀里拱了拱。迷迷糊糊间，陈大良猛可想起什么，摇醒女人让她拨打表妹电话。女人刚刚入睡，声音黏黏地问打电话干啥。陈大良不去答她干啥，说你打就是。女人拉亮电灯，从枕头下摸出手机，调出表妹的电话拨了过去。待到那头接了，把手机塞给陈大良。陈大良尚未开腔，表妹在那头表姐表姐地喊，陈大良鼻孔哼了一声，说："你这就拨打姓罗的电话，是啥情况回我电话。"

表妹一时哪里明白他的意思，说："他正在四处找我，没完没了地打我电话，电话里什么难听的话都往我身上泼，我都把他的电话上了黑名单。我打他的电话还不是找骂？"

陈大良有些不耐烦地说："他都骂了你这么多，还怕他再骂你一次。这回你主动打他电话，他只当你有啥事，未必会骂你，他骂你你回骂几句把电话挂了就是。得了，你这就打他电话，我和你表姐等你的回话。"

郭玉妹扭过头来不解地看着男人，说："这时候让她去打姓罗的电话，你这是咋了？"

陈大良说："姓罗的不是说要来找你麻烦吗，看他到哪儿了。"

郭玉妹便不吱声了。陈大良把玩着手上的手机，单等表妹电话的到来。屋子里这会儿特别静寂。陈大良看看手机上的时间，挂断电话后过去十来分钟了，不觉皱了皱眉头。在他伸手从撂在旁边的衣服里掏出香烟叼在嘴上时，手机响了，是表妹的电话。

"什么情况？"陈大良迫不及待地问。

"我打了三次，老关机。表姐夫，你说这是咋回事？"

"好了，就这样吧，明天再说。"

陈大良把手机还给女人，手上的香烟撂在床头上，长舒口气说："估计姓罗的再也不会找你的麻烦了。"

郭玉妹扭过头来，眼睛一瞬不眨地盯着他，说："你说啥来着，再说一次。"

女人自是听明白他的话，只是不敢相信而已，陈大良道："还记得我们回来的时候入口处发生的交通事故吧，当时听人说救护车再不来就没法救了。估计遭遇车祸的人就是姓罗的家伙。"

郭玉妹喃喃道："是呀，我咋就没想到这上面呢！难怪这么久不见他的动静。"稍后叹了一声，"真没想到会弄出这等事来，表妹晓得会怎样想。"又说："今天不去他那里把东西搬走，想来他不会这么急，也许不会有今晚上的事情发生。"

陈大良不想跟她在这事上扯下去，说："昨晚上可没把东西搬走，他还不是一样寻上这里纠缠。感情上的事，本来就不能勉强，人家不乐意跟他一块儿还死缠烂打，这有啥意思。他们那种关系，全在两个人自愿。得了，睡觉。"拉灭电灯躺下去。

屋子里复又陷入黑咕隆咚。陈大良闭上眼睛时，眼前莫名地浮现罗姓男子的样子，暗自摇头。因为一段孽情把命搭上，未免太不值了。由此而联想到齐小眉。如果自己是像罗姓男子一般性格，结局只怕好不到哪儿去。

第 23 章

　　工作人员示意他们上台，坐在沙发上的刘阿波和央金坤术几乎是同时站起身来，接过工作人员递来的话筒，彼此互视一眼往台上走去。两人今天都是蒙古汉子的打扮。打从穿上这身行头，刘阿波就感到别扭。台下观众如云，四位导师高坐特制转椅里。这次导师没有把椅子转过去，直面学员。主持人简单介绍后退下，旋律马上奏响，央金坤术率先唱起来。唱的是由导师 A 改编过的《鸿雁》。刘阿波闭了眼睛，一下陷入旋律里。两人彼此交替唱起来：

　　鸿雁

　　天空上　对对排成行

　　江水长　秋草黄

　　草原上琴声忧伤

　　鸿雁

　　向南方　飞过芦苇荡

　　天苍茫　雁何往

　　心中是北方家乡

　　……

　　待到两人唱完，台下掌声如雷，经久不绝，四位导师也纷纷鼓掌。

　　主持人上来，说："掌声告诉我们，两位唱得不错。根据我们的规则，首先请 B、C、D 三位导师对央金坤术和刘阿波进行点评。哪位老师先说？既然你们客气，那我点将了，B 老师您先说。"

　　B 导师说："要了解今天《鸿雁》的改编，首先我们要了解这首歌背后的诸多故事。《鸿雁》由著名音乐人吕燕卫先生填词并制作，是一首流传甚久的内蒙古乌拉特民歌，曾作为热播剧《东归英雄传》的主题曲。歌声里有浓郁的乡愁，诉说着成长的故事，于是故乡就成了每个人心底最柔软、最美好的缱绻之所。

同时，这也是一个寄情于草原男人的自语。一个人，一杯酒，独对苍天，想一想曾经的过往，用力遥望未来，那里是不是真有彩虹挂在天堂。悠远蜿蜒，直抵内心。蒙语的'鸿'指的是'白色'的意思，'鸿嘎鲁'是'白天鹅'，并不是鸿雁，它原本是一曲传统的乌拉特敬酒歌曲。到上个世纪五十年代，由于翻译词义逐渐演变，把'白天鹅'译成了'鸿雁'，歌词大意也有所变化，由敬酒歌曲变成了思乡歌曲，直到额尔古纳乐队将其推上中央电视台，唱响大江南北。《鸿雁》最初叫《鸿嘎鲁》，词曲作者是乌拉特西公旗莫日更庙活佛，创作年代是清乾隆五十五年（1790 年）。莫日更庙一生创作了 81 首律歌。大概是 1790 年盛夏，莫日更庙一世活佛云游到现今呼勒斯太苏木境内。眼前出现一个天然大湖泊，当地人称为'呼勒斯太湖'，里面长满了芦苇，蒙语'芦苇'叫'呼勒斯'，'太'是'有'的意思，即'有芦苇的湖泊'。湖边有一户牧民家正在接待远方的弟弟。活佛被请到最东面的那座大蒙古包。蒙古包里有四五个人在喝奶酒，他们一边喝奶酒，一边唠着家常。弟弟因路途遥远要起身告辞，哥哥再三恳请弟弟多住些日子，哪怕只住一晚。在这种情形下弟弟只好答应留一宿。当时牧人家宴请没有歌声也没有音乐，活佛喝了几碗也没觉得有什么酒意，便走出包外。只见呼勒斯太湖湖面上畅游着洁白的天鹅，远处是辽阔的草原。美景和喝酒的场面触动了活佛的创作灵感，当即吟唱：'美丽的白天鹅，畅游在湖面上；辽阔的大草原，多么宁静安详；尊贵的客人们，请你留下来吧，品尝那草原上，美味和佳酿。'于是，一首传唱大草原几百年的宴请歌曲就这样产生了。但是，《鸿雁》这首歌最终成型应归功于家乡在呼勒斯太苏木的内蒙古直属乌兰牧骑作曲家祁达楞太。祁达楞太是内蒙古直属乌兰牧骑作曲家，1936 年出生于呼勒斯太苏木，1983 年去世。祁达楞太 7 岁时到五原的美林庙做了活佛，大约在 10 岁时不知什么原因还俗去归绥读书。新中国成立后读完高中，在包头参加了工作，先是在财政部门，后来去了当时的自治区歌舞团。《鸿雁》是首单人唱曲，把它改成双人唱曲，其难度可想而知。改编后的《鸿雁》并没有破坏它原来的元素，在起承转合中更民族、更优雅，歌词和旋律铆合对接后，两个人唱来是那么自然，更多了几分苍凉，让人耳目一新，被称为一部宏大的作品。刘阿波和央金坤术的演唱都很完美，可以说无懈可击。让我在这两个人中间选择一个，等于给我出了道难题。"笑笑，"不选择行吗？"

　　主持人笑道："B 老师您把这首歌的来龙去脉诠释得这么清楚，关键时刻却不表态，这怎么行呢！"

B 导师说："既然硬是要我选择，那我只好说了。两个人的演唱不相上下，但对央金坤术的了解我只能停留在藏歌上，上次刘阿波唱《怒放的生命》让我觉得他是个唱技全面的歌手。所以我选择刘阿波。"

掌声如雷。刘阿波弯腰道："谢谢 B 老师。"

主持人说："C 老师，现在该你了。你的选择是——"

C 导师说："老 B 说得对，在《鸿雁》这首歌上，两个人的演唱是不相上下，但刘阿波是个唱技全面的歌手。刘阿波是民工，一个民工能走到这步不容易，我对农民有着深厚的感情。如果我是 A，我一定选刘阿波。"

D 导师说："我这里说一个有关《鸿雁》的传说。相传很久以前，呼勒斯太的牧民逐水而居，以放牧捕猎为生。在二狼山下住着户牧民，他们有个女儿叫鸿嘎鲁（鸿雁），与同村的男青年布仁相爱并互定了终身。不久外虏侵入，布仁应征去了南边，不幸牺牲在战场上。鸿雁姑娘闻讯后悲痛欲绝，决心继承心上人的遗志，告别父母踏上了保卫家园的征途。可是一年一年过去，就是不见姑娘归来。据打仗回来的人说，美丽的鸿雁姑娘也牺牲在战场上。姑娘在弥留之际望着北方，似乎对身边的人说：叫他们不要为我忧伤，等春天来的时候，我会和布仁等英雄们变成鸿雁飞回故乡，那里是我可爱美丽的家园呀。往后，鸿嘎鲁故事就变成了一首委婉动听的歌，一首深受牧民喜爱并广为流传的歌。《鸿雁》结尾是：酒喝干，再斟满，今夜不醉不还。为什么这么喝酒，喝什么酒？蒙古族传统饮的酒为马奶酒，又称为玉浆，据传为成吉思汗的妻子发明。马奶酒由马奶发酵而成，呈乳白色或略带透明的乳白色。喝马奶酒须唱蒙古歌，才品得了蒙古马奶酒香。鸿雁是随阳之鸟，它在季节和环境的渲染下带有'秋'的意象，改编后的《鸿雁》给人以物华将尽的寂寥之感，同时不乏坚忍强劲的审美感受。央金坤术和刘阿波两人的形象、气质与整首歌曲在如今主打流行歌曲欧美化的年代让人感到惊艳。但央金坤术在唱'歌声远，琴声颤'时，转换中有个细小的音节没有跟上去。让我选择的话，我选刘阿波。"

主持人："三位导师都谈了他们的意见，做出了他们的选择，现在该 A 老师决定了。A 老师您的选择是——"

根据《中国好声音》的规则，第二轮学员 PK 赛，最终裁决权在所在组导师手中，另外三位导师只有建议权。也就是说，尽管 B、C、D 三位导师都认可选择了刘阿波，如果 A 选择央金坤术的话，刘阿波仍将淘汰出局。A 一脸左右为难，在主持人一再催促下，他说："首先我要谈谈为什么改编《鸿雁》

这首歌。大概三年前我去了一次内蒙古，一个霜寒月冷的秋夜，鸿雁结阵翱翔，引吭嘹唳、雄姿勃勃掠过长空，'蜃楼百尺横沧海，雁字一行书绛霄''白犬吠风惊雁起，犹能一一旋成行'，鸿雁这种行序整齐的飞行特征，让我赞叹不已，由此联想到《鸿雁》这首著名民歌。'秋色萧条，秋容有红蓼；秋风拂地，万籁也寥寥。唯见宾鸿，冲入在秋空里，任逍遥。'我喜欢鸿雁这一美学特征。促使我改编这首著名民歌，是因为有了你们两个学员。你们的嗓子很特别，适合唱藏歌。你们两个都是我最喜欢的学员，都很不错，就好像我的左右手，选择谁意味着另一个将离开这个舞台，这让我很为难。"A 说到这里停住了，闭了眼睛。一会儿睁开眼来，说："我选择刘阿波。央金坤术，我选择刘阿波并不意味着你被淘汰。只要努力，你将有很好的前途，这你要相信我。作为补偿，我将为你量身写一首歌。"

台下掌声和欢呼声四起。央金坤术一手按在胸部，一手背抄身后，弯腰朝 A 行了一个礼，然后过去与刘阿波拥抱祝贺。主持人话向央金坤术："你即将告别这个舞台，有什么话要说吗？"

央金坤术说："首先我要感谢 A 老师，他让我在短时间内学到了很多东西。在我们训练期间，刘阿波的投入精神令我钦佩，我从他身上学到了不少东西。然后我再次向刘阿波表示祝贺。"

央金坤术下去后，主持人面向刘阿波："你再次赢得四位导师的一致认可而胜出，我向你祝贺。在将要走下这个舞台之际，你有什么话要说吗？"

刘阿波道："我能够站在这个舞台，而且还能够继续走下去，这是我做梦都没想到的，感谢《中国好声音》这个舞台给我提供了一个让我得以接受 A 老师指导的机会，同时我得感谢我的伯乐文婷婷小姐对我无私、鼎力的支持！我将全力以赴为下轮 PK 赛努力。"刘阿波朝台下深鞠一躬，过去与四位导师一一握手，然后回身与观众扬手致意后离去。

待到刘阿波的背影出了演播室，主持人说："刚才工作人员告诉我，刘阿波的伯乐文婷婷小姐要求上台跟大家说几句话。我们有请文小姐。"

文婷婷手持话筒上来，说："我要向大家宣布一个沉痛的消息，刘阿波将暂时离开这个舞台。因为他被检查出患了鼻癌。"语声中拿出一纸诊断书晃了晃。

台下一片寂然，大家显然被这个意外的消息给愣住了，就连四位导师也怔在那里。主持人一愣之后说："文小姐，刚才刘阿波可是跟我们说了，他将全力以赴为下轮 PK 赛努力。"

　　文婷婷说：“因为他并不知道自己患了鼻癌。就在半个月前，我陪他到省人民医院检查，医生给出的结果是鼻癌，建议住院治疗。当时正值学员严格训练中，我没敢把这个消息告诉他。我比谁都知道他对这个舞台的热爱，一旦得知自己患癌，对他的打击是致命的，也许他今天坚持站在这个舞台上，但是怎样个状态就不得而知。同时我也想进一步证实他的实力，他今天的表现没有让我失望。”

　　主持人伸手要过诊断书，看后对台下说：“不错，是半个月前省人民医院的诊断书。这些日子你一直瞒着他？”

　　文婷婷点头：“是呀，瞒着他的这些日子对我简直是种折磨。因为我得在他面前要装着无事似的，生怕一不小心给他窥出端倪。”

　　主持人：“不错，要欺骗一个每天面对的人的确是件很费力的事，我们感谢你这份善意的欺骗。”转过身去面向四位导师，“四位导师对这个消息有什么想法？”

　　导师B率先问：“对刘阿波我是十分看好的，他第一次登台就让我看到又一个朱之文将诞生。没想到他竟患了鼻癌！文小姐宣布这个消息时我的脑子嗡一声，然后是一片空白。我们四人有责任帮助他。治这种病需要很多钱，我捐款五万元。”

　　导师A说：“刘阿波是我的学员，我对他最有发言权。在训练这些日子里，他的刻苦用功让我感到一个民工的敦厚和勤奋。有次我玩笑着跟他说，通过《中国好声音》这个平台，你现在已经是名人，将像朱之文一样告别民工生活，从事你喜欢的事业。他说他只是喜欢唱歌，PK赛完后仍旧要回龙城忙他的模板安装。与央金坤术这场对赛，促使我最终选择他是因为他纯朴。音乐需要扎实和努力，过于看重名利的人难免做出投机取巧的事。我对他是看好的，没想到他患了鼻癌，对我这个组是个巨大的损失。问过医生没有，治疗需要多长时间，如果时间不是太长的话，我们可以考虑把下轮PK赛时间往后推一推。”

　　文婷婷说：“具体时间不得而知。不过，癌这病吧，治愈的时间怎么说也得一年半载。”

　　导师A说：“如果下档《中国好声音》我仍坐在这里，我将让他直接进入第三轮PK赛。这样吧，我也捐款六万元。他的病拜托你了。”A抱拳朝台上的文婷婷作揖。

　　导师C说：“我曾经说过，刘阿波将是第二个朱之文、旭日阳刚，我对他的前景是看好的，我们的城市有很多像他这样的人，任何一个城市的建设发展离不开他们这群人，我对这群人深怀敬佩，这个社会需要更多的人来关心他们。为了表示我对阿波的敬重，同时为了使他早日康复，我捐款五万。"

导师 D 接着说："我捐款五万元。需要的话，我可以帮他联系医院治疗。"

文婷婷说："首先我代表刘阿波感谢四位导师对他的关爱。至于捐款的事，这得他本人同意……"

这时主持人打断她的话："任何一种癌都是烧钱的事，阿波这个群体的家境大都不是很好，以阿波的个性，轻易不会接受别人的捐助。今天我们没有谁提到捐助的事，是四位导师主动提出来，这是他们的一片心意，我觉得你应该代表阿波收下才是。这事儿就这么定了。我和 A 老师的意见一样，祝阿波早日治愈康复，同时等着他重返这个舞台。"

文婷婷朝四位导师深鞠一躬，说："我这里替阿波谢谢四位老师！"

文婷婷回到后台准备离去时，袋子里的手机响了，掏出来一看，是刘阿波打来的。手机告诉她，刘阿波打来五个电话。刘阿波问她在哪儿。文婷婷料他已回到下榻的酒店。在刘阿波来演播室时，因揣着上台替刘阿波暂时告别这个舞台的计划，文婷婷借口身体有点不舒服没有随他一块儿来演播室。刘阿波说赛后马上回来陪她。文婷婷让他稍等，说这就回来。她加快了脚步。

走进酒店，乘电梯直到客房所在层。刘阿波身子倚在客房门口，说："你去哪里了？"

文婷婷掏出房门卡开了门，说："我去了电视台。祝贺你 PK 成功，顺利晋级。"

刘阿波身子往沙发上一倒，说："不是不舒服么，咋又跑到电视台去了？"

文婷婷把提袋撂在电视机旁的桌上，以手梳了下头发，说："感觉好了些，便跑去听你们 PK。"刘阿波尚不知道她在台上替他告别之事，她得把他患癌的事告诉他才是，文婷婷想着怎样开口。

"这次 PK 赛后，你们暂时可以轻松几天，要不我们下午回趟龙城好了。"文婷婷一副轻描淡写地说。

"怎么忽然想着回去呢？"刘阿波看着面前的女人。

"龙城有你很多工友和老乡，你这次回去应该算是衣锦还乡吧。老话不是说，人生最得意的事莫过于衣锦还乡了。"

"什么衣锦还乡，下场 PK 赛后我仍旧回龙城安装模板，挣钱养家糊口。这样吧，明天早上回龙城，顺便把我欠两个工友的钱还了他们。"

"好的，待会我打电话让服务台订两张机票。"

"坐火车吧，坐火车便宜些。再说又不急。"

"这季节的机票都是六折，算起来比火车票贵不了多少。把耗在火车上的时间算下来，还不知贵了多少。"

刘阿波一笑，说："说时间是金钱，那是那些大老板和明星才有的事，我这种小老百姓只算钱不算时间。"

文婷婷笑笑，说："时间是金钱，这话针对所有人，只不过大老板的时间价位高些，小老百姓的时间价位低些。"

两人再说上一会儿，刘阿波感到来了睡意，文婷婷看出来了，让他上床好好睡一觉，她去服务台订机票。这些日子为备战 PK 赛，刘阿波处在高强度训练中，特别是接近 PK 赛这两天，睡梦中都是训练，未曾睡上一个好觉。这会儿上了床，脑壳落在枕头上沉睡过去。

文婷婷订了机票回来，见刘阿波仍在好睡，过去开了电脑，又把手机铃声调为振动。才撂到桌上，手机屏幕一下亮了，发出嗡嗡声响，有人打来电话。见上面闪出宋慕两字，文婷婷蹑手蹑脚出了客房，来到外面走廊，解锁接听。

宋慕："刘阿波患了鼻癌？"

文婷婷："是呀！"

宋慕："怎么一直未听你跟我说，不是刚才看了《中国好声音》直播，哪里晓得他患了鼻癌。你下步怎么办？"

文婷婷叹了一声，说："我还能怎么办，陪他治病。"

宋慕道："作为朋友我得提醒你，癌这病基本上是没法治愈的。就算出现奇迹，他能不能继续站在舞台上也是个未知数，还有数不尽的时间和金钱，这些你要想清楚。听我的，你和他的关系就此打住。"

文婷婷说："我费尽心思把他领到这个台上，现在他得病就甩手不管，是不是太不道义了？再说我都在台上宣布了他的病情，全国那么多的人盯着我，我能置他于不顾吗？"

宋慕说："你不觉得今天在台上这步棋本来就是个错误，太没脑筋了？说吧，你是不是爱上他了？我承认他是个人才，以他现在这个病况，他的歌唱得再好也没了任何意义，你说你们还会有结果吗？"

文婷婷又是一叹："相处这么久，能没感情么。得了，我们别说这些。明天我们要回龙城，到时候你还得来机场接我们一下。"

"伯父伯母在这上面是啥态度？"

"估计他们尚不知道，也许只当我是他的伯乐和经纪人吧。"

"既然你决定这么做，我能做的是支持你，谁叫咱俩是死党呢！好了，有事给我电话。"

文婷婷没有马上返回客房，感到身子乏力，倚墙舒了口气。宋慕的话让她想着父母在这事上的态度。虽说自己跟宋慕是死党，在她面前未曾说起过与刘阿波的关系，但宋慕都看出来了。就算父母今天还未看到《中国好声音》，但他们很快会获知她的艺人患癌，自己再陪在他身边，肯定会感觉到她俩之间那种微妙的关系，那时势将全力阻挠。如此一想，那种压力便来了。

回到客房，刘阿波还在酣睡。文婷婷看着这张安详的脸，心道要是知道自己患癌，还能这么坦然么。才取得些成绩就查出患癌，对这个男人来说确实太残酷了。文婷婷感到这个世界不公。在她这般想着的时候，刘阿波的手机响了。文婷婷不便接他的电话，待要过去把电话挂了，刘阿波醒来。见是外域电话号码，刘阿波猜测多半是联系他采访的事，便起了犹豫，文婷婷一旁问他咋不接电话。刘阿波以指解了锁，听筒里传来一个女人柔和的声音："您好，是刘阿波先生吧？"

刘阿波说是呀，有啥事。

那头说："我们是东方肿瘤医院，治疗鼻癌是我们的长项。我们院长获知你的情况后，马上召开了院班子成员会议，决定免费为你治疗。你稍等，我们何院长要跟您说话。"

刘阿波大感莫名其妙，待要说打错了，耳边响起一个热情豪爽的声音："刘先生，我是东方肿瘤医院何立伟。我自幼喜欢音乐，你两期的演唱我都看了，委实唱得不错。鼻癌并不可怕，您一定要树立信心，我院在这上面积累了二十多年的治疗经验，现在已达百分之八十的治愈率。我代表东方肿瘤医院热情欢迎您来我院治疗，我院将以最好的技术和药物免费为您治疗……"

刘阿波这下就懵了，如果不是对方的热情诚挚，他几乎要怀疑对方作恶。手机漏音，见刘阿波的脸色不对，文婷婷一旁暗自竖起耳朵，早把何院长的话听了个明白，这时伸手从刘阿波手里要过手机，客气道："何院长您好，我是刘阿波朋友，感谢您的好意。关于阿波入院治疗的事，眼下我们还未决定，决定后再联系您可好？谢谢您啊何院长！"

对何院长这个电话，文婷婷一点儿也不吃惊，她登台告白刘阿波患癌意在利用媒体这块平台引起相关医院的注意，只是没料到会来得这么快。现在情况，她自是不便隐瞒，掏出那纸诊断书递给刘阿波。刘阿波看后中风似的呆坐在床上。

"你都听到的，何院长说有很高的治愈率。我们现在要做的是把病治好，然后重回舞台。"文婷婷安慰道。

刘阿波的身子动了一下，似是醒悟过来。他瞄眼手中的诊断书说："不是这个，我还真想不到自己会患这病。何院长他们咋知道我的事儿？"

文婷婷道了在他下台之后，她登台替其暂且告别舞台的事，却也不忘四位导师捐款的事。"四位导师这么关心你，就等着你把病治好后重新登台，我们不能辜负了他们的期望。你呀啥事都不用想，一心一意把病治好就是。"文婷婷说。

刘阿波叹口气道："看来我是没法参加下轮的 PK 赛了。"

文婷婷说："你的导师 A 说了，只要下档《中国好声音》他仍坐在转椅里，将让你直接进入第三轮 PK 赛。再说，经过这两轮演唱，大家已经认可你的实力，你完全能够在这个圈子里走下去了，再也用不着安装模板。一句话，你今天 PK 胜利彻底改变了你的命运，你曾经的付出得到了回报。"

刘阿波脸色一黯，摇头说："对一个得了癌症的人来说，我想不出这还有啥意义可言。"

刘阿波如此心态，这可是治疗前的大忌，文婷婷便急了，说："咋说没意义呢，你把病治好了，便能重返舞台。梅艳芳你知道吗？就是那个四岁半登台演出，以醇厚低沉的嗓音和华丽多变的形象著称，被称为'百变天后'和'东方麦当娜'的梅艳芳，她患了癌症后，仍带病发起演艺界抗击'非典'《1：99 慈善演唱会》，在去世前一个月仍站在舞台上表演。你这病与她所患癌症不可同日而语，你得学学她这种与病魔斗争的精神。老话说得好，天将降大任于斯人也，必先苦其心志，劳其筋骨，饿其体肤，空乏其身，行拂乱其所为，所以动心忍性，曾益其所不能。阿波，为了你的家庭和你的追求，你一定要顽强，切不可因此灰心丧气。"

攥在手中的手机响了，文婷婷人都给吓了一跳。见屏幕上显示 A，把手机递给刘阿波，说："A 的电话。"

刘阿波解锁后把手机举到耳朵边，先 A 道好。A 说："阿波，你的事我们是从文小姐那里知道的，你现在唯一要做的是安心把病治好，然后重返舞台。你是我的学生，你有很好的音乐天赋，你又那么勤奋，这个圈子里将会有你的一席之地。我本来想跟你碰一面的，可我还得赶晚上六点的飞机，今晚上北京那边有场演唱会等着我。你一定要安心治病，跟我保持联系。文小姐在你身边吧，你把手机给她，我有话要跟她说。"

文婷婷接过手机，道声 A 老师好。

A 说："文小姐，阿波能够登上《中国好声音》这个舞台，使他成为我的学生，可以说全是你这个伯乐的缘故，我得感谢你。他现在得了这个病，这个时候你要关心他帮助他，使他尽快痊愈。我跟阿波能够成为师生，阿波能够碰到你，这都是缘分，有困难一定要打我电话。你们下步怎么走？"

文婷婷少不得说了番感谢 A 对刘阿波关爱的话，然后告诉 A，明天早上他们回龙城治病。待到与 A 通完电话，文婷婷竟感到一种压力，也不在刘阿波面前表现出来，说："你看，A 对你很关心的，我们不能辜负了他的期望。咱要看到明天，只要把病治好，你的明天就是一片美好，像朱之文、旭日阳刚他们一样到处演出。人这一辈子，还有什么比做自己喜欢做的事更幸福呢？"

刘阿波拿眼看着文婷婷道："为啥不去东方肿瘤医院呢，他们自己都说积累了二十多年的治疗经验？"

见刘阿波关切起医院的选择，文婷婷暗自舒了口气。这些日子她查阅了大量有关治癌方面的知识，治疗癌症最重要的是心态，很多癌症患者差不多是自己把自己给吓死的。"龙城雅博肿瘤医院在治癌方面全国驰名，我有两个同学的爸妈在里面，都是这方面的专家。我跟他们联系好了，随时都可以入住进去。你现在不用担心钱的问题，我们所要考虑的是对医院的选择。把医院选择对了，差不多等于治愈一半，剩下的是你的心态。你啊就当自己没有癌症好了。"

刘阿波说："知道自己患了癌症，我还能当自己没事似的超然事外？"

文婷婷说："我这里有个办法，你只管一门心思专注想你的音乐，多多想想日后演唱的安排。我跟你说，我正酝酿着为你写首歌，歌名叫《拼搏》，是写一位农民来到城市努力拼搏。我仔细想过了，你应该选择跟你背景有关的作品，保持你民工的本色，这样便能独树一帜，跟风随潮会把你淹没。一句话，一个真正的歌手得有自己的作品，不能老是翻唱人家的，也不能什么歌都沾边。当年孙悦不就凭一首《祝你平安》而一举成名么。时间不早了，走，到下面吃饭去。"

掀开被子下床，刘阿波这才惊觉外面早已灯光闪闪，说声洗个脸，去了卫生间。听卫生间传来哗哗水声，文婷婷这才暗自舒口气。她说了这么多，就是要让这个男人清晰地看到一个美好的明天，这样才能激起他战胜癌症的力量。

走出酒店，夜风拂面，又是一个灯火辉煌的夜晚。

第 24 章

听二婶叫表妹阿莲，陈大良才知道郭玉妹这个表妹叫阿莲。对他来说，只是看在郭玉妹份上帮她一把，至于她姓甚名谁，还真不感兴趣。罗姓男子车祸身亡后的几天，天天低头不见抬头见的阿莲未曾在这事上跟他说过片言只字，陈大良猜她从郭玉妹那里获知了消息。不管怎样说，罗姓男子的这个结局，之前阿莲怕是做梦都没料到。好歹曾经躺在一张床上，要她没事似的肯定不可能。初来乍到，阿莲的寡言少欢，大家也不以为意，只当是她的个性罢了。陈大良对她也不怎么了解，一任她去，只是与郭玉妹一起时，少不得谈及她的状况，郭玉妹似乎也不想在这上面说得太多，大多数时候只是听着，偶尔摇头说上一句。

晚餐后与老卓三个打了四坎牌，小有斩获的陈大良站起身来，说今晚上就到这里吧。老麦今晚上手气极臭，坎坎都输，见陈大良要走，说大良你赢了就走，太不够意思了，再来两坎。陈大良笑说我跟你们早说好的，输赢只打四坎。见阿凡提几个在那边围了一圈侃得正兴，喊了声阿凡提。阿凡提过来问有啥事，陈大良笑说老麦今天给大家发工资，你只管来捡。然后扭头冲老麦说，想扳本就看你的本事了。

下得楼来，启动摩托车时手机响了，看时是老赵的电话。那头老赵长了千里眼似的，说："是不是准备去郭玉妹那儿？"

陈大良一笑，说："是呀！老赵你有啥好事？"

老赵说："还是老弟的日子好呀，老家一个固定的，这里一个稳定的。"

陈大良笑道："老赵你想这里一个稳定的还不容易，把固定的送回去不就得了。要不胆子再大一点，在钟姐眼皮下面来个金屋藏娇，需要我帮忙的地方尽管说。心动不如行动，这道理我想你懂的。"

老赵笑说："婆娘多了得精力应付，我不比你，你年轻，咱这年纪还是算了。"

两人说笑几句后，老赵说："知道吧，刘阿波得了癌症。"

惊得陈大良啊了一声，说："老赵你这是哪来的马路消息，确凿吗？"

老赵说："我也是听我老表讲的，说电视都播放了，还是刘阿波那位伯乐小姐亲口说的，说是得了鼻癌。《中国好声音》里面四位导师都捐了款，每人都是五万六万。"

陈大良叹了口气，说："我都想着他这回唱歌唱出了名堂，再也不用回来跟我们卖力气地干活儿了，哪知在这当口得了这病。唉，啥病不能得，偏偏得癌症，癌症这病老赵你知道的……他这歌怕是不能唱了。"噢了一声，"这是多久的事？他现在在哪儿？既然得了病，应该上医院治疗才是。"

老赵说："我也不晓得，正寻思着是否给他个电话。有情况再跟你联系吧。"

陈大良很想这就给刘阿波去个电话，怕郭玉妹久等，把手机塞回兜里，奔洗脚城而来。打定主意到郭玉妹那里后再给刘阿波电话。摩托车在街上风驰电掣。晚上交警都下班了，不用担心给逮着。便也想起刘阿波去浙江前找他借的四千元。现在刘阿波得了癌症，他自然不便找他要这笔钱。

经过夜宵摊一条街，不经意间发现，前头两个并肩而行的背影颇为眼熟。摩托车从他们身旁驶过，便也看清楚是阿莲和舅子。陈大良不去跟他们招呼，没必要弄得彼此尴尬。阿莲和舅子这么快就好上了，不是今晚上见到，陈大良还真没想到，估计两人的关系也就才开始，要不哪里瞒得过大家的眼睛。对阿莲动心思的人不少，看不出舅子在这上面还有一手，才几天时间就给他搞定了。陈大良心下便对阿莲起了看法，罗姓男子才死多久，便又跟男人搅和起来，真是个潘金莲。

赶到洗脚城，郭玉妹还在里面，陈大良坐在车上单等女人出来。脑壳不知咋了，忽然就想，阿莲和舅子走到一块儿，阿莲多半会把他和郭玉妹的事说给舅子听，有天舅子会不会告诉他姐姐。虽说舅子早就猜得到他在外头有女人，可毕竟是一种猜测，如此便起了担心。这时陈大良觉得，把阿莲安排到工地实在是个天大的错误。不过，工地上这么多男人，阿莲偏偏跟舅子好上，这种事任谁都料不到。陈大良想着待会跟郭玉妹说说，由她跟阿莲讲最好不过。

郭玉妹出来了，陈大良启动摩托车。待到郭玉妹上来坐好，深夜里摩托车疾驶而去。两人闲话着到了住所入口。路灯下四周不见行人车辆，郭玉妹猛可紧抱陈大良的腰。自从罗姓男子车祸于住所入口，害得郭玉妹每晚下班都要陈大良接送。女人胆子小，摩托车每每经过入口，郭玉妹都要紧抱陈大良的腰，直到屋门口才松手。

进了屋，照例是烧水洗脸。陈大良掏出手机准备给刘阿波去个电话时又犹疑了。刘阿波患癌，肯定难过，自己这个电话一拨，岂不让他心里不好受，刘阿波只怕还会误以为是找他要那笔借款。这般一想，觉得这个电话拨不得。难怪老赵说出"寻思着是否给他个电话"的话，还不是跟自己一样犯难。

郭玉妹洗完脸进来，见他攥着手机发呆，问咋了。陈大良把刘阿波的事说了，听得郭玉妹唏嘘不已，说老天爷不长眼，太不公了，让好人遭遇磨难。随后要陈大良去洗脸。

洗后进来，女人早已坐在床头等他。陈大良掀开被子躺了上去，说："你表妹……"

"她怎么啦？"见男人没了后文，郭玉妹似乎感觉到了啥，扭过头来问。

"她这几天没跟你联系啊？"陈大良信口道。

陈大良忽然决定不说了，他的脑壳是这样想的：舅子真和阿莲躺在一块儿，他自己都有这等事，自是不会把他的事说给他姐姐听，两人算是彼此心照不宣吧。

郭玉妹哪里知道男人的心思，说："这两天也未见她给我电话，她还好吧，姓罗的事，把她吓得不轻，没有半年不会缓过神来。唉，没想到这种事竟给她摊上了。"

陈大良心下便不以为然起来，却也不说今晚途中碰到阿莲和舅子的事，女人听了只怕会电话问她表妹，说不定舅子会对他来想法。他可不能在这上面让舅子对自己来啥看法。再说今晚上的事尚不能说明他俩已经躺到了一块儿。陈大良从未想过要了解阿莲，可因为舅子的原因，心下来了兴趣。

"你妹夫呢，咋没跟阿莲一块儿出来？"

"她公公早两年出了车祸，人瘫痪了，她老公只好在家里照料父亲和孩子，同时耕种着自家两亩田地。这些年她一直跟我待在龙城。不是跟我在一块儿，她老公哪能放心。"

"可她还是从这里搬出去跟姓罗的走到一块儿。"

"大家都不是小孩，我该劝的劝了，她不听只好随她去了。好在姓罗的车祸而亡，不然凭姓罗的性子有她受的，说不定还会捅到她丈夫那儿，那时候是啥结果便难料了。"

听女人这么说，陈大良暗自打定主意，就算有天阿莲和别人躺在一块儿，郭玉妹这里他也不泄露半个字。女人是个敏感人，陈大良不想在这上面说得太多，让她来感触就不好了，当下叹一声道："一个女人独自在外头打工挣钱，背后总有苦衷。"他本想玩笑几句，说村里大都是留守妇女，阿莲男人年轻力壮，白天晚上还不躺在女人堆里快活，想着女人素来不喜欢开这号玩笑，便没说了。

郭玉妹道："是呀，虽说现在都是打工，哪个女人又愿意抛夫弃子跑到外头来挣钱，都是没办法的事。老话不是说了，外面的金窝银窝不如自家的狗窝。"

见女人来了感触，话里不乏感伤，陈大良伸出一只手在女人身上拍拍，说："人呀，只要吃得了苦，日子总会慢慢好起来的。时间不早了，睡觉吧。"

翌日早上送郭玉妹到洗脚城后来到工地，大家已上楼忙乎去了，阿莲问他吃了早餐没有。得知他还没吃，说给他下碗面条。阿莲倒也利索，三下两下给他弄了碗面条，还特意加了个蛋。陈大良端了碗蹲下身去，筷子捞起面吃了起来，阿莲一旁坐在塑料矮凳上忙着择菜，有一句没一句跟陈大良说着话。厨房里就阿莲，估计二婶和岚姐去市场买菜去了。

"没去你表姐那里？"

"大白天要忙，晚上那地方稍晚就没有公交车了。"

"哪天下班后坐我的摩托车去吧。"

"好呀，看你啥时候有空，那时叫上我好了。"

许是郭玉妹跟她说了，就算没有旁人在场，阿莲也不再叫他表姐夫。因为昨晚上去接郭玉妹途中的偶然发现，闲谈中一双眼睛少不得在她身上扫来扫去欲窥出点儿端倪，阿莲的表现似乎并没有啥异样。陈大良猜测，他们只怕还没有上床。要知女人感情上一旦有了艳遇，言谈之间难免会有所流露。

餐后叼了根香烟往楼上爬。近段时间天气不错，工程进展很快，差不多五天就是一层，算下来每人一天可挣五六百元。到了上面，大马攥了手机正在拨打电话，陈大良很自然便联想起小芷来。见大马脸色黯然地把手机往手机套里塞，料没联系到小芷。陈大良也不过去跟他搭讪。就他俩来说，能扯的话题似乎只有小芷，可真把小芷拎起，只会让大马更加难过。陈大良不便故作不视，喊声大马，大马噢一声醒悟过来，回应地喊了他一声。

环眼场面，看样子二叔他们那边瞎扯得正兴，陈大良待要过去，手机响了，也没看上面的号码，摁了接听键漫不经心地举到耳朵边，问哪位。一个陌生女人柔润的声音问他是不是陈大良。陈大良回答说是呀，一时想不起这个女人是谁，正要问对方哪位，对方说她在工地下面，有事找他。陈大良让她稍等。想不清楚何人何事，陈大良只好往回返。

下楼远比上楼容易，五分钟的时间就到了下面。马路边停了辆红色小车，一位穿着时髦的女孩攥了个手机在车旁来回迈步，陈大良估计就是这位了，却是不曾见过。女孩一扭身发现他，上前说："你是陈哥了。我姓文，叫我小文好了，是刘阿波的朋友。"

陈大良早就知道她是谁了，笑说："是文婷婷吧，听阿波说起过，今天咋有时间到我们这儿来？"

文婷婷说："有时间吗，我请你喝茶？"

陈大良说："有事这里说好了。"

文婷婷开了驾驶室门，拿过撂在副驾驶室的提袋，说："阿波找你借过四千块钱，是吗？"

"是呀！"陈大良猜不准女孩咋忽然说到这上面来了。

文婷婷拉开提袋，伸手往袋里一探拿出个钱包，从中拿出一沓钱递过去："这是阿波让我还你的，你数一下。"

陈大良不去接她的钱，说："听说阿波病了，他现在是啥情况？"

文婷婷道："我们是前天回龙城的，他现在入住省肿瘤医院治疗……"

陈大良说："我是昨晚上才知道，正想着给他去个电话。他的身体不是一直好好的，咋忽然会患这病。我们都想着他终于出人头地唱出了名堂，不用再像我们一样辛苦干活儿，谁知冒出这病，唉！"语声中连连摇头。

文婷婷道："病这东西是说来就来的，谁也拿它没奈何，来了只能好好治。陈哥，这钱你数数。"

陈大良说："他现在情况正需要用钱，别急着还我，等他的病好了再说。"

文婷婷说："谢谢陈哥的好意，他治病的钱我们已经筹集好。来，陈哥你拿着。"

陈大良只好接在手中，问刘阿波的手机号码换了没有，哪天去医院看望刘阿波。文婷婷说到时候打她电话就是。两人再说几句，文婷婷上了车，启动汽车挥挥手而去。

打从昨晚上获知刘阿波患癌，陈大良只当这四千块钱短时间是不会还他的，万没想到今天文婷婷特意跑来还他。陈大良把钱塞回兜里，待要往回走时，二婶她们买菜回来。陈大良随口问买了什么好菜，二婶说买了三只鸡，现在的猪肉比鸡还贵，便天天吃鸡。陈大良笑笑，不便说老吃鸡。既要吃好又只有这么多的钱，还真有点儿难为二婶她们。

想着老赵多半还不晓得刘阿波回龙城治病，陈大良掏出手机拨了老赵电话，把文婷婷找上他还钱的事说了。老赵说当初刘阿波去浙江参加《中国好声音》时从他那里预借了四千元，可因为工程到现在未完工，也就没法结账，这钱和账只能暂时挂着。真算下来，他们还得给刘阿波工钱。陈大良问老赵明天有没有空，要不两人一块儿去肿瘤医院看看刘阿波。老赵说明天再约好了。

第二天早餐后陈大良便去了肿瘤医院。这次没有骑摩托车，坐公交车去的。有上次在市疾病预防控制中心被罚的经验，自然不愿重蹈覆辙。到肿瘤医院转了三趟车，直把他转得晕头转向。老赵已先他赶到医院门口。两人在附近一家水果摊前买了篮水果。篮子里也就几个苹果和十来根香蕉，还有一个火龙果和几个叫不出名的水果，差不多是两百块。陈大良心里说他妈的真是天价，见老赵要了，也就没把话蹦出来，反正摊到自己身上也就一百块的事。两人又各掏五百块钱装入一个红包。

医院很大，一间住院楼却有两栋，且分布在不同方向，陈大良打通文婷婷电话，文婷婷问了他们所在位置，说来接他们。一会儿文婷婷到了，陈大良把两人彼此介绍了。穿着病人服的刘阿波已在走廊等候他们，三人热情地握手。走廊里人来人往，文婷婷说进屋说吧。

进了屋，文婷婷给客人递上茶，刘阿波拿出香烟递上。烟是蓝嘴芙蓉王，刘阿波自己却不抽。看上去刘阿波明显白了胖了，换在别的场合，陈大良和老赵少不得要在这上面玩笑几句，现在情况却不便拿此说笑，只能说些别的。

简单询问了刘阿波的病情，宽慰他好好治病。见床头摆了不少音乐书籍，陈大良笑道："当初我就说过你会成为朱之文的，这不成功了么？看来人还得有点儿上进心，有上进心才有盼头，才有成功的一天，我和老赵这一辈子只能做安装模板这苦活儿了。"

老赵笑道："一辈子有模板安装的活儿做也不错，就怕再过几年人老了没人请。"

刘阿波笑了，说："不是说养儿防老么，老了有儿子养着，老赵你担心什么？"

老赵说："俗话早说了，养崽也就图个名响，有几个享儿子福的。我们院子里的冬老生了两个崽，有一年跟大儿媳拌了回嘴，大儿媳竟不准男人养他，小儿子嫌家里条件不好，搬到岳父家去了。冬老有一餐没一餐，最后饿死在床上。"

陈大良见老赵竟在这里说到死，吓了一跳，看刘阿波和文婷婷并未留意到这上面，放下心来。换在工地，少不得顺着说"冬老是饿死在床上，凭你老赵的本事还不至于饿死在床上"，这里却不敢把死字拎起，笑了笑说："一个地方养崽不孝的也就那么一两个，大多数还是好的。真要个个不孝，这崽还有啥养的。有句话咋说的，哥有姐有等于没有，爹有崽有还不如自己有。靠崽也不是个事，主要还得靠自己，吃自己的饭花自己的钱，也就不用看崽女的脸色。"

老赵笑道："这道理谁都懂，谁都希望吃自己的饭，可年纪一来哪儿由得了自己，阿波你说是不是？"

刘阿波笑笑，说："老赵你才四五十的人，现在想这个问题不觉得远了点儿？咱农村现在到六十也能领到养老金，钱虽然不多，谁知十年后会不会享受政府机关公务员的待遇。"

老赵哈哈笑了，说："享受政府机关公务员的待遇，我儿子能不能享受到我不晓得，我这一辈子肯定是看不到。真有那一天，谁还削尖脑壳去考那个卵子公务员，当农民好了。做公务员的风险太大了，今天还在台上风光，说不定明天进了监牢，永世不得翻身。"

陈大良笑说："这么多公务员，你看才几个出事的。我们县建县六十多年，据说还没有一个正处出事的，查处的也就几个乡长局长，未必当县长书记的就不贪，县长书记还不是从局长乡长上去的。"

老赵笑说："我还是觉得当官风险太大，像阿波最好，公众人物，一般人不敢拿他怎样，自由自在又来钱。"

刘阿波笑道："我有什么好的，还不是一样卖苦力。"

老赵笑说："老弟卖苦力的日子过去了，往后就像刘欢他们一样，要多少大洋的出场费。一句话，阿波你是苦尽甘来。凭自己本事走到这步，这一辈子还有啥说的，值了。我这里可跟你说了，有天我没吃的可要找你。"

这一阵说笑下来便是中午，陈大良起身掏出那个红包："阿波，这是我跟老赵的一点儿心意。你好好养病，哪天有空再来看你。"

刘阿波连连摆手："你们老远赶来看我，这份心意我领了，这个就不用了，真不用……"

陈大良把红包硬塞在他手里，说："咱可不是今天才认识的，我和老赵的脾气你还不晓得，你要不收下，我们对你可有想法了。"

刘阿波要留两人吃了午饭再走，说去医院门口找家饭馆，随便要两个菜喝一杯。一直很少说话的文婷婷也劝两人吃了午饭再走。盛情难却，两人随刘阿波和文婷婷出了医院，进了一家看去还干净的饭馆。文婷婷点菜要酒，忙得不亦乐乎，三个大男人则喝茶闲扯。

酒菜上来，刘阿波说他不能喝酒，要了瓶酸奶。文婷婷主动提出陪他们喝半杯。席间陈大良问起刘阿波参赛情况，刘阿波一一作答了。途中刘阿波上卫生间时，文婷婷说他们来了刘阿波的心情不错，让两人有时间常来陪他扯扯。两人点头说一定。

妻子打来电话，闲扯几句后告诉陈大良，老刚被判死缓。据说老刚那个信息是他邻居廖矮子发的，廖矮子因垂涎老刚妻子而不能得手，又忌妒老刚妻子与张色狼打得火热，便假手于老刚教训张色狼。廖矮子廖跃华，身高不到一米六，满脸疙疙瘩瘩，说起话来结结巴巴，半天都说不出一句整话，因一只脚有些跛，又叫廖跛子，一年就在家里喂养着十来只山羊，每到年关就卖几只羊过日子，四十岁的人至今未娶。陈大良便问廖跛子现在怎样。妻子说还不是每天照样看他的羊。想想也是，就算信息真是廖矮子发的，公安机关又能拿他怎样。一条信息引发三条人命，这怕是廖矮子没想到的。对老刚这个结局，陈大良没有太多的吃惊，猜测老卓他们这会儿多半在这事上谈论开了。刘阿波听了原委，摇头叹息，久久不语。陈大良猜他联想到什么，举杯与他相碰。老赵也是叹息不已，说这死缓再怎么样也得在监牢里待上十三四年，以老刚年纪，出来的时候真是老头一个，啥都干不了。又说老刚为了一个乱七八糟的女人毁了自己，太不值了。

酒足饭饱，刘阿波和文婷婷送两人上了公交车，挥手而别。车子摇摇晃晃往前走，车上稀拉拉坐了几个人，两人找了座位坐下。老赵忽然说："大良你感觉到没有，刘阿波的状态很好的。不是躺在医院里，还真看不出他是个癌症病人。"

陈大良说："这说明他的心态好。据说这种病最重要的是有个好心态。"

老赵嘴角一翘笑道："有文小姐这么漂亮的女孩陪伴，心态还能不好？有这么漂亮的女孩陪伴我，让我天天躺在医院都乐意。"

285

陈大良笑说："老赵你这是啥话，未必得病是啥好事不成，癌症呢！你以为被蚂蚁咬一口。"

老赵说："老弟你想过没有，阿波得病的事，不用说他家里肯定晓得，可他老婆却没来侍候他，让这个文婷婷忙上忙下陪在他身边，这未免好生奇怪。这个文小姐只怕要小阿波十几岁吧？"

陈大良便明白老赵的意思了，却是不想说刘阿波和文婷婷什么，人家现在可在病中，当下含糊道："社会上不是说，身高不是距离，年龄不是问题么。"又说："以刘阿波现在的情况，文婷婷还能做到这样，只能说人家女孩心地好。"

老赵说："城里的女子哪个不是贼精贼精的，你当她们那么傻，把自己白白奉献给你。我这一辈子还没见过活雷锋，雷锋时代早就过去了。说白了还不是看中刘阿波现在的名气。据说她将是刘阿波的经纪人。经纪人你还不晓得是咋回事，说白了就是拿刘阿波当宝藏，想在他身上捞钱。"

老赵生性直率，反正文婷婷又不在场，陈大良任他说去，玩笑说："看你老赵的样子，对文婷婷有意见似的，人家可是好酒好肉款待了咱。做人得讲点儿良心才对。要我说呢，反正刘阿波是要找个经纪人的，找谁不是找，刘阿波能够成功，还不是得益于文婷婷从中帮助，文婷婷真成了刘阿波的经纪人，那是最好不过的事。"

老赵忽然笑了起来，说："你当他们只是经纪人之间那么简单，我看两人早就躺到了一块儿。"

陈大良笑道："人家可是有感情基础的，不是第一次见面就上床，完全可以理解。"

老赵哈哈一笑，抽出根香烟点上，话随烟雾而出："对刘阿波来说，有感情基础上床和第一次见面就上床，这中间有啥区别，说白一点儿，都是胡来一气。"马上又说："这个社会，男人只要有两个钱或有点儿名气，便有女人献身。"

陈大良说："人家这叫本事，咱不服都得服。你不服，人家说有本事你搞个看看。一句话把你噎死。"

老赵道："是呀，男人要干的一件事就是赚钱，只要有钱，什么都会有人送上来。一句话，有钱就是英雄汉，没钱男人变难人。"

陈大良笑说："老赵你赶快赚钱，有钱啥都来了，到时候我也跟着你沾点儿光。"

老赵笑着摇头："一个人有钱没钱，有多少钱命里注定的。五十而知天命，我快五十的人，还不知道自己是啥命……"

这时司机扭过头来，喊了句别在车上抽烟，把烟熄了。老赵一脸尴尬，把烟往窗外甩，前头右边一位穿着打扮颇酷的女子转头朝他们这边一瞥，一撇嘴说乡下来的吧，乡下人就是这个素质。老赵的脸色便跌了下来，嘴巴翕动，陈大良怕他骂出难听的话，赶紧拉扯一下他的衣袖，老赵嘴角抽搐了两下，闭了眼睛重重地吁口气。车到站台停住，那名女子扭腰下去了，老赵死瞪着女子，口里嘟噜了一声。是句什么陈大良没听清楚。

汽车继续前行。两人谁也没有说话。陈大良倒是想着跟老赵说点儿什么，一时间却是想不起说啥，以老赵这会儿的心情只怕未必搭理他。汽车摇摇晃晃中在一个站台停下，车门哐当一声敞开，老赵站起身来，说声走啦，随乘客下车去了，头也不回地往前走。陈大良知他心里堵着团气，刚才就是他听着也不畅快。这些年他们一直在这个城市不分白天黑夜地忙碌，为这个城市的建设付出了很多的汗水，可他们是这个城市里的另一群人，也就是那个女子说的乡下人。

汽车复又启动往前走。这站上来很多人，座位全都给坐了，刚才老赵的位子塞了个城里肥妞。肥妞身上传来刺鼻的香水味，让陈大良感到脑壳有些晕。车外行人匆匆，已看不到老赵的人影。陈大良有些落寞，闭了眼睛一任汽车摇晃着前行。他清楚地知道，下一站他也得下车。不知是哪根弦的作用，脑子忽然就幽默开了，所谓城里人，不就一如身边的肥妞，在身上洒几滴让人嗅着脑壳发晕的香水么。

第25章

尽管两口子早就约好，孩子考试完妻子便来他这里，电话里听妻子说明天动身来龙城，陈大良口里说好，到时候去车站接她，心里还是起了紧张，觉得时间来得太快。妻子来了，以后去郭玉妹那里就不方便了。郭玉妹那儿还得告诉她一声才是。郭玉妹通情达理，陈大良倒不担心她让自己为难，只是觉得这个口不好开。之前自己未曾在这上面有过片言只字，现在忽然说妻子要来，说不定郭玉妹会有想法。这会儿陈大良觉得，在这事上早就应该对郭玉妹有所透露才是。

二叔撂下手头的活儿，掏出香烟递给陈大良一根，然后自己叼一根，打燃打火机递过去，看着陈大良把烟凑到火苗上，说："是不是老二要来龙城了？"

妻子在家排行老二，岳父岳母和二叔都这么叫，又因她名字中有个燕字，有时候又呼她燕子。陈大良深吸一口香烟，喷出一根烟柱，说："是呀，说明天就动身。"

二叔道："老二来了也好，你夫妻俩算是团聚了，也就不用你自己洗洗涮涮了。有时候没个女人在身边还真不行。"

二叔的话提醒他，撂在郭玉妹那儿的衣服得拿回来，否则无异于把情况告诉妻子。陈大良不便说这些年早习惯一个人在外面，说："只是可怜了两个孩子。两个孩子打小就没离开过他妈，也不知他们会怎样？"

二叔说："有你岳母照看，哪儿委屈得了他们，这个你两口子大可放心。"

妻子就要来了，陈大良也不便在二叔面前说啥他是反对女人来龙城的，抽一口烟说："我倒没有啥不放心的，就担心小孩不习惯，小的毕竟小了点儿。"

二叔说："这个咋说呢，有的小孩才三岁就交给奶奶姥姥带，他们一样蹦蹦跳跳。咱农村不比城里，大人小孩都不容易。"

陈大良只道也是。

二叔抬手在他肩头上拍拍，说："老二来了，找个时间陪她到处走走看看。"抽口烟把烟屁股扔了，两个鼻孔喷出两缕细长的烟雾，"要我看呀，孩子的事你大可放心，你两口子在这里好好挣钱就是。"

陈大良自是听懂二叔的话，提醒他妻子来了，小心别弄出啥风波来。这正是陈大良担心的，这就让他感到压力，两个鼻孔嗯嗯回应着。二叔蹲下身去继续扎他的钢筋。陈大良抬头看去，大马又在拨打电话，暗自摇头。好几次他都想在这事上跟大马扯扯，想着大马的性格，终是没有行动。

节气早过了夏至，洗脚城的生意到了淡季，这两天郭玉妹上白天班，五点不到就下班了。陈大良他们的工作时间也有了很大变化，起早赶晚，中午比以往多休息两个小时，为避开中午烈日暴晒。晚餐后差不多已是九点，陈大良不想给他们拽到牌桌上去，碗筷一撂，上了摩托车奔郭玉妹住所而来。

车经沿江大道，行人比肩接踵。在家宅了一天的人们，也只有这时候才得以出来放松放松，呼吸一下空气。陈大良没有戴头盔，呼啸而过的风都是热的。在入口遇到郭玉妹，陈大良停了车问她去哪儿。郭玉妹说溜达溜达。陈大良让她上来，载她兜兜风。郭玉妹说算了，回去。陈大良启动摩托车往前走。小巷里的空气缺乏流通，远比外面闷热多了。郭玉妹落在后面跟他说着白话。

进了屋，郭玉妹拉亮电灯，把电风扇开了。陈大良感到又闷又热，将身上的衬衫脱了。郭玉妹给他递上杯凉茶，说再过会儿便会凉快些。陈大良咕噜咕噜把杯里的茶喝了个干净，以手抹抹嘴巴。郭玉妹接过他的杯子时，见他额头上尽是汗珠，让他去冲个凉水澡。陈大良说待会睡觉还得冲，很麻烦。口里这么说，去了卫生间。冲澡后感觉好多了。看时间不到十点，陈大良说到外面透透气吧。郭玉妹便随他往外走。出了巷子，感觉一下凉快多了，两人顺着马路漫步，时有载土车驶过，卷起尘土热浪。见前头有家冷饮店，陈大良拽了郭玉妹进去。店内凉风习习，客人不是很多，两人找张桌子坐下，要了两份饮料。

陈大良环视四周一眼，说："在这种地方上班倒也舒服，估计命都要多活两年。"

郭玉妹说："这有啥舒服的，那些有钱的老板和官老爷天天待在暖气空调里，也未见比咱乡里人命长。早几天听客人说，一个叫啥的大老板，才三十几岁就死了。人家过得还不舒服，那是要啥有啥。咱们这些打工的，图的还不是多挣几个钱，啥环境条件还真没必要太计较。"

陈大良笑道："我忘了你上班的地方也很好的。还是舒适点儿好，你看我们，一个夏天下来，人又黑又瘦，都要脱好几层皮。"

郭玉妹说："挺一挺不就过来了。比起家里种地砍柴的活儿，安装模板不知轻松多少。"

陈大良说："耕田种地是最不划算的活儿，要不怎么会荒芜那么多的田地，以致政府出台奖励措施。现在家里耕田种地的就几个老人，他们算是种了一辈子地，待到有天他们不能动了，估计田地是没人耕了。"

郭玉妹说："你以为我们打工能打到死那天，凭我们的收获不可能在城市里买房立足。再过十几年，我们这代人就老了，就得回家带孙子，那时候见到处是荒芜的田地，觉得可惜，说不定又会操起犁耙。"

这时手机响了，是大马打来的。大马问陈大良在哪儿。陈大良不便说跟郭玉妹在喝冷饮，只说在外头忙点事儿，问大马有啥事。大马那头犹豫一下，说那就明天见面说去。陈大良说好，明天说去。

见杯里的饮料快没了，陈大良让服务员再来两份。郭玉妹拦住他，说这种东西也就尝下口味，当不得饭。陈大良笑说多尝下口味好了。想着大马轻易不打他电话，未必发生啥事不成。可既然已经约好明天说去，便没拨打大马电话。见状，郭玉妹拿话问他咋回事。陈大良不去说心头的疑虑，道了大马与小芷之间的事，听得郭玉妹不住地摇头。

看时间快到十二点，两人出了冷饮店，倍觉闷热。回到屋里，两人洗澡后上床休息。陈大良没有说妻子后天将到龙城，他觉得今晚上说了的话，不止今晚上两人过不好，明晚上也过不好。这晚上他没有要女人。电风扇转出来的风很快把两人送入梦乡。

第二天天未亮，陈大良骑着摩托车走街串巷往工地赶，晨风吹在身上甚是舒爽。在这座城市里，怕只有这当口儿才是一天中最凉快的时候。路边的早点摊已经忙乎开了。赶到工地，天色发亮，大家洗脸刷牙。早餐后爬上楼顶，天色大亮，大家各自忙乎开了，砰砰之声不绝，在城市的上空传开。

大马过来，说："大良，我得跟你请个十来天的假。"

身旁尽是忙得不可开交、瞎扯的工友，陈大良一只手搭在大马肩膀上，两人来到一隅。"是不是去广西找小芷？"他问。

大马眼睛望向远方，点点头。

"一直没联系上小芷？"陈大良知道这话纯粹多余，却也只能这么问。大马摇了摇头。

陈大良递给大马一支香烟："啥时候走？"

大马说："今晚上就走。"

陈大良原以为时间一久，大马会从对小芷的思念里走出来，万没料到过去四五个月大马竟要去广西找人。就是昨晚上接到大马电话，他也没把去广西找人联系起来。陈大良吸着香烟，想着咋办。以大马的性格，一旦决定了的事任谁都难以让他改变，今天这个决定，不知他想过多少回。作为多年的朋友，陈大良决定还是要提醒他，便说："你去了也未必能够找到她。小芷心里真有你，有机会自会跟你联系。估计她家人会有所防备，就算找到了也未必能够把她带走。广西那边的人出了名的野蛮，你一个人我还真不放心。现在这鬼天气待在家里都是活受罪，在外头跑来跑去还不把人热死。听我的，等等看，过段时间天气好点儿再说。"

大马喷出团烟雾，摇头。

知道再劝无益，陈大良抬起一只手压在大马肩上，说："既然你决定了，我就不拦你了，但你一定要听我几句。到广西后凡事谨慎，切不可与小芷的家人正面冲突。找不着就回来，以后再想办法。不管咋说，你家里有妻子和女儿等着你。有事记得打我电话。"

大马点了点头，把手中的烟屁股扔下楼。

陈大良说："这样吧，你中午去售票点买好车票，吃完晚饭我送你去车站。"

手机响了，是妻子打来的。陈大良那只手在大马肩上拍了拍，大马道声谢，走了。妻子说她上了来龙城的车。陈大良少不得叮嘱她车上小心，让她到龙城后打他电话，到时来接她。

大马在一声不响地忙碌。换了别的男人，早把小芷给抛到脑后去了，陈大良心下慨叹大马的痴情。但是，因为与小芷的事把家庭关系搞得如此糟糕，这又是陈大良所反对的，可他不便明着反对。陈大良有种预感，大马此去多半不会有啥结果。不过这样也好，找不到小芷，大马就会安心安装模板，他的心也许会重新回到那个家庭。

晚饭后有人拽了陈大良打牌，陈大良说他得送大马去火车站，对方不信，只当他推托。待到大马拎着个鼓鼓囊囊的旅行包过来，才深信不假。去广西也就带两件换洗的衣服，哪里能塞得这么满，估计里面装了小芷的衣物。陈大良猜测大马的意思，如果小芷不能随他来龙城，就把这些衣物给她。心里虽是这般想，也不拿话去问，待到大马上来坐稳，摩托车往前驶去。

火车站广场人山人海。大马下了车，把旅行包放在脚下，掏出香烟递给陈大良一根，随即送上火。陈大良深吸一口香烟，说："不管找到没找到，都要尽快回来。到那边切记小心。"

大马把香烟塞回兜里，点头说："谢谢你了大良。"

陈大良说："那我就不送你进站了。十点的车是吧，广场的空气好些，在广场待会再去候车室。有事一定要给我电话。好了，我走了。"

郭玉妹对他这么早回来颇为意外。陈大良说了大马去广西找小芷，自己送他到火车站。郭玉妹直道大马是个重情人。陈大良怕女人起感触，要是因此跌了情绪，两人今晚上都过不好，便不敢在这上面说得太多，对女人的话附和几句。

女人看他脸上尽是汗，让他去洗个脸。陈大良拿起毛巾到卫生间水龙头下洗了把脸，回来说带郭玉妹去个地方。女人问啥地方，陈大良故作神秘，说暂时不能说。女人不去理他，陈大良拽了她往外走，说一定要她去看看。

出了入口，陈大良伸手拦了辆的士。的士开了空调，坐上去顿时感觉凉丝丝的。郭玉妹问去哪儿，陈大良说到了就晓得。郭玉妹不再追问，任他去了。

车到日银酒店门口停住，郭玉妹满脸疑惑，随他下车。迎宾小姐一脸的职业微笑，说欢迎。女人的样子甚是局促，陈大良让她在大厅沙发上坐坐，他去服务台开了间房，接过服务员递过来的房卡。在服务员的指点下，两人进了电梯，陈大良按了13键。

看电梯一层一层往上升，郭玉妹说："今晚上你到底搞啥名堂？"

陈大良笑道："一会儿你就晓得。"

电梯在十三层停住，郭玉妹随陈大良出了电梯。长长的走廊铺着深红色的地毯，走在上面如踩在绿草上。陈大良看了看房卡，一阵张望来到一间客房前，笨拙地用房卡打开门，屋里一片漆黑。陈大良按墙壁上的开关也不见亮灯，人便有点儿急了，口里咕哝说这是咋了。有服务员过来，要过他的房卡，插入墙壁上的水电盒里，屋里的灯一下亮了。陈大良大窘。服务员给他们把空调调好电视机开了，叮嘱他们离去时把房卡带到下面服务台去。

屋里很快凉飕飕的，陈大良看着满脸疑云的女人，说："你看这里还不错吧，今晚上我们就睡这里。"

郭玉妹嗔怪道："这一晚上得两百多块，睡哪里不是睡，无缘无故跑到这里来干吗。"说完要走。

陈大良忙拽住她，说："房子都开了，退又不能退，咱就算奢侈一回吧。好了，你去洗澡。"

看女人进去了，陈大良坐在沙发上架起二郎腿看电视。听卫生间水声哗哗，知道女人在忙着洗澡。电视没什么看头，手中遥控器调来调去也没一个喜欢的频道，这并不影响他的心情。坐在这种空调房里，实在是种享受。掏出香烟准备点燃时，想着服务员吩咐空调房间不能吸烟，把烟塞了回去。

郭玉妹出来，身上传来淡淡的茉莉花沐浴液清香，陈大良不觉翕动鼻翼，说好香。郭玉妹柔声让他进去洗澡，陈大良应声去了卫生间。在莲蓬头下把身子淋湿，拿了包沐浴液扯开挤到毛巾上，然后往身上搓，很快就满身泡沫。再往莲蓬头下一冲了事，穿了条裤衩出来，感觉特别凉爽。女人坐在沙发上看电视，陈大良过去紧挨着她坐下，一只手搁在她的大腿上抚摸。女人的身子白嫩，像个城里人。陈大良的手不安分地在女人身上这里捏捏那儿摸摸。女人没有拒绝，任他摸去。当抚摸到女人壮硕的丰乳，女人浑身一颤，陈大良把她身上的上衣往上一掀，头一低，张嘴噙住那因激情喷发而鼓胀起来的乳头。女人嗷的一声呻吟，一下瘫痪了，像剔了骨头的软泥。

当陈大良准备在沙发上进一步有所动作时，女人呻吟道："去床上吧……"

陈大良便把女人抱起，横放在席梦思上时就势把女人身上的裙子脱掉，女人闭了眼睛躺在那里，等着他上去。陈大良扯下自己的裤衩，一只脚踏上床时，女人让他把电视关掉。陈大良返身过去把电视机关了，想想把手机也关了，上床继续吮吸女人的乳头，双手在女人敏感处游走。他并不急于进入女人的身体，这么好的环境条件，得尽情享受才是。女人呻吟声中老公老公地喊，陈大良知道女人是要他了，一种前所未有的成就感，爬上去激情满怀地干开了。

许是明天妻子的到来让他再不能像往常一样同这个女人在一块儿，许是凉丝丝的冷气让他倍觉凉爽，陈大良像注射了兴奋剂，不知疲惫地冲撞，女人一如刚上滩的鲜鲤，起劲地扭摆着柔韧的身子迎接他的冲撞，这让陈大良感到从未有过的刺激。当身下开始抽搐时，陈大良破天荒地啊了一声，然后伏在女人身上一动不动。

不知过了多久，郭玉妹才蠕动了一下，陈大良便也醒过来，竟感觉背脊有些冷。劳累后他趴在女人身上睡去了。陈大良关切地问："冷吗？"

郭玉妹缓缓睁开眼睛，轻声说："你冷？"双手去摸男人的背，"好凉的。"

扯了身旁的薄被子盖上，"要不把空调关了。"

"这样不很好吧，把空调关了那不热死人，还花钱躺在这里干吗，咱上这里，图的还不是这份凉快。"

"我是怕你着凉，花钱买个感冒就不值了。"

"你当我是富二代还是政府领导，那么娇嫩？咱大晌午的在太阳下暴晒，大冬天的在楼上吹寒风都没事，要是这也着凉，这活儿真不用干了，就在家里窝着好了。咱干的活儿，凭的就是这副身板，刚才的表现还行吗？"

郭玉妹不去答他行不行，长舒口气闭了眼睛。陈大良问她是不是累了，累了就睡吧。从女人身上下来，陈大良去卫生间小便时顺便在莲蓬头下冲洗了一下。虽然屋里开了空调，刚才一番天翻地覆还是让他出了身汗，自己住在这里可是花了钱的，不享受都白费了。冲洗后感觉清爽多了，便慨叹还是做有钱人好，有钱人做爱都不用流那么多汗。

回到床上，女人的样子分明已经进入梦乡，陈大良偎着她躺下。心里装着事，自然没有睡意，可也不能把女人叫醒了谈，就想明天早上跟她说去了。这时候谈，只怕一晚上都睡不好。怕耽误时间，又把手机开了，设了闹铃。

一觉醒来，女人还在酣睡，陈大良不忍推醒她，一双手在女人身上游走。女人醒来了，声音黏黏糊糊问他咋没睡，陈大良说睡不着。女人捂着嘴巴打了个呵欠，问他想什么。按陈大良的意思，他是要跟女人好好再来一次，然后说妻子来龙城，现在女人主动问起，就决定把事情说了，一只手搂了女人，说："跟你说个事。"

郭玉妹说："啥事得这种时候说？"

陈大良道："还真得现在说。"他尽量让自己的声音平静自然，"今天她要来龙城。"

郭玉妹一下清醒了，明白身边男人的意思，他妻子来了龙城，他不能像以往一样去她那儿了。原来男人把她拽到这里，是想赶在他妻子来龙城前跟她好好过一晚。感动之余，郭玉妹很快被一种酸酸的感觉占领，这个男人终究是另一个女人的丈夫，那个女人来了，他就得陪在她身边。跟着他的这些日子，她从未想过有一天他的女人会跑到龙城来，现在却忽然来了，让她一点儿思想准备都没有。对自己跟这个男人的关系，她清楚地知道，他们只是临时夫妻关系，所以她从不想得太多。丈夫死后，有那么一两次也想，这个男人对自己这么好，要是能嫁给他多好。但很快就暗自摇头，男人对他现在的家庭很满意，怎么会做出抛妻弃子的事跟她走在一块儿，就是自己也不忍心拆散一个家庭，那可是造孽。"她来了，你也就不用去我那，好好陪着她就是。"郭玉妹说这话时，一种想哭的感觉在心里涌动着，却极力抑制着不让眼泪流出来。

陈大良急了，说："你误解我的意思了，我不是舍你而去，只是不能天天去你那儿，有时间我会来看你的。"

郭玉妹说："你妻子来了，就该跟她好好过日子，要是因此弄得你们夫妻不和，那可是我的罪过了。万一有天她知道我们之间的事寻上我，我都不晓得怎样应对，我的性格你知道，可不喜欢跟人争啥长短。"

陈大良说："我是不会让你受到伤害的，这你放心好了。咱俩一块儿这么长的时间，你还不了解我的为人，不清楚你在我心里的分量？"

郭玉妹道："正因为我了解你，所以才不想让你为难。我们是露水夫妻，这种关系搁在老家是要被人戳背脊骨吐口水的。现在她来了，我们的关系就应该结束，我仍旧过我一个人的生活。感谢你从前对我的帮助。从今以后，我们就不要再往来了，你好好地过你的日子。"

见女人如此顽固，陈大良甚是恼火，几乎要发起脾气来，只是想着这脾气一发，会把事情弄得更加糟糕，万难忍住。他太爱这女人了，可不想就这样让她从自己身边离去，咽口口水，说："玉妹，你咋这么顽固呢！我都说了不会让你受到伤害的，你还担心啥。她也就在这里待上两个月的时间，孩子开学后就要赶回去照顾他们。就两个月的时间，两个月！两个月眨眼就过去了。"情急之下，陈大良撒起谎来。

郭玉妹闭了眼睛躺在那里不答他。陈大良捉住她的胳膊摇着，说说话呀。男人的样子，让郭玉妹感到他对自己的感情之重，心头稍慰，却语气冷冷地说："我该说的都说了，你还要我说什么？"

不经意间发现，窗外有曙光进来，时间过得真快。陈大良真没想到女人会是这个态度，今晚上不是自己主动说起，他都要怀疑她另有男人。他得最后争取一下才是，搂紧女人说："别任性好么，我们在一块的时间一直过得很开心是不是，再过两个月我们就可以像从前一样开心。这两个月我会打你电话，找时间来陪你的，不会让你孤单着。我还可以让阿莲过来陪你。你看，这样两个月不就很快过去了……"

自己说个不停，女人却没接他的话茬，口干舌燥的陈大良无奈地止住了话，只是把女人搂得更紧。他了解女人，知道她不是个多话的人。窗外越发亮了起来，陈大良开始在她身上吻了起来。女人任他吻着，躺在那里动也不动。终于，陈大良止住吻，说："我们起床吧，洗脸后回去。"那句"我还得去你那儿拿衣服"的话终是说不出来。

见女人睁开眼睛，陈大良下床去了卫生间。镜子里的脸僵僵的，似乎这一两个钟头忽然瘦了很多，头发也有些凌乱，陈大良懒得管它，胡乱擦把脸。出来后，女人已经穿戴好，默默进了卫生间，陈大良忽然感到一种陌生，同时也感到屋里静寂了。卫生间水声哗然，感觉距他很遥远。

郭玉妹终于出来，说声走吧。陈大良过去开了门，待到女人出去后，取了房卡攥在手中，随手拉上门。女人走在前头，头也不回。他落在后面，也不快步赶上。电梯里男男女女的有四五个，有人用方言低声说笑，谁也听不懂。两人陌生人似的站在里面，没谁去留意他们身上有啥不对头的地方。

从电梯里出来，郭玉妹径直往外走，陈大良也不便叫她等等，急忙忙去服务台办了退房手续。快步追出来，郭玉妹站在马路边等他，陈大良过去与她并肩站着，伸手拦了辆的士，拉开后排车厢门，拿眼投向女人，郭玉妹也不望他，低头进去了，屁股再往里挪了挪，陈大良躬身进去，随手把门拉上。司机问去哪里，陈大良说了。一路上两人仍然不说话。司机也不同他们搭讪，只管开他的车。

下车后两人一前一后往里走。到了屋门口，郭玉妹立在旁边没动，陈大良知道她昨晚上出来时没带钥匙，掏出钥匙上前开门进去了。女人落在后面，也不把门关上。陈大良知她意思，自己这就得走，用不着关门。郭玉妹站在卧房，也不看他。陈大良道："我得拿衣服到那边换洗。"

郭玉妹说："你自己找吧。"

陈大良有意留下两件衣物。女人分明看到了，却是啥话没说，陈大良心下稍慰。把衣物塞进袋子，然后把袋子捆在摩托车后架上，陈大良走进里间房子，对女人说："我走了，过两天来看你。有事一定要打我电话呀。"他本来想过去拥抱女人的，怕女人拒绝，便没了动作。

推着摩托车出来，女人没有出来送他。陈大良没有折身回去拉门，任它敞开着。抬腿上了车，启动摩托车时心里头竟有种生疼感，想着日后还能来这里，感觉才好些。记得当初发现齐小眉另有男人，也没这么难过，陈大良不无觉得，他对郭玉妹的感情很深。

回到工地，锁好摩托车，拎着盛了衣物的袋子往里走。迎面碰着阿莲，阿莲说陈老板还没吃早餐吧，瞄眼他手上的袋子再落到陈大良脸上。自从那次喊他表姐夫后，想必是郭玉妹跟她说了，许是她想明白了，有人没人都管他叫陈老板。听陈大良说没吃，阿莲说她给他下碗面条。陈大良答应着往楼上走去。

　　三楼四楼阒无一人，不用猜工友们早上楼忙乎开了。陈大良把袋子往床头一扔，燃上根香烟猛抽几口。这一层全是单身男人，清一色的地铺，妻子要来，不便把铺继续摊在这里。待会去买两张塑料布和蚊帐，下去跟二叔他们凑在一块儿好些。估计阿莲面条做好了，下楼而来。

　　阿莲正把锅里的面条往碗里捞。二婶不在，估计买菜去了。陈大良接过阿莲递上来的面条，埋头吃了起来。抬头见阿莲站在一旁望着他，陈大良说："有事吗，阿莲？"

　　阿莲低声说："跟我表姐吵架了？"

　　陈大良吃惊地瞅着阿莲，不晓得她是咋知道的，未必郭玉妹给她打了电话。旋即否定了，以郭玉妹的性格，哪会把这种事儿告诉她。如此一想，明白问题出在那个装了衣物的袋子和自己的脸色上。"没有啊。"陈大良道。

　　"是吗？"阿莲的神情语气明显挂着疑问。

　　陈大良也不跟她说妻子今天要来，妻子到了她自然明白咋回事，继续埋头吃他的面条。阿莲见状，一旁忙碌她的事，只是不时拿眼疑惑地往陈大良这边瞅。

　　吃完早餐，陈大良嘴里叼根香烟往楼上爬。他猜测，在他撂下碗后，阿莲多半会拨打郭玉妹的电话追问咋回事。到了上面，太阳正好从对面一幢三十几层的大厦爬将上来，炫目得让人睁不开眼。二叔过来，问老二是不是来了。陈大良说只怕要中午去了。二叔没有看到他僵僵的脸，让他打下妻子的电话，看到哪儿了，陈大良说一会吧。这会儿他真没心思。

　　在楼上转悠一圈，总觉得心里落空空的，提不起精神，好在没有谁留意到他的状态，否则问来问去够他受的。陈大良下楼歪在自己的铺上。郭玉妹现在应该上班去了吧，他想。在他准备燃上根香烟时，手机蓦然响了，是妻子打来的。陈大良问妻子到哪儿了，妻子说她也不晓得到了哪儿，司机说大概再过个把小时就到站，让男人去汽车南站接她。

　　骑摩托车从工地到汽车南站最快也要半个小时，陈大良爬将起来往下走。跨上摩托车时，二婶回来，问他上哪儿。陈大良说去车站接燕子。二婶的脸上便来了欢颜，说："老二来啦，她来了好。大良你赶快去，回来正好赶上吃午饭。万一没赶上，我给你们把饭菜留着。"

汽车南站有个派出所，出口入口不时可见警察的影子，有次老赵骑摩托车被一个警察逮住，要扣他的车，最后好说歹说给了对方五百块钱才得以骑车走人。陈大良把车寄放在车站附近一家老乡开的饭馆门前。与老乡扯上几句，徒步来到车站入口，单等妻子所乘汽车到来。

十几分钟后，一辆从老家至龙城的长途汽车徐徐而来。前后两扇车门同时敞开，乘客蜂拥下来，陈大良生怕一疏忽妻子从另一扇门下来走失了，眼睛盯着两扇车门。见妻子背着个鼓鼓囊囊的背包从后门下来，忙快步赶过去，用家里话燕子燕子地喊。妻子闻声扭头，高兴地迎着他走过去。

"你咋晒成这样子了。"妻子上下打量着他。

妻子倒是老样子。陈大良接过妻子的背包，说："我还算是好的，焓仔他们都脱了两层皮。"

妻子紧随男人往前走，几步后就大汗如注，一边以手拭汗，说："龙城咋这么热，像个火炉。你的车呢，还要走多远呀？"

陈大良说："待会晌午比现在还要热。现在才夏至几天，小暑大暑后还有二十四个秋老虎，哪天都比现在要热。"

到了老乡饭馆，买了两瓶矿泉水，女人拧开瓶盖咕噜咕噜一口气喝了大半瓶。陈大良把背包放在车架上捆好，跟老乡道了谢，上了摩托车。妻子坐上来后直叫屁股都快烫熟了。

回到工地，正好准备开餐。大家差不多都是熟人，见面少不得寒暄几句。二叔和二婶比别人自是要多几分热情。老麦几个与陈大良一块时，开他的玩笑，说又来一只母老虎，大良你要两头迎敌，给你支个招儿，赶快去药店买几瓶伟哥。别人吃一粒顶事，你吃两粒，先把这只老虎喂饱稳住。稳住这只老虎，再想办法让那只老虎满意。有人马上搭腔，说陈老板是这方面的高手，玩双飞都是小菜一碟，自个儿的婆娘用不着伟哥。有人笑着慨叹，大良你是虎多为患，咱身边没老虎的日子也难熬。陈大良可以肯定，自己和郭玉妹的事工友们不可能晓得，因为他很少宿工地，大家由此猜测罢了。陈大良任他们说去。

饭后去附近超市买来塑料布和简易蚊帐。有工友的帮衬，很快搭起一张床。有人玩笑，说今晚上是陈老板的花烛夜，到时候大家闹洞房。立即有人一脸的怪笑，说人家燕子大半年没近陈老板的身子了，老远赶来跟陈老板热乎，你们这一闹，不是有意让人家两口子不痛快么。还是积点儿德，让人家快活快活。妻子始终在一旁，开始还有些难为情，说笑多了便没事一般。

当夫妻俩独处时，妻子说："咱晚上就住这里？"

陈大良明白女人的心思，说："你看到的，二叔二婶他们都住在这里，慢慢你就习惯了。"其实他也想过在附近租一间房子，可如今的房子哪是你说租就有的，还得找机会。陈大良也不跟女人说这些，女人要是惦记着了，少不得时时催他找房。这种鬼天气转来转去是活受罪。

不能去郭玉妹那里，晚餐后便跟老麦和老石、老国三个打牌。今晚上手气背，差不多坎坎都输，虽然每坎也就一百来块，几坎下来就输了六七百。赢家老麦心情不错，笑着说："是不是老婆来了，心思到那上面去了？大良你是老牌手，当知道这赌与色只能赚一头的……"

"老麦你瞎扯什么，我自己的老婆，啥色不色的。"陈大良打断老麦的话道。他口里虽是这般说，老麦的话让他联想起昨晚上跟郭玉妹在酒店的事。

老麦笑嘻嘻地道："自己的老婆就不是色了，女色女色，男人只要扯上女人就是色。"

老麦只顾口上快活，本来应该打旧字大陆的，却扯出大玖，陈大良喊声碰，甩出两张大玖，然后打出小三，上家老国碰了，掷出旧字小五，陈大良说声没人要吧，伸手去抓垛子上的字，翻出的是张大壹，自摸和了。老国看牌后数落起老麦的不是，说他旧字不打打新字，是脑子出了毛病还是眼睛出了毛病。老石笑说嘴巴出了毛病。

昨晚上在酒店里一番折腾，今早上又起得早，更兼中午忙着搭床，上下眼皮不曾好好合上会儿，陈大良捂着嘴巴打了个呵欠，掏出手机瞄眼上面的时间，说今晚上就到这里吧。上楼去了。

妻子正在跟二叔他们绘声绘色地说笑，阿莲也在。妻子背对着他，全然不知道他的到来。待到妻子说完，便也明白是咋回事。原来老家新开通了县长热线电话，老百姓只要有啥困难和投诉，便可拨打免费电话12345。"12345，有事找政府，"成了家喻户晓的一句话。村里老后早几年一场说不清楚的大病锯掉了一条腿，成了残疾。按规定，老后这种二等残疾可以年年吃低保，可镇政府就是不给他办。老后得知县长热线开通后，拨打十几次12345，好几次都没人接，只有嘟嘟声，有两次有人接了，说已把他的情况向有关部门反映了。月底老后的电话费竟达一百多块。老后托人把电话清单打印出来，看后傻了眼，全是12345的费用。老后后来才知道，全县有他遭遇的人不知多少，有人戏谚："一二三四五，有事找政府；六七八九十，就是不落实。"

二婶发现了陈大良，摇着扇子说没打牌了。陈大良又是一个呵欠，说是呀。见妻子换了衣服，知她洗过澡，取了毛巾和换洗的内裤往楼下去了。有人在冲洗，近了才看清楚是阿凡提。陈大良笑着问他今晚上咋没去老婆那里。阿凡提说被他们拽住打牌了。陈大良便猜他今晚上输了，想扳本过了坐公交车的时间，就开他的玩笑，说今晚上养精蓄锐，明晚上大干一场。阿凡提说大良你是正在为大干一场准备着。

回到楼上，大家已经上床睡去，落地电风扇却还在摇头呼呼吐着风。陈大良把电风扇关了。妻子脱了裙子躺在床上，就戴着奶罩穿着短裤。陈大良穿了条短裤衩上来，妻子看着他，说："咋不把灯熄了？"

女人不习惯亮灯做那事。陈大良说："都是这样。"想着昨晚上在郭玉妹身上一番折腾，今天的状态欠佳，女人心细如发，要是待会被她看出来起了疑心，往后去郭玉妹那儿就不方便了。如此一想，下床把灯熄了，屋里一下陷入黑暗。

陈大良尚未躺下，妻子柔软的身子就贴了过来，手在他身上抚摸。身子碰到妻子的奶子时，才知道她身上的奶罩和短裤没了，不用想也是刚才下床熄灯时脱掉的。今晚上这关是必须要过的，陈大良便开始迎合妻子。可下面那东西蔫蔫的，竟撑不起来，心里很是着急。好在慢慢有了反应。在他想着过会儿再上去时，妻子亟不可待了，催他上来，陈大良只好爬上去在女人身上蠕动起来。可很快就浑身上下尽是汗水，觉得有些力气不支，又不敢停下来，妻子躺在下面的感觉正好，只能强撑着。看看实在撑不下去，咬着妻子的耳朵，说你上来吧。身子往旁边一倒。妻子便上来了，呵呵呵地撒着欢儿。透过外面的灯光，可以看到妻子一脸的醉态。渐渐地，妻子的动作缓下来了，一副要死不活的样子，说不行了，让男人上来。缓过一口气来的陈大良只好再次翻身上阵。两个人全身都汗淋淋的，像是掉进水里才爬出来似的。在陈大良水漏时，妻子习惯地搂紧他，嘴巴猛地吻住他的嘴巴，发出一声低低的啊声。陈大良满嘴都是汗水的咸味，却暗自舒了口气。刚才他生怕妻子那一声地动山摇的啊声像以往一样叫出来，那时明天势成大伙的笑料。

第 26 章

来龙城的第三天，妻子便晓得烩仔跟阿莲之间的关系了。那天吃完早餐准备上楼时，妻子把他拉到一隅，不无责怪道："烩仔跟阿莲的事，咋不见你告诉我？"

陈大良也不惊奇妻子知道得这么快。妻子来后，烩仔和阿莲仍旧躺在一块儿，而且跟他们在同一层楼，不用别人说，妻子看都能看到。他说："你才来，我哪里来得及跟你说这些。"

"他们之间的事，肯定不是这几天才有，之前这么久的时间，你啥时候跟我说过？"妻子道。

陈大良语塞。

妻子接着说："就算你不告诉我，你也应该劝阻他。这事儿有天传到家里，弟媳还不闹出事来？要是因此离婚，爸妈那里你好面对？烩仔可是跟着你这个姐夫出来的，你能没责任？"

自从那晚上去洗脚城途中偶遇烩仔和阿莲，几天后二婶一脸神神秘秘地告诉他，烩仔和阿莲躺到一张床上了。陈大良不便说啥，不置可否。二婶让他劝劝烩仔别跟阿莲这样，要是有天传到家里就麻烦了。凭烩仔媳妇的性格，就算最终不离婚也会闹得鸡犬不宁。陈大良含混说哪天找个机会跟烩仔说说。他倒是把这事儿跟郭玉妹说了，郭玉妹一言不发，只是沉缓地摇摇头。陈大良便看出郭玉妹心里对她这位表妹来了意见。也是，跟罗姓男子的事才几天时间，这么快又跟男人躺到一张床上，这也太随便了吧。面对妻子的责怪，陈大良来了情绪，没好气地说："他又不是小孩子，都是有家小的人了，哪些事能做哪些事不能做还不知道，用得着我来管他？再说，在这号事上，他会听我的？你是他亲姐姐，你去说说，看他听不听你的。他要是因此听了你的，算你本事。"他本来想说"这号事搁在这里算个啥"，怕妻子跟他理论，要是因此来了疑心，问他是不是也有这事，他都不好作答，便没敢说。

妻子气得拿眼瞪他。半晌说："阿莲可是你把她弄到这里的？"

陈大良心下起了紧张，说："我是让她来帮衬二婶她们煮饭，又不是要她来跟焓仔睡觉。"

妻子道："你跟她又不熟，平白无故的把她弄来，未必学雷锋不成？"

"我跟她是不熟，可她是老赵的啥表妹，老赵听说这里还缺一个煮饭的，说让她来煮饭。老赵让她来，我能拒绝么？"陈大良自是不敢在女人跟前把郭玉妹拎起。他倒不用担心妻子这就找老赵去核实，妻子初来乍到，不晓得老赵的电话更不晓得老赵他们工地在哪个方向，倒是待会要找个机会跟阿莲统一一下口径。

妻子无言了。

陈大良点燃根香烟，慢声道："在焓仔这件事上，我是不便跟他说什么，你是他姐姐，既然你来了，好好跟他扯扯。他听就听，不听随他去，姐弟俩别因此闹出啥事让别人看把戏。"

妻子喃喃自语："我咋跟他说呢……是不是找阿莲说说？"

陈大良说："阿莲那里你咋说，凭啥管人家。你硬是要当回事，先管好焓仔。只要焓仔不上人家的床，这事儿就妥了。要是阿莲上焓仔的床，你再说人家的不是。"

这时二婶在厨房老二老二地喊，妻子转身要走，陈大良叫住她，说："你可别因为这事儿把它挂在脸上，给阿莲脸色看，传到老赵那里我不好交代。"

妻子说声晓得就离去了。妻子来龙城的第二天就跟二婶她们一块儿做饭。陈大良担心妻子这就去找阿莲核实她跟老赵的关系，想着电话跟她说一声时，才知道没她的电话号码。舅子肯定有她的电话，但他不便找舅子要。看手机上的时间，郭玉妹尚未上班，便拨打她的电话。郭玉妹接了却不吱声。陈大良知道女人等着他说话，喊了声老婆。见郭玉妹没有应他，就问阿莲的电话号码。郭玉妹敏感地问他发生啥事了。陈大良不想让她担心，只说有点事儿。郭玉妹说她也记不住，得看看才知道，一会儿给他电话。

陈大良也不傻等郭玉妹的电话，开始往楼上爬。上不到十级台阶，手机咚的一声，知道来了信息。一看是郭玉妹发来的。郭玉妹不给他电话，发来信息，显然是不想跟他搭话，看来还在怪他，陈大良暗自摇头。他拨了阿莲的电话，说："我是陈大良，你别说话，听着就是。要是我妻子跟你闲扯，问你咋来这里的，你只说是你表哥老赵找我让你来这儿的，别的你就不要跟她多说。好了，就这样。"

快到楼顶时，陈大良想起了什么，掏出手机从通讯录里找到郭玉妹，把她姓名删去，重新编辑为老龙。妻子来了，凡事谨慎点儿好，要是让她查看手机时看出啥端倪来就麻烦了。他有种预感，自己经常留宿外头的事迟早会传到妻子耳朵里，那时候妻子将会对他处处留心。

为防万一，陈大良还是拨了老赵的电话。对老赵用不着遮遮掩掩，把事情说了。老赵便玩笑起来："你大良跟郭玉妹的事，却让我凭空多了个表妹，有天我老婆晓得，还不认定我跟这个阿莲表妹有啥说不清楚的关系。好吧，这事儿我给你老弟哄着，哪天你请客就是。"马上又嘻嘻笑说，"我说老弟，你真是艳福不浅呀，家外有花。现在的问题是家里那朵花来了，可别让两朵花因此打起来，得提防后院起火啊！需要我救急拨打 110，我立马赶到……"

因为跟妻子的这场谈话，来到楼顶后，陈大良一双眼睛四下搜寻舅子的人影。舅子正在跟老卓几个说笑忙碌，全然不知道他姐姐在他跟阿莲的事情上万分恼火。二叔过来，说："老二晓得焓仔跟阿莲的事了。"

陈大良淡淡道："晓得又怎样，这种事情，她做姐姐的顶多也就劝劝他，可这能管啥用？就算他因此闹着要离婚，岳父岳母跪在他面前都没用。一句话，他自己的事，我们是不便说啥。"

二叔说："离婚应该不会。焓仔的媳妇可不比阿莲差。找个比自己媳妇还差的女人，那真是晕头了。"

这男人跟女人的事最是说不清楚。陈大良不想跟二叔往这上面扯，说漏嘴传到舅子那里还会对他来意见，舅子要是对他起了意见，说不定会把他跟郭玉妹的事捅出来，那时有他头疼的。"是呀，我也是这么想的。他跟阿莲也就要要，这种事儿说到底吃亏的是女人，人家阿莲都乐意，我们还说什么，随他们去好了。"

二叔点头："也是。"

第二天晚餐后，与妻子独处时，妻子说："你猜焓仔怎么说的，媳妇不在身边，晚上有个女人陪着睡有啥不好，又不是要跟阿莲结婚，阿莲也不图他什么，这种白睡的事何乐而不为，去发廊找女人花钱不说，弄不好还要感染啥艾滋病啥梅毒，那可是要命花钱的事。要是给派出所逮住，几千块钱就没了。你看，他竟说出这样的混账话。"

　　陈大良说："我说没用的，你不信，现在总该相信了吧？"马上又说，"其实焓仔说的这些也不是没有道理，只要别因此闹出离婚的事，要耍有什么要紧……"

　　妻子打断他的话："凭阿莲那副精明相，能给焓仔白耍的，焓仔给她钱还会让你看到？阿莲也不会逢人就说焓仔给了他多少好处吧。再说了，现在他们是没有闹离婚，谁知道往后下去会不会闹离婚，我是没法劝得了他，只好让爸妈出头。"

　　陈大良便有些急了，说："你可别把这里的事儿传到家里去，要是他们因此离婚，就是你的罪过了。"

　　妻子就懵了，说："咋成我的罪过了？"

　　陈大良说："你把焓仔的事告诉爸妈，弟媳晓得了还不赶来闹，那时只怕真会离婚，这难道不是你的责任？"

　　妻子显然没想到这一层来，人愣在那里。半晌道："这事儿咋办，难道任他们这样下去不成？"

　　陈大良耐着性子说："他们不这样已经这样了，这种事儿你管不着他我也管不着他。说得不好听点儿，焓仔铁了心要离婚，就是爸妈出头也没用。"

　　妻子说："照你说的，只有任他这样了？"

　　陈大良说："不这样你能怎样？"见妻子的脸色有点儿挂不住，放软语气说："我看你是让焓仔的事弄得紧张了，以为他们躺到一张床上就会弄出跟对方配偶离婚的事，他们躺在一块儿，还不是为了解决性需要。阿凡提不也找了个老婆吗，人家也没有说要离婚。所以呀，你真不用因焓仔的事把自己弄得紧张了，就当啥事没有。"

　　妻子瞪圆了眼睛看着男人，说："这成什么了，也太随便了吧！"

　　妻子面前，陈大良不想把他们这个群体的事说得太透，慢慢她会知道的，那时候也就不会奇怪了。"人家抛妻弃夫，在外头挣钱养家，又是这个年纪，也不容易的，理解理解吧。"他说。

　　"你这是哪家的道理，照你说的，这男人女人，只要走出家门，在男女关系上就可以胡来一气？"妻子一脸忿忿然。

　　陈大良就不敢在这个问题上跟妻子争论了，要是妻子拿话追问他，是不是像阿凡提和焓仔一样在外头也有老婆，他都难以应对。像是有感应似的，妻子盯着他说："阿凡提和焓仔才来龙城几个月就有了女人，你在这地方多少年了，肯定有女人。"

知道妻子眼下不可能晓得他跟郭玉妹的事，陈大良笑道："我有女人还让你来这里？连我自己都奇怪，焙仔和阿凡提才来几天就有了女人，我在这里好几年都未曾碰到过。我想了又想，这怕是他们命里有桃花运，我命里没有。"

妻子一脸似笑非笑，说："你有没有我现在还不晓得，真有的话总有一天会暴露出来。这种事又不是东西，东西藏得住，这事儿甭想藏匿。"

陈大良笑说："看你样子，巴不得我另有女人似的。"

妻子道："你这是啥话，这世上哪个做妻子的巴望自己男人背着她另有女人，我就怕你有女人，才老远跑来陪你。"

陈大良笑说："从前这么多年都不怕我有女人，现在就怕我有女人了？"

妻子说："从前儿子还小，又要照料母亲，现在这两样都不存在了。"

陈大良说："你放心，我从前没有背着你另有女人，以后也不会背着你另有女人。有你这样的老婆我还找女人干啥，一个人得知足是不是？"

妻子就盯着他，说："今天的话你可要记住哟！"

陈大良的心里竟打起鼓来，几乎要疑心妻子是不是听到了啥风言风语，口里道："我自己说的话肯定记得住，我又没有啥不可告人的事。不过，你也别闻风就是雨。这里是啥日子你也看到了，忙活儿后就是打牌，一潭死水似的，有人巴望着看把戏。"

妻子说："别人说你哪有女人我就当真，那么傻？这种事儿得有证据，没证据的事不可信，只当忽悠，我决不会找你闹。"

妻子的话让他好几天都不敢去郭玉妹那里，下班后就跟老石他们围了一圈打打牌搓几把麻将，有时瞅着机会给郭玉妹去个电话。多数时候郭玉妹只是听着，难得答他一句，陈大良感到心里堵了团乱麻似的，怎么也不畅快。这样次数一多，陈大良看出女人真对他起了不满，就想哪天去看看她，却苦于没机会。他不想硬跑了去，那样会把事情弄糟糕。

这天下午将近下班，老赵打来电话，说晚饭后去医院看看刘阿波。今天中午陈大良接到文婷婷打来的电话，说刘阿波正在化疗，情绪很不好。陈大良明白文婷婷的意思，说有空来看他。这时接到老赵的邀约电话，陈大良猜测文婷婷给自己电话的同时还打了老赵的电话，一口答应，说要骑摩托车去，骑摩托车凉快些。

饭后老麦三个拽陈大良搓麻将，陈大良说老赵邀他去医院看朋友。老麦说老赵来了你走就是。四人围了麻将桌坐下，噼里啪啦地打开了。麻将桌是妻子从旧货市场花八百块钱买的，大家都争着打，一下班就给人占了，中午晚上各收台费五十元，几天就收回本金。陈大良手气不错，一上场就和了个清一色，接过三人递上来的钱，随手抽了一张拾圆的钞票递给妻子。在收台费上，不管是他还是焓仔，都照抽不误。有回老国开玩笑，说她认钱不认人，连老公、弟弟的钱都要。妻子说这麻将桌是她花钱买来的，都认人的话本钱找谁要去。每晚上妻子会撂两包槟榔啥的在桌旁，大家乐打不疲。

打不到十盘，老赵打来电话，说他到了。陈大良把位子让给旁边伸长脖子看牌的老石。下得楼来，老赵坐在摩托车上等他。陈大良要去推他的车时，老赵说坐他的。陈大良抬腿跨上车时，妻子买瓜子回来，一边同老赵招呼，一边问男人去哪儿，老赵说去医院看刘阿波，妻子让他们早点儿回来。

夜色正好，摩托车一路呼啸。老赵开他的玩笑："你老婆对你看得紧啊！这下你把人家郭玉妹害苦了，人家真成寡妇了。估计她把我这个媒人恨得要死。我这里提醒你，你再不好好陪陪人家，人家可要红杏出墙了。"又说，"你老弟也真是，跟郭玉妹的日子过得好好的，咋把燕子给弄到龙城来，未必你不晓得，老婆多了也麻烦。说吧，有多久没去郭玉妹那儿了？"

陈大良做声不得。老赵面前，他不能说是妻子硬要来的话，也不便说妻子盯得紧，妻子来后未曾去过郭玉妹那儿。心下很是惭愧，怕是有二十几天没见郭玉妹了，真得找个时间看看她才是。

在医院门口水果店买了一篮水果和一件蒙牛牌"真果粒"牛奶。肿瘤医院大门没有保安看守，摩托车直驶住院楼停住。这会儿正是探望病人的好时候，不时有车停在楼前，拎了礼品往里走。老赵把车锁好，两人拎着水果和牛奶往楼上爬。

病房门敞开着，两人走进去，文婷婷热情地招呼他们坐。屋里不见刘阿波，病床上却坐了一位年轻妇女，探寻的目光正朝他们望。两人正自疑惑，刘阿波从厕所出来。让他们没想到的是，刘阿波脑壳上一根头发也没了，脸色虚肿。换在另外一个场所，他们肯定不敢相认。文婷婷看出他们的惊疑，说头发没了是化疗所致。在刘阿波给他们递烟时，得以知道年轻妇女是他媳妇。

喝茶抽烟，少不得问起刘阿波的病情。文婷婷说目前病况良好。在刘阿波问起两个工地工程进展情况时，老赵说已经把刘阿波入院的事跟他老表说了，老表答应下个月破例把刘阿波的工钱结了。刘阿波只道谢谢。

　　闲扯中得知昨天老家县领导黄仕进部长特意带记者赶来看望刘阿波，并给了他两千块钱的慰问金。老赵一撇嘴说："堂堂一级政府，两千块钱亏他们拿得出手。"

　　陈大良笑道："电视上可不会说金额多少，只说县里领导如何如何关心家乡民工，不远千里赶来看望阿波。"

　　老赵说："这还不是作秀么，不过，这回阿波跟着这位黄部长在老家露脸了。"

　　陈大良笑说："什么阿波跟着这位黄部长在老家露脸，老赵你这话不对，人家阿波现在红得发紫，明星呢，应该是黄部长跟着阿波大大地露了回脸。"

　　陈大良就笑着说起从妻子那里听来的"一二三四五，有事找政府；六七八九十，就是不落实"。刘阿波的媳妇说她们村里也发生这样的事了，那些事情没解决反倒出了一大笔电话费的人跑到乡政府跺脚骂娘。

　　"这还不是那些县领导挖空心思弄出的新花样，目的是给上面看，想在全国抢先创造个经验，其实屁用都没有。据说县里为此招了二十多个接线员，全是县里一些领导的亲戚子女。大家算算看，二十多个接线员，一年的工资就是百把万。啥县长热线，尽是劳民伤财。"老赵愤然道。

　　"老赵你就别愤愤不平了，领导作秀才不会考虑这几个钱。再说人民的钱还不是用在人民身上，那二十多个接线员也是人民的一部分呀！"陈大良笑着道。

　　说笑着，文婷婷邀他们去外面消夜，陈大良和老赵婉言谢绝。两人告辞时，文婷婷说用车送他们。老赵说不用，他们骑摩托车来的。在陈大良和老赵瞎喷时，刘阿波总是一脸微笑，坐在床上听他们说笑，这时站起身来说送他们。刘阿波的媳妇也尾随在后面相送。来到楼下，刘阿波伸手与两人握了，两人少不得安慰他好好治病，抬腿上了摩托车，挥手而去。

　　这时候怕是快十一点了，坐在摩托车上甚是凉快。陈大良的脑子在刘阿波媳妇和文婷婷身上拐来拐去。刘阿波媳妇一晚上也就在他说"一二三四五，有事找政府；六七八九十，就是不落实"时低声说了两句话，在文婷婷面前，这个女人说不出有多猥琐，也不知刘阿波怎么想。正自这般想着，老赵笑道："大良，这人呀还真看不出来。当初我们想不到刘阿波唱歌能唱出个名堂，更没想到有天还会有这么一个漂亮的城市女孩死心塌地跟着他。老二和媳妇同在一间屋里平安相处，换了谁都没法做到，偏偏他做到了。"

陈大良一笑，说："情况特殊吧！对她们来说，眼下最重要的是把刘阿波的病治好。不过，你凭啥说人家文婷婷是刘阿的波老二，媒体上不是说了，他们是千里马和伯乐的关系。"

老赵笑说："我又没瞎眼，他们之间咋回事儿我还看不出来，男人和女人只要有了那层关系，人前你再怎样掩饰也会流露出来。"

陈大良笑道："我说老赵，你也就在我这里说说，别人面前可说不得，人家阿波现在是名人了，要是告你个诽谤罪，有你受的。"

老赵笑说："我就那么傻？"又说，"男人出名了却另有女人，偏又在这当口儿生出这等重病，阿波媳妇的心里怕是不好受。"

"这还用说，换了谁都不畅快。可不畅快又怎样，阿波媳妇还得忍着，她要是闹腾，男人有可能真离她而去，那可得不偿失。"

"凭刘阿波平日为人，抛妻弃子的事情还不至于吧。"

"老话咋说的，人一阔脸就变。现在的阿波再也不是从前的阿波了。如你刚才说的，当初我们想不到刘阿波唱歌能唱出个名堂，更没想到有天还会有这么漂亮的一个城市女孩死心塌地跟着他。"

"人是会变，凭阿波的本质，又能坏到哪里去？这点我相信他。就说你老弟，先是齐小眉，然后是郭玉妹，玩归玩，但不会影响到你的家庭。我可直说了，人家阿波在这上面比你老弟强多了。"

陈大良哈哈笑了，说："这话放在从前我还不好反驳，刚才情况你老赵是看到的，阿波都把原配和老二召集到一间房子侍候他，这种事不说我没那能耐，只怕你老赵也办不到。"

老赵笑道："如你说的，情况特殊吧！"

说笑间，车子接近十字路口，往右一拐将驶向陈大良他们工地。陈大良说借老赵的车子用一晚。老赵笑说今晚上倒是一个好机会，估计你老婆不会怀疑你。摩托车往老赵他们工地驶。

车到老赵他们工地停住，老赵下车把摩托车交给陈大良，笑道："你老婆问起你，只说在我这里就是了。需要我配合打我电话好了。"

这时老明几个回来，少不得又要寒暄几句。有人邀他进去打牌，陈大良说今晚上还有事要忙。老吕说都这个时候了，还有啥事忙。老光便嘻嘻笑了，说这个时候有啥事要忙老吕你晓得，忙的还不是男人和女人那点事儿。大家就笑了。陈大良早习惯了这种玩笑，笑着启动摩托车而去。

这时分郭玉妹早下班了，陈大良直奔郭玉妹住所。独个儿骑着摩托车，远比坐在老赵背后凉快。陈大良倒不担心郭玉妹不在家，郭玉妹除了上班就待在家里。车到郭玉妹住所，里面亮着灯。陈大良支好摩托车，掏出钥匙开了门。郭玉妹穿着三角短裤戴着乳罩躺在床上吹电风扇，对他的到来表现淡然。

"就躺在床上，起来吧，一块去吃点儿什么？"

"澡都洗了，就不去了。"

女人雪白的身子让陈大良来了欲望，可因为有些时日子没来这里，不便像以往一样上去搂了女人直奔主题，要是被女人拒绝，弄得自己难堪，就过去拽女人的手，说你是懒得穿衣服是不是。女人说真不想去，不饿。陈大良不再拽她，那只手就势撂在女人的身上。见女人没有撩开他的手，心里便有了底，看着女人说："今天老赵扯着我去医院看了刘阿波。"他不能说啥"早就想来你这，她盯得紧没机会"的话，这样无异于让女人想起这段时间的不快，会跌了她的情绪。

郭玉妹说："他的病怎样了？"

陈大良说："正在化疗，满脑壳头发掉得一根都没了，变了个人似的。"

郭玉妹说："化疗最是折磨人的，身体差点儿的人根本就受不了。有的人宁愿等死都不受这份活罪。"

陈大良说："受不了也得受，等死毕竟也就个别，除非真是不想活了。以刘阿波的年纪和身体，应该不是问题……"打从跟女人闲话，陈大良的手就不曾停下，见郭玉妹闭了眼睛，俯身在女人身上吻开了。

在陈大良扯下女人的乳罩和三角裤进一步有所动作时，郭玉妹睁开眼睛推他一把，说："还没洗澡吧，去把澡洗了。"

这季节洗澡很方便，连水都不用烧，陈大良去卫生间草草地用凉水冲了冲，光着身子出来。女人闭了眼睛躺在那里，似乎睡了去。陈大良知道女人在等着他，爬了上去，两人抱在一起相互抚摸吻着。慢慢激情疯狂起来。许是两人许久没在一块儿的缘故，这回前所未有得痛快淋漓，最后那一刻陈大良人都虚脱了，身上全是汗水，躺在那里大口地喘着粗气动不了。郭玉妹的样子比他好不到哪里去。屋子里但闻喘息声声，此起彼伏。

陈大良的脑子在郭玉妹身上。因为电话中女人对他的态度，来的途中他想女人多半会拒绝他上床，只想今晚上跟女人好好扯扯，取得女人对他的谅解，没想到女人跟以往一样对他，看来女人对自己的感情很深。在自己搬离这里后，女人未曾主动给过他电话，只知把感情藏在心里。早知道这样，他应该找机会来看看她，就是随便扯上几句对女人也是个安慰。这般想着，陈大良就暗自拿定主意，以后要常来陪陪她。

手机猛可响了，两人几乎是同时睁开眼睛。陈大良听出是他撂在外面房子的手机在响，马上与妻子联系起来。郭玉妹手肘朝他撞了下，说电话。陈大良翻身下床，光身去了外面。电话正是妻子打来的。陈大良深吸一口气后吐出来，摁了接听键举到耳朵边。

"都啥时候了，你咋还不回来？"妻道。

陈大良说："我正在老赵他们这里打牌，你休息好了。"

妻说："不是去医院看刘阿波去了吗，咋又在老赵他们那里？"

陈大良道："从医院回来后，老赵硬拽我去他们工地，说是打两坎牌后送我回来。今晚上手气不好，都输六七百块了。老麦他们没打麻将了？没打了你休息，别等我。"

妻说："那你啥时候回来？"

陈大良清楚地知道，就算郭玉妹再感念他也不可能容忍他睡了她就拍腿走人，要是这就离去，以后怕是甭想来这里了。妻子是看着他跟老赵一块儿离去的，做梦都想不到他会跟别的女人在一块儿。如此想着，就说："现在说不准。看他们阵势，只怕要玩个通宵。我争取打两坎回来。好了，就这样，他们在喊我呢！"

挂了电话，陈大良长长舒口气。他没有这就回床上，想想拨通老赵的电话。电话一通老赵接了，显然他还未睡。老赵那头笑嘻嘻地问："是不是老婆催你回去了？得了，我这就给她个电话，只说你在我这里，今晚上要玩个通宵。把你老婆的电话号码给我发过来。"

把妻子的电话号码发过去，陈大良去卫生间简单冲洗了一下，把手机关了回到床上。自己刚才的话，郭玉妹肯定听到了，暗自去看女人，女人平静地躺在那里，陈大良让女人去冲洗一下睡觉。郭玉妹叹了一声，说："你还是回去吧，没必要因此弄得跟她吵架。你们真要因此闹不和就不好了。"

陈大良只当女人试探他，想都没想就说："都说了不回去了，留下来陪你。"

郭玉妹道："你就不担心她待会找到老赵他们工地去？"

"不会的。"陈大良不说女人不曾去过老赵他们工地，说："时间不早了，去冲洗一下吧，冲洗一下睡觉。"

郭玉妹就爬起来，光身下床去了卫生间。返回来时把外间屋里的灯熄了，上床瞅着男人说："你还是走吧，这时候赶回去还来得及。你把手机都关了，她要是有事打你电话不通，还不知急成什么样子。"

陈大良说："都这时候了，除了睡觉我想不出还有啥事，得了，睡吧。"伸手一拉女人在身旁躺下，再把电灯熄了。

屋里一下陷入黑暗，但闻电风扇呼呼转动。许是女人说他把手机关了的话，这时陈大良后悔不该关机了。老赵在接到他的信息后肯定会打妻子的电话，有可能把妻子的态度转告他。妻子接了老赵的电话后，说不定会疑心这中间有名堂，就会再次拨打他的电话。见他电话关机，在找他不到的情况下，便会通过老赵联系他。这般一想，陈大良不无觉得，利用老赵打掩护实在是画蛇添足。老赵的电话肯定已经打过去了，也不知妻子是啥态度，陈大良就动了下床把手机开了的念头。熄灯后郭玉妹不再说话，耳听她发出均匀的呼吸声，陈大良弄不准女人是不是真睡了，又不便探个究竟。想想终是没有去开机。反正今晚上他将留宿这里，要是老赵和妻子真打来电话，都会搅得他睡不好觉。明天妻子要怎样明天再说，只要今晚上不被她拿住现场，妻子就拿他没办法。这儿就算老赵都找不到，妻子更不可能摸到这里来，唯一知道的就是阿莲。如此一想，陈大良放心睡去。

屋里的呼吸声清晰可闻，电风扇不知疲惫地转着。

第27章

陈大良回到工地的时候，二婶她们早已准备好早餐。妻子眼睛布了血丝，青着脸正眼都不看他一下。陈大良也不管她，跑到楼上把手机接上充电器充电，然后洗了把脸，下楼端了碗面条蹲在一隅埋头吃起来。虽是清早，几口面条落肚便一身是汗。

二叔端了碗面条过来，在陈大良旁边蹲下，说："你昨晚上没有回来，老二一晚上都不曾睡觉。"

在二叔面前，陈大良不能说啥在老赵他们工地，这没意义，埋头吃他的面条。就听二叔说："我们老两口都跟她说了，除了在老赵他们那里还能去哪儿，让她安心睡觉。估计她是听到啥话了。"

陈大良不便老是不吱声，那样在二叔看来当自己没理他的茬，就说："别人的话她就那么信，这么没脑筋。"

二叔道："女人吧你还不晓得，在这上面总是小心眼。她要是冲你发脾气什么的，别跟她一般见识。"

二叔的话无异于告诉他，昨晚上妻子在他不归宿一事上肯定说了很多重话，这就印证了他的猜测。今天早上打开手机后，跳出好几条信息，提示在他关机后妻子打来五个电话。还有一条信息是老赵的。从信息的时间上可以看出，妻子一晚上都未入睡。当时陈大良心里有些发紧，想拨打老赵电话找他了解一下情况，想想又没打了，还不是妻子在他不归上牢骚满腹。

"随她怎样去。"他说。

吃完早餐，大家纷纷上楼。在陈大良上楼取手机时，妻尾随在后，陈大良佯装不知。在他拔下充电器拿了手机转身准备上楼时，妻挡在他面前，一双眼睛死死盯着他，陈大良说："你这是干吗？"

妻盯了他一阵，说："昨晚上你到底去哪儿了？"

"我不是跟你说了，在老赵他们那儿吗？"

"你这话蒙谁？"

"我蒙你干吗，你都看到的，我跟老赵一块儿走的，我回来都还骑着他的车。两个大男人一块儿，未必还能干啥坏事不成？"

"谁晓得你俩是咋回事，真在老赵那里，手机用得着关机？"

陈大良晃晃手中的手机，说："没电了。你没看到我一回来就充电。"妻定睛看着他，半晌说："谁晓得你是真没电还是假没电……"

陈大良就来了不满，说："我神经呀，手机有电也急匆匆爬上来充电，你别无事找事好不好？你来这么久，我也就昨晚上在老赵他们那里打了一晚上的牌，又不是整晚整晚在外头。再说了，不就打打牌吗，在这里就没打牌？"

妻冷冷地说："你在外头，谁晓得你是打牌还是干什么？"

陈大良变了脸色，道："原来你是怀疑我偷人去了！我偷人还跟老赵一块儿去，你啥时见过男人偷人还带着另一个男人去的？不说咱男人，说你们女人好了，你见过哪个女人偷人还拽上一个同伴的？这种事，不管男人还是女人，都想着咋神不知鬼不觉。"

妻一字一顿地说："我说不过你。我这里可跟你说了，只要你还有下次，总有一天会被我逮住，那时候看你咋说。"

陈大良说："逮住我你休了我。"

妻冷声道："那时候我死给你看。"

陈大良不疑妻子这话是吓唬他，凭妻子的性格，那是说得出做得到。他想自己不能跟妻子这样僵下去，强笑说："你说啥傻话呀！这么多年了，我是怎样一个人你还不晓得，别听人家瞎扯，真有你想的事还会让你来龙城？吃了早饭没有，吃了早饭好好困一觉，我得上去忙。"

妻的脸色并没缓和，说："老话说的，真的假不了，假的真不了，到底有没有我想的事，迟早有一天会弄明白。没有更好，真有其事，到时候你得兜着。"

陈大良只道妻子瞎说。待要上楼，猛可听到楼上传来惊呼声，料定发生了事，舍了妻子往楼上奔。冲到第七楼，老麦背着满身都是殷红鲜血的阿凡提下楼，身后跟着二叔和焓仔他们。陈大良一旁让过老麦，发现阿凡提脑勺鲜血直往外冒，他随了二叔他们往下走，问咋回事。二叔说他们爬到第九楼时，阿凡提忽然就从九楼栽倒在八楼。

　　到了下面，有人说打120。有人马上反驳，说120还不知啥时候赶来，叫辆的士还快些。陈大良启动摩托车，让老麦把阿凡提抱上来，风驰电掣往附近一家医院赶。在十字路口被值勤交警拦住，未待陈大良开腔，看出事因的交警挥手让他们马上走人。

　　车到医院，马上有护士推来平车，大家七手八脚把阿凡提抬上车推入急救室。见阿凡提昏迷不醒，陈大良联想起二叔曾经跟他说过"摔死鬼总要找个替死鬼才能超生"的话，心里便起了紧张。要是这回阿凡提也给摔死，阳老板可赔大了。这时陈大良觉得，当初真该听二叔的，请师傅来敬敬菩萨。在他这般胡思乱想之际，有护士过来，给他一张预交五千元费用的通知。陈大良身上仅有两千块钱，老麦身上也就千把块钱，跟医生一番好说歹说，医生才答应先交三千，让他们马上想办法筹钱。

　　阿凡提生死不明，陈大良不便回工地筹钱，拨通老赵电话把情况说了。老赵说他这就过来。老麦去卫生间把身上的血迹和衣服洗了，两人站在急救室门口等消息。

　　陈大良叹了一声道："好好的咋会忽然栽下来呢？"

　　老麦说："谁晓得。也就一层楼，咋摔得这么重？"

　　老麦所言，正是陈大良所担心的，却是不便在老麦面前说他的联想和担心，那样无异于把人心弄惶。他掏出香烟递给老赵一根，说："也许只是暂时晕过去吧。"

　　在老麦打燃打火机准备点烟时，有医生经过，要他们别在这里抽烟。两人就把香烟夹在耳朵上，守在门口等阿凡提的消息。陈大良暗忖阿凡提也真不走运，上次被弄到派出所罚款五千，这次就算不死，几千、万把块钱怕是没了，真是祸不单行。心里这般想着，也不说与老麦。

　　没多久老赵来了，递给陈大良两千块钱。陈大良让老麦拿去窗口交钱。两人在阿凡提事情上扯了几句，老赵一拐话题："你老婆真是精，我说今晚上你可能回去不了，得在我这里打个通宵的牌，她竟要我找你接电话。我谎说你上厕所去了。打你电话关机，我只好把手机也关了。看来你老婆对你不放心啊！她是不是听到了什么？"

　　想着妻子今早上的表现，陈大良的心情便跌了下来，说："谁晓得。"

　　"老弟，我这里提醒你，今后与郭玉妹往来得小心点儿，可别让她抓住。你老婆可是有个性的人。"老赵道。

陈大良无言以答，只管摇摇头。

老赵笑着抬手在他肩膀上拍了拍，说："老弟你也真是，跟郭玉妹过得快快活活的，咋忽然把老婆弄来了，女人多了你还不晓得，即耗神又费心。老弟打起精神应付吧。"

老麦回来，把交款单递给陈大良。时候已快晌午，急救室里的阿凡提尚未有消息传来，大家不便离去，只能守在门口。二叔打来电话，问阿凡提的情况怎样了。陈大良怕二叔担心，更怕二叔拿"摔死鬼总要找个替死鬼才能超生"的话在一干工友面前说来说去闹得人心惶惶，只道正在抢救，刚才有医生说不会有多大问题。好在没多久急救室门打开，有医生走出来告诉他们，病人已经抢救过来，不会有危险了。三人这才舒了口气。

陈大良邀老赵到医院门口的小饭馆吃饭。点了几个菜，要了瓶斤装的二锅头，三人把杯喝了起来。老麦说阿凡提莫名其妙一头栽下来，会不会是身体的原因。老赵说估计阿凡提有高血压之类的病，否则咋会一头栽下来。老麦嘻嘻一笑，说高血压之类的病应该不会，会不会是阿凡提身子给掏空的原因。老赵和陈大良便笑了。老麦说阿凡提晚晚都留宿在他老婆那里，有回跟他们瞎聊时说他每晚都要来一次，有时候两次。估计昨晚上来了两次吧。在女人肚皮上折腾，是件最耗神费力的事。老赵笑说阿凡提的劲头也太大了点儿，他一个星期都没跟老婆来一次。陈大良笑说这咋能比，你们是老夫老妻，人家是燕尔新婚。你是握着老婆的手，一点儿感觉都没有；人家阿凡提握着老婆的手，好像回到了十八九。老赵笑着手指陈大良，说你是回到十八九，像阿凡提一样每晚都要来一次，有时候两次。陈大良说跟你老赵一样，一个星期都没跟老婆来一次。

饭后老麦坐老赵的摩托车回去，陈大良暂时留下来照看阿凡提。下午三点的时候，阿凡提给转到普通病房。脱险后的阿凡提脑壳捆着纱布，脸色苍白，让人联想起电视里面从战场上受伤下来的伤员。陈大良也不问阿凡提咋会忽然栽下来，安慰他好好养伤，单等二叔来替代他。那么大的一个工地，他有太多的事要忙，明天必须把钢筋扎好，以备另一组施工队浇灌混凝土，哪能守在这里。陈大良倒是有让阿凡提通知他老婆来照料他的念头，想想却是没说出来，怕阿凡提对他来想法，认为他受伤了都不管他。

二叔赶来，在送陈大良出去时说："今天的事还好，万幸没有弄出人命来。我说大良，还是找个师傅来敬敬菩萨，那花不了几个钱，这样大家也就安心了。"

二叔面前，陈大良不便说哪个工地不摔死人的话，说："哪天我跟阳老板说说。"又说："未必大家当今天阿凡提被摔是谭玉臣的魂找上他了。"

二叔笑道："那倒没有。得知阿凡提脱险，有人玩笑，说阿凡提也够累的，白天楼上忙，晚上女人肚皮上忙，天天忙得不亦乐乎。"

陈大良忍不住笑了，说："好在他可以好好休息几天了。"

回到工地，工友们上楼忙开了。二婶几个女人围着他了解阿凡提的情况。因为不快，妻子也不跟他搭话，只管旁边听着。在阿莲拿话问他时，陈大良暗忖应该让阿莲去医院照料阿凡提才是。同她们扯上几句后，上楼而来。爬到第八层，到处是血迹，脑子就想，假使阿凡提今天这一摔摔死，让人独自上楼下楼还真有点儿提心吊胆。

上了楼来，老卓几个正在阿凡提的事上说笑。老石笑道："照我看，阿凡提这个老婆只怕是只白虎。"

老麦笑嘻嘻地说："老石你凭啥说她是只白虎，未必你也跟她有一腿？"

老石笑说："据说男人只要睡了白虎，半年之内必定会有莫名其妙的灾祸从天而降。"

陈大良很自然就联想起郭玉妹来。换在从前，这话多少会让他心有余悸，现在只当滑稽。他跟郭玉妹的关系都快一年了，也未见有什么莫名其妙的灾祸降到他头上来。陈大良也不说老石乃无稽之谈，只要他们别把谭玉臣跟阿凡提的死联系起来就行，别的任他们瞎喷。

这时就听老国笑着说："阿凡提老婆是不是白虎，这事儿只有他晓得，阿凡提肯定不会告诉你。老石你想弄个水落石出的话，我教你个法子，肯定管用。"

老麦笑道："啥法子老国你还不赶快说，未必要老石亲自去找阿凡提老婆验身不成？"

老国笑说："找阿凡提老婆验明正身，人家肯定不会脱光身子给他看，只怕还会骂他流氓，阿凡提晓得还不跟老石没完。很简单，老石你只要把刚才的话跟阿凡提说一遍，阿凡提老婆是不是白虎就晓得了。"

老石却是未曾明白老国的意思，说："阿凡提哪会告诉我他老婆是白虎或不是白虎。"

老国道："历经今天的事，你跑去对他说啥'男人只要睡了白虎，半年之内必定会有莫名其妙的灾祸从天而降'，他老婆真是白虎，阿凡提还不吓得浑身哆嗦，哪里还敢爬这女人的肚皮，这不就明白了。"一笑，"老石你是青龙，青龙配白虎，你正好趁机把这女人弄上床，来个家外有家。"

大家就笑了。老石也不恼，随大家笑着。老麦笑道："老国你这招只怕不管用，阿凡提这人素来不信这个，哪会因为你一句话连老婆都不要了。"

老国说："换在从前他也许不信，发生今天的事他还能不信？这世上不怕死的人我还没见过。老石，哪天你装着不经意的样子在他面前拿那话说说，保险管用。"

晚饭后老国几个去医院看望阿凡提，二叔随同他们一块儿回来了，说阿凡提老婆在服侍他。老石一撂下碗筷就被焓仔三个拽上了麻将桌。老国笑着告诉老石，阿凡提老婆是白虎。老石笑问老国，是不是把她验明正身了。老国笑说那女人眉毛淡淡的，形同没有，这种女人腋窝下没毛，下面肯定也没毛。拍打着老石的肩膀，说机会来了，让老石好好把握住。老石只顾闲扯，打出个九条，给焓仔和了个七巧对。老石撩开老国的手，说老国你别在这里白虎白虎的，咱现在在打牌，这放炮是要算钱的。

晚上打几坎牌后洗澡上床睡觉。妻子先他躺在床上，在他上来时把身子转过去背对着他，陈大良知道妻子还在生他的气，想今晚上另睡一头。可上去时还是躺到了妻子这一头。陈大良仰天躺着，本来想就这样睡去，想想伸出一只手去扳妻子的肩头。妻子耍着犟脾气转过身子，并没有把脸给他，也学他仰天躺着。陈大良一只手搭在妻子的胸脯上，见妻子没有撩开他的手，知道已经没事。今早上早早便起了床，因阿凡提的事中午又不曾午睡一下，人早已累了，说声睡吧，不一会儿睡了去。

第二天中午，大马只身回来。一回来就把自己歪在床上。出去十几天的大马瘦了一圈，眼睛都凹进去了，差点儿叫人认不出来。有人私下谈论，说老婆没找回来，估计在那边还被人打了。陈大良站在他面前时，大马闭了眼睛，也不知他是不是在睡。陈大良喊声大马，大马睁开眼睛，喊声大良，慢慢坐起来，掏出香烟递给陈大良一根。

陈大良在他面前蹲下，抬手在他肩头上拍拍，说："回来啦，回来了就好！你再不回来，我都要给你电话了。"

大马吞云吐雾抽着香烟，眼睛落在对面的墙壁上。陈大良道："找到了小芷没有？"

大马摇摇头。

陈大良说："你已经尽了自己最大努力，这就行了。很多东西是讲缘分的，缘分没了就不要坚持。不管咋说，你家里还有妻儿。我晓得你对妻子有意见，女儿可是你的。还没吃饭吧，走，下去吃饭。"那只搭在对方肩上的手顺势去拽大马的手，大马站起身来随他下楼。

妻子不识大马，对这个随陈大良来吃饭的大个儿颇为疑惑，可因为昨天和男人闹了不快，不便向他了解情况。见二婶大马大马地喊，待到大马端了饭菜离去，拿话问二婶。二婶低声道了大马跟小芷的事，妻子摇晃着脑壳，说看不出这人憨憨的还很风流。二婶笑笑，说人家可是真感情，两个人好几年的关系了。妻子一撇嘴，说："啥真感情，家里有妻有儿，却跟别的女人搅和，明摆着乱来。"二婶叹了一声，说大马很不容易的，人老实本分，日后你就晓得。妻说老实本分还偷人。妻子语气怒冲冲的，陈大良一旁听着，晓得妻子有意说给他听，只当不曾听见。却想抱二婶同样心态的人只怕占多数，就是他也很怜悯大马的。

阿凡提在医院待了七天后回来了。这中间陈大良去了趟医院为他送住院费，见到了阿凡提的老婆，一个看上去平平常常的女人。因为老国那番说笑，陈大良特意留意到女人的眉毛，果然淡淡的，似有若无。医生让阿凡提回家休息几天。让人奇怪，阿凡提没有去他老婆那里，而是待在工地。陈大良猜测，只怕有人把"白虎克夫"的事说与了阿凡提，弄得阿凡提起了害怕，不敢再跟女人往来。陈大良由此联想到郭玉妹。因为妻子盯得紧，他现在越来越难得去郭玉妹那儿一趟，留宿的事情是再也不曾有过，再晚也要赶回来。

日子没情没趣地过着，转眼就是白露，楼盘已升至第二十六层。这天是施工队浇灌混凝土，没陈大良他们的事，一班人打牌的打牌，上街的上街。将近中午，忽然听得下面喧嚣不断，有人跑下去看后返回，说摔死人了。大家撂下牌争相涌下去，死者污血满身，脑壳都摔碎了，惨不忍睹。二婶几个妇女不敢靠近，踮起脚尖远远地围观，拿话问长问短。

回来后大家的话题在死者身上，说这回混凝土施工队几十万块钱泡汤了。有人竟和去年谭玉臣的死联系起来，说是死鬼找替死鬼，也不知下个替死鬼会是谁。一时间人心惶惶。陈大良也给蒙了层阴影，心道未必真有死鬼找替死鬼的事。

午饭时，二叔端了碗来到他面前，边吃饭边说："还记得我从前跟你说过，死鬼总归要找个替死鬼才得超生，这回终于应验了吧。上次阿凡提命大，死里逃生，也不知下个替死鬼是谁。"

天上烈日当空，时候正是晌午，陈大良起了紧张，说："今天死的这个难道不是替死鬼吗？"

二叔说："今天这个是替死鬼，可他要超生，要超生就得再拉上一个替死，否则他咋超生？"

陈大良脱口道："这岂不没完没了，永远没个头？"

二叔说："是呀，生的要死，死的要生。大良，今天的事幸好跟我们无关，混凝土施工队这回亏大了，没有二三十万是了结不了的。估计再过三个月就完工了，为保险起见，还是找个师傅来敬敬菩萨。"

陈大良说："一会儿我跟老赵说说，看他是啥意见。"

二叔道："别拖延了，真要出事就麻烦了。"又说，"我晓得你不太信这个，就算花笔小钱给大家一个安心好了。"

陈大良去厨房撂碗筷时，阿莲正在收拾碗筷准备洗刷。厨房里不见妻子和二婶她们的人影，估计她们在外面或楼上。陈大良将碗筷撂入洗碗盆，阿莲喊声陈老板。陈大良噢了一声看着她。阿莲迅速朝门口瞅一眼，说："我表姐病了。"

"啥时候的事，也未见她打我电话？"

"陈老板你还不晓得我表姐，啥事习惯一个人扛着，不想麻烦别人。"

"你还未告诉我她得了啥病。"

"具体啥病我也不太清楚，只晓得她每天要到诊所打三次针，其余时间躺在床上。我也是昨天晚上到她那里才晓得的。"

有工友进来撂碗筷，陈大良出去了，径直回到楼上。有人喊他打牌，陈大良只道有事。和衣倒在床上抽烟躺了会儿，陈大良下床往楼下走。在他抬腿跨上摩托车时，妻子从厨房出来，问他去哪儿。陈大良回答说二叔让他找个师傅敬敬菩萨，去跟老赵商量。

摩托车一路风驰电掣。陈大良在一家银行取款机上取了两千块钱放入钱包，走进隔壁的水果店买了几斤水果和一件酸奶，奔郭玉妹住所而来。摩托车在住所停下，陈大良掏出钥匙开了门，返身从车上拎了水果酸奶进去，后脚一抬把门关上。郭玉妹躺在床上，见了他说："你咋来了，今天不忙？"

陈大良把水果酸奶撂在床头边的凳上，凝视着郭玉妹，女人明显瘦了。

他说："病了也不告诉我，不是刚才阿莲跟我说起，哪里晓得你这几天躺在床上。"

郭玉妹说："没什么大事，也就发烧。你那么忙，特意跑来就不用了。"

陈大良拿了个苹果到外面房子的水龙头下洗了，递给女人时就势在床沿坐下，问女人吃了午饭没有。女人接过苹果却是不吃。陈大良就说："很厉害是吗，去医院好了？"

郭玉妹忙说："不用不用，这两天好多了，估计再过两天就没事了。"

陈大良要女人把苹果吃了，女人勉强吃一半就没法继续吃下去了，陈大良拿过女人手中吃剩的苹果放在箱子上，取了瓶酸奶递给她，让她一定要喝了。说不喝饿都要饿出病来，把肚子填饱精神便来了，病就没了。郭玉妹拒不过，把吸管含在口里吮起来。

陈大良一旁陪郭玉妹说话，闲扯中道了今天工地摔死人的事，直把女人听得目瞪口呆。陈大良再把二叔怂恿他请师傅敬菩萨的事说了，女人说那花不了几个钱，信一下无妨。因为郭玉妹也是白虎的原因，陈大良不便说阿凡提的事。他可是领教了女人的敏感。女人现在病中，他更不想惹她不快，加重她的病情。

下午还得上班，看看时间到了，陈大良掏出兜里那两千块钱递给郭玉妹，让她买点儿自己喜欢吃的东西。郭玉妹摆着手说不用不用，自己有。陈大良把钱硬塞在她手里，说这是他的一点儿心意。怕郭玉妹往回塞，忙往后几步，这样便与靠床头坐着的郭玉妹拉开了距离。"你好好休息，晚上我让阿莲来陪你。好了，我走了，有事一定打我电话。"陈大良开门而出，随手把门拉上。

看着手里的那沓钱，郭玉妹心头起了感动。与陈大良的关系怕是一年多了，这个男人一直对自己这么好。照说他们这种关系无非是为了性和钱，可郭玉妹清楚地感到，陈大良对她的感情是真的，不像有的男人是图自己快活，就算有时给你点儿钱，也是为了把那种关系维持下去。要是自己有天能嫁给他，这一辈子也就知足了。才这般想着，猛然惊醒过来，想自己这是怎么了，竟做出这等胡乱之想，这个男人咋会抛妻弃子跟她走在一起呢！自己的荒诞想法，说到底因在病中，太需要男人关怀。

敲门声蓦地响起，郭玉妹只当陈大良遗忘啥东西去而复返，手中那沓钞票随手往枕头旁一放，下床过去开了门。没想到门外站着个陌生妇女，郭玉妹便愣住了。见陌生妇女盯着她，郭玉妹竟起了紧张，待要开腔问对方找谁，陌生妇女先她说："我有点儿事情想跟你谈谈。"

郭玉妹犹疑一下闪身一旁，陌生妇女抬腿而入，眼睛打量着房间。郭玉妹搬来一把凳子让她坐，陌生妇女也不客气，一屁股坐了上去。尽管旁边有条塑料矮凳，郭玉妹却不去坐。见陌生妇女瞅瞅她又看看凳子，知道对方意在要她坐下。在没弄准对方身份前，身体欠舒服的郭玉妹无心跟她坐在这里，当下说："你有啥事说好了。"

陌生妇女上上下下打量她一会儿，说："未必你还猜不出我是谁？"见对方没有吱声，咽口口水说："直说了吧，我是陈大良的妻子。"

郭玉妹做梦都没料到这个女人会是陈大良的妻子，人就再次愣住，手足无措不知道说啥。燕子接着说："实话告诉你，半小时前我是准备撞进来大闹一场的，想想还是跟你好好谈谈。我和他结婚十一年了，我们的感情一直很好，生育了一男一女两个小孩。这些年我一直在家里照料老人带孩子，他在外面挣钱，日子还算不错。我来龙城有些日子了，女人的直觉告诉我他另有女人，所以今天就尾随他来到这里，没想到还真准了我的直觉。"说到这里，燕子止住了话，环视一眼屋里的角角落落，目光回到郭玉妹身上，叹一声道："一个女人在外头不容易，这之前你跟我男人的事我也不想追究，更不想多说什么，只希望你们到此为止，别再往来。"

郭玉妹很是羞惭，立在那里不知道说什么好。燕子站起身来，说："我该说的都说了，你呢别把我说的话给忘了。好了，我走了。"

从屋里出来，有风吹过，燕子便也感到衣服紧贴着背脊，怪不舒服的，这才惊觉身上尽是汗水，长长舒了口气。头也不回地走出巷子，太阳早已西斜，伸手拦了辆的士奔工地而来。也不知哪根弦的作用，始终一言不发的郭玉妹在她额前晃来晃去，心里对这个女人竟没有恨意，隐隐生出一种连自己都说不清的感觉，心下直道怪了怪了。

回到工地，二婶她们正在为晚餐忙碌着，没有谁问她去了哪里，也没有谁留意到她脸上挂着情绪。燕子同大家忙乎，想着怎样跟男人摊牌。待到一只碗当一声从她手上掉下来摔得粉碎，招来阿莲她们的目光时，人清醒过来，这时就决定，男人那里先别说，自己今天在那女人面前的态度够可以的了，如果她还有羞耻感的话，自会断绝往来，自己要做的是等着看结果。当下蹲身收拾碎碗片。

二婶的眼睛盯着燕子，发现她的脸色不大对劲，关切地问："老二你咋了，是不是哪儿不舒服，不舒服上去歇着吧？"

阿莲也说："这儿有我们就够了，燕姐你一旁歇着。"

这时燕子吃惊地发现，阿莲看上去跟那女人似乎有些相似。对了，就嘴巴和下颔特别像。她的脑子马上挂了个疑问，未必阿莲和那女人有啥关系不成，记得当初因为阿莲和弟弟同居的事，自己一度怪男人不该把阿莲弄到这里，男人却说阿莲是老赵啥表妹。现在看来，打从一开始男人就在骗她。这时动了在这事上弄个水落石出的念头。可二婶她们面前，自是不便追问。她可不想把男人的事闹得满城风雨，那样男人还不恨死她，说不定男人真会弃她跟那女人走在一块儿。今天目睹男人进了女人屋里，之所以忍着没有破门而入，她想了很多，想得最多的是不能让两个孩子没了爹。

晚饭后，一干男人撂下碗筷奔楼上玩牌去了，也有结伴上街的。洗刷碗筷后，燕子有意落在阿莲身后，说有事跟她扯扯。阿莲不以为意，随她走到一隅，问啥事。燕子定定地盯着她，阿莲便起了紧张，说燕姐你有什么事说好了。燕子这才道："你这里实话告诉我，我男人的相好和你是啥关系？"

阿莲做梦都没想到眼前女人问的是这事，支吾着不知怎样作答。燕子说："今天中午他去了她那里，我见到了她。你跟她很像，所以同你扯扯。估计你们不是表姐妹就是堂姐妹。"

阿莲如实道："我们是表姐妹。"

燕子叹了一声说："跟你一块儿这么久，未曾见你在我面前泄露半句，我可服了你。"见阿莲欲言又止，说，"以你所处位置，我理解你的难处。我要对你说的是，哪天跟你表姐说说，叫她到此为止，别再同他往来。"

阿莲点点头，说："好，哪天我见到她一定跟她说。"

燕子道："这两天你找她一下吧。要不明天去她那里一趟。"

阿莲只道行，明天中午去。

上得楼来，焓仔四个围了麻将桌噼里啪啦打得正酣。焓仔随手把撂在麻将桌角的五十元台费递给姐姐。燕子很自然就想起男人和那女人的事，凭焓仔与阿莲的关系，肯定知道这里面的事，却是不曾在她面前泄露一字，心里对这个弟弟便来了看法，真想把他拽到一旁戳着鼻子大骂一通，想着骂了他也于事无益，反把事情给闹开了，这才忍住。

男人和老国他们在另一边床铺上打字牌。老国跟男人坐对，数完省（牌）后闲着无事，扯起结婚后男人发胖而女人瘦的原因，说是因为男人每晚有两袋鲜奶，一个燕窝，两个鲍鱼片，而女人每晚只有一根火腿肠，两个鹌鹑蛋。

老麦笑着打出张小九，说："我听到一种相反的说法，说男人是牛，女人是地。没有耕坏的地，只有累死的牛。牛越耕越瘦，地越耕越熟。"

陈大良说声开招，甩出三张小九，想也没想就打出个大玖，给上家老卓碰了。老卓甩出张小七，陈大良见没人碰字，伸手往垛子上抓出张大肆，扫牌自摸和了，一算是个三十六胡的大牌，朝老国笑道："我也说个典故吧。大家都知道女人有两个突出优点，但有一个漏洞；咱男人虽然没有优点，却有长处。男人经常抓住女人的两个突出优点，用自己的长处来弥补女人的漏洞，这就叫天衣无缝。"

老国笑道："老卓，我问你个问题，男女为何结婚，又为何离婚？"

上坎老卓输了两百多块，这坎还只有三十多画，只怕又要输两三百，心情不是很好，没去搭理。老国嘻嘻笑说："男女结婚，还不是男人想通了，女人想开了。男女离婚，是因为男人知道深浅了，女人知道长短了。就这么简单。"

陈大良洗好牌往中间一放，笑说："你老国结婚二十年了吧，未必还不知道你婆娘的深浅，也不见你离婚。"

老麦嘿嘿一笑，道："我猜老国是欲罢不能，所以无法离婚。"

老国一扭头发现了燕子，笑嘻嘻喊了声老二，陈大良却是不曾拿眼看她一下。男人的样子显然尚且不知道自己已经把他的事摸了个明白，燕子的心里翻江倒海开了。她不便待在这里，要是一个冲动同男人干起来，今天的心思便白费了。燕子来到四楼，一旁听二婶他们说了会儿白话，下楼洗澡后把自己抛在床上，脑子在今天的事情上拐来拐去。慢慢对焓仔和二叔二婶在这件事上的态度竟能够予以理解，以他们的身份，似乎还真不好说，说了还不是让他们夫妻闹不和。她现在盼望的是阿莲的表姐不要再跟男人往来，这样的话也就省了自己跟男人面对面地谈。又想，如果到时候男人执迷不悟咋办，自己难道真要与他离婚，儿子可咋办。如此一想，脑袋开始发涨。最后决定别想这么多，走一步看一步。

陈大良脱衣上来倒躺身旁，伸过一只手来抚摸她的乳房，燕子闭了眼睛躺着没动，任他抚摸，没了以往的舒畅。当男人那只手慢慢往下游走，将要进入内裤时，燕子翻转身去背对着男人，说："都啥时候了，睡吧。"

以往女人在这号事上从未拒绝过他，陈大良心里来了不快，却只当女人累了，压住那股腾起来的欲望，说："好，睡觉。"心里总像堵了团什么似的不畅快，一时竟没了睡意。

第 28 章

　　下楼撒完尿，陈大良想着给郭玉妹去个电话时，手机响了，老赵打来电话，当下摁了接听键。老赵告诉他，刚才张大可把人给捅了。张大可是老赵到那边工地后进去的，陈大良对他仅局限于认识。从老赵那里获知，张大可哪天都要到工地对面的一个副食品店买上几十上百元的地下六合彩，虽说时有小获，但算下来每月工资差不多都扔在里面。六合彩乃近年港澳最为流行的博彩活动，是 1975 年港府为打击字花赌博而引入，由最初的十四个号码，演变至现在的四十九个号码。这四十九个号码则由十二生肖滚动四次，再加上当年属相，共计四十九个号码。但进入内地后已经不是通常意义上的博彩，成了赌博。中奖分为六个平码和一个特码。赌中特码者按照一赔四十倍的比例返还现金。另有一种"平碰特"的玩法，它的赔率是一赔一百倍。即每期所出六个平码中，你任意买中一个，同时又买中了该期的特码。更有一种"三中三"的玩法，其赔率是一赔三百倍。它为三个平码相碰。还有"平碰平""包单包双""包波色"等，但彩民玩的大都是抓特码，相对于其他玩法要简单，而赔率又大。正是这四十倍的巨大诱惑，使得参赌者像被洗过脑一样，痴迷于那个神秘的特码，入陷里面。在张大可带动下，阿彪等几个也参与其中。陈大良便问怎么回事。老赵说昨晚上张大可看中 15 号这个特码，把兜里八百元全押上后又找老全借了五百元。不曾想这回还真给他押中了。按照一赔四十倍，庄家得赔给张大可五万两千块钱。张大可领了阿彪几个到副食品店找店主要钱，店主说他只负责给庄家接单，现在庄家尚未把赔款打过来，他没钱给他。张大可说他只认接单人，可不管谁是庄家，逼对方赔钱。店主翻遍衣兜和抽屉，也只有两万零几百，电话催上家打钱过来。孰料上家手机关机。店主央求张大可宽限一晚，明天再想办法筹钱赔他。张大可自是不肯，说你这店子也就值几千块钱，万一今晚上你跑了我找谁去。这时店主的一个亲戚赶来，几句话下来竟跟张大可斗上嘴，说这钱没给的，让张大可他们滚，否则他要报警。张大可扔在买码里面的钱连他自己都不知多少，这回好不容易中了个大的钱却不能到手，早已恼了，再听对方说出这等话来，怒火之下抓过柜上那把水果刀朝对方就是一刀，待到对方鲜血直涌倒在地上才惊醒过来，然后撒腿跑了。阿彪几个回到工地后拿了衣服也跑了。

老赵叹道："这地下六合彩害人不浅，竟弄出这等命案。我这边一下跑了六个人，一时去哪儿找这么多人手。"

陈大良说："人是张大可捅的，阿彪几个跑什么？"

老赵说："还不是担心公安找上他们，那时还不知道要吃多少苦头。"

陈大良说："避一避也好。这样吧，我过来一下。"

回到楼上，阿凡提开他玩笑："你这泡尿撒得够久的。要不是在这里，我们还当你干女人去了。"

老国手上的牌往陈大良递，说陈老板你来。陈大良不去接牌，瞄眼分数，刚才老国给他和了一盘。见自己分数不是最少的，说："老国你打好了，我得去老赵他们工地一趟，那里出了点事儿。"

往楼下走时，恰巧碰着女人上来，女人止住脚步问他去哪儿。陈大良说去老赵那里，张大可中了码拿不到钱把人给捅了。女人便愕在那里。清醒过来后叮嘱他早点儿回来。

这时候刚过九点，摩托车穿街走巷，行驶在暧昧的夜色里。陈大良赶到老赵他们工地，一干人全聚在二楼，烟雾弥漫，大家或蹲或卧或歪在铺上，不见有人打牌。老赵告诉他，刚才公安找上这里了解情况，让他们一有张大可的消息立马报告。陈大良问伤者情况，老赵摇头说不晓得。有人说对方真若死了，张大可这一辈子算是完了。钟姐嘟噜说张大可完了就完了，谁叫他杀人呢，只是把阿彪几个害苦了。

陈大良要去郭玉妹那里，无心听他们瞎扯，和老赵下楼而来。到了摩托车旁，陈大良掏出香烟递给老赵一根，自己叼一根燃上，说："明天去医院打探一下，如果对方没有性命危险，那就没阿彪他们的事，通知他们回来，省了另找人。"

老赵点点头，深吸口香烟喷出长长的烟雾，那张脸孔看去甚是凝重。他似有所思地说："张大可肯定会找我了解对方情况，可公安交代了我，让我有他的消息立马报告。我若把消息报告警方，那还不等于害了张大可，有天他晓得还不恨死我；要是不告知警方，听他们说那是犯法，大良你说我怎么是好？"

陈大良沉吟一会儿，说："我看这样好了，如果伤者死了，这可是人命关天的案子，你有他的消息马上报告；要是伤者没有性命危险，那就别告诉警方。只要不是命案，警方也不会那么认真。有些案子，过段时间也就没事了。"

老赵颔首，邀陈大良消夜。陈大良启动摩托车，摇头说下次。老赵便明白他要去郭玉妹那里，笑说下次。挥手让他慢走。

这时候街上车辆行人寥寥无几，一种白天所没有的宁静，小巷更是难得见到一辆汽车。摩托车一路风驰电掣。见早已过了下班时间，陈大良没有去洗脚城，径直往郭玉妹住所赶。他没有拨打郭玉妹的电话，想给女人一个惊喜。

屋里亮着灯，陈大良支好摩托车。当钥匙插入锁眼时，陈大良感到呼吸一下变得急促起来，就想这怕是一段时间没来的缘故吧。推开门，郭玉妹背对着他弯腰在床上折叠衣服，陈大良喊了声玉妹，伸开双手过去从背后抱紧了她。郭玉妹仍旧忙她的。陈大良便也感到女人的反应不对劲，更兼她的身体显得僵冷，松了手把她扳转过来，关切地问："你咋啦？"

郭玉妹目光投向旁边的一条凳子，淡然道："你坐吧。"

陈大良更觉莫名了，手从女人身上落下。他没有坐到凳子上去，退后一步立在那里痴痴地看着女人，不明所以，心里起了不祥。郭玉妹面向墙壁，手上还拿着衣服，轻声说："以后你就别来这里了。"

陈大良脱口说："你这是怎么啦？"

郭玉妹慢慢转过身来，瞅他一眼说："未必她没跟你讲？"

陈大良似乎明白了什么，说："她找上你了？啥时候的事？跟你说了些什么？"

郭玉妹说："她也没说啥……我想我们没必要再这样下去。"

陈大良做梦都没想到他跟女人的事会在自己毫无预兆的情况下忽然间走到这步。这时便也想起，上次离开这里后他给过郭玉妹两个电话，女人并不跟他多话，只说很忙就收了线。自己女人咋会找上这里，难道是阿莲把她领到这儿的，陈大良马上否定了这一想法。他实在想不起漏洞出在哪里。他想他应该对女人的话做出反应才是，就说："你没必要把她的话放心里去，只当没听到。"

"我没法做到这点，因为我也是女人。"郭玉妹道。

陈大良就答不上话了。在他准备掏出香烟点上一根时，郭玉妹说："以后呀你就别来这里，好好跟她过日子。两个人在一起这么长时间不容易。"

陈大良知道，自己不便再待在这里了。他太了解她的性格，其一旦决定了的事轻易难以改变。在他准备离去时，脑子不知怎么忽然联想到那一层来，咽了一口唾沫，说："你是不是找到男人了？"

郭玉妹说："你这样想也好，就算我另有男人吧。"

陈大良心有不甘地说："那好吧，哪天有空我再跟你好好扯扯。"

陈大良走出门，上了摩托车。启动车子准备离去时，忍不住扭过头来。门敞开着。刚才出来时他没有随手把门拉上。灯光射了出来，但没法看到里间房子的郭玉妹。当摩托车往前驶，陈大良感到心口被一个东西生生锯了一下，然后在周身迅速散开。

摩托车在小巷疾驶。不知哪根弦的作用，陈大良猛可想到，以往自己晚上外出，妻子追问一番后总要问他回不回来，而今晚上只是叮嘱他早点儿回来，显然料定郭玉妹不会留宿他。要不是今晚上借张大可捅伤人的事赶来会郭玉妹，哪里知道自己的事给妻子摸得一清二楚。妻子把事情做得如此不动声色，陈大良心下来了慨叹，这可不是她的行事风格。须知妻子曾经警告过他，只要逮住他就死在他面前。陈大良想着妻子是怎样寻上郭玉妹的。上次探望郭玉妹时一切正常，阿莲那里完全可以排除，事情只能出在自己身上，难道当天女人跟踪尾随他到郭玉妹住所。再联想到那天晚上需要女人时，女人背转身去拒绝了他。看来事情真是这样了。如此一想，似乎觉得身后有人跟踪，扭过头去张望，不见车辆人影。

回到工地，有人还在打牌。不见女人，估计上楼去了。老国笑嘻嘻地问他是不是来一坎。陈大良摆着手说都啥时候了还打。有人便问老赵那边情况，陈大良简单扯上几句后来到楼上。女人跟二婶他们在闲聊，看他一眼说回来啦。因为今晚上的事，陈大良自然便多看了女人两眼，女人没事似的。二叔已躺到床上，爬起来问张大可杀人的事。陈大良说了情况后，拎只桶下楼洗脸。

大马手里攥着湿毛巾蹲在桶前抽烟，分明已经洗过脸，一团烟雾从他口里翻滚而出，看去感觉人在云雾中。陈大良知他又在想小芷，却是不便拿话来说，喊声大马，大马噢一声缓过神来，看着陈大良。陈大良无话找话，说："你也跟他们学打打麻将字牌，以便打发时间。你看到的，手气好的话一晚上能赢好几百。"

大马憨笑着摇头。

陈大良说："要不哪天晚上他们去外面玩，我让他们带上你。"

大马扔了手中烟屁股站起身来，抬起一只脚踏住烟屁股使劲一碾，仍旧笑着摇头，拎起桶往楼上走。陈大良把头埋在桶里洗起脸来。大马一直没能联系上小芷，他们的关系看来就这样不了了之。自己和郭玉妹的关系，只怕也是这结果。待到这儿工地完工，舅子和阿莲还不是各走各的路，重新回到自己家里。

洗脸后回到楼上，大家躺到了床上。陈大良脱衣上床，女人闭了眼睛仰天躺在那里，也不知她是不是真睡了。当他伸出一只手准备试探女人是不是真睡了时，又没了动作，觉得这没意义。女人悄然背着他干了，自己还是装作啥也不知道，省了找难堪。

翌日上班一通忙碌后，猛然记起手机撂在枕头下忘了带在身上，便下楼来拿手机。在四楼遇到阿莲，很自然就想起昨晚上的事。见屋里再无他人，陈大良喊了阿莲一声，朝她走过去。阿莲知他心思一般，未待他开腔，说："我也是那天嫂子让我出面规劝我表姐别再跟你往来，才晓得你俩的事给她知道了。到现在我都不晓得她是怎样知道的。"

陈大良暗忖真如自己昨晚上所猜测的，他没有问阿莲当日咋不告诉他，这已没有任何意义。往楼上走时，心下对妻子在这件事上的表现既佩服又无奈。

快到楼顶时，老赵打来电话，说他刚从医院回来，副食品店主只是腹部给捅了一刀，没有性命之虞。他打了阿彪几个人的电话，都关机。陈大良让他等两天。老赵无奈，说工地缺人手。在这件事上陈大良也没办法帮他，只是劝他等两天看看，两天后联系不上再想办法从家里喊人手。叮嘱老赵千万别拨打张大可电话，以免招来警方调查。

第二天晚餐后没多久，老赵骑着摩托车赶来，说是联系到了阿彪他们，但他们不敢来工地，怕警方抓他们。虽说杀人的事跟他们无关，但因为参与购买地下六合彩，警方一旦抓获他们将会予以拘留罚款。老赵的意思，让阿彪他们来陈大良工地，这边派几个人到那边工地去。陈大良找大马和老军几个商量。一番好说歹说，老军他们勉强答应，大马却摇晃着脑壳不肯过去。陈大良知道大马心思，担心有天小芷找上这里寻他不着。老赵没想到这一层来，一旁劝大马跟他过去，那边都是多年的熟人，随意些。陈大良不便勉强大马，安排另一位工友过去，心下慨叹大马是个有情人。

事情轻易办妥，老赵与焓仔他们打起了麻将。一上场老赵就放了老麦一炮，乐得老麦抱拳连声道谢。接下来一个小时老赵也没和牌，估计输了六百多块钱，老赵便有些急了，连道邪门。钟姐打来电话催他回去，输急了的老赵没好气地说催命呀，挂了电话。好在接下来老赵和了个清一色，长舒口气后脸色变得好看些。老国就开老赵玩笑，说婆娘要熊，这不熊出个清一色了，再熊一把说不定会熊出个十三烂。

收场后陈大良要请老赵消夜，老赵看了看手机上的时间，说算了，下次。陈大良送他下楼。启动摩托车时，老赵说让阿彪他们直接来这里，阿彪他们到后老军几个马上过去。

阿彪几个第二天下午就到了，陈大良领老军他们来到老赵工地。老赵客气，把他们请进一家饭馆，大家喝了个酩酊大醉。老赵怕陈大良出事，把他塞进一辆的士。

从的士里跟跟跄跄下来时，正好遇着老麦从外面回来。老麦独个儿把陈大良架上楼，弄了身汗。燕子坐在床沿上织毛衣，见状撂下毛线迎上去，从老麦手上接过男人，扶他上床躺下，倒杯开水让男人喝了，坐在他身旁继续织毛衣。蒙胧中看到女人时，陈大良感到一种很久没有过的温情，却让他想到另一个女人——郭玉妹，人便起了牵挂，也不知道她现在怎样。

日子就这样一天一天单调地滑过。这天到厨房找水喝时，独个儿在择菜的阿莲告诉他，她表姐离开了龙城。陈大良问啥时候的事。阿莲说昨天接到表姐电话，告知她不在龙城了。自从那晚上郭玉妹让他别再去她那儿，好几次动了去看看她的念头，想想终是忍住了，以致连电话都没打。陈大良没想到女人一句话没给便走了，问阿莲，郭玉妹去哪儿了。阿莲说她问过表姐，表姐不肯说。

从厨房出来，陈大良掏出手机调出郭玉妹的电话拨了过去，手机告诉他所拨是空号。陈大良攥了手机立在那里，觉得自己有点儿傻，郭玉妹离去都不告诉他，又怎会留着原来的手机号码让他跟她联系。陈大良也不返回去找阿莲索要她的电话号码，估计阿莲也不会知道，就算知道了也未必告诉他。诚然明白郭玉妹离去是因为他，但一句话没有便离开龙城，这又是陈大良没想到的。

妻子过来，没有发现他身上不对劲，瞅他一眼进了厨房。陈大良点上根香烟吸着，想不出女人那次跟郭玉妹说了啥，以致让郭玉妹在他俩的关系上做得如此毅然。郭玉妹的离去她肯定知道了，在自己面前却是不曾有丝毫流露。把整个事件回想一遍，陈大良竟对妻子生出陌生来。

手机响了，是刘阿波打来的。有段时间没去刘阿波那儿了，不知他的病情怎样，陈大良先刘阿波问他现在病况。刘阿波说他出院有几天了。陈大良拿话祝贺一通。一番闲叙后，刘阿波说今晚上他请客，大家一块儿叙叙，到时候过来接他。两人再说几句客气话挂了电话。

刘阿波的病这么快就痊愈，是陈大良没料到的。要知他患的是人人谈之色变的癌。虽说在医院探望刘阿波时，每次问起他的病情，文婷婷都说正在好转，陈大良只当她在敷衍。这会儿很自然就联想到文婷婷来。刘阿波能够遇到文婷婷，实在是他的人生大幸，否则这一坎能不能迈过去还真是个问题。

燕子出来，见男人仍旧攥了手机站在这里，瞅着他说："你这是干吗？"

陈大良说："刘阿波出院了，晚上他请客。"

"不是说癌这病没法治的么，没想到他患了这病还能治好。"

"这咋说呢——看什么癌。"

"他的病好了，不就又可以唱歌了么，这是好事呀！"

"是呀！"陈大良却是不敢在女人面前说刘阿波遇到文婷婷是他的人生大幸，怕女人因此把他跟郭玉妹的事联系起来。

未到下班时间，刘阿波的电话来了。陈大良跟二叔他们招呼一声，下楼而去。文婷婷的车子停在工地旁，坐在驾驶室的文婷婷老远就朝他挥手。陈大良拉开车门待要上去时，妻子从楼上下来，见状颠着两瓣屁股过来。陈大良只好把妻子介绍给刘阿波和文婷婷。妻子与文婷婷点过头后，拿家乡话跟刘阿波问长问短。文婷婷客气地邀妻子一块儿去吃饭，妻子摆着手说她得忙，叮嘱男人别喝醉了。

老赵早已坐在里面。小车往前疾驶。老赵拍打着陈大良肩膀，笑说你婆娘对你很好的。文婷婷笑说婆娘不对老公好还对谁好。陈大良不置可否，想着女人刚才的叮嘱，不像从前问他回不回来，显然女人不担心他留宿外头。如此一想，陈大良断定女人知道郭玉妹离开龙城的事。

小车在红都食府门前停住，马路上停满了车。保安跑过来指挥把车停好。见这阵势，陈大良担心没了包厢，却也不便拿话来问，只管随了文婷婷往里走。有服务员迎向他们，问需要什么服务。文婷婷让其领他们到北京包厢去。服务员一路请请请，把他们领进一间包厢，倒上茶后请他们点菜。文婷婷客气地把菜单推到两人面前，两人生平哪里来过这等场合，摆着手说随便。文婷婷每点一个菜就要问两人可不可以，两人总是点头说行。

喝着茶，陈大良打量起刘阿波来。因为戴了帽子的缘故，无从知道刘阿波头上状况，略显苍白的脸色看去显然才经历过一场病痛。比起住院时那个状态不知要强多少。

酒菜上来。

服务小姐斟好酒后退出。文婷婷率先说："阿波入住医院的这些日子，难得两位经常去看望他，给他带来了莫大的宽慰。我和阿波衷心感谢你们。"扭头看眼刘阿波，举杯而起，"我和阿波敬你俩。"

陈大良举了杯说："这些年跟随老赵到处安装模板，也就同阿波与老赵谈得来。听阿波入住医院，我们很担心，好在一切过去了。今天接到阿波打来的电话，很高兴他的病治愈。这一杯酒，我们大家祝阿波一切顺利，心想事成。来，把它干了。"

大家纷纷举杯而起。刘阿波喝的是白开水。早在要酒时，刘阿波说他不能喝酒，就喝白开水，请老赵和陈大良理解。这时刘阿波再次客气地说了一番感谢两人对他关心的话。大家把杯碰了，一时觥筹交错。

"阿波，你的病这么快就好了，算是个奇迹，接下来有什么打算？"老赵问。

刘阿波说："我将继续参加《中国好声音》的比赛，过两天将去浙江接受导师的指导。这也是今天特意请两位叙叙喝一杯的原因。"

陈大良劝道："你呀现在最重要的是好好休息，把身体养好，其他什么都不重要。"

刘阿波说："这我知道，只是这一路走来不容易。再者导师和主办方特意打来电话，希望我能够继续参赛。我能做的是坚持。"

这时文婷婷说："本来我们是准备放弃继续 PK 赛的，找个地方把身体养好，可这又是一个机会。现在对阿波来说，名次不是最重要的，身体才是最要紧的。我们只是抱着参与的态度。我会安排他劳逸结合，不会让他太累着。这件事上陈哥和赵哥放心好了。"

陈大良看看文婷婷，再看看刘阿波，慨叹道："阿波，你这一辈子最大的幸运就是遇到文小姐，否则今天我们能不能坐在这里都是个问题。"

刘阿波饱含深情地凝视文婷婷，说："是呀，我也是这么想的。"

文婷婷说："大家能够认识就是缘分。"

文婷婷喝完一杯酒就不肯再喝了，说她还得开车，喝醉了麻烦。让陈大良和老赵一定要喝好。文婷婷如此客气，两个大男人心下只能赞誉这个女人的好。

眼看一瓶酒快完，文婷婷让服务员再来一瓶。老赵和陈大良也不客气，任服务员扭着腰肢去了。待到酒送上来，刘阿波亲自替两人斟满。老赵笑着喝了口酒，夸张地咂了咂嘴巴，说："大良，我你今天能够跟阿波坐在这里，这一辈子应该满足才对。"

陈大良噢一声拿眼投向老赵，不明所以。老赵笑道："按你说的，局长抽硬盒子蓝嘴芙蓉王香烟，县长抽软盒子芙蓉王香烟。以阿波现在身份，比一个县长的影响力大得多，我们可是在享受县长的待遇。"

刘阿波笑着摇头："哪有这样打比喻的。"

陈大良笑说："说到底阿波不忘我们这些昔日的朋友。"

文婷婷说："人的关系是相互的，在他最困难最需要帮助的时候，你们也一样没忘他，给了他很多帮助和关怀。"

老赵说："阿波现在可是名人了。"

文婷婷说："真正朋友之间的感情可不是因为当官发财出名了就变了。"

"这道理谁都懂，可做起来是另一回事。我们老家有句话咋说的，人一阔，脸就变。"借着酒意，陈大良抬起一只手往脸上一抹，瞪眼鼓腮，一副不可一世。

"陈哥的样子看去就像川剧里的变脸，太生动了。"文婷婷笑道。

"那些小人得势的样子我看得太多，文小姐怕是没看到过吧，我还真学不来。"陈大良说。

看瓶里的酒也就剩两杯，陈大良一仰头把杯里的酒喝了，拿起酒瓶先把老赵酒杯斟满，剩下的全倒进自己杯里，正好杯满瓶干。他端起酒杯，老赵也随之端杯在手。陈大良说："阿波，过两天你就要去杭州，我和老赵能说的是祝你心想事成，PK 夺冠。来，我们敬你了。"

于是大家把杯一碰，各自干了。

饭后又喝了一杯茶，文婷婷付了账。走出红都食府，又是一个灯火辉煌的夜晚。对面夜总会传来饱经沧桑的歌声，刘阿波一听，知是导师 A 唱的《三百六十五里路》。他望着对面炫目的霓虹灯，恍恍惚惚中回到了《中国好声音》的舞台。

代后记

　　打从十三岁起就给自己定下理想当一名作家，尽管 2000 年就开始出版发表作品，成为专业作家却是 2011 年的事。能够成为专业作家，缘于认识两位贵人。2008 年至 2010 年间，我相继出版了长篇小说《三色门》《龙城》《大庄家》《销号》，2009 年得以结识时任县政协副主席的夏亦中，一个惜才的俊士；之后认识县文化新闻出版局局长张晗（现为文体广电新闻出版局党委书记、局长）。在两位领导的鼎力推荐下，我被特招到文化部门，专职从事文学创作，实现了自己的夙愿，也算是我这个下岗职工再次就了业。

　　在有些人看来，这年头写小说似乎已经成了件很让人见笑的事，可我偏偏还写得很认真，还把它当做一辈子的工作，成了我生活的核心、永恒的爱人。我只是觉得写小说时能让我变得充实，信笔所至的文字和书中人物悲欢离合的故事使我不再寂寞，尽管这是一件暴露自己灵魂的事。对我来说，写作是一种真实的生活，我的小说从来不主张什么、反对什么，只是尽我可能真实地把某个群体的状态呈献给读者。

　　这部小说是我自打创作以来耗时最长的一部，不是因为涉笔陌生的环境让我费神，而是每天疲于跑单位应卯。我无力挣脱那只操纵我的手。一个专业作家无法专心、自由地从事他的专业时，实在是件让人痛苦的事。同时我得以明白一个道理，在我们这个偏僻的小地方，一个作家似乎又算老几。有人只怕对我的特招之事后悔得肠子都青了。我倒坦然，须知在任何一个人的生活空间，有人喜欢就有人不喜欢，上帝还有人诅咒呢，我这个俗子又岂能例外？有人深信作家的功用，遭遇不公后居然寻上我，指望我能为他伸张正义，我实在惭愧。

　　在马克思的理解中，劳动对于人来说不仅是自我改造的需要，也是改造世界的需要，只有完成这两者的统一，才可能实现自我。现今民工进城打拼，完全出于自我生存的需要，他们没有自我改造和改造世界的观念。书写这部小说，我只是力图凸显民工这个底层群体的生存境遇和精神危机（情感生活）。可以这么说，《民工纪年》是一部寻问之书，也是一部追问之书。我希望通过这部小说，唤起社会思考和重视现今民工的生活境遇。

按照一些专家的定义，关注下岗工人、农民工、城市小生产者以及边缘落魄人群的作品，被归为底层文学。我是不承认底层文学这一说法的，但认可作家徐则臣说过的一句话："底层写作应该是真诚的写作。"对一个作家来说，宁可认市场也不要认体制文学的花言巧语，因为市场相对公正。说到底文学是写人，关注社会政治。人是永恒的题材。

曾为某市文联副主席的著名作家肖仁福，一度为没能扶正为文联主席愤然慨然。这让我联想到自个儿身上发生的一件与之相似的事。拙作《三色门》出版后，我拿了本样书跑去赠肖老师，感谢他的荐语。在其办公室巧遇文联主席，这位主席看后表示出极大的兴趣，说人才难得，要推荐我为老家的县作协主席。我自是知道县作协是怎么回事儿，那可是一个区区民间机构，且我整天待在乡下埋头码字，哪有时间去理会这些闲事，笑着谢绝了。文联主席退而求其次，让我担任作协副主席，我再次辞谢。还是肖老师明了我，笑着告诉文联主席，说我是职业作家，靠写作糊口，不会在作协主席副主席的虚职上费时耗神。特招后，正逢作协换届，县文联主席倒是跟我私下直言，虽然我出版了这么多的作品，因为常务副主席当了好几年副职，得把他扶正当届主席才是，只能安排我当副主席。偏偏这位耄耋之年的老作协主席贪恋屁股下面的虚位，说什么也不退，把常务副主席气得没辙。半载后，文联主席调离，新文联主席到任。大抵来说，文联主席应该由文艺上有建树者当选担任，可这位新文联主席完全是个门外汉。新文联主席的苦口婆心依旧没法让老作协主席退下来，被逼急了的常务副主席使出杀手锏，老作协主席再不退下来他将辞去常务副主席一职。原来老作协主席因耳聋眼花，这些年作协的工作都是常务副主席主持。在得到退下来挂以名誉主席的许诺后，老作协主席无奈退位。为了争夺作协主席一职，三位副主席各自拿出一个只有自个儿才能上位的章程。有位副主席竟提议学欧盟、东盟轮值，大家都来过把主席瘾，其他两位倒也附和。或许是新文联主席不知有欧盟、东盟轮值这回事儿，或许是不敢率先吃这个螃蟹，直言拒绝。几番争夺，最终还是常务副主席上来。常务副主席根据我的条件特意设了个门槛：非本协会会员不得担任副主席。那次参加他们的采风活动（也是特招后至今唯一一次），常务副主席发给未入会者每人一张入会表，唯独把我漏掉。当时我也没追问索要，更没往心里去，后来获知常务副主席所设门槛，恍然大悟。

我没有肖老师那样全国闻名，也没他著作等身，但半身还是有的，自信这个小小县城还没有谁出版作品之多盖过我，像我这样靠写作也能糊口。我就这样被拒之门外，那些从未正儿八经出版过作品的，主席的主席，副主席的副主席。我倒没有愤然，写了这么多官场小说，深谙如今是个处处讲圈子的社会，我非他们圈子里的人，自然要把我排斥于圈外，只是慨然这些自认乃县域内文坛上有头有脸的人物，为当一个区区作协主席，不惜撕下平日那份斯文，睁圆了眼珠子明争，全然忘了一个作家要靠作品来说话。只是我又深知他们内心所想，正因为没有作品，所以才要争取作协这个平台来得到大家的认可。

我写的文字不少，却没有写过一篇母亲的文章，说起来很是愧疚。母亲是那种"两眼一睁忙到天黑"的农村妇女，跟着"公家人"的父亲操劳了一辈子。母亲是农历2008年9月6日早上患癌走的，刚过七十二岁。从发现病情到撒手人寰仅九个月的时间，这让我感到生命的脆弱如此真实。这年五月正好我的小说《三色门》得以出版，旋即被《扬子晚报》等诸多媒体转载，获选新浪网年度十大官场小说榜。母亲埋葬在我家对面一个叫"转龙湾"的陡峭山上，得上三百多级石阶。出殡那天，在众多亲朋的帮衬下才把灵柩抬上去，我则一阶一跪。对我执着的文学创作，母亲很支持，因为我是她的儿子。她不懂文学，但知道儿子做的是古时候书生做的事。每隔几天，我都会只身一人拿了香烛冥钱来到母亲墓前，燃上香纸后长跪不起。黄泉路长，我不愿母亲再像生前一样生活捉襟见肘。围着母亲坟茔绕行，我缄默无语，但闻山风过耳，鸟雀啼鸣。每年的大年初一，也是独自拿了香纸和鞭炮来到母亲墓前为她拜年。就这样三年，我创作出版了《龙城》《大庄家》《销号》三部小说。现在回想起来，这三年是我一生中过得最充实的时光。家里现今还有个耄耋之年的父亲，每次回家总要给母亲上一炷香，再燃上一堆纸钱，每每望着神龛上的母亲遗像，幽幽的眼睛和灰白的头发让我心里一阵阵抽痛。这些年经常做一些有关母亲的梦，梦中的母亲一如她生前一样鲜活。有次竟梦到母亲和逝去二十多年的二哥在一块，醒来后再难以入眠。天国的母亲有二哥陪伴，但愿不再像生前一般辛苦。

这几年我的情绪一直颓废不振，有那么一段时间甚至濒临绝望，几乎不敢直面人生。记得罗素说过，有三种激情支撑了他的一生：对知识的渴望，对爱的追求，以及对人类苦难的悲悯。我现在已经没有任何激情，陷入一种孤独和悲哀中，用尽法子都无力走出自己。"英雄到老皆皈佛，"这话不乏苟且的意思。我是一介书生，手无缚鸡之力，自是不能与那些杀人如麻的英雄相提并论。面对惨淡人生，我又无法彻底放弃自己的心灵和那丝期望，能做的是硬着头皮苟活下去。